Coletti

Arundhati Roy

Le Dieu des Petits Riens

Traduit de l'anglais
par Claude Demanuelli

Gallimard

Ceci est une œuvre de fiction. Tous les personnages sont imaginaires. La situation des fleuves, des passages à niveau, des églises et des crématoriums n'est pas exacte.

Titre original :

THE GOD OF SMALL THINGS

© *Arundhati Roy, 1997.*
© *Éditions Gallimard, 1998, pour la traduction française.*

REMERCIEMENTS

À Pradip Krishen, mon critique le plus exigeant, mon ami le plus cher, mon amour, sans qui ce livre n'aurait pas été ce qu'il est.

À Pia et Mithva, parce qu'ils sont miens.

À Aradhana, Arjun, Bete, Chandu, Carlo, Golak, Indu, Joanna, Naheed, Philip, Sanju, Veena et Viveka, pour m'avoir aidée à passer les années que m'a demandées la rédaction de ce livre

À Pankaj Mishra, pour avoir donné à celui-ci un bon départ dans la vie.

À Alok Rai et Shomit Mitter, pour avoir été de ces lecteurs dont rêve tout écrivain.

À David Godwin, agent de liaison, guide et ami, pour avoir fait ce voyage inopiné en Inde. Pour avoir écarté les flots.

À Neelu, Sushma et Krishnan, pour m'avoir empêchée de sombrer dans la déprime et de perdre tous mes moyens.

Et, pour finir, mes remerciements les plus chaleureux à Dadi et Dada. Pour leur amour et leur soutien constant.

À tous, merci.

Pour Mary Roy, qui m'a élevée.
Qui m'a appris à m'excuser chaque fois que
je voulais l'interrompre en public.
Qui m'aimait assez pour accepter que je la quitte.

Pour LKC, qui, comme moi, a survécu.

*On ne racontera plus jamais une
seule histoire comme si ce devait être
la seule.*

JOHN BERGER

1

Conserves et Condiments Paradise

Ayemenem en mai est chaud et maussade. Les journées y sont longues et humides. Le fleuve s'étrécit, les corneilles se gorgent de mangues lustrées dans l'immobilité des arbres vert olive. Les bananes rouges mûrissent. Les jaques éclatent. Les grosses mouches bleues sont ivres et bourdonnent sans but dans l'air lourd et fruité. Pour finir par aller s'assommer contre les vitres transparentes et mourir, pansues et effarées, dans le soleil.

Les nuits sont claires mais baignées de paresse et d'attente chagrine.

Mais dès le début du mois de juin éclate la mousson du sud-ouest, et suivent alors trois mois de vents et de pluies, entrecoupés de brefs intervalles de soleil, d'une lumière vive, acérée, que les enfants tout excités saisissent au vol pour jouer. La campagne se couvre d'un vert impudique. Les démarcations s'estompent au fur et à mesure que s'enracinent et fleurissent les haies de manioc. Les murs de brique prennent des tons vert mousse. Les vignes vierges montent à l'assaut des poteaux électriques. Les pousses rampantes vrillent la latérite des talus et envahissent les chemins inondés. On circule en barque dans les bazars. Et des petits poissons font leur apparition dans l'eau qui remplit les nids-de-poule des Ponts et Chaussées.

Il pleuvait le jour où Rahel revint à Ayemenem. Des cordes argentées frappaient en séton la terre meuble, labourée comme sous le feu de la mitraille. La vieille maison sur la colline portait son toit à pignons pentu enfoncé jusqu'aux yeux. L'humidité qui montait du sol avait fait gonfler les murs spongieux et striés de mousse. Le jardin revenu à l'état sauvage bruissait des murmures et des courses d'innombrables petites bêtes. Dans les fourrés, une couleuvre se frottait contre une pierre luisante. De grosses grenouilles jaunes parcouraient la mare boueuse dans l'espoir de trouver l'âme sœur. Une mangouste trempée traversa comme une flèche l'allée jonchée de feuilles.

La maison avait l'air vide. Portes et fenêtres fermées. Véranda abandonnée. Aucun meuble nulle part. Mais, dedans, Baby Kochamma était toujours en vie, et la Plymouth bleu ciel avec ses ailerons chromés était toujours garée dehors.

Baby Kochamma était la petite grand-tante de Rahel, la sœur cadette de son grand-père. Elle s'appelait en fait Navomi, Navomi Ipe, mais tout le monde l'appelait Baby. Du jour où elle avait été en âge de devenir grand-tante, on l'avait baptisée Baby Kochamma. Ce n'était pourtant pas elle que Rahel était venue voir. Pas plus la nièce que la petite grand-tante ne vivaient d'illusions à ce sujet. C'était pour son frère Estha que Rahel était revenue. Ils étaient jumeaux. Des faux jumeaux. Des dizygotes, comme disent les docteurs. Nés de deux œufs distincts mais simultanément fertilisés. Estha — Esthappen — était l'aîné de dix-huit minutes.

Ils ne s'étaient jamais beaucoup ressemblé tous les deux, et même du temps où ils n'étaient encore que

16

des enfants maigres comme des allumettes et plats comme des limandes, dévorés par les vers, affublés d'une houppe à la Elvis Presley, pas plus les membres de la famille bardés de sourires que les quêteurs de l'Église chrétienne de Syrie qui venaient souvent à la maison ne s'étaient livrés aux habituels « C'est lequel, celui-là ? », « La fille ou le garçon ? ».

C'était à un autre niveau, plus profond, plus secret, que se posait pour eux le problème de l'identité.

Au cours de ces premières années informes, où le souvenir commençait à peine, où la vie n'était faite que de Débuts et ignorait les Fins, où Tout était pour Toujours, Esthappen et Rahel se déterminaient, ensemble, en termes de Moi, et, séparément ou individuellement, de Nous. Comme s'ils avaient appartenu à une espèce extraordinaire de jumeaux siamois, physiquement distincts, mais dotés d'une identité commune.

Aujourd'hui, bien des années plus tard, Rahel se souvient s'être réveillée une nuit, riant aux éclats du rêve que faisait Estha.

Elle a d'autres souvenirs aussi — qu'elle n'a aucun droit d'avoir.

Elle se souvient, par exemple, sans avoir assisté à la scène, de ce que l'Homme Orangeade-Citronnade avait fait à Estha dans le Cinéma parlant d'Abhilash. Elle se souvient du goût des sandwichs à la tomate — ceux qu'Estha, pas elle, avait mangés — dans le train postal de Madras.

Et ce ne sont là que les petits riens.

Quoi qu'il en soit, quand elle pense aujourd'hui à Estha et Rahel, c'est en termes d'Eux, parce que séparément ils ne sont plus ce qu'Ils étaient ni ce qu'Ils croyaient jamais devenir.

Au grand jamais.

Leurs vies ont désormais une forme et une dimension propres. Estha en a une, et Rahel une autre.

Arêtes, franges, bordures, frontières, limites sont apparues comme autant de lutins à l'horizon de leurs vies spécifiques. Petites créatures nanties de longues ombres qui montent la garde aux Confins Embrumés. De petites poches se sont formées sous leurs yeux, et ils ont l'âge d'Ammu quand elle est morte. Trente et un ans.

Ce n'est pas vieux.

Ni jeune.

Un âge pour vivre ; pour mourir, aussi.

Ils ont bien failli naître dans un car, Estha et Rahel. La voiture dans laquelle Baba, leur père, emmenait Ammu, leur mère, accoucher à l'hôpital de Shillong, était tombée en panne sur la route en lacet qui traversait la plantation de thé d'Assam. Ils avaient abandonné la voiture et arrêté un car de la Compagnie des transports interurbains. Le véhicule était bondé, mais mus par cette étrange compassion qu'éprouvent souvent les plus démunis pour de plus riches qu'eux ou simplement impressionnés par les proportions énormes d'Ammu, quelques passagers s'étaient levés pour céder leur place au couple et, pendant tout le trajet, le père d'Estha et de Rahel avait dû tenir à deux mains le ventre d'Ammu (avec eux dedans) pour le protéger des cahots. C'était avant qu'ils divorcent et que leur mère revienne vivre au Kerala.

À en croire Estha, s'ils étaient nés dans ce car, ils auraient voyagé gratis le restant de leurs jours. Personne ne savait au juste d'où il tenait pareil renseignement, ni même comment il était au courant de ce genre de choses, mais pendant des années les jumeaux en voulurent à leurs parents de les avoir ainsi privés d'une vie entière de tickets gratuits dans les transports en commun.

Ils croyaient aussi que s'ils se faisaient tuer sur un passage clouté, c'était le Gouvernement qui se chargerait de payer leur enterrement. Ils avaient la quasi-certitude que c'était là la seule raison d'être des passages protégés : se faire enterrer à l'œil. Bien sûr, il n'y en avait pas à Ayemenem, pas plus d'ailleurs qu'à Kottayam, la ville la plus proche, mais ils en avaient vu quelques-uns depuis la voiture en allant à Cochin, à deux heures de route de la maison.

Si le Gouvernement n'avait pas couvert les frais d'enterrement de Sophie Mol, c'est parce qu'elle n'avait pas été tuée sur un passage clouté. Ses funérailles, on les avait célébrées dans la vieille église, fraîchement repeinte, d'Ayemenem. Sophie Mol était la cousine d'Estha et de Rahel, la fille de leur oncle Chacko ; elle était venue d'Angleterre leur rendre visite. Ils avaient sept ans quand elle était morte. Sophie Mol, elle, en avait presque neuf. Elle eut droit à un cercueil d'enfant, sur mesure.

Tendu de satin.

Orné de poignées en laiton bien brillant.

Elle était étendue là, dans son pantalon jaune à pattes d'éléphant en crêpe de polyester, les cheveux retenus par un ruban, avec, à côté d'elle, le fourre-tout made in England dont elle était si fière. Son visage était pâle et ridé comme le pouce d'un laveur de linge dont les doigts sont restés trop longtemps dans l'eau. Les fidèles se rassemblèrent autour du cercueil, et l'église jaune s'enfla, se gonfla de leurs funèbres cantiques. Les prêtres aux barbes frisées balançaient leurs encensoirs au bout de leurs longues chaînes, sans gratifier les bébés de l'assistance de leurs sourires du dimanche.

Les grands cierges de l'autel étaient inclinés. Les petits, eux, étaient bien droits.

Une vieille dame, qui se faisait passer pour une parente éloignée, que personne ne reconnut, mais qui réapparaissait à intervalles réguliers dans le voisinage des cercueils (une accro du *De profundis*? un cas de nécrophilie latente?), aspergea d'eau de Cologne un morceau de coton et, d'un air de dévotion bienveillant mais résolu, en tapota le front de Sophie Mol. Laquelle sentit donc l'eau de Cologne et le bois de cercueil.

Margaret Kochamma, la mère de Sophie Mol, qui était anglaise, repoussa Chacko, le père biologique de Sophie, lorsqu'il fit mine de vouloir la consoler.

Les membres de la famille formaient un petit groupe compact. Margaret Kochamma, Chacko, Baby Kochamma et, juste à côté d'elle, sa belle-sœur, Mammachi — la grand-mère d'Estha et de Rahel (de Sophie Mol, aussi). Mammachi était presque aveugle et ne sortait jamais de chez elle sans ses lunettes noires. On voyait ses larmes couler et trembler le long de sa mâchoire comme des gouttes de pluie au bord d'un toit. Elle avait l'air toute petite et malade dans son sari écru, repassé de frais. Mammachi n'avait eu qu'un fils. Sa propre souffrance était déjà pénible. Mais ce qu'elle ne supportait pas, c'était de le voir souffrir, lui.

Ammu, Estha et Rahel avaient eu l'autorisation d'assister à l'enterrement, à condition de se tenir à l'écart de la famille. Personne ne voulait plus rien avoir affaire avec eux.

Dans l'église, les bords blancs des arums frisaient

et s'enroulaient sous la chaleur. Une abeille s'en alla mourir dans une des fleurs du cercueil. Les mains d'Ammu tremblaient et, avec elles, le recueil de cantiques. Elle était toute froide. Estha se tenait à côté d'elle, à peine éveillé, les yeux douloureux et brillants comme du verre, sa joue brûlante appuyée sur le bras d'Ammu, au bout duquel tremblotait le livre.

Tous les sens en alerte, Rahel était, en revanche, bien réveillée, mais épuisée par le combat qu'elle menait contre la dure Réalité de la Vie.

Elle remarqua que Sophie Mol était elle aussi bien réveillée pour son enterrement. Ses yeux grands ouverts montrèrent deux choses à Rahel.

Primo, la grande coupole fraîchement repeinte de l'église jaune, que Rahel n'avait même jamais vue. Elle était peinte en bleu ciel avec de petits nuages qui flottaient tout autour et de minuscules avions à réaction dont les traînées blanches s'entrecroisaient dans les nuages. Il est vrai (et il convient de le préciser) qu'il devait être plus facile de remarquer ce genre de choses allongé dans un cercueil à regarder en l'air que debout au milieu des bancs, coincé entre des hanches maussades et des livres de cantiques.

Rahel pensa à celui qui s'était donné le mal de grimper là-haut armé de ses pinceaux, de son diluant et de ses seaux de peinture, blanche pour les nuages, bleue pour le ciel, argent pour les avions. Elle l'imaginait là-haut, en tous points semblable à Velutha, nu et luisant de sueur, assis sur une planche, se balançant sur son échafaudage sous la haute voûte de l'église et peignant ses avions argentés dans son ciel bleu.

Elle pensa à ce qui serait arrivé si la corde avait cédé. Elle le voyait tomber comme un météore du ciel qu'il avait peint. Elle voyait son corps disloqué sur le sol tiède de l'église, un sang noir s'écouler de son crâne, comme un sombre secret.

À cette époque, Esthappen et Rahel savaient déjà que le monde a d'autres moyens de briser les hommes. Ils connaissaient déjà l'odeur. Douceâtre, vaguement écœurante. Comme celle des roses fanées portée par le vent.

Deuxio, le bébé chauve-souris.

Pendant le service, Rahel vit une petite chauve-souris noire s'accrocher délicatement de ses griffes recourbées au coûteux sari de cérémonie de Baby Kochamma et entreprendre son ascension. Quand la bestiole atteignit le pli avachi, la taille mise à nu entre le sari et le corsage, Baby Kochamma poussa un grand cri et se mit à battre l'air avec son livre de cantiques. Les chants s'arrêtèrent, le temps d'un « Quesquispasse ? », d'un sari secoué et d'une fuite éperdue.

Les prêtres maussades époussetèrent leurs barbes frisées de leurs doigts bagués d'or comme si des araignées y avaient soudain tissé des toiles subreptices.

Le bébé chauve-souris s'envola dans le ciel, où il se transforma en avion à réaction, mais sans laisser de traînée blanche derrière lui.

Rahel fut la seule à remarquer la discrète roulade qu'exécuta Sophie Mol dans son cercueil.

Les chants tristes reprirent, et par deux fois les fidèles entonnèrent le même triste verset. À nouveau, l'église s'enfla et se gonfla de cantiques.

Quand on descendit Sophie Mol en terre, dans le petit cimetière derrière l'église, Rahel savait qu'elle n'était toujours pas morte. Elle entendit (pour le compte de Sophie Mol) les coups sourds de la boue rouge et ceux, plus secs, de la latérite dure et orangée qui, en tombant, abîma le beau cercueil verni. Elle entendit le bruit mat à travers le bois poli et à travers la doublure de satin. Les voix des prêtres maussades assourdies par la boue et le bois.

Nous te remettons, ô Dieu de miséricorde,
L'âme de cette enfant disparue.
Et nous remettons son corps à la terre.
Que la terre retourne à la terre,
Les cendres aux cendres,
La poussière à la poussière.

Sous la terre, Sophie Mol hurla et déchira le satin de ses dents. Mais comment se faire entendre à travers la terre et la pierre ?

Sophie Mol était morte faute d'avoir pu respirer.

C'était son enterrement qui l'avait tuée. *La poussière à la poussière, poussière à poussière, pouss... à pouss...* Sur sa pierre tombale, une épitaphe : « *À ce rayon de soleil trop éphémère.* »

Plus tard, Ammu expliqua qu'Éphémère signifiait Qui ne Dure pas Longtemps.

Après l'enterrement, Ammu revint avec les jumeaux au commissariat de Kottayam. Ils connaissaient bien l'endroit maintenant pour y avoir passé le plus clair de la journée précédente. Craignant les remugles rances et aigrelets de vieille urine qui imprégnaient les murs et le mobilier, ils se pincèrent le nez très fort, bien avant d'entrer.

Quand on l'introduisit dans le bureau du commissaire, Ammu dit à celui-ci qu'à la suite d'un terrible malentendu elle souhaitait faire une déposition. Elle demanda à voir Velutha.

L'inspecteur Thomas Mathew avait la moustache en bataille, comme le maharadjah débonnaire de la publicité d'Air India, mais il avait l'œil avide et concupiscent.

« Vous auriez pu y penser plus tôt, non? » dit-il. Il s'exprimait dans une langue fruste, le dialecte de Kottayam, dérivé du malayalam. Il avait les yeux braqués sur les seins d'Ammu. Il ajouta que la police savait tout ce qu'elle avait besoin de savoir et que le commissariat de Kottayam n'enregistrait pas les dépositions des *veshyas* ou de leurs bâtards. Ammu rétorqua qu'on verrait ce qu'on verrait. Sur quoi, l'inspecteur Thomas Mathew, sa baguette à la main, fit le tour de son bureau et s'approcha d'elle.

« À votre place, je rentrerais chez moi bien tranquillement », dit-il tout en lui tapotant les seins de sa baguette. Gentiment. Tap, tap. Comme s'il était en train de choisir des mangues dans un panier, désignant celles qu'il voulait qu'on lui emballe et qu'on lui livre. L'inspecteur Mathew semblait reconnaître d'instinct ceux à qui il pouvait s'en prendre et ceux contre lesquels il ne pouvait rien. Les policiers ont de ces instincts-là.

Derrière lui, on lisait sur un tableau rouge et bleu :

Politesse
Obéissance
Loyauté
Intelligence
Courtoisie
Efficacité

Quand ils quittèrent le commissariat, Ammu était en pleurs, si bien qu'Estha et Rahel n'osèrent pas lui demander ce que voulait dire « *veshya* ». Pas plus d'ailleurs que « bâtard ». C'était la première fois qu'ils voyaient leur mère pleurer. Elle ne sanglotait pas. Son visage restait de marbre, mais les larmes lui montaient aux yeux, puis roulaient le long de ses joues pétrifiées. Pour les jumeaux affolés, les larmes d'Ammu matérialisaient tout ce qui jusqu'ici leur avait semblé irréel. Ils prirent le car pour rentrer à Ayemenem.

Le receveur, tout étriqué dans ses vêtements kaki, se laissa glisser jusqu'à eux en se tenant aux barres. Il appuya ses hanches osseuses contre le dossier d'un siège et agita sa poinçonneuse sous le nez d'Ammu. *Direction, direction ?* semblait vouloir dire le clic-clic hargneux de l'instrument. Rahel sentait sur les mains du receveur l'odeur de la liasse de tickets et celle, rance et métallique, des barres d'acier.

« Il est mort, lui murmura Ammu. C'est moi qui l'ai tué.

— Ayemenem », s'empressa de dire Estha avant que le receveur ne se mette en colère.

Il sortit l'argent de la bourse d'Ammu, et le receveur lui tendit les tickets. Estha les plia soigneusement et les mit dans sa poche. Puis il entoura de ses petits bras le corps rigide de sa mère en larmes.

Quinze jours plus tard, Estha était Retourné à l'Envoyeur. On obligea Ammu à le réexpédier à leur père qui, las de sa solitude, avait démissionné de son emploi à la plantation d'Assam et déménagé à Calcutta, où il travaillait pour le compte d'une entreprise qui fabriquait du noir de fumée. Il s'était remarié, avait (plus ou moins) cessé de boire, ce qui n'excluait pas quelques rechutes passagères.

Estha et Rahel ne s'étaient pas revus depuis.

Et voilà que, vingt-trois ans plus tard, leur père avait re-Retourné Estha. Il l'avait réexpédié à Ayemenem, muni d'une valise et d'une lettre. La valise était remplie de vêtements neufs et élégants. Quant à la lettre, Baby Kochamma la montra à Rahel. L'écriture en était féminine, penchée et appliquée, mais la signature, elle, était celle de leur père. Du moins était-ce le bon nom. La signature, Rahel ne l'aurait pas reconnue de toute façon. La lettre disait que leur père avait démissionné de son emploi à l'usine de noir de fumée et s'apprêtait à émigrer en Australie : il avait été engagé comme chef de la sécurité dans une fabrique de céramique. Il lui était impossible d'emmener Estha. Il espérait que tout le monde à Ayemenem se portait bien et ajoutait que si jamais il revenait un jour en Inde, ce qui, *a priori*, paraissait peu probable, il viendrait rendre visite à Estha.

Baby Kochamma dit à Rahel que, si elle voulait, elle pouvait garder la lettre. Le papier en était lustré et se mettait tout seul dans ses plis comme une nappe empesée.

Rahel avait oublié la moiteur d'Ayemenem pendant la mousson. Gorgés d'humidité, les placards grinçaient. Trop longtemps fermées, les fenêtres s'ouvraient avec difficulté. Entre les couvertures, les pages des livres ramollissaient et gondolaient. Le soir, comme autant de pensées fantasques, apparaissaient d'étranges insectes qui se brûlaient aux ampoules quarante watts de Baby Kochamma. Pendant la journée, il y avait des cadavres raides et frits plein le sol et les appuis de fenêtre et, tant que Kochu Maria ne les avait pas balayés dans son ramasse-poussière, « ça sentait le brûlé ».

La pluie de juin n'avait pas changé.

Les cieux s'ouvraient et l'eau tombait à verse, remplissant le vieux puits réticent, couvrant d'un vert moussu la porcherie sans porc, pilonnant les flaques ternes et étales comme le souvenir pilonne les esprits ternes et étales. L'herbe d'un vert mouillé avait l'air heureux. Les vers de terre violacés s'ébaudissaient, tout frétillants, dans la gadoue. Les orties vertes hochaient du chef, et les arbres courbaient la tête.

Plus loin, dans la pluie et le vent, sur les berges du fleuve, dans le jour soudain d'un noir d'encre, marchait Estha. Il portait un T-shirt fraise écrasée, plus sombre maintenant qu'il était trempé. Il savait que Rahel était de retour.

Estha avait toujours été si tranquille, même enfant, que personne n'aurait su dire avec exactitude (en donnant l'année, à défaut du jour ou du mois) quand il avait cessé de parler. Ce qui s'appelle vraiment cesser de parler, autrement dit ne plus prononcer un seul mot. Le fait est qu'il n'y avait pas eu de « quand avec exactitude ». Tout s'était passé un peu comme une cessation progressive d'activité. Une mise en veilleuse à peine perceptible. Comme s'il avait épuisé peu à peu tous les sujets de conversation et n'avait strictement plus rien à dire. Et pourtant, le silence d'Estha n'était jamais gênant. Jamais pesant. Jamais bruyant. Rien d'un silence accusateur, contestataire ; bien plutôt une sorte d'estivation, de léthargie, comme le pendant dans le domaine psychologique de ce que font les dipneustes pour survivre à la saison sèche, sauf que, pour Estha, la saison sèche semblait s'étendre sur toute l'année.

Avec le temps, Estha s'était fondu dans le décor ambiant, bibliothèques, jardins, rideaux, seuils de porte, rues, pour finir par donner à l'œil non exercé l'impression d'être inanimé, presque invisible. Les étrangers qui se retrouvaient avec lui dans la même pièce mettaient un certain temps à s'apercevoir de sa présence. Plus encore à constater qu'il ne parlait jamais. Certains d'ailleurs ne s'en doutaient même pas.

Estha n'occupait vraiment que très peu d'espace.

Après l'enterrement de Sophie Mol, Estha fut Retourné à l'Envoyeur, et leur père s'empressa de l'expédier dans une école de garçons de Calcutta. Il n'avait rien d'un élève exceptionnel, mais n'était pas non plus un cancre. Il n'était ni bon ni mauvais. « Élève moyen », « Travail satisfaisant », tels étaient les commentaires les plus courants de ses professeurs sur ses bulletins scolaires. « Participe peu aux activités de groupe », se plaignaient certains, à intervalles réguliers. Sans qu'on puisse jamais savoir ce qu'étaient au juste ces « activités de groupe ».

Estha termina ses études secondaires avec des résultats médiocres et refusa d'entrer à l'Université. Au grand dam de son père et de sa belle-mère, du moins au début, il se chargea des travaux de la maison. Comme s'il cherchait à sa manière à payer son écot. Il balayait, récurait, faisait la lessive. Il apprit à cuisiner et à faire le marché. Au bazar, les vendeurs, assis derrière leurs pyramides de légumes vernissés et rutilants, ne tardèrent pas à le connaître et se mirent à le servir en premier, malgré les protestations des autres clients. Ils lui donnaient de grandes boîtes à pellicule en fer rouillé pour choisir ses légumes. Il ne marchandait jamais. Et jamais les commerçants ne songeaient à le voler. Une fois les légumes pesés et payés, ils les lui mettaient dans son panier en plastique rouge (les oignons d'abord, les aubergines et les tomates par-dessus), sans oublier d'ajouter en prime un brin de coriandre et une poignée de poivrons verts. Estha les rapportait à la maison dans son tram bondé. Bulle de silence portée par un océan de bruit.

Pendant les repas, s'il avait besoin de quelque chose, il se levait et allait se servir lui-même.

Une fois installé, ce grand calme finit par prendre racine et par envahir Estha. Il finit même par sortir de lui pour l'envelopper de son étreinte visqueuse. Il le berçait au rythme d'un battement de cœur fœtal, séculaire. Il projetait insidieusement ses tentacules, progressant centimètre par centimètre dans le relief de son cerveau, aspirant les creux et les bosses de sa mémoire, délogeant les vieilles phrases, les escamo-tant avant qu'elles ne parviennent jusqu'à ses lèvres. Il déshabillait ses pensées des mots qui auraient pu les décrire pour les laisser nues, comme écorchées. Innommées. Engourdies. Peut-être inexistantes pour l'observateur extérieur. Lentement, au fil des années, Estha se retira du monde. Il se fit peu à peu à cette pieuvre encombrante qui crachait sur son passé le noir tranquillisant de son encre. Peu à peu, les raisons de son silence s'effacèrent, s'engloutirent au creux des plis apaisants de sa seule existence.

Quand Khubchand, le vieux chien bâtard aveugle, pelé, incontinent de surcroît, qu'il adorait, décida d'apitoyer le monde en n'en finissant plus d'agoniser, Estha le soigna jusqu'au bout comme si sa vie en dépendait. Dans les derniers mois, Khubchand, animé des meilleures intentions, mais doté de la vessie la moins fiable qui fût, se traînait jusqu'à la trappe ménagée dans le bas de la porte qui donnait sur le jardin, poussait le battant du museau et lâchait *à l'intérieur* un jet intermittent d'urine jaune vif. Puis, la vessie vide et la conscience tranquille, il levait sur Estha ses yeux d'un vert opaque qui, au milieu de son poil grisonnant, ressemblaient à deux flaques boueuses et s'en allait péniblement retrouver son coussin humide, en laissant des traînées partout sur le sol. Tout au long de cette agonie, Estha vit la fenêtre de sa chambre se refléter dans les testicules lisses et violacés du chien. Et, au-delà, le ciel. Il y vit même une fois un oiseau traverser le ciel. Pour Estha — imprégné de l'odeur des roses fanées, rongé par le souvenir de ses mutilations —, le seul fait que quelque chose d'aussi fragile, d'une légèreté aussi insoutenable, puisse continuer à vivre, ait encore droit à l'existence, relevait du miracle. Un oiseau en vol réfléchi dans les testicules d'un vieux chien. Voilà qui le faisait sourire tout fort.

C'est après la mort de Khubchand qu'Estha se mit à marcher. Des heures entières. Au départ, il restait dans le voisinage, mais finit peu à peu par s'en écarter.

On s'habitua à voir sur la route cet homme bien habillé qui marchait d'un pas mesuré. Son teint se cuivra, se colora comme celui des gens qui vivent au grand air. Ses traits se burinèrent, se plissèrent sous le soleil. Il prit l'air d'un vieux sage, ce qu'il n'était pourtant pas. Comme un marin perdu dans une grande ville. Qui porte en lui tous les secrets de la mer.

Maintenant qu'il avait été re-Retourné à l'Envoyeur, Estha arpentait Ayemenem dans tous les sens.

Certains jours, il longeait les berges du fleuve qui sentait la merde et les pesticides achetés grâce à l'argent de la Banque mondiale. La plupart des poissons avaient crevé. Ceux qui survivaient voyaient leurs nageoires pourrir et se couvraient de pustules.

D'autres jours, il empruntait la route. Passait devant les nouveaux bungalows nappés de leur glacis tout frais, pareils à des gâteaux, et occupés par des infirmières, des maçons, des petits escrocs et des employés de banque qui trimaient sans joie à des kilomètres de leur demeure. Devant les maisons plus anciennes, pleines d'amertume, vertes de jalousie, tapies au bout de leurs allées privées, au milieu de leurs hévéas tout aussi privés. Fiefs branlants dotés chacun d'une épopée familiale.

Devant l'école du village construite par son arrière-grand-père pour les Intouchables.

Devant l'église jaune de Sophie Mol. Le club de kung-fu de la Maison des jeunes d'Ayemenem. L'école maternelle (prévue, celle-là, pour les Touchables), la petite boutique qui vendait du riz, du sucre et des bananes dont les gros régimes jaunes pendaient du toit. Des magazines pornos de bas étage, racontant l'histoire, quelque part en Inde du Sud, d'hypothétiques obsédés sexuels, tenaient avec des épingles à linge à des ficelles accrochées au plafond. Ils se balançaient paresseusement dans la brise tiède, et les visions fugitives de femmes nues et bien en chair, étendues dans des flaques de sang trop rouge pour être vrai, appâtaient les honnêtes gens.

Il arrivait à Estha de passer devant Lucky Press, l'imprimerie du vieux camarade K. N. M. Pillai, autrefois siège officiel du Parti communiste, où se tenaient à minuit les réunions de travail et où étaient imprimés les tracts truffés des chants enivrants du parti marxiste. Le drapeau fatigué qui surmontait le toit pendait mollement, exsangue.

Le matin, dans son tricot douteux en polyester, les testicules bien dessinés sous son *mundu* blanc, le camarade Pillai sortait en personne sur le pas de sa porte. Il s'enduisait d'une huile à la noix de coco poivrée et tiède, malaxant avec complaisance ses bourrelets de chair flasque qu'il pétrissait sur sa carcasse comme de la guimauve. Il vivait seul maintenant. Kalyani, sa femme, était morte d'un cancer des ovaires. Quant à son fils, Lenin, il avait déménagé à Delhi, où il travaillait dans les services d'entretien des ambassades étrangères.

S'il était dehors à se huiler au moment où passait Estha, le camarade Pillai se faisait un devoir de le saluer.

« Estha Mon! appelait-il de sa voix de fausset, maintenant cassée et râpeuse comme le sucre de canne une fois débarrassé de son enveloppe. Bonjour! Alors, on fait sa petite promenade hygiénique? »

Estha poursuivait sa route, ni grossier ni poli. Simplement muet.

Le camarade Pillai s'envoyait de grandes claques pour activer sa circulation. Incapable de dire si Estha, après toutes ces années, le reconnaissait encore. Non pas qu'il s'en souciât beaucoup. Même si le rôle qu'il avait joué dans toute l'affaire n'avait pas été des moindres, le camarade Pillai ne se tenait en aucune manière pour personnellement responsable de ce qui était arrivé. Il ne s'agissait là que des Conséquences Inévitables d'une Politique Nécessaire. La vieille histoire de l'omelette qu'on ne fait pas sans casser des œufs. Mais il faut dire que Pillai était d'abord un politique. Un pro de l'omelette. Il traversait la vie comme un caméléon. Sans jamais se commettre, tout en donnant l'impression de s'engager. Émergeant chaque fois sain et sauf du chaos, sans une égratignure.

Il fut le premier habitant d'Ayemenem à apprendre le retour de Rahel. La nouvelle excita sa curiosité plus qu'elle ne le troubla. Estha était devenu quasiment un étranger pour le camarade Pillai. Son expulsion d'Ayemenem avait été aussi brutale qu'expéditive. Et puis, tout cela était si vieux. Rahel, en revanche, c'était une autre affaire, Pillai la connaissait depuis toujours. Il l'avait vue grandir. Il se demandait ce qui pouvait bien la ramener ici. Après toutes ces années.

Jusqu'au retour de Rahel, le plus grand calme avait régné dans la tête d'Estha. Mais elle avait apporté avec elle le bruit des trains qui passent, l'ombre et la lumière qui vous enveloppent tour à tour quand vous êtes assis côté fenêtre. Le monde, si longtemps fermé dehors, se précipita d'un coup dedans, et maintenant, à cause du bruit, Estha n'arrivait plus à s'entendre. Trains. Circulation. Musique. Cours de la Bourse. Un barrage cédait, et, brusquement, les eaux déchaînées balayaient tout sur leur passage. Comètes, violons, défilés, solitude, nuages, barbes, fanatiques, catalogues, drapeaux, tremblements de terre, désespoir — emportés dans un tourbillon.

Si bien que, tout en longeant la berge, Estha ne sentait même plus l'humidité de la pluie, non plus que les frissons soudains dont était saisi le chiot transi qui l'avait temporairement adopté et qui pataugeait à ses côtés. Il passa devant le vieux mangoustan et alla jusqu'à l'extrémité d'un petit éperon de latérite qui surplombait le fleuve. Il s'accroupit sur le sol et se balança d'avant en arrière dans la pluie. La boue détrempée, sous ses chaussures, faisait un bruit de succion obscène. Le chiot transi frissonnait... et regardait.

Quand Estha fut re-Retourné, il ne restait plus dans la maison d'Ayemenem que Baby Kochamma et Kochu Maria, la cuisinière lilliputienne à la langue de vipère et au cœur de pierre. Mammachi, leur grand-mère, était morte. Chacko vivotait au Canada d'un commerce d'antiquités boiteux.

Quant à Rahel...

Après la mort d'Ammu (quand celle-ci était venue pour la dernière fois à Ayemenem, gonflée par la cortisone, la poitrine déchirée par un râle qui faisait penser aux cris étouffés d'un homme dans le lointain), Rahel était partie à la dérive. D'école en école. Elle passait encore ses vacances à Ayemenem, négligée par Chacko et Mammachi (que la douleur avait rendus gâteux et qui ressemblaient à un vieux couple d'ivrognes avachis dans un bar minable), et négligeant Baby Kochamma. Chacko et Mammachi firent bien quelques efforts pour tenter d'élever correctement Rahel, sans grand succès. Ils s'occupèrent de l'aspect matériel (nourriture, habillement, frais de scolarité), mais sans lui témoigner la moindre affection.

L'absence de Sophie Mol, fantôme en chaussettes, remplit subrepticement la maison d'Ayemenem. Elle s'introduisit dans les livres et la nourriture. Dans l'étui à violon de Mammachi. Dans les croûtes des plaies qui couvraient les tibias de Chacko et qu'il grattait constamment. Dans ses jambes molles, des jambes de femme.

Il est étrange de constater à quel point le souvenir de la mort peut perdurer bien plus longtemps que celui de la vie qu'elle a fauchée. Au fil des ans, au fur et à mesure que s'estompa le souvenir de Sophie Mol (archéologue des petits savoirs : *Où s'en vont mourir les vieux oiseaux ? Pourquoi ceux qui sont morts ne tombent-ils pas du ciel comme des pierres ?* ; extra-lucide de la Dure Réalité de la Vie : *Vous êtes des métèques à part entière, moi, je ne suis métèque qu'à moitié ;* gourou du sanguinaire : *J'ai vu un homme une fois, dans un accident, il avait un œil qui se balançait au bout de son nerf comme un yo-yo),* son absence, elle, ne fit que croître et mûrir. Elle était toujours là. Comme un fruit de saison. De toutes les saisons. Aussi immuable qu'un emploi dans la fonction publique. Elle traversa toute l'enfance de Rahel (d'une école à une autre) et entra avec elle dans l'âge adulte.

C'est au couvent de Nazareth, à l'âge de onze ans, que Rahel connut sa première mise à l'index, le jour où elle se fit surprendre, devant la grille du jardin d'un de ses professeurs, en train de décorer de petites fleurs une noix de bouse toute fraîche. Quand vint la prière du matin, le lendemain, on l'obligea à chercher le mot « dépravation » dans le dictionnaire Oxford et à en lire la définition à haute voix. « *Qualité ou condition d'être dépravé ou corrompu* », lut Rahel, avec, derrière elle, une rangée de bonnes sœurs à la bouche pincée et, devant, une marée d'écolières ricanantes. « *État perverti ; Perversion morale ; Corruption innée de la nature humaine en raison du péché originel ; Les élus comme les non-élus viennent au monde dans un état de d — et d'ignorance de Dieu, et, laissés à eux-mêmes, sont condamnés au péché. J. H. Blunt.* »

Six mois plus tard, elle était renvoyée à la suite de plaintes répétées de la part d'élèves de dernière année. On l'accusait (à raison) de se cacher derrière les portes et de chercher délibérément à entrer en collision avec ses aînées. Quand la supérieure, désireuse d'éclaircir les motifs d'une telle conduite, l'interrogea (à coups de fouet, de cajoleries, de privations), Rahel finit par avouer que seul le désir de savoir si un coup aux seins pouvait faire mal expliquait son attitude. Dans cette institution éminemment chrétienne, les seins n'avaient pas de statut reconnu. Puisqu'ils n'étaient pas censés exister, ils pouvaient difficilement faire mal.

Ce fut la première d'une série de trois expulsions. La deuxième fois, elle fut renvoyée pour avoir fumé, et la troisième, pour avoir mis le feu au faux chignon — qu'elle reconnut, contrainte et forcée, avoir volé — de son professeur principal.

Dans les écoles qu'elle fréquenta les unes après les autres, les professeurs remarquèrent :

(a) qu'elle était d'une extrême politesse ;

(b) qu'elle n'avait pas d'amis.

De toute évidence, sa dépravation était du genre solitaire et poli. Et pour cette raison même, consta-tèrent-ils d'un commun accord (savourant leur désap-probation professorale, la faisant rouler sur leur langue, la suçotant comme un bonbon), d'autant plus condamnable.

« *Comme si elle ne savait pas comment s'y prendre,* murmuraient-ils entre eux sur le ton de la confidence, *pour se comporter en fille.* »

Ils n'étaient pas si loin du compte.

Paradoxalement, l'abandon dont elle était l'objet avait permis à son esprit de se libérer.

Rahel grandit sans personne pour veiller à ses inté-rêts. Sans personne pour lui arranger son mariage. Sans personne pour lui constituer une dot, par conséquent sans mari imposé pesant sur l'horizon.

Si bien que tant qu'elle resta discrète, on la laissa mener tranquillement ses propres enquêtes : découvrir les seins et savoir s'ils font mal, découvrir les faux cheveux et savoir comment ils brûlent. Découvrir la vie et savoir comment elle doit être vécue.

À sa sortie du lycée, elle réussit à se faire admettre dans une école d'architectes de seconde zone à Delhi. Non pas qu'elle s'intéressât de près à l'architecture. Ni même, pour tout dire, de loin. Non, elle s'était contentée de passer l'examen d'entrée et l'avait réussi. Les enseignants furent impressionnés par les dimensions (énormes), plus que par le talent, de ses natures mortes au fusain. Ils prirent ses traits hardis et peu soignés pour de l'assurance artistique, même si leur créatrice n'avait, en vérité, rien d'une artiste.

Elle passa huit ans dans cette école sans pouvoir décrocher le diplôme qu'on obtient en principe au bout de cinq. Les frais d'inscription étaient modiques et survivre ne présentait pas d'énormes difficultés : il suffisait de se loger dans un foyer d'étudiantes, de manger dans les restaurants universitaires subventionnés et, au lieu d'aller au cours, de travailler le plus souvent possible comme dessinateur pour d'obscurs cabinets d'architectes, qui ne demandaient pas mieux que d'exploiter une main-d'œuvre bon marché capable de mettre au net les brouillons de leurs croquis et facile à incriminer quand les choses allaient de travers. L'insoumission et l'absence d'ambition quasi forcenée de Rahel intimidaient les autres étudiants, surtout les garçons. Jamais leurs jolies maisons ne l'accueillaient, et elle n'était jamais invitée à leurs bruyantes petites fêtes. Jusqu'à ses professeurs qui restaient sur leurs gardes, embarrassés qu'ils étaient par ses plans bancals, irréalisables et toujours présentés sur du papier d'emballage, par son indifférence aussi, face à la véhémence de leurs critiques.

Il lui arrivait d'écrire à Chacko et à Mammachi, mais jamais elle ne retourna à Ayemenem. Pas même quand Mammachi mourut. Ni même quand Chacko émigra au Canada.

C'est à l'école d'architecture qu'elle fit la connaissance de Larry McCaslin, qui faisait des recherches à Delhi pour sa thèse de doctorat sur l'Énergie créatrice dans l'architecture populaire. Quant à lui, c'est à la bibliothèque de l'école qu'il la remarqua pour la première fois, avant de la rencontrer à nouveau, quelques jours plus tard, au Khan Market. Elle était en jeans et en T-shirt blanc. Un vieux dessus-de-lit en patchwork, agrafé autour du cou et flottant derrière elle, lui tenait lieu de cape. Ses cheveux indisciplinés, bien tirés en arrière, cherchaient à donner l'impression qu'ils étaient raides. Sur l'une de ses narines brillait un diamant minuscule. Elle avait des clavicules étrangement belles et une foulée élastique.

Beau morceau de jazz, se dit Larry McCaslin en la suivant dans une librairie où ils n'eurent pas un regard pour les livres, ni l'un ni l'autre.

Rahel se laissa attirer par le mariage comme on se laisse attirer par un siège inoccupé dans un aéroport. Avec une envie pressante de s'asseoir. Elle le suivit à Boston.

Quand il tenait sa femme entre ses bras, Larry était assez grand pour voir le sommet de sa tête, la chute sombre de ses cheveux. Il sentait au coin de ses lèvres, quand il y posait le doigt, une très légère pulsation. Il adorait cet endroit. Et ce tressaillement imperceptible, irrégulier, à fleur de peau. Il aimait ce contact, cherchant à écouter des yeux, comme un père qui, des doigts, essaie de percevoir les coups de pied que donne déjà son enfant dans le ventre de sa mère.

Il la tenait comme on tient un cadeau. Don d'amour. Immobile et délicat. Insupportablement précieux.

Mais quand ils faisaient l'amour, ses yeux le scandalisaient. On aurait dit qu'ils appartenaient à quelqu'un d'autre. Qui regardait ailleurs. La mer, par la fenêtre. Un bateau sur la rivière. Un passant chapeauté dans la brume.

Ne pas savoir ce que signifiait ce regard, pour lui à mi-chemin entre l'indifférence et le désespoir, l'exaspérait. Ce qu'il ignorait, c'est qu'il est des endroits, comme le pays d'où venait Rahel, où le désespoir a plus d'un visage. Et que le désespoir individuel n'est jamais à ce point désespéré. Que l'on ne s'en va pas immoler impunément ses déchirements personnels sur l'autel des déchirements publics démesurés, violents, déchaînés, irrésistibles, ridicules, déments d'un pays tout entier. Qu'alors Grand Dieu se met à hurler comme le vent du désert, exigeant son tribut. Et qu'alors Petit Dieu (bien à l'abri et bien au chaud, intime et circonscrit) ressort cicatrisé du sanctuaire, riant timidement de sa propre témérité. Convaincu de son insignifiance, mais désormais insensible, il s'endurcit et devient véritablement indifférent. Rien n'est plus vraiment important. Plus rien n'a d'importance. Et moins les choses importent, moins elles ont d'importance. Elles ne sont jamais suffisamment importantes. Parce qu'il s'en produit toujours d'autres, bien plus terribles. Dans le pays d'où venait Rahel, sans cesse suspendu entre la terreur de la guerre et l'horreur de la paix, des choses bien plus terribles n'arrêtaient pas de se produire.

Alors Petit Dieu lance un rire qui sonne un peu creux et s'éloigne gaiement sur une pirouette. Comme un gosse de riches en short. Il sifflote, donne des coups de pied dans les cailloux. Sa fragile exultation est à la mesure de l'insignifiance relative de son malheur. Et il se faufile dans le regard des gens et leur donne une expression exaspérante.

Ce que voyait Larry McCaslin dans les yeux de Rahel, ce n'était pas du tout du désespoir, mais plutôt une sorte d'optimisme forcé. Et un vide qu'avaient rempli un jour les mots d'Estha. Mais c'eût été trop attendre de lui qu'espérer qu'il comprenne. Que le vide d'un jumeau n'était que le pendant du silence de l'autre. Qu'ils formaient un tout. Comme des cuillers alignées les unes contre les autres dans un coffret. Comme les corps imbriqués de deux amants.

Après son divorce, Rahel travailla pendant quelques mois comme serveuse dans un restaurant indien de New York. Puis, plusieurs années, comme employée de nuit dans la cabine blindée d'une station-service à la périphérie de Washington. Il arrivait aux ivrognes de venir vomir dans le plateau où elle rendait la monnaie et aux maquereaux de lui proposer des emplois nettement plus lucratifs. À deux reprises, elle vit des types se faire abattre à travers la vitre de leur voiture. Une autre fois, un homme que l'on venait de poignarder fut éjecté, un couteau dans le dos, d'une voiture en marche.

Puis Baby Kochamma écrivit pour dire qu'Estha avait été re-Retourné. Rahel laissa tomber son emploi à la station-service et quitta l'Amérique sans regrets. Pour revenir à Ayemenem. Pour revenir à Estha dans la pluie.

Dans la vieille maison sur la colline, Baby Kochamma, assise à la table de la salle à manger, pelait un concombre sur le retour au cuir dur et ridé. Elle portait une chemise de nuit à carreaux en crépon avachi, aux manches bouffantes, toute tachée de curcuma. Ses tout petits pieds impeccablement soignés se balançaient sous la table, comme ceux d'un enfant perché sur une chaise haute. Boursouflés par les œdèmes, ils avaient l'air de petits coussins d'air. Dans le temps, chaque fois qu'un visiteur venait à Ayemenem, Baby Kochamma ne manquait pas de faire des remarques sur la taille de ses pieds, allant jusqu'à lui demander d'essayer ses pantoufles pour avoir le plaisir de s'exclamer : « Oh, mais elles sont bien trop grandes pour moi ! » Puis, sans les quitter, elle se mettait à déambuler dans la maison, soulevant légèrement son sari pour permettre à tout le monde de s'extasier sur son pied menu.

Elle s'escrimait sur son concombre avec un air de triomphe à peine déguisé. Elle était ravie qu'Estha n'ait pas dit un mot à Rahel. Qu'il lui ait simplement jeté un coup d'œil en passant. Pour sortir dans la pluie. Comme il faisait avec tout le monde.

Elle avait quatre-vingt-trois ans. Ses yeux avaient l'air liquéfié derrière ses lunettes aux verres épais.

« Je t'avais prévenue, non ? dit-elle à Rahel. Tu t'attendais à quoi ? À un traitement de faveur ? Je t'assure qu'il n'a plus toute sa tête. Il en est même au point où il ne reconnaît plus personne. Qu'est-ce que tu te figurais ? »

Rahel ne répondit pas.

Elle se balançait au rythme du corps d'Estha, sentait la pluie qui mouillait sa peau, entendait les cris et les bousculades du monde qu'il avait dans la tête.

Baby Kochamma leva sur Rahel un regard embarrassé. Elle regrettait déjà de lui avoir écrit pour lui apprendre le retour d'Estha. Mais qu'aurait-elle bien pu faire d'autre ? Accepter de l'avoir sur les bras pour le restant de ses jours? Pas question! Ce n'était pas à elle de s'occuper de lui.

Et pourtant...

Le silence continuait à peser entre la petite-nièce et la petite grand-tante comme une présence indésirable. Un étranger. Une substance délétère envahissante. Baby Kochamma se rappela qu'elle devait fermer la porte de sa chambre à clef avant de se coucher. Elle essaya de trouver quelque chose à dire.

« Comment tu trouves mes cheveux, comme ça? »

De sa main enconbrée, elle se tapota la tête, laissant sur sa coiffure une bulle incongrue d'écume amère. Fascinante.

Rahel ne trouva rien à dire. Elle continua de regarder Baby Kochamma peler son concombre. De petits lambeaux de pelure jaune lui tachetaient la poitrine. Ses cheveux, d'un noir de jais, s'emmêlaient sur son crâne comme du fil de laine dévidé. La teinture avait laissé sur son front une ligne gris pâle juste en dessous de la racine des cheveux. Rahel remarqua que, maintenant, elle se maquillait. Rouge à lèvres, khôl, soupçon de fard à joues. Mais comme elle gardait toujours les volets fermés et n'utilisait que des ampoules de quarante watts, le rouge ne suivait pas exactement le contour de ses lèvres.

Elle avait maigri du haut, du visage et des épaules, si bien qu'elle n'avait plus l'air d'une sphère mais d'un cône. À la voir assise à cette table qui dissimulait sa taille énorme, elle donnait presque une impression de fragilité. La faible lumière de la salle à manger effaçait les rides de son visage et, en le creusant, lui redonnait une étrange jeunesse. Elle portait un tas de bijoux. Ceux de la grand-mère défunte de Rahel. Tous jusqu'au dernier. Bagues chatoyantes, boucles d'oreilles en diamant, bracelets en or ainsi qu'une chaîne du même métal finement ciselée, qu'elle tripotait de temps à autre pour s'assurer qu'elle était bien là et bien à elle. Comme une jeune mariée qui a du mal à croire à son bonheur.

Elle vit sa vie à l'envers, pensa Rahel.

Étrange remarque, mais pleine d'à-propos. Baby Kochamma avait effectivement vécu sa vie à l'envers. Jeune, elle avait renoncé au monde matériel, et maintenant qu'elle était vieille, elle semblait ne plus avoir assez de bras pour s'en saisir. Elle le tenait bien serré, et il lui rendait la pareille.

À dix-huit ans, elle était tombée amoureuse d'un jeune moine irlandais fort beau, le père Mulligan, envoyé au Kerala pour un an par son séminaire de Madras. Il étudiait les textes sacrés hindous afin de pouvoir les réfuter en toute connaissance de cause.

Le jeudi matin, le père Mulligan venait à Ayemenem rendre sa visite hebdomadaire au père de Baby Kochamma, le révérend E. John Ipe, prêtre de l'église Mar Thoma. Le révérend était bien connu de toute la communauté chrétienne pour avoir été béni, seul au milieu d'une foule, par le patriarche d'Antioche, grand pontife de l'Église chrétienne de Syrie. L'événement était resté dans les annales d'Ayemenem.

En 1876, alors que le père de Baby Kochamma avait tout juste sept ans, son propre père l'avait emmené présenter ses respects au patriarche, reçu par les chrétiens du Kerala. Ils se retrouvèrent devant un groupe de fidèles auxquels s'adressait le patriarche dans la véranda la plus à l'ouest de la maison Kalleny, à Cochin. Décidé à mettre l'occasion à profit, le père murmura quelques mots à l'oreille de son jeune fils et le poussa devant lui. Le futur révérend, peu solide sur ses jambes et proprement terrorisé, appliqua sur la bague du patriarche des lèvres baveuses et hésitantes qui laissèrent celle-ci couverte de salive. L'autre essuya consciencieusement sa bague sur sa manche et donna sa bénédiction à l'enfant. Des années plus tard, alors que le révérend Ipe était prêtre depuis bien longtemps, il était encore connu sous le nom de Punnyan Kunju — le Petit Béni —, et les gens venaient en barque depuis Alleppey et Ernakulam pour lui donner à bénir leurs enfants.

En dépit d'une différence d'âge considérable et du fait qu'ils appartenaient à des Églises d'obédiences différentes (dont le seul point commun était précisément une antipathie réciproque), le révérend Ipe et le père Mulligan ne s'en appréciaient pas moins énormément, et il arrivait fréquemment que le second fût retenu à déjeuner. Des deux hommes, un seul était capable de déceler la vague d'excitation sexuelle qui soulevait la svelte jeune fille, laquelle s'attardait dans la pièce longtemps après la fin du repas.

Baby Kochamma se lança d'abord dans une grande entreprise de séduction, soutenue par des séances hebdomadaires de charité soigneusement orchestrées. Le jeudi matin, à l'heure où arrivait en principe le père Mulligan, on la trouvait devant le puits en train d'accomplir sa B. A. : récurer de force un enfant du village dont elle labourait les côtes saillantes avec un pain de savon rouge.

« Bonjour, mon père ! » criait-elle dès qu'elle l'apercevait.

Le sourire enjôleur qu'elle lui adressait ne laissait rien soupçonner de la poigne avec laquelle elle tenait le bras squelettique et glissant de savon du malheureux gamin.

« Bonjour à toi, Baby! répondait le père, qui s'arrêtait le temps de refermer son parapluie.

— Je voulais vous demander quelque chose, mon père, disait alors Baby Kochamma. Dans la première épître aux Corinthiens, chapitre dix, verset vingt-trois, il est dit : "Tout m'est permis, mais tout n'est pas avantageux." Mais mon père, comment tout peut-il être permis pour le Seigneur? Je comprendrais que certaines choses le soient, mais... »

Le père Mulligan était plus que flatté par l'émoi qu'il provoquait chez cette jolie jeune fille aux yeux noirs comme le charbon et luisants comme la braise, qui tendait vers lui ses lèvres offertes. Car lui aussi était jeune et sans doute pas tout à fait inconscient du gouffre qui séparait les explications solennelles qu'il opposait à ses doutes religieux montés de toutes pièces des promesses exaltantes que laissait transparaître l'émeraude de ses yeux.

Tous les jeudis, impassibles sous le soleil impitoyable de midi, ils restaient là debout à côté du puits — la jeune fille et l'intrépide jésuite, tremblants d'une ardeur toute païenne, se servant de la Bible pour servir leur passion.

Et, tout aussi invariablement, au beau milieu de leur conversation, le malheureux gamin soumis au décrassage forcé s'arrangeait pour décamper, ce qui ramenait séance tenante le père Mulligan à la raison. « Seigneur! s'écriait-il. Il vaudrait mieux qu'on le rattrape, sinon c'est lui qui va nous attraper un rhume. »

Il rouvrait incontinent son parapluie et s'en allait, toute soutane dehors, à hautes enjambées, dans ses confortables nu-pieds, comme un chameau mandé pour un rendez-vous urgent. Il entraînait derrière lui comme au bout d'une laisse le pauvre petit cœur de la jeune Baby Kochamma, qui tressautait dans les feuilles et les graviers du chemin. Meurtri, presque brisé.

Ainsi s'écoula toute une année de jeudis. Jusqu'à ce que le père Mulligan reparte finalement pour Madras. Sa charité n'ayant pas porté de fruits bien tangibles, la jeune Baby Kochamma s'abîma, éperdue, dans la foi.

Faisant montre d'une singulière obstination (ce qui, à l'époque, chez une jeune fille, était aussi rédhibitoire qu'une difformité physique, un bec de lièvre ou un pied bot par exemple), Baby Kochamma, défiant le diktat paternel, se fit catholique. Munie d'une dispense spéciale du Vatican, elle prononça ses vœux et entra comme novice dans un couvent de Madras. Elle espérait ainsi confusément trouver l'occasion, légitime, de retrouver le père Mulligan. Elle se voyait déjà discuter théologie en sa compagnie dans des pièces éclairées par une lumière sépulcrale, habillées de lourdes draperies de velours. Elle n'en demandait pas davantage. N'osait d'ailleurs espérer davantage. Il lui suffisait d'être près de lui. Assez pour pouvoir sentir l'odeur de sa barbe. Voir l'étoffe grossière de sa soutane. L'aimer des yeux, en somme, sans plus.

Elle ne mit pas longtemps à comprendre la futilité d'une telle entreprise. Elle découvrit que c'étaient les sœurs qui monopolisaient toute l'attention des prêtres et des évêques grâce à des questions d'exégèse biblique autrement plus complexes que ne le seraient jamais les siennes, et qu'il lui faudrait peut-être des années avant de pouvoir espérer approcher son idole. Le couvent la rendait malheureuse, agitée. Jusqu'au jour où elle se retrouva affligée d'une allergie du cuir chevelu, causée par le frottement continuel de la coiffe. La conviction qu'elle avait de parler l'anglais mieux que personne ajoutait encore à son isolement.

Moins d'un an après son entrée au couvent, elle se mit à envoyer à son père des lettres pour le moins troublantes. *Mon très cher Papa. Je vais bien et je suis très heureuse au service de Notre Très Sainte Mère. Mais Koh-i-noor, elle, semble être malheureuse et avoir le mal du pays. Mon très cher Papa, aujourd'hui Koh-i-noor a vomi après le déjeuner et elle a présentement de la température. Mon très cher Papa, la nourriture du couvent ne semble pas convenir à Koh-i-noor, même si, pour ma part, elle me convient très bien. Mon très cher Papa, Koh-i-noor est très peinée, sa famille ne semble ni la comprendre ni se préoccuper de son bien-être...*

Le révérend E. John Ipe était perplexe : « Koh-i-noor » n'évoquait rien d'autre pour lui que le plus gros diamant du monde (à l'époque), et il se demandait comment une fille dotée d'un nom musulman avait bien pu échouer dans un couvent catholique.

Ce fut la mère de Baby Kochamma qui finit par comprendre que Koh-i-noor n'était autre que Baby Kochamma en personne. Elle se souvenait avoir montré à sa fille, des années plus tôt, une copie du testament de son père (son père à elle, le grand-père de Baby Kochamma) dans lequel ce dernier avait écrit à propos de ses petits-enfants : « J'ai sept joyaux, dont l'un est mon Koh-i-noor. » Il faisait don à chacun d'entre eux d'une petite somme d'argent ou de quelque bijou, mais ne précisait à aucun moment lequel de ses petits-enfants devait être considéré comme son Koh-i-noor. La mère de Baby Kochamma se rendit compte que sa fille, sans raison valable, en avait déduit qu'il ne pouvait s'agir que d'elle, et qu'elle avait ressuscité Koh-i-noor pour tenter de faire comprendre ses ennuis à sa famille, sachant qu'au couvent toutes ses lettres étaient lues par la mère supérieure avant d'être postées.

Le révérend Ipe s'en alla donc à Madras retirer sa fille du couvent. Tout heureuse, celle-ci n'en signifia pas moins clairement qu'elle n'avait aucune intention d'abjurer sa foi et resterait catholique jusqu'à la fin de ses jours. Le révérend ne tarda pas à comprendre que la « réputation » que sa fille s'était faite était le plus sûr moyen de la priver d'époux et décida que, faute de mari, elle aurait au moins de l'instruction. Il fit donc en sorte qu'elle parte pour l'Amérique suivre des cours à l'université de Rochester.

Deux ans plus tard, Baby Kochamma rentrait au pays, certes munie d'un diplôme en sciences ornementales du jardin, mais plus amoureuse du père Mulligan que jamais. Il ne restait plus rien de la jolie jeune fille élancée qu'elle avait été. Ses années à Rochester lui avaient profité. Elle avait pris beaucoup d'ampleur, pour ne pas dire qu'elle était devenue obèse. Jusqu'au petit tailleur de Chungam Bridge qui, en dépit de sa timidité, réclamait double tarif pour la confection de ses corsages.

Pour l'empêcher de se morfondre, son père lui demanda d'aménager l'espace devant la maison d'Aye-menem. Elle en fit un jardin âpre et tourmenté qui attirait les visiteurs depuis Kottayam.

Le morceau de terrain, pentu et circulaire, était entouré d'une allée de gravier abrupte. Baby Kochamma le transforma en un dédale luxuriant de haies, de rochers et de gargouilles miniatures. Sa fleur préférée, c'était l'anthurium. L'anthurium *andreanum*. Elle en avait toute une collection, depuis le « Rubrum » jusqu'au « Lune de miel », en passant par un bataillon de variétés japonaises. Leurs spathes allaient du noir moucheté au rouge sang ou à l'orange flamboyant. Leurs spadices fourchus, hérissés de petites pointes, étaient invariablement jaunes. Au centre du jardin, entouré de massifs de cannas et de phlox, un angelot en marbre dirigeait un long filet d'argent en arc de cercle dans un bassin peu profond où s'épanouissait une unique fleur de lotus bleu. À chaque angle du bassin se prélassait un nain de plâtre rose aux joues rubicondes, coiffé d'un bonnet rouge à pointe.

Baby Kochamma passait tous ses après-midi dans son jardin, vêtue d'un sari et chaussée de bottes en caoutchouc. Ses mains gantées d'orange vif maniaient un énorme sécateur. À l'instar d'un dompteur, elle apprivoisait les vignes vierges et soignait les cactus hérissés d'épines. Endiguait les bonsaïs et dorlotait les orchidées rares. Au mépris du climat, elle essayait de faire pousser des edelweiss et des goyaves chinoises.

Et tous les soirs, elle se crémait les pieds avec de la vraie crème et repoussait les cuticules de ses orteils.

Récemment, après avoir subi pendant plus d'un demi-siècle des soins attentifs, d'une minutie redoutable, le jardin d'ornement avait été délaissé. Abandonné à son triste sort, fouillis inextricable, il était retourné à l'état sauvage, un peu comme des animaux de cirque qui auraient oublié les tours qu'on leur a appris. La plante que tout le monde appelle patchouli du peuple (parce qu'elle prolifère au Kerala autant que le communisme) étouffait les plantes exotiques. Seule la vigne vierge arrivait encore à pousser, à l'image des ongles sur les orteils d'un cadavre. Elle se faufilait dans les narines des nains roses et s'épanouissait dans leurs têtes creuses, leur donnant l'expression de quelqu'un qui hésite entre l'étonnement et l'éternuement.

Cet abandon brutal et peu protocolaire était dû à un nouvel amour. Baby Kochamma avait installé une antenne parabolique sur le toit de la maison. Depuis son salon, elle présidait aux destinées du Monde par satellite. L'incroyable excitation que générait pareil phénomène chez Baby Kochamma n'était pas difficile à comprendre. Loin de s'être installé progressivement, il s'était produit d'un coup, du jour au lendemain. Blondes explosives, guerres, famines, football, sexe, musique, coups d'État, tout était arrivé en vrac, par le même train. Tout ce petit monde avait défait ses valises en même temps pour s'installer au même hôtel. Ayemenem qui, jusqu'ici, en guise de décibels, n'avait guère connu que le klaxon musical du car, entendait et voyait maintenant défiler les guerres, les famines, les massacres et Bill Clinton, comme autant de domestiques qu'un claquement de doigts suffit à faire apparaître. Tandis que son jardin d'ornement s'étiolait et mourait, Baby Kochamma, elle, regardait les matchs de basket de la NBA, de cricket et tous les tournois de tennis du Grand Chelem. Pendant la semaine, elle regardait *Amour, gloire et beauté* et *Santa Barbara*, dont les blondes fragiles, barbouillées de rouge à lèvres, les cheveux raides de laque, passaient leur temps à séduire des androïdes et à défendre leur empire sexuel. Elle adorait leurs tenues scintillantes et le côté garce de leurs répliques cinglantes. Dans le cours de la journée, des fragments de séquence lui revenaient de temps à autre, et elle en riait toute seule.

Kochu Maria, la cuisinière, portait encore les grosses boucles en or qui lui avaient abîmé à jamais les lobes des oreilles. Elle adorait *Wrestling Mania*, programme sponsorisé par le WWF, avec ses deux personnages, Hulk Hogan et Mr Perfect, plus larges de cou que de tête, qui portaient des jambières en Lycra fluorescent et n'arrêtaient pas de se flanquer des corrections magistrales. On décelait dans son rire cette petite note de cruauté qu'a parfois celui des très jeunes enfants.

Les deux femmes restaient dans le salon à longueur de journée, enfermées dans ce silence bruyant qu'entretient la télévision, Baby Kochamma dans le fauteuil en rotin ou dans la chaise longue (selon l'état de ses pieds), Kochu Maria à côté d'elle sur le plancher (zappant à la moindre occasion). Une chevelure d'un blanc de neige, l'autre d'un noir de charbon. Elles participaient à tous les concours, se précipitaient sur toutes les « affaires » annoncées dans les spots publicitaires ; elles avaient même gagné à deux reprises un T-shirt et une Thermos que Baby Kochamma s'était empressée de mettre sous clef dans son armoire.

La vieille dame aimait beaucoup la maison d'Ayemenem, surtout le mobilier, dont elle avait hérité en survivant à tous les autres membres de la famille. Le violon de Mammachi et son pupitre, les chaises en plastique imitation osier, les placards d'Ooty, les lits de Delhi, la coiffeuse de Vienne avec ses boutons en ivoire fendillés. Et, dans la salle à manger, la grande table en palissandre, œuvre de Velutha.

Quand par hasard elle changeait de chaîne, toutes ces famines, ces épidémies, ces guerres télévisuelles l'affolaient. Elle avait toujours eu peur de la Révolution et de la menace marxiste-léniniste ; voir la télévision s'inquiéter du nombre sans cesse croissant des déshérités et des exclus avait réveillé ses vieilles terreurs. Elle considérait famines, génocides et purifications ethniques comme autant de phénomènes susceptibles de mettre son mobilier en péril.

Sauf en cas de force majeure, elle gardait toutes les

ouvertures solidement fermées. Ses fenêtres servaient à quelques fins très précises : Respirer un peu d'Air Frais, Payer son Lait, Faire Sortir une Guêpe Prisonnière (non sans que Kochu Maria ait été préalablement contrainte de la pourchasser à travers la maison, armée d'une serviette).

Elle allait jusqu'à fermer à clef son petit réfrigérateur tout écaillé, où elle conservait les chaussons à la crème que Kochu Maria lui rapportait chaque semaine de la boulangerie-pâtisserie de Kottayam. Ainsi que ses deux bouteilles d'eau de riz — elle ne buvait jamais d'eau du robinet. La clayette du haut était réservée à ce qui restait du service en porcelaine à motif chinois qui avait appartenu à Mammachi.

Quant aux compartiments à beurre et à fromage, ils contenaient la dizaine de flacons d'insuline que lui avait rapportés Rahel (des États-Unis). De nos jours, on n'était jamais assez prudent : le visage le plus innocent, l'œil le plus candide pouvaient cacher un voleur de vaisselle, un inconditionnel du chausson à la crème, un diabétique patibulaire parcourant les rues d'Ayemenem en quête d'insuline d'importation.

Elle se méfiait même des jumeaux. Les croyant capables de Tout. Et de N'importe Quoi. *Et pourquoi pas de reprendre leur cadeau?* se disait-elle avec un pincement au cœur en comprenant que, presque du jour au lendemain, en dépit de toutes ces années, elle s'était mise à les voir à nouveau comme une seule et même entité. Bien décidée à ne pas se laisser engloutir par le passé, elle changea immédiatement sa formulation. *Et pourquoi ne serait-elle pas capable de reprendre son cadeau? Elle, Rahel.*

Baby Kochamma regarda Rahel, debout devant la

table de la salle à manger; elle avait quelque chose de furtif et d'inquiétant, cette même aptitude à rester étonnamment immobile et tranquille qu'Estha semblait, lui aussi, avoir acquise. Baby Kochamma se sentait un peu intimidée par cette placidité.

« Alors! lança-t-elle d'une voix aiguë et hachée. Qu'est-ce que tu comptes faire? Combien de temps penses-tu rester? Tu le sais? »

Rahel essaya de dire quelque chose. Qui ne vint que par bribes. Déchiquetées, comme des bouts de ferraille. Elle se dirigea vers la fenêtre et l'ouvrit. Pour Respirer un Peu d'Air Frais.

« Referme-la dès que tu auras fini », dit Baby Kochamma, dont le visage se ferma comme une porte de placard.

On ne voyait plus le fleuve depuis la fenêtre.

On l'avait vu jusqu'au jour où Mammachi avait fait fermer la véranda avec les premières baies coulissantes qu'ait connues Ayemenem. Les portraits à l'huile du révérend E. John Ipe et d'Aleyooty Ammachi (les arrière-grands-parents d'Estha et de Rahel) avaient été dépendus de la véranda de derrière pour être suspendus dans celle de devant.

C'était là qu'ils étaient désormais, le Petit Béni et sa femme, de chaque côté de la tête de bison empaillée.

Le révérend Ipe adressait maintenant son sourire assuré d'ancêtre à la rue et non plus au fleuve.

Aleyooti Ammachi avait l'air plus hésitant. Comme si elle aurait voulu pouvoir se retourner mais en était empêchée. Elle avait peut-être eu plus de mal à abandonner le fleuve. Ses yeux suivaient la même direction que ceux de son mari, mais son cœur, lui, regardait ailleurs. Ses lourdes pendeloques kunukku à l'or un peu terni (témoignage de la Grande Bonté du Petit Béni) tiraient tellement sur ses lobes que ceux-ci lui arrivaient aux épaules. À travers les trous des oreilles, on voyait le fleuve et les arbres sombres qui s'y miraient. Et les pêcheurs dans leurs bateaux. Et les poissons.

Même si l'on ne voyait plus le fleuve depuis la maison d'Ayemenem, celle-ci le contenait tout entier, de même qu'un coquillage contient la mer tout entière.

Flot précipité, houle ondulante, glissement des poissons dans l'eau.

Depuis la fenêtre de la salle à manger, le vent dans les cheveux, Rahel voyait la pluie tambouriner sur le toit de tôle rouillée de ce qui avait été la conserverie de sa grand-mère.

Conserves et Condiments Paradise.

Entre la maison et le fleuve.

Dans le temps, on y faisait des condiments, des sirops, des confitures, des poudres de curry et des conserves d'ananas. Et de la confiture de banane, illégale puisque l'IPA (Inspection des produits alimentaires) en avait interdit la fabrication : selon ses normes, ce n'était ni de la confiture ni de la gelée. Trop liquide pour de la gelée, trop épaisse pour de la confiture. Consistance ambiguë, donc inclassable, avait-elle décrété.

C'était le règlement.

À y regarder de plus près, Rahel avait l'impression que les difficultés qu'avait toujours éprouvées la famille face à la notion de classification allaient bien au-delà du distinguo confiture/gelée.

Peut-être bien que les pires contrevenants, c'étaient Ammu, Estha et elle-même. Mais ils n'étaient pas seuls en cause. Les autres étaient également concernés. Tous avaient enfreint les règles. Tous avaient pénétré dans des territoires interdits. Tous avaient essayé de tourner les lois qui décidaient qui devait être aimé et comment. Et jusqu'à quel point. Les lois qui font d'une grand-mère une grand-mère, d'un oncle un oncle, d'une mère une mère, d'un cousin un cousin, d'une confiture une confiture.

Il y avait eu une époque où les oncles devenaient des pères, les mères des maîtresses et où les cousines mouraient et se faisaient enterrer.

Il y avait eu une époque où l'impensable était devenu pensable, où l'impossible s'était réalisé.

La police avait découvert Velutha bien avant l'enterrement de Sophie Mol.

Il avait frissonné quand les menottes s'étaient refermées sur ses poignets. Des menottes glacées qui dégageaient une odeur de métal. La même que celle des barres du car, la même que celle qu'avaient les mains du contrôleur à force de s'y être accrochées.

Une fois l'affaire terminée, Baby Kochamma avait déclaré : « Qui sème le vent récolte la tempête. » Comme si ni les semailles ni la récolte ne l'avaient concernée. Elle était revenue, sur ses petits pieds, à sa broderie au point de croix. Sans que jamais ses petits orteils touchent le sol. Qu'Estha soit Retourné à l'Envoyeur, c'était pourtant *son* idée.

À la mort de sa fille, la douleur et l'amertume s'étaient ramassées en Margaret Kochamma comme un ressort toujours prêt à se détendre. Elle ne disait rien, mais, au cours des jours qui avaient précédé son retour en Angleterre, profitait de la moindre occasion pour gifler Estha quand elle le croisait.

Rahel regarda Ammu préparer la petite malle d'Estha.

« Peut-être qu'ils ont raison, murmura Ammu. Peut-être qu'un garçon a vraiment besoin de son papa. »

Rahel vit ses yeux — morts, rougis par les pleurs.

Ils écrivirent à Hyderabad pour demander son avis à un Expert en Jumeaux. Qui leur répondit par retour qu'il était déconseillé de séparer des jumeaux monozygotes, mais que des jumeaux issus de deux ovules distincts pouvaient être traités comme des frères et sœurs ordinaires. Sans doute allaient-ils souffrir, comme souffrent tous les enfants de parents divorcés, mais sans plus. Rien que de banal.

Et c'est ainsi qu'Estha avait été Retourné à l'Envoyeur en train, avec sa malle en fer et ses chaussures beiges à bouts pointus dans son fourre-tout kaki. En première classe, de nuit, dans le train postal de Madras, puis, de là, avec un ami de leur père, jusqu'à Calcutta.

Il avait une gamelle avec des sandwichs à la tomate. Et une Thermos Aigle, avec un aigle dessus. Et, dans la tête, des images terribles.

Pluie. Battante, d'un noir d'encre. Odeur. Douceâtre. Celle des roses fanées portée par le vent.

Mais, pire que tout, il emportait avec lui le souvenir d'un jeune homme affublé d'une bouche de vieillard. Le souvenir d'un visage tuméfié, déformé par un sourire tordu et boursouflé. D'une flaque claire qui s'élargissait et dans laquelle se réfléchissait une ampoule nue. D'un œil injecté de sang qui s'était ouvert, hagard, pour finir par se fixer sur lui. Et lui, Estha, qu'avait-il fait? Il avait regardé ce visage aimé et il avait dit oui.

Oui, c'est lui.

Ce mot que la pieuvre d'Estha n'arrivait pas à déloger : « Oui ». L'aspiration était trop faible. Le mot était accroché là, dans quelque pli ou dans quelque recoin, comme une fibre de mangue coincée entre les dents. Sans qu'on puisse rien faire pour l'extirper.

D'un point de vue purement pratique, il serait sans doute exact de dire que tout commença avec l'arrivée de Sophie Mol à Ayemenem. On dit que les choses peuvent changer en l'espace d'une journée — c'est peut-être vrai. Qu'il suffit de quelques heures pour faire basculer toute une vie. Et que, quand pareille chose se produit, ces quelques heures, à l'instar des restes d'une maison incendiée — l'horloge calcinée, les photos racornies, le mobilier carbonisé —, il convient de les exhumer des ruines. Pour les conserver, les préserver. Les faire revivre.

Incidents sans importance, détails insignifiants, brisés en mille morceaux et patiemment reconstitués. Investis d'une nouvelle signification. Pour soudain devenir l'ossature blanchie d'une histoire.

Et pourtant, dire que tout commença avec l'arrivée de Sophie Mol à Ayemenem, ce n'est qu'une manière parmi d'autres de voir les choses.

On pourrait tout aussi bien avancer que tout avait commencé des milliers d'années plus tôt. Bien avant l'arrivée des marxistes. Bien avant la prise de Malabar par les Britanniques ou le protectorat hollandais, bien avant l'arrivée de Vasco de Gama, bien avant la conquête de Calicut par Zamorin. Avant que trois évêques de l'Église de Syrie en robe de pourpre soient assassinés par les Portugais et que leurs corps soient retrouvés flottant sur les vagues, la poitrine couverte de serpents de mer, leurs barbes emmêlées serties d'huîtres. On pourrait aller jusqu'à dire que tout avait commencé bien avant que le christianisme débarque de son bateau et se diffuse dans le Kerala comme le thé en sachet.

Que tout avait commencé à l'époque où furent décrétées les Lois sur l'Amour. Les lois qui décidaient qui devait être aimé, et comment.

Et jusqu'à quel point.

Et pourtant, pour des raisons pratiques, dans un monde désespérément pratique...

2

Le papillon de Pappachi

... c'était par un ciel bleu de décembre soixante-neuf (le dix-neuf cent restant muet). Le genre d'époque, dans la vie d'une famille, où quelque chose vient forcément débusquer de son gîte sa morale bien cachée pour la faire remonter à la surface, où elle va flotter un moment. Bien en évidence. Au vu et au su de tout un chacun.

Une Plymouth bleu ciel, les ailerons étincelant sous le soleil, roulait à vive allure sur la route de Cochin, au milieu des jeunes rizières et des vieux hévéas. Un peu plus loin à l'est, à la même époque, dans un petit pays dont le paysage est en tout point semblable (jungles, rivières, rizières, communistes), il tombait assez de bombes pour enfouir le territoire tout entier sous dix centimètres de ferraille. Ici, au contraire, régnait la paix, et, dans la Plymouth, la famille poursuivait sa route sans crainte ni pressentiment.

La voiture avait appartenu à Pappachi, le grand-père de Rahel et d'Estha. Depuis sa mort, elle était la propriété de Mammachi, leur grand-mère, et Rahel et Estha s'en allaient à Cochin voir pour la troisième fois *La Mélodie du bonheur*. Ils en connaissaient toutes les chansons par cœur.

Après, ils se rendraient à l'hôtel Sea Queen, celui qui sentait la vieille cuisine. Les chambres étaient réservées. Le lendemain matin, de bonne heure, ils iraient à l'aéroport de Cochin chercher l'ex-femme de Chacko (leur tante anglaise, Margaret Kochamma) et leur cousine, Sophie Mol, qui arrivaient de Londres pour passer Noël à Ayemenem. Quelques mois plus tôt, le second mari de Margaret Kochamma, Joe, avait été tué dans un accident de voiture. À l'annonce de cette nouvelle, Chacko les avait invitées à Ayemenem, ne supportant pas l'idée de les voir passer Noël toutes seules en Angleterre. Dans une maison, qui plus est, pleine de souvenirs.

S'il fallait en croire Ammu, Chacko n'avait jamais cessé d'aimer Margaret Kochamma. Mammachi, elle, était d'avis qu'il ne l'avait jamais aimée.

Rahel et Estha ne connaissaient pas Sophie Mol. Tout au long de cette dernière semaine, pourtant, on leur en avait rebattu les oreilles. Tout le monde s'y était mis : Baby Kochamma, Kochu Maria, même Mammachi. Elles ne la connaissaient pas davantage, mais à les entendre on aurait pu croire le contraire. Ces huit jours avaient été placés sous le signe de « Qu'est-ce qu'en dira Sophie Mol ? »

Du coup, Baby Kochamma avait passé son temps à épier sans relâche les conversations privées des jumeaux. Dès qu'elle les surprenait en train de parler malayalam, elle prélevait sa dîme. Déduite à la source, sur leur argent de poche. Elle leur donnait des lignes — elle appelait ça des taxes : *Je promets de toujours parler anglais, Je promets de toujours parler anglais.* Cent lignes à chacun. Quand ils avaient terminé, elle les barrait au stylo rouge. Ainsi les vieilles lignes ne risquaient pas d'être reversées au titre des nouvelles punitions.

Elle leur avait fait répéter une chanson en anglais pour le trajet de retour en voiture. Il leur fallait articuler correctement chaque mot et veiller tout particulièrement à la prononciation. Prrô-non-si-A-scions.

Ré-jouis-toi dans le Sei-ei-gneur
Encore, ré-jouis-toi
Ré-jou-is-toi
Ré-jou-is-toi
Encore, ré-jou-is-toi.

Le vrai nom d'Estha était Esthappen Yako ; celui de Rahel, Rahel. Pour l'instant, ils étaient sans patronyme, dans la mesure où Ammu songeait sérieusement à reprendre son nom de jeune fille, même s'il lui arrivait souvent de regretter qu'une femme n'ait le choix qu'entre le nom de son mari et celui de son père.

Estha portait ses chaussures beiges à bouts pointus et sa banane à la Elvis. La spéciale, celle de sortie. Sa chanson préférée, c'était *Party*. « *Some people like to rock, some people like to roll* », susurrait-il, quand personne ne le regardait, pinçant les cordes d'une raquette de badminton et retroussant les lèvres à la manière d'Elvis. « *But moonin' an' a-groonin' gonna satisfy mah soul, less have a party...* »

Estha avait des yeux en amande et en-dormis. Ses canines toutes neuves étaient encore dentelées. Celles de Rahel attendaient toujours de sortir de leurs gencives, comme les mots d'un stylo. Tout le monde s'étonnait de ce que dix-huit minutes d'écart puissent causer un pareil décalage dentaire.

Les cheveux de Rahel retombaient en cascade sur le sommet de son crâne. Ils étaient retenus par un Va-Va. Deux perles sur un élastique qui n'expliquaient en rien un nom pareil. Au Kerala, les Va-Va avaient résisté à l'épreuve du temps et, aujourd'hui encore, c'était bien ce que proposait tout bon magasin de mode quand on lui réclamait cet article : deux perles sur un élastique.

La montre de Rahel avait des aiguilles peintes sur le cadran. Qui marquaient toujours la même heure : deux heures moins dix. La grande ambition de Rahel, c'était d'avoir une vraie montre pour pouvoir changer d'heure à tout bout de champ (après tout, c'était d'abord à ça que servait le temps). Ses lunettes de soleil en plastique rouge cerclées de jaune coloraient le monde extérieur en rouge. Ammu prétendait que c'était mauvais pour les yeux et préférait ne pas la voir s'en servir.

Sa Tenue d'Aéroport était dans la valise d'Ammu. Avec la culotte appareillée.

C'était Chacko qui conduisait. Il avait quatre ans de plus qu'Ammu. Rahel et Estha ne pouvaient pas l'appeler Chachen, sous peine de se faire appeler eux-mêmes Chetan et Cheduthi. Ils ne pouvaient pas non plus l'appeler Tonton, sinon il les appelait Tata, ce qui ne laissait pas d'être extrêmement embarrassant en Public. Alors ils l'appelaient Chacko.

La chambre de Chacko était bourrée de livres, du plancher jusqu'au plafond. Il les avait tous lus et en citait souvent de longs passages à leur intention, sans raison apparente. En tout cas, sans raison bien claire. Par exemple, ce matin-là, tout en franchissant la grille et en criant au revoir à Mammachi, restée sur la véranda, Chacko avait sorti tout à trac : « *Gatsby, c'était un bon bougre, finalement; si par la suite je restai un certain temps sans éprouver le moindre intérêt pour les chagrins tronqués et les enthousiasmes vite essouflés de mes semblables, ce fut à cause du mal*

qui le rongeait, de cette poussière délétère qui flottait
dans le sillage de ses rêves. »

Le pli était si bien pris que personne ne songeait plus à se pousser du coude ou à échanger un regard avec son voisin. Muni d'une bourse de la Fondation Rhodes, Chacko avait fréquenté Oxford, ce qui suffisait à justifier des excès et des excentricités qu'aucun d'entre eux ne se serait permis.

Il prétendait être en train de rédiger une Biographie de la Famille, qu'il ne publierait pas à condition que ladite Famille le dédommage. Ammu disait que s'il y en avait un parmi eux qui prêtait justement le flanc au chantage biographique, c'était bien lui.

Tout ça, c'était alors. Avant la Terreur.

Dans la Plymouth, Ammu était assise devant, à côté de Chacko. Elle avait vingt-sept ans et savait, au fond d'elle-même, que sa vie était derrière elle. Elle avait eu sa chance. L'avait laissée passer en se trompant d'homme.

Ammu avait terminé sa scolarité l'année où son père s'était retiré à Ayemenem. Pappachi estimait que l'Université représentait une dépense superflue pour une fille, si bien qu'Ammu n'eut plus qu'à quitter Delhi et à déménager avec eux. Que pouvait faire une jeune fille à Ayemenem sinon attendre une proposition de mariage tout en aidant sa mère dans les travaux du ménage ? Dans la mesure où son père n'avait pas suffisamment d'argent pour lui constituer une dot digne de ce nom, Ammu ne reçut aucune proposition. Deux années passèrent. Puis vint son dix-huitième anniversaire, sans même que ses parents y prêtent attention. Elle devenait folle. Ne rêvait que de fuir Ayemenem, que d'échapper aux griffes d'un père acariâtre et d'une mère soumise. Elle ébauchait toutes sortes de projets, tous plus médiocres les uns que les autres. L'un d'eux finit par marcher. Pappachi accepta de lui laisser passer l'été chez une tante éloignée qui vivait à Calcutta.

C'est là, à l'occasion d'un lunch de mariage, qu'Ammu rencontra son futur époux.

Il était en vacances, mais travaillait d'ordinaire à Assam comme sous-directeur d'une plantation de thé. Il appartenait à une famille de zamindars, autrefois fortunés, qui avaient quitté le Bengale oriental pour Calcutta après la partition.

Il était petit, mais bien bâti et assez séduisant. Portait des lunettes démodées qui lui donnaient un air sérieux, démenti par un charme désinvolte et un sens de l'humour juvénile, totalement désarmant. Il avait vingt-cinq ans mais travaillait depuis six ans déjà dans les plantations. Il n'avait pas fait d'études supérieures, ce qui expliquait ses plaisanteries de collégien. Cinq jours plus tard, il se déclarait. Ammu ne fit même pas semblant de l'aimer. Elle se contenta de peser le pour et le contre pour finir par accepter sa proposition. N'importe quoi, n'importe qui, tout plutôt que de rentrer à Ayemenem. Elle écrivit à ses parents pour leur faire part de sa décision. Elle ne reçut jamais de réponse.

Ammu se maria en grande pompe à Calcutta. Plus tard, elle devait se rendre compte que ce n'était pas l'amour qui avait donné au regard de son fiancé cet éclat légèrement fiévreux, ni même la perspective du plaisir charnel, mais bien l'absorption de huit whiskys bien tassés. Secs. Sans glaçon.

Le beau-père d'Ammu était président de la Compagnie ferroviaire et, du temps de sa jeunesse, avait fait partie de l'équipe de boxe de Cambridge. Il était secrétaire de la FBBA, la Fédération bengalaise de boxe amateur. En guise de cadeau de mariage, il offrit au jeune couple une Fiat rose pâle, au volant de laquelle il s'empressa de déguerpir dès la fin de la cérémonie, emportant avec lui tous les bijoux et la plupart des autres cadeaux. Il mourut à l'hôpital avant la naissance des jumeaux, au cours d'une opération de la vésicule. Sa crémation fut l'occasion d'un grand rassemblement de pleureurs aux mâchoires fracassées et aux nez fracturés : tous les boxeurs du Bengale étaient là.

Dès qu'elle fut installée à Assam avec son mari, Ammu, jeune et belle effrontée, devint aussitôt la coqueluche du Club des Planteurs. Elle portait des dos-nus avec ses saris et une petite bourse en lamé au bout d'une chaîne. Se servait d'un fume-cigarette en argent d'où elle tirait des ronds de fumée impeccables. Elle ne tarda pas à découvrir que son mari était non pas un gros buveur mais un alcoolique invétéré, avec tous les travers et le charme tragique que suppose pareil état. Ammu ne comprit jamais certains aspects de son caractère. Même après l'avoir quitté, elle continua à se demander ce qui pouvait bien le pousser à mentir de manière aussi éhontée, même quand ce n'était pas nécessaire. *Surtout* quand ce n'était pas nécessaire. Au cours d'une conversation entre amis, il n'hésitait pas à dire qu'il adorait le saumon fumé alors même qu'Ammu savait pertinemment qu'il en avait horreur. Ou bien il rentrait du club et lui racontait qu'il venait de voir *Meet Me in St Louis,* alors que le film programmé était en fait *The Bronze Buckaroo.* Jamais il ne s'expliquait ni ne s'excusait quand elle le lui faisait remarquer. Il se contentait de ricaner, ce qui finissait d'exaspérer Ammu.

Quand éclata la guerre avec la Chine, Ammu était enceinte de huit mois. C'était en octobre 1962. On évacua les femmes et les enfants d'Assam. Ammu, dont la grossesse était trop avancée pour lui permettre encore de voyager, resta sur la plantation. C'est en novembre qu'Estha et Rahel virent le jour, après une équipée en car, sauvage et cahoteuse, jusqu'à Shillong, au milieu des rumeurs d'occupation chinoise et de défaite imminente. À la lumière de la bougie, dans un hôpital aux fenêtres noircies. Ils sortirent sans trop faire de manières, à dix-huit minutes d'intervalle. Deux tout petits au lieu d'un seul gros. Deux phoques jumeaux, tout gluants du liquide de leur mère. Tout ridés de l'effort qu'ils venaient de fournir. Ammu s'assura qu'il ne leur manquait rien avant de refermer les yeux et de s'endormir.

Elle fit un décompte méticuleux : quatre yeux, quatre oreilles, deux bouches, deux nez, vingt doigts et vingt orteils parfaitement formés.

Sans remarquer l'unique âme siamoise. Elle était heureuse de les avoir. Leur père, étendu de tout son long sur un banc, dans le couloir de l'hôpital, cuvait son vin.

Les jumeaux n'avaient pas deux ans que leur père, miné par un alcoolisme encore aggravé par la solitude de la vie sur la plantation, était désormais plongé dans un état de stupeur permanente. Il passait des journées entières au fond de son lit sans aller travailler. Pour finir, son directeur, un Anglais, Mr Hollick, le convoqua dans son bungalow, afin « d'avoir une explication ».

Ammu, assise sur la véranda, attendit avec angoisse le retour de son mari, convaincue que Hollick ne cherchait qu'une occasion de le renvoyer. Elle fut donc étonnée de le voir rentrer abattu, certes, mais nullement désespéré. Mr Hollick lui avait fait une proposition dont il fallait qu'il discute avec Ammu. Il s'aventura d'abord avec précaution, évitant soigneusement le regard de sa femme, rassemblant son courage au fur et à mesure qu'il racontait son histoire. D'un point de vue pratique, et à long terme, c'était une proposition avantageuse pour eux deux. En fait pour eux tous : il ne fallait pas perdre de vue l'éducation des enfants.

Mr Hollick s'était montré franc avec son jeune assistant, lui faisant part des plaintes dont celui-ci était l'objet de la part des employés comme des contremaîtres.

« Je me vois contraint et forcé de vous réclamer votre démission. »

Il avait laissé le silence faire son œuvre. Laissé l'homme pitoyable, assis en face de lui, commencer à trembler. À pleurer. Avant de reprendre la parole.

« Pour être tout à fait franc, on pourrait peut-être trouver une solution. Penser positif, voilà ma devise. Vous n'êtes pas si malheureux ! » Hollick s'interrompit le temps de faire venir du café noir. « Vous avez beaucoup de chance : une famille merveilleuse, de beaux enfants, une femme extrêmement séduisante... » Il alluma une cigarette et attendit que l'allumette se consume. « Vraiment très, très séduisante... »

Les pleurs cessèrent. Des yeux marron ahuris plongèrent dans d'autres yeux, lubriques, verts, veinés de rouge. Tout en sirotant son café, Mr Hollick proposa à Baba de partir quelque temps. De prendre des vacances. Dans une clinique peut-être, pour une cure de désintoxication. Le temps de se remettre. Dans l'intervalle, Ammu pourrait venir s'installer chez lui, et il pourrait ainsi « veiller » sur elle.

Il traînait déjà sur la plantation quelques gamins en haillons, à la peau claire, dont Hollick avait gratifié les ramasseuses de thé qu'il trouvait à son goût. Mais c'était la première fois qu'il s'aventurait dans les sphères de la direction.

Tandis qu'il parlait, Ammu regardait bouger les

lèvres de son mari. Sans rien dire. Son silence le mit d'abord mal à l'aise, puis hors de lui. Brusquement, il plongea dans sa direction, la saisit par les cheveux, la frappa à plusieurs reprises et finit par s'écrouler, inconscient. Ammu s'empara du livre le plus lourd qu'elle put trouver dans la bibliothèque, l'*Atlas* du *Reader's Digest*, et se mit à le taper de toutes ses forces. Sur la tête. Les jambes. Le dos et les épaules. Quand il reprit conscience, il s'étonna d'être couvert d'ecchymoses. Il s'excusa jusqu'à l'avilissement, mais commença tout aussitôt à la harceler pour qu'elle accepte la proposition de Hollick. Les scènes devinrent bientôt quotidiennes. Son comportement était toujours le même : l'ivrogne en lui s'emportait puis, une fois dessoûlé, commençait ses récriminations. Ammu était écœurée par les remugles d'alcool qu'il dégageait, par les vomissures séchées qui, le matin, lui faisaient une croûte autour de la bouche, comme des restes de gâteau. Quand, au début de la guerre avec le Pakistan, il commença à s'en prendre aux enfants, Ammu le quitta et retourna chez ses parents, qui la reçurent plutôt fraîchement. Pour retrouver tout ce qu'elle avait fui quelques années plus tôt. Sauf que maintenant, elle avait deux enfants. Et plus de rêves.

Pappachi refusa de croire à son histoire — non pas en raison d'une quelconque estime pour son mari, mais parce qu'il ne pouvait imaginer qu'un Anglais, quel qu'il fût, puisse convoiter la femme d'un autre.

Ammu aimait ses enfants (bien sûr), mais leur fragilité naïve et étonnée, leur aptitude à aimer des gens qui, eux, ne les aimaient pas l'exaspéraient et lui donnaient parfois envie de les faire souffrir — pour les former, les endurcir.

C'était comme s'ils avaient laissé ouverte la fenêtre

par laquelle leur père avait disparu pour que n'importe qui puisse entrer.

Ses jumeaux lui faisaient penser à deux petites grenouilles ahuries, indifférentes au reste du monde, marchant bras dessus bras dessous le long d'une route à grande circulation. Totalement oublieux des dangers que les camions font courir aux grenouilles. Ammu veillait sur eux avec passion. À force d'être toujours sur le qui-vive, elle vivait dans une angoisse et une tension permanentes. Prompte à les gronder, elle était plus prompte encore à prendre leur défense.

Elle savait qu'elle n'avait plus rien à espérer. Il ne lui restait plus maintenant qu'Ayemenem. Une véranda devant, une autre derrière. Un fleuve embourbé et une fabrique de conserves.

Avec, à l'arrière-plan, les ragots incessants, insistants, des autochtones.

Quelques mois lui suffirent pour apprendre à reconnaître et à mépriser une commisération qui n'était que de surface. De vieilles amies de la famille, affligées de barbes naissantes et de doubles mentons tremblotants, passaient en coup de vent à Ayemenem dans le seul but de se répandre en lamentations sur son sort. Elles lui pressaient le genou, s'apitoyaient avec concupiscence. Ammu se retenait pour ne pas les gifler. Ou leur pincer les seins. Avec une clef à molette. Comme Charlot dans *Les Temps modernes*.

Elle ne se reconnaissait plus dans la femme qu'elle voyait sur ses photos de mariage. Dans cette jeune mariée stupide, couverte de bijoux, parée d'un sari flamboyant aux reflets dorés. Des bagues à tous les doigts. Des pastilles blanches de poudre de santal au-dessus de ses sourcils arqués. Quand Ammu se regardait ainsi accoutrée, un petit sourire amer lui crispait la bouche — moins au souvenir du mariage en soi qu'à l'idée de s'être laissé affubler de la sorte avant d'être envoyée à l'abattoir. Que d'absurdité! De futilité!

Autant mettre un emplâtre sur une jambe de bois. Elle se rendit chez l'orfèvre du village pour faire fondre sa grosse alliance et la faire transformer en un jonc fermé par deux têtes de serpent, qu'elle mit de côté pour Rahel.

Ammu savait que le mariage est quasiment incontournable. D'un point de vue pratique en tout cas. Mais elle passa le reste de sa vie à prôner les mariages intimes en habits de tous les jours. Le côté morbide de la cérémonie en devenait moins flagrant.

De temps à autre, quand elle écoutait ses airs favoris à la radio, Ammu se sentait toute remuée. Comme s'ils distillaient en elle une douleur diffuse, comme si, métamorphosée en sorcière, elle quittait ce monde pour un monde meilleur. Ces jours-là, elle se montrait agitée, parfois même rebelle. Comme si elle abandonnait momentanément son rôle de mère et de divorcée. Jusqu'à sa démarche qui, de tranquille et de posée, se faisait soudain plus dansante. Elle mettait des fleurs dans ses cheveux, et ses yeux étaient pleins d'étranges sortilèges. Elle ne parlait à personne. Passait des heures au bord du fleuve avec pour seul compagnon un petit transistor en forme de mandarine. Fumait cigarette sur cigarette et prenait des bains de minuit.

Qu'était-ce au juste qui donnait parfois à Ammu ce côté inquiétant, totalement imprévisible? Les forces antagonistes qui, au-dedans d'elle, se livraient bataille. Comme un mélange aux composantes irréductibles. L'infinie tendresse de la mère et l'audace suicidaire du kamikaze. Voilà ce qui finit peu à peu par l'envahir jusqu'à l'amener à aimer la nuit l'homme qu'aimaient ses enfants le jour. À utiliser la nuit le bateau qu'utilisaient ses enfants le jour. Le bateau qu'avait trouvé Rahel et sur lequel Estha était assis.

Les jours où la radio jouait les airs préférés d'Ammu, tout le monde l'évitait. Pressentant qu'elle vivait dans les limbes d'un monde crépusculaire. Qui, pour eux, était hors d'atteinte. Que cette femme qu'ils avaient d'ores et déjà condamnée pouvait devenir dangereuse puisqu'elle n'avait plus rien à perdre. Alors, les jours où la radio diffusait ses airs, on la fuyait, allant jusqu'à faire un détour, parce que tout le monde était d'accord sur ce point : ces jours-là, mieux valait la laisser tranquille.

Les autres jours, de grandes fossettes creusaient ses joues quand elle souriait.

Elle avait un visage fin et délicat, des sourcils noirs arqués comme les ailes d'une mouette en plein essor, un petit nez droit et une peau lumineuse, couleur de noisette. Ce jour de décembre bleu ciel, le vent, dans la voiture, faisait voleter ses mèches folles. Ses épaules, qui sortaient du corsage sans manches, reluisaient, comme si on les avait fait briller avec une cire spéciale. Parfois, c'était la plus belle femme qu'Estha et Rahel aient jamais vue. Parfois non.

Sur le siège arrière de la Plymouth, entre Estha et Rahel, se trouvait Baby Kochamma. Ex-nonne, petite grand-tante en titre. De même qu'il arrive aux malheureux de détester leurs pareils, de même Baby Kochamma détestait-elle les jumeaux, condamnés à n'être que de pauvres épaves, dépourvus de père. Pire encore, ils n'étaient que des moitiés d'hindou, qu'aucun membre de l'Église de Syrie n'accepterait jamais d'épouser. Elle était toujours prête à leur faire savoir qu'ils n'étaient (comme elle-même) que tolérés dans la maison grand-maternelle d'Ayemenem, où, de fait, ils n'avaient aucun droit de se trouver. Baby Kochamma en voulait à Ammu de se rebeller contre un sort qu'elle-même avait accepté de bonne grâce. Celui de la Pauvre Femme Sans Homme. Celui de la triste Baby Kochamma Sans Père Mulligan. Elle avait réussi à se convaincre au fil des ans que si son amour pour ce dernier n'avait jamais été consommé, c'était uniquement en raison de sa réserve à elle, de sa détermination à ne pas sortir du droit chemin.

Elle souscrivait pleinement à l'opinion, si communément répandue, selon laquelle une fille mariée n'a pas sa place chez ses parents. Quant aux divorcées, elles n'avaient de place nulle part. Quant à celles qui divorçaient après un mariage d'amour, Baby Kochamma n'avait pas assez de mots pour les stigmatiser. Et quant à celles qui divorçaient après un mariage mixte... alors là, elle préférait observer un silence aussi outragé qu'éloquent.

Les jumeaux étaient trop jeunes pour comprendre, et Baby Kochamma en profitait pour leur reprocher leurs rares moments de bonheur, par exemple quand une libellule soulevait un minuscule caillou sur la paume de leur main, quand ils avaient la permission de donner leur bain aux cochons ou qu'ils trouvaient un œuf tout frais pondu. Mais elle leur en voulait surtout du réconfort qu'ils tiraient l'un de l'autre. Ils auraient au moins pu faire semblant d'être malheureux de temps à autre. Ce n'était quand même pas trop demander.

Sur le chemin du retour, Margaret Kochamma serait devant avec Chacko : après tout, elle avait été sa femme. Sophie Mol s'assiérait entre eux deux. Quant à Ammu, elle passerait derrière.

Il y aurait deux Thermos d'eau. De l'eau bouillie pour Margaret Kochamma et Sophie Mol, de l'eau du robinet pour les autres.

Les bagages seraient dans le coffre.

Rahel adorait le mot « coffre ». Bien plus joli en tout cas que « courtaud ». Affreux, celui-là, comme mot. On aurait dit un nom de nain. *Courtaud, le nain bon teint* — gentil, petit-bourgeois, court sur pattes, bien-pensant et bien coiffé avec sa raie sur le côté.

Sur la galerie de la Plymouth, quatre panneaux publicitaires en contreplaqué souligné de métal annonçaient, sur les quatre côtés, en lettres tarabiscotées, Conserves et Condiments Paradise. Sous les lettres étaient peints des bocaux de confiture mélangée et de piments à l'huile avec des étiquettes qui annonçaient, en lettres tarabiscotées, Conserves et Condiments Paradise. À côté des bocaux, il y avait une liste de tous les produits Paradise et un danseur de kathakali, le visage barbouillé de vert et la jupe virevoltante. Le long de l'ourlet zigzagant de sa jupe virevoltante s'inscrivait en zigzag « Empereurs du Goût », contribution personnelle et spontanée du camarade K. N. M. Pillai. C'était une traduction littérale de *Ruchi lokathinde Ravaju,* à peine moins grotesque que « Empereurs du Goût ». Étant donné que le camarade Pillai avait pris sur lui d'imprimer le slogan sans attendre, personne n'avait eu le courage de lui demander de tout recommencer. Et c'est ainsi que les Empereurs du Goût s'étaient retrouvés, bien malencontreusement, sur toutes les étiquettes de la conserverie.

D'après Ammu, le danseur de kathakali n'était là que pour brouiller les pistes et n'avait strictement rien à voir dans l'histoire. D'après Chacko, c'était lui qui conférait leur exotisme aux produits de la maison, lui encore qui les aiderait à se placer le jour où ils envahiraient les marchés étrangers.

Ammu disait qu'ils se couvraient de ridicule avec ces panneaux. Qu'on aurait dit un cirque itinérant. Une roulotte de cirque avec des ailerons.

Mammachi s'était lancée dans la production commerciale des pickles quand Pappachi, après avoir pris sa retraite de fonctionnaire, était venu s'installer à Ayemenem. La Bible Society de Kottayam organisait une kermesse et avait demandé à Mammachi de préparer quelques pots de ses fameuses spécialités : confiture de banane et pickles à la mangue. Ils partirent en un rien de temps, et Mammachi se retrouva bientôt submergée de commandes au point de ne pouvoir faire face. Grisée par le succès, elle décida de continuer la fabrication de sa confiture et de ses pickles, pour finir par y consacrer tout son temps. De son côté, Pappachi vivait très mal la honte de la retraite. Il avait dix-sept ans de plus que sa femme et ne pouvait se cacher qu'il était un vieillard, alors qu'elle était encore, elle, dans la force de l'âge.

Mammachi avait beau être, déjà à cette époque, pratiquement aveugle à cause d'une malformation de la cornée, Pappachi refusait obstinément de l'aider dans son travail : la fabrication de pickles n'était pas une occupation digne d'un ex-haut fonctionnaire de l'Administration. Il avait toujours été jaloux et supportait très mal à présent l'attention dont sa femme était l'objet. On le voyait, impeccable dans ses costumes sur mesure, déambuler dans l'enclos et décrire des cercles maussades en traînant les pieds autour des tas de piments rouges et des monticules jaunes de curcuma en poudre, tout en observant Mammachi occupée à superviser l'achat, le pesage, le salage et le séchage des citrons verts et des mangues. Chaque soir, il la battait avec un vase en cuivre. La chose n'était pas nouvelle ; ce qui l'était, en revanche, c'était la régularité des séances. Un jour, Pappachi brisa l'archet du violon de Mammachi et le jeta dans le fleuve.

Puis, un été, Chacko rentra d'Oxford pour passer ses vacances à la maison. C'était un homme à la carrure impressionnante, qui, à cette époque, devait sa force à la pratique de l'aviron : il faisait partie du huit de Balliol College. Une semaine après son arrivée, il surprit son père en train de battre Mammachi dans le bureau. Il pénétra dans la pièce, saisit la main qui tenait le vase et l'immobilisa dans le dos de Pappachi.

« Je t'interdis de recommencer, lança-t-il à son père. Plus jamais, tu entends ? »

Pappachi passa le reste de la journée assis sur la véranda, à fixer d'un œil vide le jardin d'ornement sans toucher à la nourriture que lui apporta Kochu Maria. Tard dans la soirée, il se rendit dans son bureau pour en sortir le rocking-chair en acajou qu'il aimait tant. Il alla le placer au beau milieu de l'allée et le réduisit en miettes à l'aide d'une grosse clef à molette. Ce qu'il en restait, un petit tas d'osier verni et d'éclats de bois, il l'abandonna au clair de lune. À dater de ce jour, il ne porta plus jamais la main sur Mammachi, mais plus jamais il ne lui adressa la parole. Quand il avait besoin de quelque chose, il transmettait ses demandes par l'intermédiaire de Kochu Maria ou de Baby Kochamma.

Lorsqu'il savait qu'on attendait des invités pour la soirée, il s'installait sur la véranda et faisait semblant de recoudre les boutons de ses chemises, histoire de faire accroire que Mammachi le négligeait. Et il faut reconnaître qu'à sa manière il contribua à dégrader l'image peu flatteuse qu'avait Ayemenem des femmes mariées engagées dans la vie active.

La Plymouth bleu ciel, achetée à un vieil Anglais de Munnar, fut bientôt un spectacle familier des rues de la ville. La grosse voiture roulait lentement, prenant toute la largeur de la chaussée ; au volant, un Pappachi d'une rare élégance transpirait néanmoins abondamment dans ses costumes pure laine. Cette Plymouth, c'était sa revanche : ni Mammachi ni personne d'autre dans la famille n'avait le droit de s'en servir, ou même d'y monter.

Au Pusa Institute, Pappachi avait d'abord occupé le poste d'Entomologiste de Sa Majesté, puis, après l'Indépendance et le départ des Anglais, s'était vu conférer le titre de directeur adjoint du département d'entomologie. L'année de sa retraite, il avait atteint un rang équivalent à celui de directeur.

Le grand regret de sa vie, c'était de n'avoir pu donner son nom au papillon qu'il avait découvert.

Le lépidoptère en question tomba dans le verre de Pappachi un soir où celui-ci se reposait sur la véranda d'un bungalow, au terme d'une longue journée dans la nature. En le repêchant, il remarqua le duvet particulièrement fourni qui lui couvrait le dos. Il l'examina attentivement. De plus en plus intrigué, il épingla l'insecte sur sa planche, le mesura et, le lendemain matin, le laissa quelques heures au soleil, le temps que l'alcool s'évapore. Puis il rentra à Delhi par le premier train, en route, espérait-il, pour la gloire taxonomique. Au bout de six mois d'une attente insupportable et à sa plus grande déception, on lui dit que son papillon avait finalement été identifié : ce n'était qu'un représentant relativement rare d'une espèce bien connue appartenant à la variété tropicale de la famille des lymantriidés.

Le véritable coup de grâce ne vint que douze ans plus tard. Le jour où, à la suite d'une révision taxonomique radicale, les spécialistes décidèrent que le papillon de Pappachi constituait bel et bien une espèce et un genre spécifiques jusqu'alors inconnus. Hélas, son découvreur avait depuis longtemps pris sa retraite pour se fixer à Ayemenem, et il n'était plus temps pour lui de faire valoir ses droits. C'est ainsi que le lépidoptère qui aurait dû s'appeler Ipe reçut le nom du directeur par intérim du département d'entomologie, un personnage de second ordre que Pappachi détestait cordialement.

Pappachi avait toujours souffert d'une mauvaise humeur plus ou moins chronique, mais, après sa « découverte » et la déconvenue qui s'était ensuivie, ce fut sur le dos de son papillon que l'on eut tendance à mettre ses mauvais jours et ses accès de colère subite. Le fantôme diabolique de l'insecte, gris, pelucheux, couvert d'un duvet particulièrement fourni, semblait hanter tous les lieux où vivait Pappachi, et finit par devenir un véritable tourment pour lui, ses enfants et les enfants de ses enfants.

En dépit de la chaleur étouffante d'Ayemenem, Pappachi portait en toutes circonstances un costume trois-pièces soigneusement repassé et sa montre de gousset en or, habitude à laquelle il ne dérogea pas une seule fois jusqu'au jour de sa mort. Sur sa table de toilette, à côté de son eau de Cologne et de sa brosse à cheveux en argent, trônait une photo le représentant bien des années plus tôt, les cheveux lissés et soigneusement gominés. Le cliché avait été pris par un photographe de Vienne, ville où, après six mois de formation, il avait obtenu le diplôme qui lui avait permis de poser sa candidature au poste d'Entomologiste de Sa Majesté. C'est au cours de ce séjour à Vienne que Mammachi avait commencé à prendre des leçons de violon, lesquelles furent brutalement interrompues le jour où le professeur, un certain Launsky-Tieffenthal, eut la malencontreuse idée de dire à Pappachi que sa femme avait des dons exceptionnels et qu'à son avis de spécialiste elle pouvait ambitionner de faire carrière dans la musique.

Mammachi colla dans l'album de famille la coupure de l'*Indian Express* relatant la mort de son mari. On pouvait y lire :

> L'éminent entomologiste Shri Benaan John Ipe, fils du regretté révérend E. John Ipe d'Ayemenem (familièrement connu sous le nom de Punyan Kunju), est décédé la nuit dernière à l'hôpital général de Kottayam à la suite d'une crise cardiaque foudroyante. Saisi de violentes douleurs à la poitrine vers une heure du matin, il a été transporté d'urgence à l'hôpital, où il devait mourir à 2 h 45. Depuis quelque temps, son état de santé était assez précaire. Il laisse derrière lui Soshamma, son épouse, et deux enfants.

Mammachi pleura à l'enterrement et ses lentilles glissèrent sous ses paupières. Ammu dit aux jumeaux que si leur grand-mère pleurait, ce n'était pas d'amour mais plutôt parce qu'elle était habituée à son mari, habituée à le voir traîner aux abords de la fabrique de pickles, habituée à être battue de temps à autre. L'être humain est une créature d'habitude, leur dit-elle, il est capable de se faire à tout, même aux choses les plus incroyables. Il n'y avait qu'à regarder un peu partout autour de soi pour s'apercevoir qu'il y avait bien pire qu'une correction administrée avec un vase en cuivre.

Après l'enterrement, Mammachi demanda à Rahel de l'aider à retrouver ses lentilles et à les enlever à l'aide de la petite pipette orange toujours rangée dans son étui. Rahel voulut savoir si, après la mort de Mammachi, elle pourrait avoir la pipette et l'étui. Sur quoi, Ammu la sortit de la pièce pour la gifler, tout en commentant : « Je ne veux plus t'entendre parler aux gens de leur mort, c'est compris ? »

Estha déclara que Rahel avait fait preuve d'une grande insensibilité et n'avait pas volé sa correction.

La photo du Pappachi de Vienne aux cheveux bien lissés fut dotée d'un nouveau cadre et accrochée dans le salon.

La mise toujours pimpante, l'air toujours soigné, le visage un peu large comme tous les hommes de petite taille, Pappachi était très photogénique. Il avait un soupçon de double menton qui s'accentuait s'il baissait les yeux ou inclinait la tête. Sur le portrait, il tenait la tête bien droite, juste assez pour camoufler son double menton mais pas au point d'avoir l'air hautain. Le regard de ses yeux noisette était à la fois amène et inquiétant, comme celui d'un homme qui se serait efforcé de paraître aimable au photographe tout en ayant formé le projet d'assassiner sa femme. Sa lèvre supérieure présentait en son centre une petite excroissance de chair et avait une façon de retomber sur sa lèvre inférieure qui lui donnait une moue efféminée, comme on en voit chez les enfants qui sucent leur pouce. Une fossette allongée lui barrait le menton, confirmant l'impression générale d'une violence maladive prête à éclater. Une sorte de sauvagerie difficilement contenue. Il portait des jodhpurs kaki, bien qu'il ne fût jamais monté à cheval de sa vie, et ses bottes de cavalier reflétaient les lumières de l'atelier du photographe. Une cravache à manche d'ivoire reposait sur ses genoux.

Il émanait du cliché un air de solennité vigilante qui teintait d'une vague menace l'atmosphère chaleureuse de la pièce.

À sa mort, Pappachi laissa des malles entières de costumes dispendieux et une vieille boîte en fer-blanc remplie de boutons de manchette, que Chacko entreprit de distribuer aux chauffeurs de taxi de Kottayam. Une fois transformés en bagues et en pendentifs, ils allèrent grossir les dots des filles à marier.

Quand les jumeaux demandèrent à quoi servaient les boutons de manchette et s'entendirent répondre, par Ammu, que c'était pour « boutonner les manches », pareille logique linguistique, dans ce qui, jusqu'ici, leur avait paru être une langue illogique, les réjouit au plus haut point. *bouton + manchette = bouton de manchette*. Seules la rigueur et la logique des mathématiques pouvaient prétendre rivaliser avec un tel phénomène. « Boutons de manchette » leur procura une satisfaction sans mélange (même si celle-ci était quelque peu exagérée), et ils en conçurent une réelle affection pour la langue anglaise.

Ammu leur dit que Pappachi était un incurable C-CP britannique, abréviation de *chhi-chhi poach,* qui en hindi signifie « lèche-cul ».

Chacko précisa qu'en langue correcte un C-CP était un anglophile. Il dit à Rahel et à Estha de chercher « anglophile » dans le Grand Dictionnaire encyclopédique du *Reader's Digest*, où ils trouvèrent cette définition : « *Personne bien disposée à l'égard des Anglais.* » Il leur fallut chercher « disposer ».

L'article disait :

1. *Mettre d'une certaine façon, dans un certain ordre.*

2. *Mettre l'esprit dans un certain état.*

3. *Agir à sa guise, se débarrasser de, jeter, consommer (nourriture), tuer, vendre.*

Chacko dit que c'était la deuxième définition qui s'appliquait au cas de Pappachi : son esprit avait été *mis dans un état* qui lui faisait aimer les Anglais.

Chacko avoua aux jumeaux que, même s'il lui en coûtait de l'admettre, ils étaient tous anglophiles, qu'ils étaient une vraie tribu d'anglophiles. Mis dès le départ sur le mauvais chemin, coupés de leur passé, incapables de revenir sur leurs pas parce que leurs empreintes avaient été effacées. Il leur expliqua que l'histoire était comme une vieille maison dans la nuit, tout illuminée et pleine d'ancêtres se confiant leurs secrets.

« Pour comprendre l'histoire, continua-t-il, il faut entrer dans la maison et écouter ce que se racontent les ancêtres. Regarder les livres sur les rayons et les tableaux accrochés aux murs. Sentir les odeurs. »

Estha et Rahel étaient persuadés que la maison dont parlait Chacko, et où ils n'étaient jamais allés, était celle qui se trouvait sur l'autre rive du fleuve, au milieu de la plantation d'hévéas depuis longtemps à l'abandon. La maison de Kari Saipu, le *sahib* noir. Cet Anglais qui s'était fait Indien. Qui parlait le malayalam et portait des *mundu*. Le Kurtz d'Ayemenem, qui vivait là comme au Cœur des Ténèbres. Il s'était tué d'une balle dans la tête il y avait dix ans de cela, le jour où les parents de son jeune compagnon lui avaient retiré le garçon pour l'envoyer en pension. Après le suicide de Kari Saipu, la propriété avait fait l'objet d'une longue bataille juridique entre son cuisinier et son secrétaire. La maison était inoccupée depuis des années. Très peu de gens l'avaient vue. Mais les jumeaux se la représentaient fort bien.

La Maison de l'Histoire.

Des dalles de pierre fraîches au sol, des murs noyés dans l'obscurité, des ombres comme de grands vaisseaux aux voiles gonflées par le vent. De gros lézards translucides vivaient derrière les vieux tableaux, et des vieillards branlants, le teint cireux, les ongles des orteils durs comme de la corne, l'haleine sentant le moisi des cartes jaunies, se chuchotaient des histoires de leur voix de fausset.

« Mais nous, nous ne pouvons pas entrer, expliqua Chacko, parce que nous n'avons plus la clef. Et quand nous regardons par la fenêtre, nous ne voyons que des ombres. Et quand nous essayons d'écouter, nous ne percevons que des chuchotements, que nous sommes incapables de comprendre parce qu'une guerre a embrumé nos esprits. Une guerre que nous avons à la fois gagnée et perdue. La pire des guerres, celle qui s'empare de nos rêves pour en forger de nouveaux. Une guerre qui nous a plongés dans l'adoration de nos vainqueurs et le mépris de nous-mêmes.

— Qui nous a même poussés à les épouser », commenta sèchement Ammu, qui pensait à Margaret Kochamma. Chacko ignora la remarque, préférant dire aux jumeaux d'aller voir « mépriser » dans le dictionnaire. *Mépriser : regarder de haut ; juger indigne d'estime ou d'attention ; dédaigner, repousser.*

Chacko précisa que dans le contexte de la guerre dont il parlait, la Guerre des Rêves, « mépriser » voulait dire tout cela à la fois.

« Nous sommes des Prisonniers de Guerre, dit-il. Nos rêves ont été trafiqués. Nous n'avons plus de port d'attache et dérivons sur des mers démontées. Nous ne pourrons peut-être plus jamais toucher au rivage. Nos chagrins ne seront jamais assez gros, nos joies jamais assez intenses, nos rêves jamais assez grands. Nos vies ne seront jamais assez importantes. Pour compter. »

Puis, comme il voulait donner à Estha et Rahel le sens des proportions et une idée de la dimension historique — choses qui dans les semaines à venir allaient lui faire, à lui, cruellement défaut —, Chacko leur parla de la Femme-Terre. Il leur représenta la terre, qui existait depuis quatre mille six cents millions d'années, sous les traits d'une femme de quarante-six ans, comme par exemple la vieille Aleyamma, qui leur donnait des leçons de malayalam. Il avait fallu à la Femme-Terre une vie entière pour que le monde prenne sa forme actuelle. Pour que les océans se séparent, pour que les montagnes se forment. La Femme-Terre avait déjà onze ans quand apparurent les premiers organismes unicellulaires, et elle en avait déjà quarante au moment des premiers animaux, du genre méduse et vers de terre. Elle avait dépassé quarante-cinq ans — il y avait en fait huit mois de cela — au temps des dinosaures.

« Le règne de l'homme tel que nous le connaissons ne couvre que les deux dernières heures de la vie de la Femme-Terre, déclara Chacko. DEUX HEURES, le temps qu'il faut pour aller en voiture d'Ayemenem à Cochin. »

Il leur fit remarquer combien était grandiose et mortifiante (« mortifiant », quel joli mot, pensa Rahel) l'idée que toute l'histoire contemporaine, les deux Guerres mondiales, la Guerre des Rêves, la Conquête de la Lune, la science moderne, la littérature, la philosophie, la poursuite de la connaissance, tout cela tenait dans un seul battement de cils de la Femme-Terre.

« Et nous-mêmes, mes petits, tout ce que nous

sommes et serons jamais, ne sommes pas plus qu'un pétillement au fond de son œil », conclut pompeusement Chacko, qui était étendu sur son lit, les yeux au plafond.

Lorsqu'il était dans ce genre d'humeur, Chacko adoptait volontiers un ton déclamatoire. Dans sa chambre, on se serait cru dans une église. Il se souciait peu de savoir si les personnes présentes l'écoutaient ou non et, quand elles le faisaient, peu lui importait qu'elles le comprennent. Ammu parlait alors de Délire oxfordien.

Plus tard, à la lumière de tout ce qui arriva, « pétillement » parut singulièrement inadéquat pour décrire l'expression de l'œil de la Femme-Terre. C'était un mot aux contours dentelés et harmonieux.

La Femme-Terre ne fut pas sans provoquer une forte impression sur les jumeaux, mais la Maison de l'Histoire, plus proche, les fascina bien davantage. Ils y pensaient souvent, à cette maison, sur l'autre rive du fleuve.

Qui se profilait au Cœur des Ténèbres.

Qui leur était interdite.

Qui était remplie de chuchotements incompréhensibles.

Ils ne pouvaient se douter alors qu'elle leur serait bientôt ouverte. Qu'ils traverseraient le fleuve pour se retrouver là où il leur était interdit d'aller, en compagnie d'un homme qu'il leur était interdit d'aimer. Qu'assis sur la véranda de derrière, ils regarderaient, avec des yeux grands comme des soucoupes, l'histoire se révéler à eux.

Tandis que les enfants de leur âge apprenaient d'autres choses, Estha et Rahel apprirent, eux, comment l'histoire négocie ses conditions et perçoit ses droits auprès de ceux qui violent ses lois. Ils entendirent le bruit sourd de son pas inquiétant. Ils sentirent son odeur, qui les marqua à jamais.

L'odeur de l'histoire, l'odeur des roses fanées portée par le vent.

Elle allait imprégner pour eux les objets les plus ordinaires. Un cintre. Une tomate. Le goudron de la route. Certaines couleurs. Une assiette dans un restaurant. Un silence. Un regard vide.

Ils allaient devoir grandir en s'efforçant de faire face aux événements. Ils essaieraient bien de se dire que ce qui leur arrivait n'était rien à l'échelle du temps géologique, rien qu'un battement de cils de la Femme-Terre. Qu'il était arrivé bien pire. Que le pire arrivait tous les jours. Mais ils n'en retireraient aucune consolation.

Chacko déclara qu'aller voir *La Mélodie du bonheur* relevait d'un cas désespéré d'anglomanie.

« Allons, allons, objecta Ammu, le monde entier a vu *La Mélodie du bonheur*. C'est un succès mondial.

— Il n'empêche, ma chère, répliqua Chacko de son ton déclamatoire. Île-n'en-pêche. »

Mammachi disait souvent que Chacko était un des hommes les plus intelligents du pays. À quoi Ammu rétorquait : « D'après quels critères ? Selon quelle autorité ? » Mammachi aimait à rapporter les propos (eux-mêmes rapportés par l'intéressé) d'un professeur d'Oxford qui avait dit qu'à son avis Chacko, esprit brillant entre tous, était du bois dont on fait les Premiers ministres.

Ammu ponctuait invariablement l'anecdote d'un « Ha ! Ha ! Ha ! » de bande dessinée.

Elle disait aussi :

(a) aller à Oxford ne vous rend pas forcément intelligent ;

(b) l'intelligence ne fait pas forcément les bons Premiers ministres ;

(c) si quelqu'un n'est même pas capable de diriger une fabrique de pickles sans perdre d'argent, comment attendre de lui qu'il dirige un pays ?

Et surtout :

(d) toutes les mères indiennes ne jurent que par leurs fils et sont donc mal placées pour évaluer objectivement leurs aptitudes.

Réponse de Chacko :

(a) on ne « va » pas à Oxford ; on y *étudie* ;

(b) après avoir *étudié* à Oxford, on *redescend des hauteurs.*

« Et on s'écrase par terre, c'est ça ? demandait Ammu. Ça, on ne peut pas dire, tu le fais très bien. Aussi bien que tes fameux avions. »

À ses yeux, il n'y avait pas meilleure évaluation des aptitudes de Chacko que le sort tragique mais entièrement prévisible réservé à ses avions.

Une fois par mois (sauf pendant la mousson), Chacko recevait un colis contre remboursement. Il s'agissait toujours d'une maquette d'aéromodélisme en balsa. Il lui fallait d'ordinaire entre huit et dix jours pour assembler l'appareil, qui avait un minuscule réservoir d'essence et une hélice motorisée. Une fois prêt, il emmenait Estha et Rahel du côté des rizières de Nattakom pour qu'ils l'assistent dans son entreprise. Las ! L'appareil ne restait jamais en l'air plus d'une minute. L'un après l'autre, les avions que Chacko avait construits avec tant de soin s'écrasaient dans la boue verte des rizières, où les jumeaux, tels des chiens d'arrêt bien dressés, se précipitaient pour récupérer les débris.

Une queue, un réservoir, une aile.

Une machine blessée.

La chambre de Chacko était encombrée d'avions en bois démantelés. Et tous les mois arrivait une nouvelle maquette. Pas une seule fois Chacko ne mit l'échec de ses tentatives sur le compte du constructeur.

Ce n'est qu'après la mort de Pappachi que Chacko démissionna de son emploi à l'université chrétienne de Madras pour venir s'installer à Ayemenem avec son aviron d'honneur de Balliol College et ses rêves de magnat des pickles. Il demanda le versement anticipé de ses fonds de retraite et de prévoyance pour faire l'acquisition d'une machine Bharat à boucher les bouteilles. Son aviron, où étaient inscrits en lettres d'or les noms de ses coéquipiers du huit de Balliol, il le suspendit à des arceaux de fer sur un des murs de la fabrique.

Jusqu'à son arrivée, la conserverie était une entreprise certes modeste, mais rentable. Mammachi se contentait de la diriger comme elle l'aurait fait d'une grande cuisine. Chacko voulut la convertir en une société en commandite et informa immédiatement Mammachi que c'était elle le commanditaire. Il réalisa des achats massifs de matériel (emboutissoirs pour boîtes de conserve, chaudrons, fourneaux) et recruta de la main-d'œuvre. Pratiquement du jour au lendemain, la situation financière commença à se dégrader, mais il s'arrangea pour camoufler la dégringolade en obtenant des banques des prêts hypothécaires à des taux exorbitants, qui risquaient d'engloutir les rizières que la famille possédait autour de la maison. Ammu travaillait autant, sinon plus, que Chacko à la fabrique, mais chaque fois que celui-ci avait affaire à des inspecteurs de la Santé publique ou de l'Hygiène, il parlait toujours de *sa* fabrique, de *ses* ananas, de *ses* pickles. Il avait d'ailleurs la loi pour lui : en tant que fille de la famille, Ammu n'avait en ce domaine aucun droit à faire valoir.

Chacko dit un jour à Rahel et Estha qu'Ammu n'avait pas de Statue l'Égale.

« Grâce aux bons soins de notre merveilleuse société de machos ! » commenta l'intéressée.

« Eh oui, répliqua Chacko, ce qui est à toi est à moi, et ce qui est à moi est... rien qu'à moi. »

Il avait un rire étonnamment aigu pour un homme de sa taille et de sa corpulence. Et quand il riait, il tremblait de partout sans donner l'impression de remuer d'un poil.

Avant l'arrivée de Chacko à Ayemenem, la fabrique de Mammachi n'avait pas de nom. Tout le monde parlait de la « Mangue Tendre » de Sosha ou de la « Confiture de Banane » de Sosha. Sosha était le prénom de Mammachi. Soshamma.

Ce fut Chacko qui baptisa l'entreprise Conserves et Condiments Paradise et chargea le camarade K. N. M. Pillai de concevoir et d'imprimer les étiquettes. Il avait d'abord pensé à Conserverie Zeus, mais il dut renoncer à cette idée devant un tollé général : Zeus ne dirait rien à personne et ne serait pas évocateur de l'endroit, alors que Paradise était on ne peut plus adéquat. (Quant à la suggestion du camarade Pillai — Pickles Parashuram —, elle fut rejetée pour la raison inverse : elle était *trop* évocatrice de l'endroit.)

Ce fut Chacko qui eut l'idée du panneau publicitaire installé sur la galerie de la Plymouth.

Ils étaient maintenant sur la route de Cochin, et le panneau bringuebalant menaçait à tout instant de tomber.

Aux environs de Vaikom, il leur fallut s'arrêter pour

acheter de la corde et l'arrimer plus solidement. L'arrêt leur fit perdre encore une vingtaine de minutes. Rahel commença à s'inquiéter : ils allaient être en retard pour *La Mélodie du bonheur.*

Ils étaient aux abords de Cochin quand la barrière rouge et blanc du passage à niveau s'abaissa devant eux. Si c'était arrivé, Rahel en était persuadée, c'était justement parce qu'elle avait eu peur que ça arrive.

Elle n'avait pas encore appris à dominer ses craintes. Estha disait que ça n'était pas bon signe.

Cette fois, c'était certain, ils allaient manquer le début du film. Le moment où Julie Andrews n'est d'abord qu'un point minuscule au flanc de la colline, puis grandit de plus en plus pour finir par envahir tout l'écran au milieu des fraîches cascades de sa voix et du parfum mentholé de son souffle.

Le bras rouge et blanc de la barrière portait un panneau rouge où était écrit, en blanc, STOP.

« POTS », dit Rahel.

Un panneau jaune disait en lettres rouges ACHETEZ INDIEN.

« NEIDNI ZETEHCA », dit Estha.

Les jumeaux étaient des lecteurs précoces. Ils avaient déjà avalé *Old Dog Tom, Janet and John* et épuisé leur manuel *Ronald Ridout.* Le soir, Ammu leur lisait *Le Livre de la jungle.*

> *Chil le Milan conduit les pas de la nuit*
> *Que Mang le Vampire délivre...*

Le duvet, tout blond dans la clarté de la lampe de chevet, se hérissait sur leurs bras. La voix d'Ammu pouvait se faire rauque comme celle de Shere Khan. Ou plaintive comme celle de Tabaqui.

« *Si tel est notre bon plaisir! Mais quel langage est-ce là? Par le taureau que j'ai tué, vais-je devoir rester là, à fouiner dans votre tanière, pour avoir la part qui me revient de droit? C'est moi, Shere Khan, qui parle!* »

« *Et c'est moi, Raksha [le Démon], qui te réponds* », s'écriaient les jumeaux d'une voix perçante. Presque en chœur.

« *Le petit d'homme est à moi, Lungri. Tu entends, à moi! Il ne sera point tué. Il vivra avec le Clan; il chassera avec lui. Et un jour, souviens-toi bien de cela, toi qui n'es qu'un chasseur de petits d'homme sans défense, un mangeur de grenouilles, un tueur de poissons, c'est lui qui te prendra en chasse!* »

Baby Kochamma, à qui l'on avait confié le soin de leur éducation, leur avait lu *La Tempête* dans la version abrégée de Charles et Mary Lamb.

« *Où butine l'abeille, je butine aussi* », chantonnaient les jumeaux à tout instant. « *J'emprunte au coucou sa clochette. Et dors au cri de la chouette.* »

Aussi, quand miss Mitten, une missionnaire australienne, amie de Baby Kochamma, de passage à Ayemenem leur offrit un livre de bébé, *Les Aventures de Susie l'Écureuil*, ils se sentirent quasiment insultés. Ils lurent d'abord l'histoire à l'endroit, pour la lire ensuite à l'envers. En bonne chrétienne évangéliste qu'elle était, miss Mitten se déclara quelque peu déçue par leur attitude.

« *seL serutnevA ed eisuS liueurcÉ'l. eisuS liueurcÉ'l allievé's rap nu uaeb nitam ed spmetnirp.* »

Ils expliquèrent à miss Mitten que *Malayalam* aussi bien que « *Élu par cette crapule* » pouvaient se lire dans les deux sens, ce qui n'amusa pas la dame, laquelle, d'ailleurs, ignorait ce qu'était le malayalam. Ils lui dirent que c'était la langue du Kerala, sur quoi elle rétorqua qu'elle avait toujours eu l'impression que les gens de la région ne parlaient qu'une espèce de patois. Estha, qui en était arrivé à nourrir une antipathie militante à l'égard de miss Mitten, lui dit qu'une telle impression était on ne peut plus Aberrante.

Miss Mitten alla se plaindre à Baby Kochamma de l'insolence d'Estha et lui parla de leur habitude de tout lire à l'envers. Elle lui assura qu'elle avait vu le Démon dans leurs yeux. *Le noméD dans leurs xuey.*

Ils eurent à copier *À l'avenir nous ne lirons plus à l'envers. À l'avenir nous ne lirons plus à l'envers.* Cent fois. Et dans le bon sens.

Quelques mois plus tard, miss Mitten fut renversée par une camionnette de laitier à Hobart, en face d'un terrain de cricket. Elle mourut de ses blessures. Les jumeaux virent la main de la justice divine dans le fait que le véhicule au moment fatal effectuait une *marche arrière.*

De chaque côté du passage à niveau fermé s'était formée une file de cars et de voitures. Une ambulance de l'hôpital du Sacré-Cœur transportait une noce. Derrière la vitre, la mariée, l'œil vague, avait le visage en partie masqué par l'énorme croix rouge dont la peinture s'écaillait.

Les cars arboraient tous des noms de fille : Lucy-kutty, Mollykutty, Beena Mol. En malayalam, *mol* veut dire « petite fille », et « petit garçon » se dit *mon.* Beena Mol était pleine de pèlerins qui s'étaient fait raser le crâne à Tirupati. Rahel voyait à la fenêtre du car une rangée de têtes chauves au-dessus de longues traînées de vomi régulièrement espacées. Les vomissements l'intriguaient. Elle n'avait personnellement jamais vomi. Pas une seule fois. Estha, lui, était coutumier du fait et, quand cela lui arrivait, son visage s'échauffait et luisait de sueur, ses yeux délavés devenaient étrangement beaux, et Ammu redoublait d'affection pour lui. Chacko disait qu'Estha et Rahel jouissaient d'une santé proprement insolente. Même chose pour Sophie Mol. À l'en croire, c'était parce qu'il n'y avait pas eu d'unions consanguines dans la famille, contrairement à ce qui se passait souvent chez les catholiques de l'Église de Syrie. Et les parsis.

Mammachi disait, elle, que ce dont souffraient ses petits-enfants était bien pire qu'une union consanguine. De parents divorcés, voilà à quoi elle faisait allusion. Comme si les gens étaient placés devant cette alternative : la Consanguinité ou le Divorce.

Rahel n'aurait su dire exactement de quoi elle souffrait, mais il lui arrivait de se mettre devant la glace pour pousser de grands soupirs et se faire un visage triste.

« *Ce qui m'arrive maintenant est de loin, de très loin, ce qui m'est jamais arrivé de meilleur* », marmonnait-elle pour elle-même d'un ton lugubre. Elle était alors Sydney Carton dans le rôle de Charles Darnay, au moment où celui-ci, debout sur les marches de la guillotine, attend d'être exécuté, du moins dans la version parodique du *Conte des deux cités*, version Classiques illustrés.

Elle se demanda ce qui avait pu pousser les pèlerins rasés à vomir si proprement, puis se posa la question de savoir s'ils avaient vomi tous en chœur et à la baguette (en musique, peut-être, au rythme d'un chant religieux), ou alors séparément, chacun à leur tour.

Au début, dans les instants qui suivirent la fermeture du passage à niveau, l'air continua de résonner du ronronnement impatient des moteurs tournant au ralenti. Mais lorsque le garde-barrière, chancelant sur ses jambes arquées, eut émergé de sa guérite pour se diriger d'un pas traînant et paresseux vers le vendeur de thé, tout le monde comprit que l'attente serait longue et l'on coupa les moteurs. Les conducteurs descendirent pour se dégourdir les jambes.

Sur un signe de tête las et désabusé du Janus des barrières apparut tout à coup une horde de mendiants aux multiples bandages et de vendeurs encombrés de plateaux, qui proposaient des tranches de noix de coco, des *parippu vada* sur des feuilles de bananier et des boissons fraîches. Coca-Cola, Fanta, Rosemilk.

Un lépreux aux bandages sanguinolents s'approcha de la voiture.

« On dirait du Mercurochrome, dit Ammu en voyant le sang rouge vif du mendiant.

— Bravo, dit Chacko. Voilà qui est parler comme une vraie bourgeoise. »

Ammu sourit et ils se serrèrent la main, comme si elle venait effectivement de se voir conférer le titre de Bourgeoise de l'Année. Des moments comme ceux-ci, les jumeaux en chérissaient la mémoire et ils les conservaient comme les perles précieuses d'un collier (à dire vrai, peu fourni).

Rahel et Estha avaient le nez écrasé contre les déflecteurs. Nez de guimauve concupiscents au milieu de visages aux traits indistincts. Ammu dit non, sur un ton sans réplique.

Chacko alluma une Charminar. Avala une grande

bouffée, puis enleva un brin de tabac qui lui était resté sur la langue.

À l'intérieur de la Plymouth, Rahel avait du mal à voir Estha, séparé d'elle par la masse imposante de Baby Kochamma. Ammu avait tenu à ce qu'ils ne soient pas l'un à côté de l'autre, histoire d'éviter les affrontements. Quand ils se chamaillaient, Estha traitait Rahel de Mouche à Miel. De son côté, elle l'appelait Elvis le Pelvis, tout en exécutant une drôle de danse du ventre qui avait le don d'exaspérer son frère. Ils étaient de force égale, si bien que, quand ils en venaient aux mains, leurs empoignades n'en finissaient plus et qu'ils cassaient ou endommageaient tout ce qui se trouvait sur leur passage, lampes, cendriers, carafes...

Baby Kochamma avait les mains posées sur le dossier du siège avant. Quand la voiture roulait, la graisse de ses avant-bras tremblait comme un grand linge dans le vent. Maintenant qu'ils étaient à l'arrêt, elle pendait comme un rideau de chair cachant Estha à la vue de Rahel.

Estha était du côté de la baraque où l'on vendait du thé et des biscuits rassis conservés dans des vitrines sales pleines de mouches. Il y avait aussi de la limonade dans d'épaisses bouteilles fermées par des bouchons de verre bleu dotés d'un caoutchouc. Et une glacière rouge qui proclamait tristement « Tout va mieux avec Coca-Cola ».

Murlidharan, l'aliéné qui hantait le passage à niveau, était assis en parfait équilibre sur la borne kilométrique. Il avait les jambes croisées et l'on voyait ses testicules et son pénis pointer vers l'inscription :

COCHIN
23

Murlidharan était nu comme un ver, à l'exception d'un sac en plastique cylindrique que quelqu'un lui avait enfoncé sur la tête et qui lui faisait une toque de cuisinier transparente à travers laquelle il continuait de voir défiler le monde, vision certes imparfaite et déformée, mais nullement limitée. L'eût-il voulu qu'il aurait été bien incapable d'enlever son couvre-chef : il n'avait plus de bras. Il se les était fait arracher par un obus à Singapour en 1942, une semaine à peine après s'être enfui de chez lui pour s'engager dans les unités combattantes de l'armée indienne. Après l'Indépendance, il avait obtenu le statut de Combattant de la Liberté, classe 1, ce qui lui avait donné droit à une carte lui permettant de prendre le train gratuitement et en première pour le restant de ses jours. Mais cette carte, il l'avait perdue (en même temps qu'il perdait l'esprit), si bien qu'il ne pouvait plus vivre dans les trains ou les buffets de gare. Il n'avait pas de domicile, pas de portes à fermer, mais il avait conservé ses anciennes clés. Solidement attachées à sa taille par une ficelle, elles formaient une grappe luisante. Son esprit était rempli de tiroirs renfermant ses petits plaisirs secrets.

Un réveil. Une voiture rouge dotée d'un klaxon musical. Un verre à dents rouge. Une épouse ornée d'un diamant. Une serviette bourrée de documents importants. Un retour du bureau. Un *Désolé, colonel Sabhapathy, mais il fallait que je dise ce que j'avais à dire.* Et des beignets de banane croustillants pour les enfants.

Il regardait passer les trains. Et il comptait ses clés.

Il regardait passer les gouvernements. Et il recomptait ses clés.

Il regardait les visages aux traits indistincts des enfants qui écrasaient leurs nez de guimauve concupiscents contre les vitres des voitures.

Les sans-abri, les sans-espoir, les déclassés, les malades et les égarés, tous défilaient devant sa fenêtre. Et il comptait toujours ses clés.

Il ne savait jamais quel tiroir il lui faudrait ouvrir, ni à quel moment. Il restait assis sur sa borne brûlante, avec ses cheveux emmêlés et ses yeux ouverts sur le monde comme des fenêtres, mais il était heureux de pouvoir de temps à autre détourner le regard. De pouvoir compter et recompter ses clés.

Les nombres, il n'y avait que ça.

La pénombre, ça ne serait pas mal non plus.

Murlidharan remuait les lèvres en comptant et formait bien ses mots.

Onner.

Runder.

Moonner.

Estha remarqua que ses cheveux étaient gris et bouclés, que les poils de ses aisselles largement éventées étaient noirs et fins, et les poils de son entrejambe noirs et raides. Trois sortes de poils pour un seul homme, Estha se demanda comment cela pouvait se faire. Qui pourrait-il bien interroger pour éclaircir ce mystère?

L'Attente avait rempli Rahel au point de la faire éclater. Elle regarda sa montre. Deux heures moins dix. Elle eut une vision de Julie Andrews et Christopher Plummer en train de s'embrasser du coin des lèvres pour ne pas se cogner le nez. Elle se demanda si les gens s'embrassaient toujours comme ça. Qui pourrait-elle bien interroger pour éclaircir ce mystère?

C'est alors que se fit entendre un bourdonnement

sourd, qui s'amplifia pour envelopper comme d'un manteau la file de voitures. Les conducteurs qui se dégourdissaient les jambes regagnèrent leurs véhicules et claquèrent les portières. Mendiants et vendeurs disparurent. Deux minutes ne s'étaient pas écoulées qu'il n'y avait plus personne sur la route. Sauf Murlidharan, toujours assis, le derrière sur sa borne brûlante. Tranquille, vaguement intéressé.

Tout d'un coup, il y eut une grande agitation, des coups de sifflet.

Derrière la file de voitures qui attendait de l'autre côté du passage à niveau apparut une colonne d'hommes brandissant drapeaux rouges et banderoles dans un brouhaha de plus en plus sonore.

« Remontez vos glaces, dit Chacko. Et ne vous affolez pas. Ils ne nous feront pas de mal.

— Alors, camarade, tu ne te joins pas à eux ? lui lança Ammu. Je prendrai le volant. »

Chacko ne répondit pas. Seul un petit tressaillement agita la couche de graisse qui lui couvrait la joue. Il jeta sa cigarette et remonta sa vitre.

Chacko se proclamait marxiste. Il faisait venir dans sa chambre toutes les jolies femmes qui travaillaient à la fabrique pour les entretenir, à l'entendre, des droits des travailleurs et des lois syndicales, et en profitait pour flirter avec elles de façon éhontée. Il leur donnait du « Camarade » et tenait à ce qu'elles en fassent autant à son endroit, ce qui provoquait chez elles des ricanements gênés. Pour leur plus grand embarras, et à la grande consternation de Mammachi, il les obligeait à s'asseoir à la table familiale pour prendre le thé en sa compagnie.

Un jour, il alla même jusqu'à emmener certaines

d'entre elles à Allepey afin de suivre un cours d'initiation au syndicalisme. Ils partirent en car et revinrent en bateau. Elles rentrèrent toutes contentes, des bracelets aux poignets et des fleurs dans les cheveux.

Pour Ammu, tout ça c'était de la foutaise. Chacko n'était qu'un aristo gâté jouant au prolo. Un avatar oxfordien de la vieille aristocratie terrienne indigène, un petit hobereau cherchant à séduire des femmes qui dépendaient de lui pour leur subsistance.

Les manifestants approchaient toujours, et Ammu remonta sa vitre. Estha fit de même. Puis Rahel (non sans mal, car la poignée n'avait plus de bouton).

Tout à coup, la Plymouth bleu ciel apparut d'un luxe inouï sur cette route étroite et pleine d'ornières. Elle avait des allures de grande dame engagée dans un couloir trop exigu pour ses atours, des allures de Baby Kochamma descendant la nef en direction de la sainte table.

« Baissez la tête ! ordonna Baby Kochamma au moment où les premiers rangs de la manifestation atteignaient la voiture. Surtout ne les regardez pas. Il n'y a rien de tel pour les provoquer. »

On voyait battre les veines de son cou.

En l'espace de quelques minutes, la route fut submergée par des milliers d'hommes en marche, marée humaine encerclant des îlots de métal. L'air était rouge de drapeaux qui s'inclinaient et se redressaient à mesure que les manifestants se baissaient pour passer sous la barrière avant de déferler sur la voie dans une grande vague rouge.

La clameur d'un millier de voix se déploya au-dessus des véhicules immobilisés comme un grand champignon de bruit.

« Vive la Révolution ! Travailleurs de tous les pays, unissez-vous ! » scandaient les manifestants.

Personne, pas même Chacko, n'aurait pu expliquer de façon vraiment satisfaisante pourquoi le Parti communiste était tellement plus populaire au Kerala que partout ailleurs en Inde, à l'exception peut-être du Bengale.

Plusieurs théories s'affrontaient à ce sujet. Les tenants de la première voyaient la raison de ce succès dans le pourcentage relativement élevé de chrétiens vivant dans l'État : un cinquième de la population du Kerala. Tous membres de l'Église de Syrie, ils se proclamaient descendants des cent brahmanes convertis au christianisme par l'apôtre saint Thomas au cours de son périple en Orient après la Résurrection. Dans cette théorie quelque peu primaire, le marxisme jouait le rôle d'un simple substitut du christianisme. On remplaçait Dieu par Marx, Satan par la bourgeoisie, le Paradis par la société sans classes, l'Église par le Parti, mais la nature et la finalité du voyage restaient les mêmes : il s'agissait dans les deux cas d'une course d'obstacles avec, au bout, la récompense suprême. L'hindouisme, lui, avait beaucoup plus de mal à effectuer ce genre d'équation.

L'explication était séduisante, seulement voilà : les chrétiens du Kerala constituaient le gros des seigneurs féodaux de l'État ; ils possédaient la terre (à l'occasion, une fabrique de pickles) et considéraient le communisme comme leur pire ennemi. Depuis toujours, ils votaient pour le Parti du Congrès.

Une seconde théorie expliquait l'engouement pour

le communisme par le degré d'alphabétisation relativement élevé dont s'enorgueillissait l'État. Hypothèse peut-être fondée. Du moins si l'on oubliait que c'était le mouvement communiste lui-même qui était en grande partie responsable de cette situation.

En fait, le communisme s'était introduit masqué au Kerala, affectant les allures d'un mouvement réformateur qui prenait bien soin de ne jamais remettre ouvertement en question les valeurs traditionnelles d'une communauté très conservatrice, fondée sur le système des castes. Les marxistes œuvraient à l'intérieur des barrières sociales, ne contestaient jamais leur existence tout en donnant l'impression qu'ils le faisaient. Ils proposaient une sorte de cocktail révolutionnaire, un mélange entêtant de marxisme à l'orientale et d'hindouisme orthodoxe, corsé d'une pointe de démocratie.

Chacko n'avait pas sa carte du Parti, mais il avait été converti de bonne heure et était resté un partisan convaincu du mouvement en dépit de toutes ses vicissitudes.

En 1957, il faisait ses études à l'université de Delhi. Cette année d'euphorie vit les communistes remporter les élections législatives et être invités par Nehru à former le nouveau gouvernement. L'idole de Chacko, le camarade E. M. S. Namboodiripad, figure charismatique et grand prêtre du marxisme au Kerala, fut nommé Premier ministre du premier gouvernement communiste au monde à avoir été démocratiquement élu. Du jour au lendemain, les communistes se trouvèrent confrontés à un étrange dilemme — une véritable impasse, disaient leurs opposants —, puisqu'il leur fallait en même temps gouverner un pays et y préparer la révolution. Le camarade Namboodiripad conçut une stratégie qui lui permettrait d'atteindre ce double objectif et l'exposa dans un traité intitulé *L'Avènement du communisme par la Révolution non violente*. C'est avec le zèle obstiné du néophyte et l'enthousiasme ardent du partisan convaincu que Chacko étudia ce document, dans lequel le camarade expliquait en détail comment son gouvernement allait s'y prendre pour mettre en place la réforme agraire, neutraliser la police, s'opposer au pouvoir judiciaire et « contrecarrer les menées réactionnaires et antidémocratiques des centristes du Parti du Congrès ».

Las! l'année ne s'était pas écoulée que s'achevait déjà la période pacifique de la Révolution non violente.

Chaque matin, au petit déjeuner, l'Entomologiste de Sa Majesté se gaussait de son marxiste de fils en lui lisant les comptes rendus imprimés à la une des journaux : ce n'étaient que grèves, émeutes, brutalités policières d'un bout à l'autre de l'État.

« Ah, il est beau, ton Karl Marx ! persiflait Pappachi quand Chacko venait s'installer à la table. Qu'est-ce qu'on va faire maintenant de ces salopards d'étudiants ? Ces crétins sont partis en guerre contre le gouvernement du Peuple. Est-ce qu'il va falloir les écraser ? Tu ne vas pas me dire qu'ils font encore partie du Peuple ? »

Durant les deux années qui suivirent, les affrontements politiques, envenimés par le Parti du Congrès et l'Église, tournèrent à l'anarchie. Quand Chacko, titulaire de sa licence, partit pour Oxford à la recherche d'un autre diplôme, le Kerala était au bord de la guerre civile. Nehru n'eut d'autre solution que de dissoudre l'Assemblée et d'annoncer de nouvelles élections... au terme desquelles le Parti du Congrès revint au pouvoir.

Ce n'est qu'en 1967, presque dix ans jour pour jour après sa grande première, que le parti du camarade E. M. S. Namboodiripad se retrouva à nouveau au gouvernement. Mais, cette fois, comme membre d'une coalition réunissant deux partis issus d'une scission, le Parti communiste indien, et le Parti communiste indien (marxiste). Le PCI et le PCI (M).

À ce moment-là, Pappachi était déjà mort, Chacko déjà divorcé, et la conserverie Paradise existait depuis sept ans.

Le Kerala souffrait alors des séquelles d'une grande disette et d'une mousson défaillante. Les gens mouraient par centaines. N'importe quel gouvernement se devait de mettre la famine au premier rang de ses préoccupations.

À l'occasion de son second mandat, le camarade E. M. S. se montra plus modéré dans ses efforts pour hâter l'avènement sans douleur du communisme. Ce qui lui attira les foudres du Parti communiste chinois, qui s'empressa de dénoncer son « crétinisme parlementaire » et de l'accuser de « fournir au peuple en voulant le nourrir l'opium qui allait le détourner de la Révolution ».

Pékin donna sa caution à la faction la plus récente et la plus active du PCI (M), les naxalites, qui tiraient leur nom d'un village du Bengale, Naxalbari, où ils avaient organisé un soulèvement armé. Ils mettaient sur pied des milices paysannes, s'emparaient des terres, expulsaient les propriétaires et créaient des tribunaux populaires pour juger les ennemis du peuple. Leur action s'étendit bientôt au pays tout entier, semant la panique chez les bourgeois.

Au Kerala, les naxalites contribuèrent à alourdir un peu plus une atmosphère déjà chargée d'angoisse. Il y avait eu des morts dans le nord de l'État. Au mois de mai, les journaux publièrent la photo plutôt floue d'un grand propriétaire de Palghat que l'on avait décapité après l'avoir attaché à un lampadaire. La tête se trouvait à quelques mètres du corps et reposait sur le côté au milieu d'une flaque sombre. Flaque d'eau ou de sang? Difficile à dire sur une photo en noir et blanc, prise qui plus est dans la lumière grise du petit matin.

Les yeux surpris étaient grands ouverts.

Le camarade Namboodiripad (ce *Chien Galeux*, ce *Suppôt de Moscou*) exclut les naxalites de son parti et continua dans la voie qu'il s'était tracée : exploiter la colère populaire à des fins parlementaires.

La manifestation qui menaçait d'engloutir la Plymouth bleu ciel en ce jour de décembre au ciel bleu n'avait pas d'autre origine. Elle avait été organisée par la section Travantore-Cochin du Syndicat marxiste. De leur côté, les camarades de Trivandrum devaient se rendre en délégation au siège du Parti pour remettre au camarade E. M. S. en personne la Charte des revendications du peuple, tels les membres d'un orchestre adressant une pétition à leur chef. Au nombre de leurs revendications figuraient une pause d'une heure pour le déjeuner pour les travailleurs des rizières, forcés de trimer onze heures et demie (de sept heures du matin à six heures et demie du soir), et des augmentations de salaire : trois roupies par jour pour les femmes au lieu d'une roupie vingt-cinq et quatre roupies cinquante pour les hommes au lieu de deux roupies cinquante. Ils exigeaient également que les Intouchables ne soient plus appelés par leurs noms de caste. Ils ne voulaient plus qu'on les appelle Achoo Parayan, ou Kelan Paravan, ou Kuttan Pulayan, mais simplement Achoo, Kelan et Kuttan.

Rois de la Cardamome, Nababs du Café, Requins du Caoutchouc, tous ces vieux camarades d'internat quittèrent les solitudes de leurs vastes domaines pour venir siroter de la bière glacée au bar du Yacht-Club. Tout en levant leur verre, ils déclamaient : « *Baptisée d'un autre nom, la rose...* » et ricanaient pour masquer une panique sans cesse grandissante.

La manifestation regroupait des militants du Parti, des étudiants et les travailleurs eux-mêmes. Touchables et Intouchables mélangés portaient sur leurs épaules un baril plein d'une colère ancestrale qu'une mèche toute neuve risquait de faire exploser. Il y avait dans leur fureur des accents inédits, et pour tout dire naxalites.

À travers la vitre de la Plymouth, Rahel se rendait bien compte que le mot qu'ils scandaient le plus fort était « Zindabad ». Qu'à chaque fois les veines saillaient de leur cou. Et que les bras qui brandissaient drapeaux et fanions étaient durs et noueux.

Quant à eux, ils étouffaient dans la voiture silencieuse.

La peur de Baby Kochamma s'était réfugiée sur le plancher, s'était enroulée sur elle-même comme un cigare humide et moite. Ce n'était que le début de sa grande peur, de cette panique qui n'allait pas tarder à la consumer tout entière. Qui la conduirait à se barricader dans sa maison. Qui lui donnerait ses cheveux teints et ses lèvres mal peintes. Chez elle aussi, la peur était ancestrale, atavique. La peur d'être dépossédée de ses biens.

Elle voulut égrener son chapelet aux grains verts mais ne parvint pas à se concentrer. Une main vint s'aplatir contre la vitre de la voiture.

Un poing serré s'abattit sur le capot brûlant, qui s'ouvrit d'un coup. La Plymouth avait maintenant l'air d'un gros animal bleu aux formes géométriques réclamant, gueule ouverte, sa nourriture.

Une brioche.

Une banane.

Un second coup de poing referma le capot. Chacko descendit sa vitre afin de remercier le manifestant de son amabilité.

« Merci, *keto* ! Merci beaucoup.

— Tu n'as pas besoin d'être aussi obséquieux, dit Ammu. C'était un pur hasard. L'homme a fait ça machinalement. Je te demande un peu comment il aurait pu savoir que cette guimbarde abritait un marxiste au cœur pur.

— Ammu, s'il te plaît, dit Chacko d'une voix posée et sur un ton qui se voulait détaché, serait-ce un effet de ta bonté que de ne plus laisser ton cynisme complètement dépassé te dicter tes moindres réactions ? »

Un silence s'ensuivit, aussi lourd qu'une éponge gorgée d'eau. Les mots « complètement dépassé » avaient tranché dans le vif, aussi facilement qu'un couteau dans du beurre. Le soleil soupira dans un grand frisson. Toutes les familles connaissent ça : chacun appuie là où il sait faire mal, comme un docteur un peu sadique.

C'est alors que Rahel vit Velutha. Velutha, le fils de Vellya Paapen. Velutha, son ami le plus cher. Il était là, un drapeau rouge à la main, en chemise et *mundu* blancs, lui qui ne portait presque jamais de chemise. Les veines de son cou saillaient sous l'effet de la colère.

Rahel se précipita pour baisser sa vitre.

« Velutha ! Velutha ! » appela-t-elle.

L'homme s'immobilisa un instant, le drapeau aux aguets. La voix avait des accents familiers, mais le cadre était tout à fait inhabituel. Rahel, debout sur la banquette, avait émergé de la Plymouth comme une corne qui aurait brusquement poussé à un herbivore aux allures d'automobile. Avec une cascade dans un Va-Va et des lunettes de soleil en plastique rouge cerclées de jaune.

« Velutha! *Ividay*! Velutha! » À son cou aussi, on voyait saillir les veines.

L'homme s'écarta et retourna se fondre dans la fureur ambiante.

Furibonde, Ammu se retourna sur son siège. Elle donna à Rahel une grande claque sur les mollets, seule partie de son corps à être restée à l'intérieur de la voiture, en dehors des pieds chaussés de leurs sandales Bata.

« Tu vas te tenir tranquille, oui? » dit Ammu.

Baby Kochamma tira Rahel en arrière et celle-ci fit un atterrissage surpris sur la banquette. Persuadée qu'il y avait un malentendu.

« C'était Velutha! expliqua-t-elle avec un sourire. Et il avait un drapeau! »

Elle avait trouvé cet accessoire particulièrement impressionnant. Et pas du tout déplacé dans les mains d'un ami.

« Espèce d'idiote! » lui dit sa mère.

Cet accès de colère cloua Rahel sur son siège. Elle ne comprenait pas. Pourquoi Ammu était-elle si fâchée?

« Mais je t'assure que c'était lui! insista Rahel.

— Tu vas la boucler, oui? » lança Ammu.

Rahel vit la transpiration perler sur le front et la lèvre supérieure de sa mère et surtout vit ses yeux, durs comme des billes d'acier. Comme ceux de Pappachi sur la photographie de Vienne. (Étrange comme le papillon de Pappachi était encore présent dans le sang de ses enfants!)

Baby Kochamma remonta la vitre de Rahel.

Des années plus tard, alors que par un matin d'automne plutôt frisquet elle se trouvait quelque part dans le nord de l'État de New York à bord d'un train à destination de Croton Harmon, Rahel revit la scène. L'expression du visage d'Ammu. Comme une pièce de puzzle impossible à identifier. Un point d'interrogation se promenant à travers les pages d'un livre sans jamais vouloir se poser à la fin d'une phrase.

Ces deux petites billes dans les yeux d'Ammu. Ces gouttes de sueur sur sa lèvre. Et le froid soudain de ce silence offensé.

Qu'est-ce que tout cela avait bien pu signifier?

C'était un dimanche, et le train était presque vide. De l'autre côté de l'allée centrale, sur la même rangée que Rahel, une femme moustachue, aux joues gercées, passait son temps à expectorer dans des morceaux de papier qu'elle déchirait au fur et à mesure dans la pile de journaux du dimanche qu'elle avait sur les genoux. Elle alignait ses petits paquets soigneusement refermés sur le siège en face d'elle, comme si elle avait l'intention de les mettre en vente. Tout en s'activant ainsi, elle parlait toute seule, un babil continu aux accents apaisants.

La femme du train, c'était la mémoire. Insensée, quand elle fouillait dans un placard obscur rempli d'objets hétéroclites pour en retirer les plus inattendus, un regard détourné, une impression fugitive, une odeur de fumée, un essuie-glace, une bille d'acier dans l'œil d'une mère. Mais tout à fait sensée quand elle laissait dans l'ombre des pans entiers qui jamais n'émergeraient à la lumière.

La folie de cette femme était un réconfort pour Rahel. Elle l'aidait à pénétrer le cœur dément de ce pays, l'aidait à refouler le souvenir bien plus terrible qui l'obsédait. *Une odeur de métal froid, celle des barres d'un autobus qui ont laissé leur relent métallique sur les mains du receveur. Un homme jeune, le visage tordu par un sourire de vieillard.*

Dehors, le ruban de l'Hudson miroitait au milieu des arbres brun-roux, couleur d'automne. Il faisait un peu froid.

« Ça pince un peu, aujourd'hui », dit Larry McCaslin à Rahel, tout en pinçant légèrement le mamelon peu réceptif qui pointait, engourdi, sous son T-shirt en coton. Il s'étonna de ne pas la voir sourire.

De son côté, elle s'étonnait de ne pouvoir penser à son pays natal sans avoir devant les yeux le bois sombre et verni des bateaux et les flammèches au cœur évidé dansant dans les lampes à pétrole.

C'était bel et bien Velutha.

De cela, Rahel était sûre. Elle l'avait vu. Lui aussi l'avait vue. Elle l'aurait reconnu n'importe où, dans n'importe quelles circonstances. Et s'il n'avait pas porté de chemise, elle l'aurait reconnu rien qu'à son dos. Un dos qu'elle connaissait bien parce qu'il l'avait portée. Un nombre de fois incalculable. Un dos avec une tache de vin brune en forme de feuille allongée. Velutha disait que c'était une feuille porte-bonheur, qui faisait arriver la mousson à l'heure. Une feuille brune sur un dos noir. Une feuille d'automne sur fond de nuit.

Un porte-bonheur qui n'avait pas porté ses fruits.

Normalement, Velutha n'aurait jamais dû être menuisier-charpentier.

Si on l'appelait Velutha, mot qui signifie « blanc » en malayalam, c'était parce qu'il avait la peau noire. Son père, Vellya Paapen, était un Paravan et un soiffard invétéré. Il avait un œil de verre, qui datait du jour où, armé d'un marteau qui lui servait à tailler un bloc de granit, il avait reçu un éclat qui lui avait littéralement fendu l'œil gauche en deux.

Quand il était petit, Velutha accompagnait souvent son père lorsque celui-ci se présentait à l'entrée de service de la Maison d'Ayemenem pour apporter les noix de coco qu'ils avaient ramassées sur la propriété. Pappachi et ses semblables ne permettaient pas aux Paravans de pénétrer dans la maison. On interdisait à ces gens-là tout contact avec ce que touchaient les Touchables, les chrétiens tout autant que les hindous. Mammachi racontait à Estha et Rahel que, du temps de son enfance, on obligeait les Paravans à marcher à reculons avec un balai qui leur servait à effacer les empreintes de leurs pas, de peur qu'un brahmine ou un chrétien ne se souille irrémédiablement en marchant dans leurs traces. À cette époque, on leur interdisait aussi d'emprunter les routes et les chemins publics, de se couvrir le haut du corps, d'utiliser un parapluie. Quand ils parlaient, il leur fallait mettre la main devant la bouche, de façon à ne pas envoyer leur haleine polluée au visage de ceux auxquels ils s'adressaient.

Après l'arrivée des Anglais sur la côte de Malabar, nombreux furent les Paravans, les Pelayas et les Pulayas (et parmi eux Kelan, le grand-père de Velutha) à se convertir au christianisme en devenant membres de l'Église anglicane dans l'espoir d'échapper au fléau du statut d'Intouchable. On les y encourageait d'ailleurs en leur donnant un peu d'argent et de nourriture. D'où leur appellation de Chrétiens des Rizières. Il ne leur fallut pas longtemps pour se rendre compte qu'ils étaient tombés de Charybde en Scylla. On leur imposa des églises séparées, avec des offices séparés célébrés par leurs propres prêtres. On leur fit même l'honneur insigne de leur donner un évêque à usage personnel. Après l'Indépendance, on leur fit savoir qu'ils n'avaient droit à aucune des prestations de l'État, emplois réservés ou prêts bancaires à taux préférentiel, parce que, officiellement, pour l'administration, ils étaient chrétiens, donc hors caste. Ils se retrouvaient, pour ainsi dire, dans la situation d'avoir à balayer leurs empreintes sans qu'on leur ait fourni de balai. Ou, plus exactement, de se débrouiller pour arriver à marcher sans laisser la moindre trace.

Ce fut Mammachi qui, lors d'un de ses séjours loin de Delhi et de l'Entomologie Impériale, fut la première à remarquer combien le petit Velutha était adroit de ses mains. À l'époque, il avait onze ans, environ trois ans de moins qu'Ammu, et c'était un véritable magicien. Il fabriquait des jouets compliqués : avec des palmes séchées, il faisait des moulins à vent miniatures, des crécelles, des coffrets à bijoux minuscules, et des bateaux inimitables, avec des tiges de manioc. Il était capable de graver une figurine sur une noix de cajou. Il apportait ses petits trésors à Ammu, prenant bien soin (comme on le lui avait appris) de les lui tendre posés sur la paume de sa main pour qu'elle puisse les prendre sans avoir à le toucher. Bien que plus jeune qu'elle, il l'appelait Ammukutty, « petite Ammu ». Mammachi persuada Vellya Paapen de l'envoyer à l'école pour Intouchables qu'avait fondée Punnyan Kunju, son beau-père.

Velutha avait quatorze ans quand Johann Klein, membre de la guilde des charpentiers de Bavière, vint s'installer pour trois ans à Kottayam avec la mission chrétienne dans le but de former des ouvriers indigènes. Tous les après-midi à la sortie de l'école, Velutha prenait le car pour Kottayam, où il travaillait jusqu'au soir sous la direction de Klein. À seize ans, il avait terminé ses études et c'était un menuisier-charpentier accompli. Il possédait son propre jeu d'outils et une sensibilité artistique où prédominaient nettement les influences allemandes. Il fabriqua pour Mammachi une table de salle à manger Bauhaus, assortie de douze chaises en bois de rose, ainsi qu'une chaise longue en jaquier dans le plus pur style bavarois. À l'occasion du spectacle de Noël qu'organisait tous les ans Baby Kochamma, il lui fabriqua tout un stock d'ailes d'ange montées sur fil de fer et adaptables comme des sacs à dos, ainsi que des nuages en carton au milieu desquels devait apparaître l'ange Gabriel et une mangeoire démontable où devait naître le petit Jésus. Le jour où l'angelot de jardin de Baby Kochamma vit son jet argenté se tarir d'un seul coup, sans raison apparente, ce fut le docteur Velutha qui fut appelé pour lui redonner l'usage de sa vessie.

Aucune machine, aucun mécanisme ne lui résistait. Mammachi, avec sa logique inattaquable de Touchable, disait souvent que s'il n'avait pas été paravan, il aurait aisément pu devenir ingénieur. Il réparait les postes de radio, les pendules, les pompes à eau. S'occupait de la plomberie et de tous les appareils électriques de la maison.

Quand Mammachi décida de fermer la véranda à l'arrière de la maison, ce fut Velutha qui conçut et fabriqua la porte à soufflets coulissante qui devait faire fureur à Ayemenem pendant de longues années.

Il connaissait mieux que personne les machines de la fabrique.

Lorsque Chacko quitta Madras pour revenir à Ayemenem avec sa Bharat à boucher les bouteilles, ce fut

Velutha qui la remonta et l'installa. C'était lui encore qui assurait la maintenance de la nouvelle machine à faire les boîtes de conserve et du trancheur d'ananas. Lui qui graissait la pompe à eau et le petit générateur Diesel. Lui qui conçut et réalisa les plans de travail en inox si faciles d'entretien et les fours à même le sol pour faire bouillir les fruits.

Tout aurait été parfait si le père de Velutha n'avait pas été un Paravan de la vieille école. Il avait connu l'époque des marches à reculons avec le balai, et sa gratitude à l'égard de Mammachi et de sa famille pour tout ce qu'ils faisaient pour lui était aussi vaste et profonde qu'une rivière en crue. Après son accident, c'était Mammachi qui s'était occupée de l'œil de verre; elle qui avait payé. Vellya Paapen avec ses menus travaux était loin d'avoir remboursé sa dette, et il avait beau savoir que personne ne le lui demandait, que de toute façon, même s'il le voulait, il n'y parviendrait jamais, il vivait avec l'idée que cet œil n'était pas vraiment à lui. Sous l'effet de la gratitude, son sourire s'élargissait et son dos se courbait davantage.

Vellya Paapen se faisait du souci à propos de son fils cadet. Quelque chose en lui l'effrayait, il n'aurait su dire quoi au juste. Ce n'était pas ce qu'il disait ou faisait. Mais plutôt la façon qu'il avait de dire les choses ou de les faire.

Peut-être n'était-ce qu'une absence, à peine perceptible, d'hésitation. Une assurance déplacée. Dans sa démarche. Dans son port de tête. Dans le ton tranquille sur lequel il donnait son avis sans qu'on lui ait rien demandé. Ou dans sa façon, tout aussi tranquille, d'ignorer l'avis des autres sans avoir l'air de se rebeller.

Aux yeux de Vellya Paapen, une telle attitude parfaitement acceptable, voire souhaitable, chez les Touchables, risquait — n'allait pas manquer, pour tout dire, méritait tout bonnement — chez un Paravan, de passer pour de l'insolence pure et simple.

Il essaya donc de mettre Velutha en garde. Mais comme il n'arrivait pas à définir avec précision la cause réelle de son inquiétude, son fils se méprit sur le sens de ses remarques embrouillées. Il eut l'impression que son père lui en voulait de son apprentissage avec Klein et de ses dons naturels. Les bonnes intentions de Vellya Paapen se dissipèrent bien vite pour faire place à des récriminations continuelles qui empoisonnèrent leurs relations. Au grand désarroi de sa mère, Velutha se mit à éviter la maison. Il travaillait tard le soir, faisait cuire en plein air les poissons qu'il attrapait dans le fleuve, dormait sur la berge à la belle étoile.

Puis un beau jour il disparut. Pendant quatre ans, personne ne sut ce qu'il était devenu. Le bruit courut qu'il travaillait à Trivandrum sur un chantier du ministère du Logement et des Affaires sociales. Plus tard, la rumeur fit de lui, comme on pouvait s'y attendre, un naxalite. On disait qu'il avait fait de la prison. Quelqu'un prétendit l'avoir vu à Quilon.

Il fut impossible de le joindre lorsque Chella, sa mère, mourut des suites de la tuberculose. Puis Kuttappen, son frère aîné, tomba d'un cocotier et resta paralysé, invalide. Une année entière passa avant que Velutha entendît parler de l'accident.

Cinq mois s'étaient écoulés depuis son retour à Ayemenem. Il ne parlait jamais de ce qu'il avait fait ni des endroits qu'il avait fréquentés durant son absence.

Mammachi reprit Velutha à la conserverie et le chargea de l'entretien du matériel. Ce qui n'alla pas sans provoquer la jalousie des autres ouvriers qui, eux, n'étaient pas des Intouchables et trouvaient tout à fait anormal qu'un Paravan puisse obtenir un pareil emploi. Surtout qu'il s'agissait d'un Paravan prodigue qu'on n'avait pas hésité à réembaucher.

Pour calmer les esprits, et parce qu'elle savait pertinemment que personne ne serait disposé à lui proposer le même genre de travail, Mammachi lui offrit un salaire inférieur à celui d'un charpentier touchable, mais supérieur à celui du Paravan moyen. Elle ne l'encourageait guère à pénétrer dans la maison, sauf lorsqu'il y avait quelque chose à réparer ou à installer. Elle estimait qu'elle faisait déjà beaucoup en lui permettant l'accès de la fabrique et le maniement d'objets également manipulés par les Touchables. Aucun Paravan, disait-elle, n'avait jamais joui d'un tel privilège.

Quand il reparut à Ayemenem après sa longue absence, Velutha n'avait rien perdu de sa dextérité. Ni de son assurance. Et Vellya Paapen se remit à nourrir les plus vives inquiétudes au sujet de son fils. Mais cette fois il se tint coi et s'abstint de toute remarque.

Du moins jusqu'au jour où la Terreur s'empara de lui. Après qu'il eut vu, soir après soir, une petite barque traverser le fleuve. Qu'il l'eut vue revenir à l'aube. Vu ce qu'avait touché son Intouchable de fils. Touché ? Bien pire.

Pénétré.

Aimé.

N'y tenant plus, il alla trouver Mammachi. Il resta à fixer le vide de son œil d'emprunt, tandis que l'autre, son œil à lui, pleurait. Il avait une joue baignée de larmes, l'autre obstinément sèche. Il n'arrêtait pas de secouer la tête de droite à gauche, si bien que Mammachi finit par lui ordonner de se tenir tranquille. Il tremblait de tous ses membres comme sous l'effet d'une crise de paludisme. Mammachi lui ordonna de se calmer, mais il en fut incapable. La peur, ça ne se commande pas. Même chez un Paravan. Il raconta à sa bienfaitrice ce qu'il avait vu, pour finir par demander à Dieu de lui pardonner d'avoir engendré un tel monstre, ajoutant qu'il était prêt à tuer son fils de ses propres mains. Prêt à détruire ce qu'il avait créé.

Attirée par le bruit, Baby Kochamma émergea de la pièce voisine pour voir de quoi il retournait. Sentant se profiler le spectre de la Douleur et de la Désolation, elle se délecta à l'avance des ravages à venir.

Entre autres choses, elle demanda à Mammachi comment elle pouvait supporter cette odeur : « *Tu n'as pas remarqué qu'ils ont une odeur bien particulière, ces Paravans ?* »

Et elle mima un grand frisson de dégoût, à la manière d'un enfant à qui l'on prétend faire ingurgiter des épinards. Elle préférait l'odeur du jésuite irlandais à celle, si particulière, du Paravan.

De loin, de très loin.

Velutha habitait avec son père et son frère une petite bicoque en latérite située un peu plus bas sur le fleuve. C'était pour Esthappen et Rahel l'affaire d'une course de quelques minutes à travers les cocotiers. Au moment de la disparition de Velutha, ils venaient d'arriver à Ayemenem avec Ammu et ils étaient trop petits pour avoir gardé de lui un quelconque souvenir. Mais au cours des mois qui suivirent sa réapparition, ils devinrent les meilleurs amis du monde. En dépit des interdictions répétées, ils allaient souvent le voir. Restaient des heures entières avec lui, accroupis au milieu des copeaux comme deux points d'interrogation à l'envers, à s'émerveiller de la précision avec laquelle il devinait les formes qu'il allait pouvoir tirer du bois. Ils se délectaient de voir ce matériau perdre de sa dureté entre les mains de Velutha, devenir aussi souple que du plastique. L'homme leur apprit à se servir d'un rabot. Les bons jours, sa maison sentait la sciure, les copeaux frais et le soleil. Le curry rouge de poisson parfumé au tamarin noir. Au dire d'Estha, le meilleur curry du monde.

C'est Velutha qui fit à Rahel sa canne fétiche et lui apprit, comme à son frère, à pêcher.

Et c'est bien lui qu'en ce jour de décembre au ciel bleu elle vit à travers ses lunettes de soleil rouges, défilant avec un drapeau rouge aux abords du passage à niveau à l'entrée de Cochin.

Les coups de sifflet métalliques de la police déchiraient le grand champignon de bruit. Par les trous du chapeau déchiqueté, Rahel voyait des lambeaux de ciel rouge. Et dans le rouge du ciel tournoyaient des milans incandescents à l'affût de rongeurs. Dans leurs yeux jaunes capuchonnés se reflétaient une route et des drapeaux rouges en mouvement. Et une chemise blanche couvrant un dos noir marqué d'une envie.

La peur se mêlait à la sueur et au talc pour entrelarder de violet les bourrelets de graisse du cou de Baby Kochamma. La salive formait de petites boules blanches aux coins de ses lèvres. Elle s'imagina reconnaître dans le défilé un naxalite du nom de Rajan, dont les journaux avaient publié la photo et dont on disait qu'il avait quitté Palghat pour descendre dans le Sud. Elle s'imagina avoir senti les yeux de l'homme fouiller les siens.

Un manifestant au visage convulsé et rouge comme son drapeau ouvrit la portière de Rahel, la seule à ne pas être verrouillée. L'espace se remplit d'hommes à l'œil inquisiteur.

« T'as pas trop chaud, p'tite ? » demanda le convulsé, s'adressant à Rahel en malayalam, la voix pleine de sollicitude. Puis il durcit le ton : « T'as qu'à demander à ton père qu'y t'achète un climatiseur ! » Et il s'esclaffa, ravi de s'être montré si spirituel. Rahel lui sourit en retour, tout heureuse de voir qu'on prenait Chacko pour son père. Comme s'ils étaient une famille comme les autres.

« Ne réponds pas ! lui intima Baby Kochamma d'une voix rauque. Baisse les yeux ! Et ne relève pas la tête ! »

L'homme au drapeau reporta sur elle son attention. Elle fixait des yeux le plancher. Comme une jeune mariée timide et effarouchée qu'on a jetée dans les bras d'un inconnu.

« Bonjour, belle dame, dit l'homme dans un anglais étudié. Puis-je connaître votre nom ? »

Devant le silence de Baby Kochamma, il se retourna vers ses compagnons.

« La dame n'a pas de nom.

— C'est peut-être Modalali Mariakutty ? » suggéra l'un d'eux en ricanant. En malayalam, *modalali* signifie « propriétaire ».

« A, B, C, D, X, Y, Z », dit un autre apparemment sans rime ni raison.

Des étudiants vinrent s'agglutiner autour de la voiture. Ils portaient tous sur la tête des mouchoirs ou des essuie-mains imprimés des Grandes Teintureries de Bombay pour se protéger du soleil. Ils avaient l'air de figurants qui auraient quitté le plateau de tournage d'une version malayalam du *Dernier Voyage de Sinbad*.

Le convulsé tendit son drapeau à Baby Kochamma. « Tenez, dit-il, prenez-le. »

Baby Kochamma s'exécuta, sans lever les yeux sur lui.

« Maintenant, agitez-le », ordonna-t-il.

Elle obéit. Elle n'avait pas le choix. Le drapeau, raide et poussiéreux, sentait encore le neuf. Elle l'agita, tout en essayant de donner l'impression qu'elle le faisait contrainte et forcée.

« Maintenant criez *"Inquilab Zindabad"* !

— *Inquilab Zindabad*, murmura Baby Kochamma.

— Eh ben, c'est-y pas mieux comme ça ? »

La foule hurla de rire. Un coup de sifflet strident retentit.

« Voilà qui est parfait, dit l'homme en anglais à son interlocutrice comme s'il venait de conclure une affaire avec elle à la satisfaction générale. Salut ! »

Il reclaqua la portière bleu ciel. Baby Kochamma en trembla de toute sa graisse. La foule rassemblée autour de la voiture se désagrégea et les hommes se remirent en route.

Baby Kochamma roula le drapeau et le posa sur la plage arrière. Elle remit son chapelet dans son corsage, à sa place, entre ses deux melons. D'un air affairé, histoire de retrouver un semblant de dignité.

Quand les derniers rangs de la manifestation les eurent dépassés, Chacko dit qu'ils pouvaient sans crainte baisser les vitres.

« Tu es sûre que c'était lui ? demanda-t-il à Rahel.

— Qui, lui ? répondit Rahel, soudain méfiante.

— Tu es sûre que c'était Velutha ?

— C'est-à-dire que..., commença Rahel qui cherchait à gagner du temps et à déchiffrer les signaux télépathiques que lui adressait Estha.

— Je répète ma question pour la troisième fois : tu es sûre que l'homme que tu as vu était bien Velutha ?

— Ben... ouais... enfin, presque.

— Tu es presque sûre ?

— Non... Je veux dire, c'était presque Velutha. Ça lui ressemblait presque...

— Donc, tu n'es pas sûre, c'est ça ?

— En quelque sorte, pas tout à fait, dit Rahel, quêtant du coin de l'œil l'approbation d'Estha.

— C'était bel et bien lui, ça ne fait pas de doute, intervint Baby Kochamma. C'est à cause de Trivandrum. Ils en reviennent tous en se prenant pour des petits génies de la politique. »

Personne ne sembla prêter attention à sa remarque.

« Il faudra le surveiller, reprit-elle. Surtout s'il se mêle de jouer les agitateurs à la fabrique... Il y a déjà des signes qui ne trompent pas... Une certaine insolence chez les employés... Et puis, l'autre jour, quand je lui ai demandé de transporter quelques pierres pour ma rocaille, il a...

— Moi, j'ai vu Velutha à la maison juste avant qu'on parte, la coupa Estha sous le coup d'une illumination subite. Alors, ça ne pouvait pas être lui !

— Je l'espère pour lui, dit Baby Kochamma d'un ton qui laissait présager le pire. Et la prochaine fois, Esthappen, ne t'avise pas de m'interrompre. »

Elle était vexée que personne ne lui ait demandé ce qu'était une rocaille.

Dans les jours qui suivirent, Baby Kochamma allait reporter sur Velutha toute sa rage d'avoir été humiliée en public. Elle aiguisa sa fureur comme on le fait d'une lame de couteau. Elle en vint à voir en lui l'image vivante de la manifestation, l'identifiant à l'homme qui l'avait forcée à brandir le drapeau du parti marxiste. À celui qui l'avait baptisée Modalali Mariakutty. Et à tous ceux qui s'étaient moqués d'elle.

Elle se mit à le haïr de toutes ses forces.

Rien qu'à la voir, Rahel savait que sa mère était toujours en colère. Elle regarda sa montre : deux heures moins dix. Et toujours pas de train. Elle posa le menton sur le rebord de la portière. Elle sentit sur sa peau le poil dur du feutre râpeux qui protégeait la vitre. Elle enleva ses lunettes pour mieux voir la grenouille écrasée sur la route. Celle-ci était tellement aplatie qu'elle avait davantage l'air d'une tache en forme de grenouille que d'un véritable batracien. Rahel se demanda si la même chose était arrivée à miss Mitten, aplatie par la camionnette du laitier, réduite à l'état de tache à forme humaine.

C'est sans hésitation aucune que Vellya Paapen avait assuré aux jumeaux que les chats noirs n'existaient pas. Il avait dit qu'il y avait seulement dans l'univers des trous noirs en forme de chat.

Il y avait tellement de taches sur la route.

Des taches à forme humaine, des miss Mitten écrasées, dans l'univers.

Des taches en forme de grenouille écrasée.

Des corbeaux écrasés pour avoir voulu goûter aux taches en forme de grenouille.

Des chiens écrasés pour avoir voulu goûter aux taches en forme de corbeau.

Sur la route, des plumes, des mangues, des crachats écrasés.

Tout au long de la route qui menait à Cochin.

Le soleil entrant par la vitre baissée de la Plymouth dardait ses rayons directement sur Rahel. Elle ferma les yeux et à son tour les darda sur lui. Derrière ses paupières closes, la lumière était encore chaude et aveuglante. Le ciel était orangé, et les cocotiers ressemblaient à de grandes anémones de mer agitant leurs tentacules dans l'espoir de prendre au piège quelque nuage folâtre pour le manger. Un serpent à la peau tavelée et transparente, à la langue fourchue, traversa le ciel. Suivi bientôt d'un soldat romain transparent montant un cheval au pelage tacheté. Rahel avait toujours trouvé bizarre que les soldats romains des bandes dessinées se donnent autant de mal avec leurs cuirasses et leurs casques pour finalement se promener jambes nues sur le champ de bataille. C'était absurde. À tous points de vue, climatique ou autre.

Ammu leur avait raconté l'histoire de Jules César, assassiné au Sénat par Brutus, son meilleur ami, et s'exclamant avant de s'écrouler, le dos lardé de coups de poignard : « *Toi aussi, mon fils ?... Alors, que périsse César !* »

« Cela prouve une chose, avait dit Ammu. On ne peut se fier à personne. Pas plus à une mère qu'à un père, un frère, un mari ou son meilleur ami. »

Quand ils lui avaient demandé si on devait ajouter ses propres enfants à la liste, elle s'était montrée moins catégorique, ajoutant tout de même qu'il n'était pas impossible, par exemple, qu'Estha devienne plus tard un macho de la pire espèce.

Il y avait des soirs où Estha, debout sur son lit, enveloppé dans son drap, s'écriait brusquement : « *Tu quoque, fili ?...* Alors, que périsse César ! », avant de s'abattre d'un coup, les jambes raides, comme un homme qu'on vient de poignarder. Kochu Maria, qui dormait par terre sur une natte, le menaçait d'aller se plaindre à Mammachi.

« Dis donc à ta mère de t'emmener habiter chez ton père, disait-elle. Tu pourras y casser tous les lits que tu veux. Ici, les lits sont pas à toi. T'es pas chez toi. »

Là-dessus, Estha ressuscitait des morts, se remettait

debout, lançait : « *Tu quoque*, Kochu Maria?... Alors, que périsse Estha ! » et trépassait derechef.

Kochu Maria était persuadée que « *Tu quoque* » était un gros mot en anglais et n'attendait qu'une occasion favorable pour se plaindre d'Estha à Mammachi.

La femme de la voiture d'à côté avait des miettes de biscuit sur les lèvres. Le mari alluma une cigarette d'après biscuit toute fripée. De ses narines sortirent deux défenses de fumée qui l'espace d'une seconde lui donnèrent l'allure d'un sanglier. Mme Lalaie prit un ton bêtifiant pour demander à Rahel comment elle s'appelait.

Celle-ci ignora la question et fit éclater une bulle de salive étourdie.

C'était chez les jumeaux une habitude qui avait le don d'exaspérer Ammu. Car elle lui rappelait Baba. Leur père. Qui n'arrêtait pas de faire des bulles de salive et d'agiter la jambe. Aux yeux d'Ammu, seuls les ronds-de-cuir se comportaient ainsi ; certainement pas les aristocrates.

Ces derniers n'avaient pas ce genre de tics. Et ils ne gloussaient pas.

Baba n'avait jamais été un rond-de-cuir, mais Ammu disait qu'il en avait les manières.

Il arrivait à Estha et Rahel, quand ils étaient seuls, de jouer à l'employé de bureau. C'étaient alors des séances de bulles, de tremblements de jambes et de gloussements de dindes. Ils avaient quelques souvenirs de leur père, qu'ils avaient connu entre deux guerres. Une fois, il les avait laissés tirer quelques bouffées sur sa cigarette et s'était fâché quand ils la lui avaient rendue toute détrempée, le filtre tout imbibé de salive.

« Bon Dieu, c'est pas un bonbon ! » s'était-il exclamé, vraiment furieux.

Ils se souvenaient de ses colères. De celles d'Ammu, aussi. Du jour où ils s'étaient fait renvoyer de l'un à l'autre, d'Ammu à Baba, de Baba à Ammu, comme des balles de ping-pong. Des paroles d'Ammu, repoussant violemment Estha vers son père : « Tiens, prends-en un et garde-le. Je ne peux pas m'occuper des deux à la fois. » Quand plus tard Estha lui demanda si c'était vraiment ce qu'elle voulait, Ammu le serra contre elle et lui dit de tout oublier.

Sur la seule photographie qu'ils aient jamais vue de lui — Ammu ne la leur montra qu'une fois —, il portait une chemise blanche et des lunettes. Il était plutôt séduisant avec son air de joueur de cricket appliqué. D'un bras, il tenait Estha en équilibre sur ses épaules, un Estha souriant, le menton posé sur la tête de son père. De l'autre, il serrait Rahel contre sa hanche, une Rahel à l'air grognon, aux petites jambes pendant dans le vide. On avait ajouté un peu de rose pour leur colorer les joues.

À entendre Ammu, c'était la seule fois où il les avait tenus d'aussi près, mais même en cette occasion il était tellement ivre qu'elle s'était demandé s'il n'allait pas les lâcher. Elle était restée juste en dehors du champ de l'appareil, prête à intervenir en cas d'urgence. En dépit du rose à joues, Estha et Rahel trouvaient que c'était une bien belle photo.

« Tu arrêtes ça, oui ? dit Ammu d'une voix si forte que Murlidharan, descendu de son perchoir pour venir regarder dans la voiture, battit en retraite, agitant ses moignons dans tous les sens.

— Quoi, ça ? » Rahel n'avait pas plus tôt répondu qu'elle savait de quoi il retournait. Sa bulle, bien sûr.

« Excuse-moi, Ammu, dit-elle.

— Qui s'excuse s'accuse, dit Estha le Sentencieux.

— Oh, arrêtez un peu, intervint Chacko. C'est sa salive, que diable, elle en fait bien ce qu'elle veut !

— Toi, occupe-toi de tes affaires, lui lança Ammu.

— C'est que ça remue des souvenirs », expliqua Estha le Sage à l'intention de Chacko.

Rahel remit ses lunettes de soleil. Le monde prit les teintes de la colère.

« Enlève-moi ça, c'est ridicule ! » dit Ammu.

Rahel enleva ses lunettes ridicules.

« Quel facho tu fais, dit Chacko. Seigneur, les enfants ont tout de même des droits !

— N'invoque pas le Seigneur hors de propos, dit Baby Kochamma.

— Mais c'est tout à fait à propos, rétorqua Chacko.

— Arrête de jouer au Protecteur de l'Enfance outragée ! intervint Ammu. En pratique, tu te fous de ces deux-là comme de l'an quarante. Quant à t'intéresser à moi...

— Et alors ? En quel honneur est-ce que je m'occuperais d'eux ? Ce n'est pas à moi de le faire. » Et il ajouta qu'Ammu, Estha et Rahel étaient autant de boulets qu'il traînait derrière lui.

Immédiatement, Rahel sentit la sueur lui inonder les mollets et ses jambes glisser sur le cuir synthétique de la banquette. Les boulets, elle savait ce que c'était. Estha aussi. Dans *Les Révoltés du* Bounty, les gens qui mouraient en mer étaient enveloppés dans de grands draps blancs et jetés par-dessus bord avec des boulets aux chevilles pour éviter que les cadavres restent à la surface. Estha s'était toujours demandé comment le capitaine pouvait savoir de combien de boulets il aurait besoin pour la traversée.

Estha se prit la tête à deux mains.

Sa banane s'en trouva toute gâtée.

Le grondement d'un train commença à sourdre de la route constellée de taches de grenouilles. Dans les champs d'ignames, de chaque côté de la voie, les feuilles se mirent à frémir à l'unisson pour signifier leur approbation. Vouivouivouivoui.

Les pèlerins rasés entassés dans Beena Mol entonnèrent un autre chant religieux.

« Tout de même, ces hindous, dit Baby Kochamma la Pieuse. Ils n'ont aucun sens des convenances.

— Et vous savez qu'ils ont des cornes et une peau couverte d'écailles, dit Chacko le Sarcastique. On dit même que quand ils viennent au monde, leurs bébés sortent d'un œuf. »

Rahel avait sur le front deux petites bosses dont Estha disait qu'il en sortirait un jour des cornes. C'était sûrement vrai pour l'une des deux, puisque Rahel était à demi hindoue. Elle n'avait jamais eu la présence d'esprit de lui parler de ses cornes à lui. Après tout, si elle devait en avoir, lui aussi.

Le train passa comme un bolide sous un long ruban de fumée noire et épaisse. Il y avait trente-deux *bogies* et aux portières s'agglutinaient des hommes jeunes aux coiffures en forme de casque, surplombant l'abîme pour voir ce qu'il advenait des gens qui tombaient. Ceux d'entre eux qui se penchaient un peu trop passaient eux-mêmes par-dessus bord. Ils étaient précipités la tête la première dans les ténèbres, leur coiffure toute retournée par la vitesse.

Le train disparut presque aussitôt. On avait du mal à croire qu'il avait fallu attendre si longtemps pour si peu. Les ignames continuèrent à opiner de la feuille en signe d'assentiment bien après son passage.

Un voile de fine poussière de charbon saupoudra le

paysage comme une bénédiction grise et lentement retomba sur les voitures paralysées.

Chacko mit le moteur en route. Baby Kochamma, désireuse de se montrer enjouée, entonna une chanson.

> *La pendule du hall sonne*
> *L'heure triste-ment*
> *Et les cloches de l'église*
> *En font tout au-tant.*
> *Là-haut, dans la chambre des enfants,*
> *Voilà que tend le cou*
> *Un drôle de petit oiseau*
> *Qui va faire...*

Elle regarda Estha et Rahel, attendant qu'ils disent « Coucou ».

Ils restèrent muets.

Ils roulaient maintenant et l'air entrait dans la voiture. Arbres verts et poteaux électriques défilaient le long de la route. Des oiseaux immobiles glissaient sur les fils en mouvement, comme des bagages abandonnés sur un tapis roulant d'aéroport.

Une grosse lune pâle se profilait dans le ciel diurne et se déplaçait en même temps qu'eux. Elle était énorme, comme la panse d'un buveur de bière.

3

Grand Homme-Réverbère et Petit Homme-Chandelle

La saleté avait investi la maison d'Ayemenem comme une armée du Moyen Âge assiégeant un château ennemi. Elle comblait tous les interstices, s'accrochait à toutes les vitres.

Les moucherons bourdonnaient dans les théières. Les cadavres d'insectes tapissaient le fond des vases vides.

Le sol était collant. Les murs blancs étaient désormais grisâtres, les gonds et les poignées de porte en laiton ternis et poisseux, les prises de courant rarement utilisées obstruées par des dépôts divers. Une pellicule de graisse recouvrait les ampoules. Les seuls à avoir l'air encore propre étaient les énormes cafards qui couraient en tous sens comme autant d'accessoiristes sur un plateau de tournage.

Il y avait bien longtemps que Baby Kochamma avait cessé de remarquer quoi que ce fût. Quant à Kochu Maria, qui, elle, remarquait tout, elle avait cessé de s'en préoccuper.

Le cannage fatigué de la chaise longue sur laquelle Baby Kochamma se reposait était truffé de cosses de cacahuètes écrasées.

Dans un geste inconscient de démocratie télévisuelle, maîtresse et servante farfouillaient à l'aveuglette dans le même bol. Kochu Maria jetait les cacahuètes dans sa bouche d'un geste négligent. Baby Kochamma les déposait délicatement dans la sienne.

Les spectateurs présents dans le studio à l'occasion du show Donahue regardaient une séquence filmée dans laquelle un chanteur de rue noir entonnait *Somewhere Over the Rainbow* dans une station de métro. Il chantait d'un air convaincu, comme s'il croyait vraiment aux paroles de sa chanson. Baby Kochamma se mit à l'accompagner, sa voix de crécelle empâtée par les cacahuètes. Elle souriait au fur et à mesure que les paroles lui revenaient. Kochu Maria la regarda comme si elle était devenue folle et en profita pour s'emparer indûment d'une énorme portion de cacahuètes. Le chanteur ambulant rejeta la tête en arrière pour pousser ses aigus (sur le *where* de *somewhere*), et son palais rose et dentelé envahit l'écran. Il était aussi déguenillé qu'une star de rock, mais l'absence de certaines dents en même temps que sa pâleur maladive disaient assez les privations et le désespoir qui devaient être les siens. Il lui fallait s'interrompre chaque fois qu'un métro arrivait ou repartait, c'est-à-dire toutes les minutes.

Les lumières se rallumèrent dans le studio, et Donahue présenta le chanteur en personne, lequel, sur un signe convenu, reprit sa chanson là où il avait dû l'arrêter (à cause d'une rame), assurant ainsi l'émouvante victoire de l'Art sur le Métro.

C'est Phil Donahue qui, quelques instants plus tard, se chargea de l'interrompre en lui passant le bras autour des épaules et en lui disant : « Merci. Merci infiniment. »

Se faire arrêter par Phil Donahue n'avait bien sûr rien à voir avec une interruption provoquée par le vacarme d'une rame de métro. C'était un plaisir. Un honneur.

Les spectateurs applaudirent, l'air dûment attendri.

L'homme était béat, plein du bonheur que procure un passage à l'écran lors d'une Heure de Grande Écoute et, l'espace d'un moment, il en oublia ses misères. Il dit qu'il avait toujours rêvé de participer à l'émission de Donahue, sans se rendre compte, apparemment, qu'on venait de lui piétiner son rêve.

Il y a de grands et de petits rêves. « Grand Homme-Réverbère et Petit Homme-Chandelle », disait des rêves le vieux coolie Bihari, qui, immanquablement, année après année, venait attendre à la gare Estha et ses camarades quand ils rentraient de leur voyage de classe.

Réverbère pour le maître, Chandelle pour le serviteur.

Grand Homme-Projecteurs, aurait-il pu ajouter, et *Petit Homme-Station-de-Métro*.

Les professeurs n'arrêtaient pas de marchander ses services, tandis qu'il suivait péniblement avec les bagages des garçons, ses jambes torses ployant sous le fardeau. Les gamins les plus cruels singeaient sa démarche et l'appelaient Couilles-Molles.

Celui qu'il avait complètement oublié de mentionner, tandis qu'il repartait, titubant, avec la moitié de ce qu'il avait demandé et pas même le dixième de ce qu'il méritait, c'était *Petit Homme-Varices*, le plus petit des hommes.

Dehors, la pluie s'était arrêtée. La grisaille se cailla dans le ciel, transformant les nuages en petits amas floconneux semblables à la bourre d'un matelas bon marché.

Trempé, et donnant l'impression d'une sagesse qu'en fait il ne possédait pas, Esthappen fit son apparition à la porte de la cuisine. Derrière lui scintillaient les longs brins d'herbe. Le chiot se tenait sur les marches à ses côtés. Des gouttes de pluie couraient, comme les boules brillantes d'un abaque, le long du chéneau rouillé accroché au rebord du toit.

Baby Kochamma détacha les yeux de la télévision.

« Le voilà, annonça-t-elle à Rahel sans prendre la peine de baisser la voix. Tu vas voir. Il n'ouvrira pas la bouche. Il va se contenter d'aller tout droit dans sa chambre. Tu vas voir ce que je te dis ! »

Le chiot tenta de profiter de l'occasion pour faire une entrée concertée. Kochu Maria donna quelques grandes claques sur le sol tout en disant : « Allez, va-t'en, *Poda Patti !* »

Le chiot eut la sagesse de ne pas insister. Il semblait bien connaître la chanson.

« Tu vas voir, reprit Baby Kochamma, au comble de l'excitation. Il va aller tout droit dans sa chambre pour laver ses habits. Celui-là, on peut dire qu'il est propre sur lui, et même plus que propre... et il n'ouvrira pas la bouche ! »

Elle avait tout d'un garde-chasse désignant un animal dans l'herbe. Tout fier de son aptitude à prévoir le moindre de ses mouvements. De sa parfaite connaissance des us et coutumes de l'espèce.

Les cheveux d'Estha étaient plaqués sur son crâne en petites touffes, comme des pétales de fleur retournés. On voyait luire par endroits la peau blanche de son crâne. L'eau lui faisait de petites rigoles le long du visage et du cou. Il alla droit dans sa chambre.

Un halo jubilatoire se dessina autour de la tête de Baby Kochamma. « Qu'est-ce que je te disais ! » fit-elle.

Kochu Maria mit l'occasion à profit pour changer de chaîne et regarder un petit bout de *Prime Bodies*.

Rahel suivit Estha dans sa chambre. Celle d'Ammu. Autrefois.

La pièce gardait tous les secrets de son occupant. Sans en rien révéler. Pas la moindre trace de désordre : ni draps froissés sur un lit défait, ni chaussure esseulée quittée à la hâte, ni serviette mouillée abandonnée sur un dossier de chaise, ni livre retourné à mi-parcours. On se serait cru dans une chambre d'hôpital après le passage de l'infirmière. Le sol était propre, les murs blancs, le placard fermé, les chaussures bien alignées, la corbeille à papier vidée.

La propreté maniaque de la pièce était le seul indice visible d'une quelconque volonté chez Estha. Le seul signe extérieur, assez vague au demeurant, indiquant qu'il vivait encore pour quelque chose. Signifiant son refus, à peine audible, d'avoir à dépendre des autres. À côté de la fenêtre, un fer reposait sur une planche à repasser. Une pile de linge plié et froissé attendait.

Le silence pesait dans l'air comme un deuil secret.

Les fantômes terribles de jouets impossibles à oublier s'alignaient sur les pales du ventilateur accroché au plafond. Une catapulte. Un koala de la compagnie Quantas (don de miss Mitten), dont les yeux en bouton de bottine pendaient un peu. Une oie gonflable (qu'un policier avait fait éclater avec sa cigarette). Deux stylos-billes où flottaient des bus rouges dans les rues silencieuses de Londres.

Estha ouvrit le robinet et l'eau s'écoula en tambourinant dans un seau en plastique. Il se déshabilla dans la salle de bains rutilante. Tira sur ses jeans trempés. Raides. Bleu foncé. Difficiles à enlever. Croisa ses bras minces, lisses et musclés sur sa poitrine et commença à soulever son T-shirt fraise écrasée pour le faire passer au-dessus de sa tête. Il n'entendit pas sa sœur à la porte.

Rahel vit son estomac se creuser et sa cage thoracique se gonfler tandis qu'il faisait glisser le T-shirt sur sa peau humide et dorée. Son visage, son cou ainsi qu'un triangle juste en dessous étaient plus foncés que le reste de son corps. Ses bras aussi avaient deux couleurs. Plus pâles là où commençaient les manches. Un homme à la peau foncée, chocolat, tirant sur le café, dans des vêtements couleur de miel. Des pommettes hautes. Des yeux traqués. Un pêcheur dans une salle de bains carrelée de blanc, le regard plein des secrets de la mer.

L'avait-il vue? Était-il vraiment fou? Savait-il seulement qu'elle était là?

Ils n'avaient jamais fait preuve de pudeur l'un vis-à-vis de l'autre, mais avaient toujours été trop jeunes (quand ils étaient ensemble) pour savoir ce qu'était la pudeur.

Jeunes, ils ne l'étaient plus, maintenant.

Ils étaient... vieux.

Ils avaient l'âge de vivre; de mourir, aussi.

« Vieux », quel drôle de mot, se dit Rahel tout en se le répétant plusieurs fois.

Rahel, à la porte de la salle de bains. Hanches étroites. (« Dis-lui qu'elle aura besoin d'une césarienne! » avait hurlé un jour à son mari une gynécologue ivre, tandis que le couple attendait sa monnaie à la station-service.) Lézard allongé en travers d'une carte sur son T-shirt passé. Longs tentacules rebelles de cheveux indisciplinés, colorés par les reflets profonds du henné. Éclairs, intermittents, du diamant piqué dans sa narine. Cercle de lumière orangée du jonc en or à têtes de serpent autour de son poignet. Deux petits serpents, tête contre tête, se murmurant leurs secrets. L'ancienne alliance de sa mère. Contour des bras maigres et anguleux adouci par un fin duvet.

Au premier abord, elle ressemblait comme deux gouttes d'eau à sa mère. Pommettes hautes. Fossettes creusées par le sourire. Mais elle était plus longiligne, plus dure, plus plate, plus anguleuse qu'Ammu. Moins mignonne peut-être pour ceux qui aiment douceur et rondeurs chez une femme. Seuls ses yeux étaient incontestablement plus beaux. Grands. Lumineux. *À s'y noyer*, avait dit Larry McCaslin, qui ne croyait pas si bien dire.

Rahel détaillait le corps nu de son frère à la recherche d'elle-même. La forme des genoux. La cambrure du pied. La chute des épaules. L'angle selon lequel le bras s'articulait au coude. La manière dont les ongles des orteils se recourbaient au bout. Les fossettes sculptées de ses fesses, belles et fermes. Telles des pommes bien lisses. Les fesses des hommes ne grandissent jamais. Comme les cartables d'écolier, elles évoquent dans l'instant des souvenirs d'enfance. Deux marques de vaccin brillaient sur son bras comme des pièces de monnaie. Alors que les siennes étaient sur sa cuisse.

Pour les filles, c'est toujours sur la cuisse, disait souvent Ammu.

Rahel observait Estha avec la curiosité d'une mère regardant son enfant. D'une sœur regardant son frère. D'une femme regardant un homme. D'un jumeau un autre jumeau.

Elle essaya en même temps ces diverses combinaisons.

Il était cet étranger qu'elle avait rencontré par hasard. Celui qu'elle avait connu avant même le début de la Vie. Celui qui un jour lui avait ouvert la voie, à la nage, dans le vagin de leur mère.

Deux choses rendues insupportables par leur polarité, leur insurmontable éloignement.

Une goutte de pluie perlait à l'oreille d'Estha. Épaisse, argentée dans la lumière, comme une lourde goutte de mercure. Rahel tendit la main. La toucha. L'effaça.

Estha ne la regarda pas. Se retrancha plus encore dans son immobilité. Comme si son corps avait le pouvoir de tirer ses sens vers l'intérieur, noués, refermés sur eux-mêmes, de les soustraire à la surface de sa peau pour les enfouir dans quelque recoin, à une profondeur inaccessible.

Le silence rassembla ses jupes et, telle Spiderwoman, escalada le mur glissant de la salle de bains.

Estha plongea ses vêtements mouillés dans un seau et se mit à les laver avec un savon bleu foncé qui s'émiettait.

4

Cochin : le cinéma Abhilash

Le cinéma Abhilash se targuait d'être la première salle du Kerala dotée d'un écran Cinémascope de soixante-dix millimètres. Afin de bien enfoncer le clou, la façade était une réplique en ciment, grandeur nature, d'un écran Cinémascope incurvé. Au-dessus (en lettres de ciment, éclairées au néon), l'inscription CINÉMA ABHILASH s'étalait en deux langues, anglais et malayalam.

Sur la porte des toilettes, un petit bonhomme et une petite bonne femme. La seconde pour Ammu, Rahel et Baby Kochamma. Le premier pour Estha tout seul : Chacko était allé s'occuper des réservations à l'hôtel Sea Queen.

« Ça ira ? » demanda Ammu, inquiète.

Estha hocha la tête en signe d'assentiment.

Franchissant la porte en Formica rouge qui se refermait toute seule, Rahel suivit Ammu et Baby Kochamma chez la petite bonne femme. Elle se retourna pour agiter la main en direction d'Estha l'Abandonné (seul avec son peigne) dans ses chaussures beiges à bouts pointus, à l'autre bout du hall couvert de marbre glissant. Estha attendit dans le couloir encrassé, veillé par les glaces solitaires, que la porte rouge engloutisse sa sœur. Puis il fit demi-tour et se dirigea vers le petit bonhomme.

Chez la petite bonne femme, Ammu suggéra à Rahel de faire pipi les fesses en l'air. Elle dit que les cuvettes des toilettes publiques étaient sales. Comme l'argent. On ne sait jamais qui l'a touché. Lépreux. Bouchers. Garagistes. (Pus. Sang. Graisse.)

Une fois où Kochu Maria l'avait emmenée avec elle à la boucherie, Rahel avait remarqué, sur le billet de cinq roupies qu'on leur rendait, un minuscule bout de viande sanguinolente. Kochu Maria l'avait enlevé du pouce, non sans que le jus laisse une petite traînée rouge, avant d'enfouir le billet dans son corsage. De l'argent taché qui sentait la viande crue.

Rahel était trop petite pour faire pipi en équilibre au-dessus de la cuvette, et Ammu et Baby Kochamma durent la soutenir, une fois qu'elle eut posé ses jambes sur leurs bras. Elle était là, perchée en l'air, culotte baissée, les pieds tournés en dedans dans leurs sandales Bata. Au début, il ne se passa rien, et Rahel regarda sa mère et sa petite grand-tante, les yeux pleins de vilains points d'interrogation (alors, qu'est-ce qu'on fait?).

« Allez, dit Ammu, Psss, psss... »

Psss pour le pi-pi. M-mumm pour la muu-sique.

Rahel pouffa de rire. Ammu en fit autant. Bientôt suivie de Baby Kochamma. Quand enfin le filet se mit à couler, elles rectifièrent la position de Rahel. Celle-ci n'était nullement gênée. Elle finit ce qu'elle avait à faire. Ammu avait le papier à la main.

« À toi ou à moi? demanda Baby Kochamma à Ammu.

— Comme tu veux, dit Ammu. Vas-y d'abord. »

Rahel lui tint son sac. Baby Kochamma releva son sari tout froissé, ce qui permit à Rahel d'étudier les jambes monstrueuses de sa petite grand-tante. (Des années plus tard, à l'école, pendant un cours d'histoire — « *L'empereur Babur avait un teint crayeux et des piliers en guise de jambes —,* c'est cette même scène qu'elle reverrait aussitôt. Baby Kochamma, en équilibre comme un gros oiseau au-dessus d'une cuvette de W.-C. Les veines bleues, pareilles à de gros nœuds dans un tricot, qui couraient sous la peau transparente des tibias. Les genoux énormes creusés de fossettes. Et poilus. Tout ce poids porté par de pauvres petits pieds de rien du tout.) Baby Kochamma n'eut pas à attendre bien longtemps. La tête penchée en avant. Un sourire idiot sur les lèvres. La poitrine se balançant très bas. Des melons dans un corsage. Le derrière relevé et projeté en arrière. Quand les glouglous et les borborygmes se firent entendre, elle les écouta des yeux. Un torrent de montagne jaune sortit en cascade d'un défilé.

Rahel aimait bien cette atmosphère. Chacune d'elles se soulageant à tour de rôle devant les autres. Comme des amies. Elle ignorait alors à quel point pareille sensation peut être précieuse. *Comme des amies.* Jamais plus elles ne seraient ainsi. Ammu, Baby Kochamma et elle.

Quand Baby Kochamma eut fini, Rahel regarda sa montre.

« Tu en as mis, du temps, Baby Kochamma, dit-elle. Il est deux heures moins dix. »

> *Rubadub dub* [se dit Rahel]
> *Trois femmes dans un baquet*
> *Attendez un peu, dit Paresseux.*

Elle imagina Paresseux en nom propre. Paresseux Kurien. Paresseux Kutty. Paresseux Mol. Paresseux Kochamma.

Paresseux Kutty. Véloce Verghese. Et Kuriakose. Trois frères pleins de pellicules.

Le pipi d'Ammu ne fut qu'un murmure. Contre la

paroi de la cuvette, pour ne pas faire de bruit. La dureté paternelle avait quitté son regard. Elle avait retrouvé ses yeux d'Ammu. Son sourire lui creusait de grandes fossettes, et elle ne semblait plus en colère. Que ce soit au sujet de Velutha ou de la bulle de salive.

Voilà qui était Bon Signe.

Estha l'Abandonné, seul chez le petit bonhomme, dut pisser dans un urinoir plein de boules de naphtaline et de mégots de cigarette. Pisser dans la cuvette, c'était s'avouer Vaincu. Et pour pisser dans l'urinoir, il était trop petit. Il lui manquait de la Hauteur. Il la chercha des yeux et la trouva dans un coin. Un balai sale, une bouteille de soda à moitié remplie d'un liquide laiteux (du désinfectant) avec des choses noirâtres qui flottaient à la surface. Une serpillière toute molle, et deux boîtes rouillées de rien du tout. Qui auraient pu provenir de la conserverie Paradise. Ananas au sirop en morceaux. Ou en tranches. Tranches d'ananas. Son honneur, sauvé par la fabrique familiale ! Estha l'Abandonné disposa les boîtes rouillées de rien du tout devant l'urinoir. Il grimpa dessus et pissa précautionneusement, en veillant à ne pas perdre l'équilibre. Comme un homme. Les mégots, humides jusqu'ici, étaient maintenant détrempés et se démêlaient. Difficiles à allumer. Quand il eut fini, Estha transporta les boîtes jusqu'au lavabo devant la glace, se lava les mains et se mouilla les cheveux. Puis, impressionné par la taille du peigne d'Ammu, beaucoup trop grand pour lui, il entreprit de reconstruire sa banane. La lissa en arrière, la ramena sur l'avant, pour finir par en déporter la pointe sur le côté. Il fourra le peigne dans sa poche, descendit des boîtes, qu'il remit en place à côté de la bouteille, de la serpillière et du balai. Et s'inclina devant cette superbe assemblée. La bouteille, le balai, les boîtes, la serpillière toute molle.

« Incline-toi », dit-il en souriant, parce que quand il était plus jeune, il avait toujours l'impression qu'il fallait dire « Incline-toi » quand on s'inclinait. Qu'il fallait vraiment le dire pour pouvoir le faire. « Incline-toi, Estha », lui disait-on. Et il s'inclinait tout en disant « Incline-toi ». Sur quoi, on le regardait en riant. Sans qu'il comprenne pourquoi.

Estha l'Abandonné, l'enfant aux dents inégales.

Une fois dehors, il attendit sa mère, sa sœur et sa petite grand-tante. Quand elles sortirent à leur tour, Ammu lui dit : « Ça va, Esthappen?

— Ça va », répondit-il, hochant la tête avec précaution pour ne pas ébouriffer sa banane.

Ça va? Ça va. Il rangea le peigne dans le sac d'Ammu. Celle-ci sentit monter en elle une brusque bouffée de tendresse pour son jeune fils, si réservé, si digne, dans ses chaussures beiges à bouts pointus, qui venait juste de remplir avec succès sa première besogne d'adulte. Elle lui passa une main amoureuse dans les cheveux. Et écrasa complètement sa banane.

L'Homme-à-la-Torche-Toujours-Prête leur dit de se dépêcher, que le film avait commencé. Il leur fallut grimper quatre à quatre l'escalier couvert d'un vieux tapis rouge. L'escalier rouge avec des traces de crachats rouges dans les coins rouges. L'Homme-à-la-Torche rassembla son *mundu*, qu'il tint bien serré sous ses bourses, dans sa main gauche. Tandis qu'il montait, les muscles de ses jambes, sous sa peau tendue, se durcissaient comme des boulets de canon poilus. Il tenait la torche dans sa main droite.

« C'est commencé d'puis un bout d'temps », dit-il.

Ainsi donc, ils avaient manqué le début. Manqué le lever du rideau en velours, ses vaguelettes et l'éclat de ses ampoules camouflées dans les glands dorés. Ce rideau qui se levait lentement, accompagné d'ordinaire par la musique de *La Marche des petits éléphants.* Ou peut-être bien *La Marche du colonel Bogey.*

Ammu tenait Estha par la main. Baby Kochamma, alourdie par ses melons, soufflant et suant, tenait Rahel. Elle refusait de s'avouer qu'elle avait très envie de voir le film et prétendait n'être venue que pour les enfants. Dans son esprit bien cloisonné, elle tenait un compte exact des Choses qu'Elle Faisait pour les Autres, et des Choses que les Autres Ne Faisaient Pas pour Elle.

Ce qu'elle aimait le plus, c'étaient les scènes du début avec les sœurs, elle espérait qu'ils arriveraient à temps. Ammu avait expliqué à Estha et Rahel que les gens ont un penchant marqué pour ce à quoi ils s'identifient le plus facilement. Rahel pensait que, pour sa part, c'était à Christopher Plummer, qui jouait le rôle du capitaine von Trapp, qu'elle s'identifiait. Ce n'était pas le cas de Chacko, qui l'appelait capitaine Fond de Trappe.

Rahel était excitée comme une puce en laisse. Délestée. Sautant pour monter deux marches, en redescendre deux, en remonter une. Pour finir par gravir cinq fois plus de marches que Baby Kochamma.

> *I'm Popeye the sailor man*   pom pom
> *I live in a cara-van*   pom pom
> *I op-en the door*
>
> *And fall on the floor*
>
> *I'm Popeye the sailor man*   pom pom

Deux à la montée, deux à la descente, et que j'en remonte une. Et que je saute, et que je saute.

141

« Rahel, dit Ammu, je vois que tu n'as toujours pas retenu ta leçon. »

Mais si, mais si : *L'impatience est source de chagrin.* Pom pom.

Ils atteignirent le foyer de la Princesse, passèrent devant le comptoir des rafraîchissements, où attendaient les orangeades. Et les citronnades. Les orangeades, trop orange. Les citronnades, trop citron. Les chocolats trop fondants.

L'Homme-à-la-Torche ouvrit la porte des balcons qui donnait sur l'obscurité ronflante de ventilateurs et craquante de cacahuètes. Ça sentait les gens. La brillantine. Les vieux tapis. Une odeur magique de *Mélodie du bonheur* dont Rahel chérissait le souvenir. Les odeurs, comme la musique, restent dans la mémoire. Elle respira profondément et mit le tout en bouteille capsulée. Pour plus tard.

C'était Estha qui avait les billets. Petit Homme. Pom pom. Qui vivait dans une cara-vane.

L'Homme-à-la-Torche éclaira les billets roses. Rang J. Numéros 17, 18, 19, 20. Estha, Ammu, Rahel, Baby Kochamma. Ils se firent tout petits pour passer devant les gens exaspérés qui, histoire de leur faire de la place, se contorsionnaient, un coup par-ci, un autre par-là. Il fallut rabattre les sièges pour les ouvrir. Baby Kochamma retint celui de Rahel pendant que celle-ci grimpait dessus. Elle n'était pas assez lourde, si bien que le siège se referma sur elle, la coinçant à l'intérieur comme une tranche de jambon dans un sandwich. Elle dut regarder l'écran entre ses genoux, qu'elle avait au niveau du menton. Deux genoux et une cascade. Estha, nettement plus digne, s'assit sur l'extrême bord.

Les ombres des ventilateurs occupaient les côtés de l'écran, là où il n'y avait pas d'image.

Exit la torche. Entre le Succès Mondial.

La caméra monte à l'assaut du ciel autrichien bleu ciel (comme une Plymouth), au milieu du tintement clair et triste des cloches.

Tout en bas, au sol, dans la cour de l'abbaye, brillent les pavés. Que traversent les nonnes. Cigares marchant au pas. Nonnes silencieuses, regroupées silencieusement autour de leur Mère Supérieure — qui, elle, ne lit jamais leurs lettres. Rassemblées comme des cafards autour d'un morceau de pain. Cigares autour de la Reine Cigare. Pas un poil sur les genoux. Pas un melon dans les corsages. Haleine mentholée. Doléances auprès de la Mère Supérieure. Voix suaves. Julie Andrews, la vilaine, est encore dans les collines à chanter *Les collines résonnent de la mélodie du bonheur*, et, une fois de plus, sera en retard pour la messe.

Elle grimpe à un arbre et s'écorche le bras

cafardent les nonnes en musique.

Sa robe est déchirée
Elle vient à la messe en dansant
Et siffle sur l'escalier...

Devant, les gens se retournèrent.
« Chchut ! »
Chut ! Chut ! Chut !

Et sous sa coiffe
Elle a des bigoudis dans les cheveux !

On entendait une voix, qui n'était pas dans le film. Claire et fraîche. Qui déchirait l'obscurité ronflante de ventilateurs et craquante de cacahuètes. Une nonne au milieu des spectateurs! Des têtes se dévissaient comme des capsules de bouteille. Des nuques de cheveux noirs se métamorphosaient en visages à bouche et à moustache. Des bouches sifflantes avec des dents de requin. Des dents en quantité. Comme des vignettes sur un collecteur.

« Chchut! » disaient-elles en chœur.

C'était Estha qui chantait. Une nonne à banane. Une nonne Elvis Pelvis. Incapable de se retenir.

« Sortez-le! » dit le Public, quand il découvrit le coupable.

Fermela ou Sordici. Sordici ou Fermela.

Le Public était le Grand-Méchant-Homme. Estha, le Petit, avec les billets.

« Estha, pour l'amour du ciel, tais-toi donc! » chuchota Ammu d'une voix contenue.

Estha se tut-toi donc. Les bouches et les moustaches reprirent leur place. Mais la voix revint, sans prévenir, et Estha n'arrivait plus à l'arrêter.

« Ammu, est-ce que je peux aller chanter dehors? demanda Estha (avant qu'elle le gifle). Je reviendrai une fois que la chanson sera finie.

— Ne compte pas sur moi pour te ramener un jour au cinéma, dit Ammu. Tu fais honte à tout le monde. »

Pauvre Estha, c'était plus fort que lui. Il se leva pour sortir. Passa devant Ammu en colère. Devant Rahel le regard fixe entre ses genoux repliés. Devant Baby Kochamma. Devant le Public, qui dut à nouveau se contorsionner. Uncouparci-unautreparlà. Au-dessus de la porte luisaient dans un halo rougeâtre les lettres rouges du mot EXIT. Il EXITA.

Dans le hall, les orangeades attendaient. Avec les citronnades. Les chocolats fondus. Et les sièges en Skaï bleu électrique. Et les affiches *Prochainement*.

Estha l'Abandonné s'assit sur les sièges en Skaï bleu électrique, dans le foyer des balcons du cinéma Abhilash, et chanta. D'une voix de nonne, pure comme le cristal.

Mais comment la faire rester
Et l'obliger à vous écouter ?

L'homme qui tenait le comptoir des rafraîchissements, et qui jusqu'ici dormait sur une rangée de tabourets en attendant l'entracte, se réveilla. De ses yeux chassieux, il vit Estha l'Abandonné dans ses chaussures beiges à bouts pointus. Et sa banane écrasée. L'Homme essuya son comptoir en marbre avec un chiffon sale. Et attendit. En attendant, il essuyait. En essuyant, il attendait. Et regardait Estha chanter.

Comment fixer la vague sur le sable ?
Comment comprendre quelqu'un comme Mariii...ya ?

« Hé ! *Eda cherukka !* dit l'Homme-Orangeade-Citronnade, d'une voix râpeuse, encore empâtée par le sommeil. Tu t'crois où ? »

Comment retenir un
rayon de lune
dans la main ?

chantait Estha.

« Hé! répéta l'Homme-Orangeade-Citronnade. Écoute, pour moi, c'est l'heure de la pause. Il va bientôt falloir que je me remette au boulot. Alors, il est pas question que tu te mettes à chanter des chansons anglaises ici. Tu la fermes et tu me laisses tranquille. » Les poils frisottés de son avant-bras cachaient presque entièrement sa montre en or. Ceux de sa poitrine, sa chaîne en or. Sa chemise blanche en polyester était déboutonnée jusqu'à son ventre ventripotent. Il avait l'air d'un ours belliqueux paré de bijoux. Derrière lui, il y avait des glaces où les gens pouvaient se regarder tout en achetant leurs boissons. Pouvaient reconstruire leurs bananes et refaire leurs chignons. Les glaces regardaient Estha.

« Je pourrais déposer une plainte contre toi, dit l'Homme à Estha. Hein, qu'est-ce que tu dirais de ça? Si je portais plainte? »

Estha cessa de chanter et se leva pour retourner dans la salle.

« Maintenant que je suis debout, reprit l'Homme-Orangeade-Citronnade, maintenant que tu m'as réveillé et que, par ta faute, ma pause est fichue, tu peux aussi bien venir boire quelque chose. C'est le moins que tu puisses faire. »

Il avait un visage carré et mal rasé. Ses dents, de vraies touches de piano jaunies par le temps, regardaient le petit Elvis Pelvis.

« Non merci, dit poliment Elvis. Ma famille m'attend. Et je n'ai plus d'argent de poche.

— *Agentd'poch*? dit l'Homme, dont les dents ne quittaient pas Estha. Après les chansons anglaises, l'*agentd'poch*! Mais d'où tu sors? D'une autre planète? »

Estha fit demi-tour, prêt à s'en aller.

« Attends voir! dit l'homme d'un ton sec. Une

seconde, répéta-t-il plus doucement. Je croyais t'avoir posé une question. »

Ses dents jaunes étaient de vrais aimants. Elles vous regardaient, souriaient, chantaient, reniflaient, bougeaient. Vous hypnotisaient.

« Je t'ai demandé d'où tu sortais, dit l'Homme qui essayait de l'attirer dans son horrible toile.

— D'Ayemenem, dit Estha. J'habite à Ayemenem. Ma grand-mère est propriétaire de la conserverie Paradise. C'est elle la commanditaire.

— Tu m'en diras tant ! Et qui c'est qui est aux commandes ? dit l'Homme en éclatant d'un rire qu'Estha était incapable de comprendre. Ça fait rien, va. Laisse tomber. Viens donc boire quelque chose. Une boisson fraîche, à l'œil. Viens voir ici me raconter l'histoire de ta grand-mère. »

Estha s'approcha, vaincu par Dents Jaunes.

« Viens ici, avec moi, derrière le comptoir, dit l'Homme-Orangeade-Citronnade tout en baissant la voix. Faut que ça reste un secret, parce qu'on n'a pas l'droit de boire avant l'entracte. C'est un délit. »

« Puni par la loi », renchérit-il au bout d'un moment.

Estha passa derrière le comptoir pour aller quérir sa Boisson Fraîche à l'Œil. Vit les trois hauts tabourets où l'homme faisait sa sieste. Le bois tout luisant à force de l'avoir supporté.

« Si tu veux bien me tenir ça, dit l'Homme en tendant son pénis à Estha par la fente de son *dhoti* de mousseline blanche et soyeuse, pendant que je m'occupe de ta boisson. Orangeade ou citronnade ? »

Faute de pouvoir faire autrement, Estha s'exécuta.

« Orange ? Citron ? reprit l'Homme. Citronorange ? »

— Citron, s'il vous plaît », dit Estha poliment.

Il se retrouva avec une bouteille et une paille. Une

bouteille dans une main, un pénis dans l'autre. Dur, brûlant, variqueux.

La main de l'Homme se referma sur celle d'Estha. L'ongle du pouce était aussi long que celui d'une femme. Il fit aller et venir la main d'Estha. Lentement d'abord. Puis plus vite.

La citronnade était froide et douceâtre. Le pénis dur et brûlant.

Les touches de piano surveillaient la scène.

« Alors, comme ça, ta grand-mère a une usine, dit l'Homme. Quel genre d'usine ?

— Avec plein de produits, dit Estha, sans lever les yeux, ni enlever la paille de sa bouche. Jus de fruits, condiments, confitures, poudres de curry. Tranches d'ananas.

— Bien, dit l'Homme. Très bien. »

Sa main se resserra sur celle d'Estha. Forte et moite. Accélérant le mouvement.

> *Presto, presto, prestissimo,*
> *Sans jamais de cesse*
> *Tant que preste n'est pas prestissimo.*

Le long de la paille détrempée (que la salive et la peur avaient presque aplatie) montait le liquide sirupeux et citronné. En soufflant dans la paille (tandis que son autre main s'activait toujours) Estha fit des bulles dans la bouteille. Bulles gluantes et citronnées de la boisson qu'il ne pouvait pas boire. Dans sa tête, il faisait l'inventaire des produits de sa grand-mère.

CONDIMENTS	JUS DE FRUITS	CONFITURES
Mangue	*Orange*	*Banane*
Poivron vert	*Raisin*	*Fruits mélangés*

Cornichon   *Ananas*   *Marmelade de*
Ail   *Mangue*   *pamplemousse*
Citron vert mariné

Tout à coup le visage râpeux et tendineux se convulsa, et la main d'Estha se retrouva inondée d'un liquide chaud et collant. Pleine de blanc d'œuf. Du blanc d'œuf blanc. Un peu coagulé.

La citronnade était froide et sucrée. Le pénis mou et ratatiné comme une bourse en cuir vide. De son chiffon sale, l'Homme essuya la main d'Estha.

« Allez, finis ta bouteille », dit-il tout en lui pinçant affectueusement la fesse. Rebondie comme une pomme sous l'étoffe des pantalons tuyau de poêle. « Faut pas gâcher, dit-il. Pense à tous les pauvres gens qu'ont rien à boire ou à manger. T'en as de la chance d'être riche, avec ton agentd'poch et cette usine que va t'laisser ta grand-mère. Tu devrais remercier le Bon Dieu d'être à l'abri du besoin. Allez, finis-moi ça. »

Ainsi donc, derrière le Comptoir des Rafraîchissements, dans le foyer du cinéma Abhilash, le plus grand écran en Cinémascope soixante-dix millimètres du Kerala, Esthappen Yako finit son concentré de peur citronnée et gazeuse, gracieusement offert par la maison. Sa citronnade trop citronnée. Trop froide. Trop sucrée. Les bulles lui remontèrent dans le nez. Bientôt il aurait droit gratis à une autre boisson gazeuse (un autre concentré de peur). Mais il l'ignorait encore. Il tenait son Autre Main, la Collante, loin de lui.

Pas question qu'elle touche quoi que ce soit.

Quand Estha eut fini de boire, l'Homme-Orangeade-Citronnade lui dit : « Fini ? C'est bien. »

Il reprit la bouteille vide et la paille aplatie et renvoya Estha à son Bonheur et à sa Mélodie.

De retour dans l'obscurité brillantinée, Estha tint soigneusement son Autre Main en l'air (comme s'il étreignait une orange imaginaire). Il passa devant les spectateurs (uncouparci-unautreparlà), devant Baby Kochamma, devant Rahel (toujours pliée en deux), devant Ammu (toujours fâchée). Et s'assit, son orange collante toujours à la main.

Sur l'écran, le capitaine Fond de Trappe. Christopher Plummer. Hautain. Insensible. La bouche mince et dure. Avec son sifflet de policier qui déchire l'air. Un capitaine avec sept enfants. Des enfants propres, comme des bonbons à la menthe. Il fait comme s'il ne les aimait pas, mais c'est faux, bien sûr. Il les adore. Il l'adore, elle (Julie Andrews) ; elle l'adore, lui ; ils adorent les enfants, les enfants les adorent. Tout le monde s'adore. Propres, les enfants, et blancs. Doux comme le duvet de leurs lits.

Ils vivent dans une maison avec un lac et des jardins, un grand escalier, des portes et des fenêtres blanches et des rideaux à fleurs.

Les enfants propres et blancs, même les plus grands, ont peur du tonnerre. Pour les rassurer, Julie Andrews les met tous dans son lit bien propre, bien frais et leur chante une chanson bien propre, bien fraîche pour leur raconter ce qu'elle aime. À savoir :

1. Les petites filles en robe blanche à nœuds de satin bleu.

2. Les oies sauvages portant la lune sur leurs ailes.

3. Les bouilloires en cuivre brillant.

4. Les sonnettes et les clochettes et les Schnitzel aux nouilles.

5. Etc.

C'est alors que, dans la tête d'un certain couple de jumeaux dizygotes, au milieu des spectateurs du cinéma Abhilash, naquirent certaines questions nécessitant des réponses, comme par exemple :

(a) *Le capitaine Fond de Trappe agite-t-il sa jambe ?*
Non.

(b) *Fait-il des bulles de salive ?*
Certainement pas.

(c) *Glousse-t-il ?*
Non.

Oh, capitaine von Trapp, capitaine von Trapp, seriez-vous capable d'adorer aussi le petit garçon à l'orange dans la salle empestée ?

Il vient juste de tenir le petit oiseau de l'Homme Orangeade-Citronnade dans sa main, mais seriez-vous capable de l'adorer quand même ?

Et sa sœur jumelle, pliée en deux sur son siège avec sa cascade dans son Va-Va ? Vous pourriez l'aimer, elle aussi ?

Mais le capitaine von Trapp avait de son côté quelques questions à poser.

(a) *Ces enfants sont-ils propres et blancs ?*
Non. *(Mais Sophie Mol, oui.)*

(b) *Font-ils des bulles ?*
Oui. *(Mais Sophie Mol, non.)*

(c) *Agitent-ils leurs jambes comme des ronds-de-cuir ?*
Oui. *(Mais Sophie Mol, non.)*

(d) *Ont-ils déjà, l'un ou l'autre ou tous les deux, tenu le petit oiseau d'un étranger ?*
N... noui. *(Mais Sophie Mol, jamais.)*

« Alors, je regrette, dit le capitaine, mais c'est hors de question. Il m'est impossible de les aimer. D'être leur papa. Ne comptez pas sur moi. »

Le capitaine Fond de Trappe ne pouvait absolument pas.

Estha baissa la tête vers ses genoux.

« Qu'est-ce qu'il y a encore? dit Ammu. Si tu continues à faire la tête, je te ramène directement à la maison. Assieds-toi comme il faut, s'il te plaît. Et regarde. C'est pour cette raison qu'on t'a amené. »

Finir la boisson.

Regarder le film.

Penser à tous les pauvres gens.

À la chance d'être riche. D'avoir de l'agentd'pocb. Et d'être à l'abri du besoin.

Estha s'assit comme il faut et regarda. Le cœur au bord des lèvres. Une sensation de trop-plein, de pas assez, gluante, grasse, glaireuse, visqueuse, verdâtre.

« Ammu? questionna-t-il.

— Qu'est-ce qu'il y a ENCORE? » Le « encore » sifflé, aboyé, craché.

« Envie de vomir, dit Estha.

— Envie seulement ou pour de vrai? demanda la voix inquiète d'Ammu.

— Sais pas.

— Veux-tu qu'on sorte? Tu te sentiras mieux après.

— D'accord », dit Estha.

D'accord? D'accord.

« Où allez-vous? voulut savoir Baby Kochamma.

— Estha va essayer de vomir, dit Ammu.

— Où allez-vous? s'informa Rahel.

— Envie de vomir, dit Estha.

— Je peux venir regarder?

— Non », dit Ammu.

Il fallut à nouveau déranger les gens (uncouparciunautreparlà). La dernière fois pour chanter. Cette fois-ci pour essayer de vomir. Sortie par l'EXIT. Dehors, dans le foyer de marbre, l'Homme-Orangeade-Citronnade mangeait un bonbon. La joue gonflée par un bonbon en mouvement. Il faisait de petits bruits de succion, pareils à l'eau qui s'écoule d'un lavabo. Il y avait un papier d'emballage vert sur le comptoir. Pour cet Homme-là, les bonbons étaient gratuits. Il avait toute une rangée de bocaux opaques. Il essuyait son comptoir en marbre avec son chiffon sale, qu'il tenait dans sa main poilue, celle de la montre. Quand il vit la femme lumineuse aux épaules vernissées accompagnée du petit garçon, une ombre passa sur son visage. Puis il actionna son sourire de piano portable.

« Déjà ressorti ? » demanda-t-il.

Estha avait des haut-le-cœur. Ammu le pilota jusqu'aux toilettes des balcons. Chez la petite bonne femme.

Il se retrouva suspendu en l'air, coincé entre le lavabo crasseux et le corps d'Ammu. Les jambes pendant dans le vide. La cuvette avait des robinets en métal et était tachée de rouille. Avec tout un réseau de fissures minuscules et brunâtres qui faisait penser à la toile d'araignée des rues sur le plan d'une grande ville.

Estha se contracta sans rien pouvoir faire venir. Si ce n'est des pensées. Qui sortirent en flottant et revinrent en flottant. Ammu ne pouvait pas les voir. Elles pesaient comme des nuées orageuses sur la Ville Lavabo. Mais les Lavabiens, hommes et femmes, n'en vaquaient pas moins à leurs occupations. Voitures et bus continuaient à circuler tranquillement. Dans Lavabo, la vie suivait son cours.

« Alors, rien ? demanda Ammu.

— Rien », répondit Estha.

Rien ? Rien.

« C'est bon, lave-toi la figure, dit Ammu. Un peu

d'eau, ça fait toujours du bien. Lave-toi la figure, et allons boire une citronnade bien gazeuse. »

Estha se lava la figure et les mains, et puis encore les mains et la figure. Ses cils mouillés étaient tout collés.

L'Homme Orangeade-Citronnade replia l'emballage vert du bonbon, lissant la pliure de son ongle verni. Il écrasa une mouche avec un magazine roulé en cylindre. D'une pichenette délicate sur le comptoir, il l'expédia sur le marbre du sol. Où elle resta sur le dos à agiter faiblement les pattes.

« Gentil garçon que vous avez là, dit-il à Ammu. Et puis, il a une jolie voix.

— C'est mon fils, dit Ammu.

— Vraiment ? dit l'Homme Orangeade-Citronnade en regardant Ammu de toutes ses dents. C'est pas possible. Vous avez l'air si jeune !

— Il ne se sent pas bien, dit Ammu. J'ai pensé qu'une boisson fraîche le remettrait d'aplomb.

— Bien sûr, dit l'Homme. Biensûr-biensûr. Orange ? Citron ? Citronorange ? »

Question redoutable, autant que redoutée.

« Non merci. » Estha regarda Ammu. Trop-plein, pas assez, verdâtre, visqueux...

« Et pour vous ? dit l'Homme en s'adressant à Ammu. Coca-Cola, Fanta ? Glace, rosemilk ?

— Rien, merci, dit Ammu la Lumineuse, le visage creusé de fossettes.

— Tenez, dit l'Homme en lui tendant une poignée de bonbons, avec la prodigalité d'une hôtesse de l'air. Pour votre petit garçon.

— Non merci, dit Estha, le regard toujours fixé sur sa mère.

— Voyons, Estha, prends-les, dit Ammu. Sois poli. »

Estha prit les bonbons.

« Dis merci, dit Ammu.

— Merci, dit Estha (pour les bonbons et pour le blanc d'œuf blanc).

— De rien, de rien, dit l'Homme Orangeade-Citronnade. Alors, poursuivit-il, le petit m'a dit que vous êtes d'Ayemenem?

— C'est ça, dit Ammu.

— J'y vais assez souvent, dit l'Homme. C'est là qu'habite la famille de ma femme. Je vois bien où est votre fabrique. Paradise, c'est bien ça? C'est ce que m'a dit le petit. »

Il savait donc où trouver Estha. C'était ce qu'il essayait de lui faire comprendre. Une sorte d'avertissement.

Ammu vit les yeux enfiévrés et brillants de son fils.

« Je crois qu'on va y aller, dit-elle. Il ne faudrait pas qu'il tombe malade. Leur cousine arrive demain. De Londres, ajouta-t-elle d'un ton désinvolte au bout de quelques secondes.

— De Londres? » reprit l'autre, soudain plein d'un respect tout neuf. Pour des gens qui avaient de la famille à Londres.

« Estha, tu restes ici avec le monsieur pendant que je vais chercher Baby Kochamma et Rahel.

— Viens là, dit le Monsieur. Viens t'asseoir à côté de moi sur un de mes grands tabourets.

— Non, Ammu! Non, je t'en prie. Je veux venir avec toi! »

Surprise d'une telle explosion, qui n'était pas dans les habitudes de son fils, Ammu s'excusa auprès du Monsieur Orangeade-Citronnade.

« Il n'est pas comme ça, d'ordinaire. Allez, viens, Esthappen. »

Retour à l'intérieur. Odeurs. Ombres des ventilateurs. Nuques. Cous. Cols. Cheveux. Chignons. Tresses. Queues de cheval.

Une cascade dans un Va-Va. Une petite fille et une ex-nonne.

Les sept enfants mentholés du capitaine von Trapp ont pris leur bain mentholé et se mettent consciencieusement en rang, les cheveux soigneusement plaqués tandis qu'ils chantent de leurs voix mentholées une chanson pour la femme que le capitaine a failli épouser. La blonde baronne qui brille de tous ses feux.

Les collines résonnent
de la mélodie du bonheur.

« On s'en va, dit Ammu à Baby Kochamma et à Rahel.

— Oh non, Ammu ! On n'a même pas encore vu le plus important ! Il l'a même pas encore embrassée ! Il a même pas encore déchiré le drapeau hitlérien ! Ils ont même pas encore été trahis par le facteur !

— Estha est malade, dit Ammu. Allez, viens.

— Mais les nazis sont même pas encore arrivés !

— Viens, je te dis. Dépêche-toi !

— Ils ont même pas encore joué *Là-haut dans la montagne, l'était un troupeau de chèvres solitaire* !

— Tu ne voudrais quand même pas qu'Estha soit malade pour l'arrivée de Sophie Mol ? dit Baby Kochamma.

— Qu'est-ce que ça peut bien faire ? bougonna Rahel.

— Qu'est-ce que *tu* viens de dire ? dit Baby Kochamma, qui croyait avoir saisi l'essentiel, mais pas le détail.

156

— Rien, dit Rahel.

— Ne mens pas, je t'ai entendue », dit Baby Kochamma.

Dehors, le Monsieur rangeait ses bocaux. Essuyait avec son chiffon sale les ronds qu'ils avaient laissés sur son comptoir en marbre. Se préparait pour l'entracte. C'était un Monsieur Propre. Un cœur d'hôtesse de l'air dans un corps d'ours.

« Alors, on s'en va? dit-il.

— Oui, dit Ammu. Où est-ce qu'on peut trouver un taxi?

— Après la grille, vous remontez la rue, et c'est sur votre gauche, dit-il, tout en regardant Rahel. Vous m'aviez pas dit que vous aviez aussi une p'tite fille. Tiens, p'tite... voilà pour toi, dit-il en lui tendant un bonbon.

— Prends les miens! » dit brusquement Estha, qui ne tenait pas à voir Rahel s'approcher de l'Homme.

Mais il était trop tard, Rahel déjà s'avançait. L'Homme lui souriait, mais quelque chose dans son sourire de piano portable, quelque chose dans son regard fixe la retint. Elle n'avait jamais rien vu d'aussi horrible. Elle fit volte-face et regarda Estha.

Recula pour s'éloigner de l'Homme poilu.

Estha lui fourra ses bonbons dans la main et elle sentit le contact de ses doigts fiévreux aux extrémités glacées.

« Au revoir, p'tit, dit le Monsieur. À un d'ces jours à Ayemenem. »

À nouveau, les escaliers rouges. Cette fois-ci, Rahel traîne derrière. Non, je veux pas partir. Aussi pesante qu'une tonne de briques au bout d'une laisse.

« Gentil garçon, ce type des rafraîchissements, dit Ammu.

— Peuh ! dit Baby Kochamma.

— Il n'a pas l'air comme ça, mais il s'est montré très gentil avec Estha, dit Ammu.

— Pourquoi tu l'épouses pas, alors ? » dit Rahel, piquée au vif.

Le Temps s'arrêta soudain sur l'escalier rouge. Estha en fit autant. Baby Kochamma aussi.

« Rahel ! » lança Ammu.

Rahel resta pétrifiée. Elle regrettait désespérément ce qu'elle venait de dire. Ne savait même pas d'où les mots étaient sortis. Ignorait qu'elle les avait eus là, au-dedans d'elle. Mais voilà, ils étaient sortis, et maintenant, elle aurait beau faire, ils ne rentreraient plus jamais. Ils resteraient là, accrochés aux escaliers rouges, comme des ronds-de-cuir à leurs postes dans un ministère. Certains debout, d'autres assis à agiter leurs jambes.

« Rahel, dit Ammu. Est-ce que tu te rends compte de ce que tu viens de faire ? »

Des yeux terrifiés et une cascade fixèrent Ammu.

« C'est bon, n'aie pas peur, dit Ammu. Mais réponds-moi. Est-ce que tu te rends compte ? »

— De quoi ? dit Rahel de sa plus petite voix.

— Est-ce que tu te rends compte de ce que tu viens de faire ? »

À nouveau, des yeux terrifiés et une cascade fixèrent Ammu.

« Est-ce que tu sais ce qui arrive quand tu blesses les gens ? Ils t'aiment un peu moins, voilà tout. Voilà ce que peuvent faire quelques mots étourdis. Les gens t'en aiment un peu moins. »

Un papillon glacé, particulièrement velu, se posa délicatement sur le cœur de Rahel. Là où s'accrochèrent ses pattes gelées, sur son cœur étourdi, elle eut la chair de poule. De six poules.

Son Ammu l'aimait un peu moins.

Ils franchirent la grille, remontèrent la rue, prirent à gauche. La station de taxi. Une mère blessée, une ex-nonne, un enfant fiévreux et un autre, glacé jusqu'aux os. Avec la chair de six poules et un papillon sur le cœur.

Le taxi sentait le sommeil. Vieux vêtements roulés en boule dans un coin. Serviettes humides. Aisselles. Après tout, c'était là que vivait le chauffeur. C'était le seul endroit dont il disposait pour emmagasiner ses odeurs. Les sièges avaient été ouverts. Éventrés. Une masse de mousse jaune sale floculait sur le siège arrière et trem-blotait comme un énorme foie atteint de jaunisse. Le chauffeur avait cet air fureteur qu'ont les petits ron-geurs. Avec son nez busqué et sa moustache à la Little Richard. Sa petite taille l'obligeait à regarder la route entre les branches du volant. Ceux qui les croisaient ou les doublaient devaient avoir l'impression d'un taxi pourvu de passagers mais dépourvu de chauffeur. Il avait une conduite rapide et agressive. Se précipitant dans les espaces laissés vides, multipliant les queues de poisson. Accélérant à l'approche des passages protégés. Grillant les feux.

« Pourquoi n'utilisez-vous pas un coussin ou un oreiller ? suggéra Baby Kochamma d'une voix amicale. Vous y verriez mieux.

— Pourquoi vous vous occupez pas de vos oignons, la vieille ? » suggéra le chauffeur d'une voix inamicale.

En passant devant la mer couleur d'encre, Estha sortit la tête de la voiture. Il sentait dans sa bouche la brise chaude et salée. Il la sentait soulever ses cheveux. Il savait que si jamais Ammu découvrait ce qu'il avait fait avec l'Homme Orangeade-Citronnade, elle l'aime-rait un peu moins, lui aussi. Beaucoup moins. La honte lui tordait, lui soulevait, lui retournait l'estomac. Il n'aspirait qu'à parvenir au fleuve, parce que l'eau, ça fait toujours du bien.

La nuit étouffante, éclairée de néons, défilait devant la portière. Il faisait chaud dans le taxi. Tout était tranquille. Baby Kochamma, qui avait horreur de provoquer des tensions, était rouge d'émotion. Chaque fois qu'un chien errant s'aventurait sur la route, le chauffeur faisait de son mieux pour lui passer sur le corps.

Le papillon posé sur le cœur de Rahel étalait ses ailes veloutées, et le froid gagnait jusqu'à la moelle de ses os.

Dans le parking de l'hôtel Sea Queen, la Plymouth bleu ciel bavardait avec ses consœurs, plus petites. *Et patati et patata*. Une grande aristocrate chez les petites-bourgeoises. Tous ailerons dehors.

« Chambres 313 et 327, dit le réceptionniste. Sans climatisation. Lits jumeaux. Ascenseur en panne. »

Le chasseur, sans fusil, n'avait rien d'un chasseur. Il avait le regard vague, et deux boutons manquaient à sa veste bordeaux élimée, d'où dépassait un tricot grisâtre. Son couvre-chef ridicule était placé de guingois sur sa tête ; la bride en plastique, trop serrée, s'enfonçait dans les fanons avachis de son cou. Cruauté inutile que d'obliger un vieil homme à porter un tel couvre-chef et à imposer une géométrie arbitraire aux chemins que la vieillesse choisissait de prendre sous son menton.

Encore des escaliers rouges à grimper. Décidément, le tapis rouge du cinéma les poursuivait où qu'ils aillent. Un vrai tapis volant.

Chacko était dans sa chambre. Il se fit prendre en flagrant délit de goinfrerie. Poulet rôti, frites, maïs et potage au poulet, *parathas* et glace à la vanille avec sauce au chocolat. Dans une saucière, la sauce. Chacko disait souvent que sa seule ambition était de mourir un jour d'une grande bouffe. Mammachi était d'avis que c'était là le symptôme évident d'un chagrin refoulé. Chacko s'en défendait. Pour lui, c'était de la Pure Gloutonnerie.

Il fut surpris de les voir si tôt de retour, mais n'en laissa rien paraître. Et se contenta de poursuivre son repas.

Au départ, Estha devait coucher avec Chacko, et Rahel avec Ammu et Baby Kochamma. Mais maintenant qu'Estha ne se sentait pas bien et que l'Amour avait été dûment redistribué, Rahel (désormais un peu moins aimée) allait devoir partager la chambre de Chacko, tandis qu'Estha resterait avec Ammu.

Cette dernière sortit de la valise le pyjama et la brosse à dents de Rahel, qu'elle posa sur le lit.

« Tiens », dit-elle.

Deux déclics signalèrent la fermeture de la valise. Clic. Clic.

« Ammu, dit Rahel, est-ce que je vais être privée de repas, pour ma punition ? »

Elle avait très envie de faire un échange : pas de repas, contre l'amour d'Ammu comme avant.

« Comme tu voudras. Mais je te conseille de manger. Du moins, si tu veux grandir. Tu pourrais peut-être partager son poulet avec Chacko.

— Ça se discute, dit celui-ci.

— Et ma punition, alors ? Tu ne me l'a toujours pas donnée.

— Certaines choses portent en elles leur propre punition », intervint Baby Kochamma. Comme si elle expliquait à Rahel une addition compliquée.

Certaines choses portent en elles leur propre punition. Comme les chambres avec placards intégrés. Tous ne tarderaient pas à en savoir beaucoup plus long sur ce chapitre. À découvrir que les punitions existent dans toutes les tailles. Qu'il y en a qui sont si grosses qu'elles ressemblent à des placards avec chambres intégrées, où l'on peut passer toute une vie d'errance à l'ombre des rayonnages.

En l'embrassant pour lui souhaiter bonne nuit, Baby Kochamma laissa un peu de salive sur la joue de Rahel, qui l'essuya sur son épaule.

« Bonne nuit. Dors bien, dit Ammu, qui lui avait déjà tourné le dos, prête à quitter la chambre.

— Bonne nuit », dit Estha, trop malade pour encore aimer sa sœur.

Rahel l'Abandonnée les regarda disparaître dans le couloir de l'hôtel comme des fantômes silencieux mais consistants. Deux grands et un petit, en chaussures beiges à bouts pointus. Le tapis rouge absorbait le bruit de leurs pas.

Debout dans l'encadrement de la porte, Rahel se sentit accablée de tristesse.

Tristesse à l'idée que Sophie Mol arrivait. Qu'Ammu l'aimait un petit peu moins. Que l'Homme Orangeade-Citronnade avait sans doute fait quelque chose à Estha au cinéma. Mais quoi?

Ses yeux, secs et douloureux, la picotaient.

Chacko mit de côté sur une petite assiette une cuisse de poulet et quelques frites.

« Non merci, dit Rahel, espérant secrètement que si elle s'infligeait elle-même une punition, Ammu finirait par revenir sur la sienne.

— Tu veux un peu de glace avec de la sauce au chocolat? demanda Chacko.

— Non merci.

— Tant mieux. Mais tu ne sais pas ce que tu manques. »

Il finit tout le poulet. Puis toute la glace.

Rahel se mit en pyjama.

« Ne me dis surtout pas pourquoi on t'a punie, dit Chacko. Je n'ai absolument pas envie de le savoir. » Il sauçait ce qui restait de chocolat dans la saucière avec un morceau de *paratha*. Sa manière à lui, dégoûtante, de prolonger son dessert. « Qu'est-ce que tu as fait? Tu t'es gratté tes piqûres de moustique jusqu'au sang? Tu as oublié de remercier le chauffeur de taxi?

— C'est bien pire que ça, dit Rahel, loyale jusqu'au bout envers Ammu.

— Surtout, ne dis rien. Je ne veux rien savoir. »

Il sonna le garçon d'étage. Un larbin à l'air épuisé vint débarrasser os et assiettes. Il essaya bien de renifler les odeurs du repas, mais elles étaient déjà allées se réfugier dans les tentures brunes et molles de la chambre.

Une nièce à jeun et son oncle repu se brossèrent les dents de concert dans la salle de bains. Elle, éplorée et courte sur pattes, dans son pyjama à rayures de détenu et sa cascade dans son Va-Va. Lui, en maillot de corps et caleçon. Le maillot épousait les rondeurs de son estomac et lui faisait comme une seconde peau, tout en lui dessinant le nombril en creux.

Quand Rahel arrêta la main qui tenait sa brosse pleine de mousse pour se mettre à agiter la tête, il s'abstint de tout commentaire.

Il n'avait rien d'un fasciste.

Ils crachèrent à tour de rôle. Rahel examina soigneusement la mousse blanche de son dentifrice qui descendait précautionneusement la paroi du lavabo, pour voir s'il y avait quelque chose à voir.

Quelles couleurs, quelles créatures étranges avait-elle délogées des interstices entre ses dents ?

Pas la moindre, ce soir. Rien d'inhabituel. Rien que des bulles de dentifrice.

Chacko éteignit la Grande Lumière.

Une fois au lit, Rahel enleva son Va-Va et le posa à côté de ses lunettes de soleil. Sa cascade s'affaissa un peu, mais resta quand même en l'air.

Chacko baignait dans la lumière de la lampe de chevet tel un gros acteur sur une scène plongée dans l'obscurité. Il attrapa sa chemise chiffonnée au pied du lit, sortit un portefeuille de la poche et se pencha sur la photo de Sophie Mol que lui avait envoyée Margaret Kochamma deux ans plus tôt.

Rahel le regarda et sentit le papillon glacé battre à nouveau des ailes. Les ouvrant, les fermant tour à tour. Sans hâte, comme un prédateur qui cligne paresseusement des paupières.

Les draps étaient rugueux mais propres.

Chacko referma le portefeuille et éteignit la lumière. Dans l'obscurité, il alluma une Charminar, se demandant à quoi pouvait bien ressembler sa fille aujourd'hui. À neuf ans. Elle qui était à peine humaine, toute rouge et fripée, la dernière fois qu'il l'avait vue. Trois semaines après la naissance, Margaret, son seul amour, lui avouait en larmes l'existence de Joe.

Lui avouait ne plus pouvoir vivre avec lui, avoir besoin d'espace vital. Comme si Chacko avait envahi ses rayons à elle pour y mettre ses propres affaires. Ce qui, de sa part, n'aurait rien eu de surprenant.

Elle demanda le divorce.

Durant leurs dernières nuits blanches ensemble, Chacko avait pris l'habitude de se glisser hors du lit et, muni d'une torche, d'aller regarder sa fille dormir. Pour l'apprendre par cœur. Imprimer ses traits dans sa mémoire. S'assurer que, quand il penserait à elle, l'image qui surgirait devant lui serait conforme à l'enfant qu'elle était. Il tenta de fixer dans son esprit le duvet brun qui couvrait la fontanelle. La forme de ses lèvres renflées et sans cesse en mouvement. Les interstices entre ses doigts de pied. La naissance d'un grain de beauté. Et c'est alors que, sans le vouloir, il se prit à chercher sur elle quelque chose qui rappelât Joe. Tandis qu'à la lueur de la torche il se livrait à son inspection méthodique et jalouse, le bébé agrippait son index. Son petit nombril couronnait son ventre soyeux et rassasié comme un dôme sur une colline. Chacko y posait son oreille pour écouter, émerveillé, les gargouillis qu'il faisait entendre comme autant de messages à déchiffrer. Des organes tout neufs s'accordaient les uns aux autres. Un nouveau gouvernement se mettait en place. La division du travail et la distribution des tâches s'organisaient.

Elle sentait le lait et l'urine. Chacko n'en revenait pas : comment un être aussi petit, aussi peu fini, qui ne ressemblait encore à personne, pouvait-il retenir aussi totalement l'attention, l'amour d'un homme adulte sans le rendre fou ?

Quand il partit, il eut l'impression qu'on lui arrachait une part de lui-même. Une part énorme.

Mais Joe était mort maintenant. Tué dans un accident de voiture. Tout ce qu'il y a de plus mort. Laissant dans l'univers un vide à ses dimensions.

Sur la photo de Chacko, Sophie Mol avait sept ans. Teint clair, yeux bleus, lèvres roses. Et pas la moindre trace d'une ascendance indienne là-dedans. Encore que Mammachi, penchée attentivement sur la photographie, persistât à vouloir retrouver sur ce visage le nez de Pappachi.

« Chacko ? dit Rahel, depuis l'obscurité de son lit. Je peux te poser une question ?

— Deux, si tu veux.

— Chacko, est-ce que c'est Sophie Mol que tu aimes le plus au monde ?

— C'est ma fille », dit Chacko.

Rahel prit le temps de la réflexion.

« Chacko ? Est-ce que les gens aiment forcément leurs enfants plus que tout au monde ?

— Il n'y a pas de règle. Mais c'est quand même le cas la plupart du temps.

— Chacko, par exemple, mais juste *par exemple*, est-ce que tu crois qu'Ammu pourrait aimer Sophie Mol plus que moi et Estha ? Ou est-ce que toi, tu pourrais m'aimer plus que Sophie Mol, toujours *par exemple* ?

— La Nature Humaine est capable de tout », dit Chacko de son ton déclamatoire. S'adressant à l'obscurité maintenant, soudain insensible au sort de sa petite nièce aux cheveux en cascade. « L'amour. La folie. L'espoir. L'infini bonheur. »

Des quatre choses dont la Nature Humaine était capable, Rahel trouva que c'était l'*Un-fini Bonheur* qui était la plus triste. Peut-être à cause de la façon dont Chacko l'avait dit.

L'*Un-fini Bonheur*. Un peu comme dans une prière.

Un papillon glacé leva une patte glacée.

La fumée de cigarette montait en volutes dans le noir. Le gros homme et la petite fille veillaient en silence.

À quelques portes de là, Estha se réveilla tandis que sa petite grand-tante ronflait.

Ammu dormait. Elle était belle dans les stries de lumière bleue qui tombaient de la rue à travers la fenêtre striée de bleu. Un sourire de sommeil éclairait son visage qui rêvait de dauphins et de bleu aux stries profondes. Un sourire qui ne laissait aucunement présager que celle qui l'arborait portait en elle une bombe prête à exploser.

Estha l'Abandonné se dirigea d'un pas hésitant vers la salle de bains. Il vomit un jet clair, amer, citronné, gazeux et bouillonnant. L'après-goût âcre de la première rencontre du Petit Homme avec la Peur. Pom pom.

Il se sentit un peu mieux. Il mit ses chaussures, sortit sans nouer ses lacets et emprunta le couloir jusqu'à la porte de la chambre de Rahel, où il attendit tranquillement.

Rahel grimpa sur une chaise et déverrouilla la porte.

Chacko ne se demanda même pas comment elle avait pu savoir qu'Estha était de l'autre côté. Il avait l'habitude de leurs bizarreries.

Étendu sur son petit lit d'hôtel comme une baleine échouée, il s'interrogeait vaguement : était-ce bien Velutha que Rahel avait aperçu ? Peu probable. Velutha ne serait pas allé se compromettre aussi bêtement. C'était un Paravan avec un bel avenir devant lui. Il se demanda s'il avait sa carte de membre du Parti marxiste. S'il avait vu le camarade K. N. M. Pillai récemment.

Ces derniers temps, les ambitions politiques du camarade Pillai avaient connu un essor inattendu. Deux militants locaux, le camarade J. Kattukaran et le camarade Guhan Menon, soupçonnés de sympathies naxalites, avaient été exclus du Parti. L'un d'entre eux — le second — était le candidat désigné de l'organisation aux élections législatives partielles de Kottayam qui devaient avoir lieu en mars de l'année suivante. Son exclusion avait créé un vide que nombre de jeunes ambitieux se bousculaient pour remplir. Et parmi eux, le camarade Pillai.

Celui-ci avait commencé à surveiller les activités de la conserverie Paradise avec l'intérêt d'un remplaçant dans un match de football. Il n'aurait su rêver mieux que la création d'un nouveau syndicat, si petit soit-il, dans ce qu'il espérait être sa future circonscription.

Jusque-là, comme le faisait remarquer Ammu, l'apostrophe « Camarade ! Camarade ! » relevait davantage, à la conserverie, d'un jeu sans conséquence pratiqué en dehors des heures de travail. Mais si on faisait monter les enchères et si Chacko se voyait arracher sa baguette de chef d'orchestre, tout le monde (à l'exception du principal intéressé) savait que la fabrique, déjà couverte de dettes, connaîtrait de sérieuses difficultés.

Étant donné que, financièrement parlant, les choses n'allaient pas trop bien, les ouvriers touchaient un salaire inférieur au minimum exigé par le syndicat. Bien entendu, c'était Chacko lui-même qui l'avait fait remarquer aux employés, leur promettant que, dès que les affaires reprendraient, leurs salaires seraient révisés à la hausse. Il était persuadé d'avoir toute leur confiance tant ils n'ignoraient pas qu'il avait leurs intérêts à cœur.

Mais tout le monde n'était pas de cet avis. Le soir, à la sortie de l'usine, Pillai arrêtait les camarades pour les conduire *manu militari* jusqu'à son atelier d'imprimerie. De sa voix de fausset, il les poussait à la révolution. Ses discours mêlaient avec adresse les problèmes d'intérêt local et une rhétorique maoïste d'autant plus grandiloquente qu'il s'exprimait en malayalam.

« Courage, travailleurs, piaulait-il, engagez-vous dans

la bataille, défiez les difficultés et mettez-vous en marche. Alors le monde entier vous appartiendra. Les monstres seront écrasés. Réclamez votre dû. Prime de participation annuelle. Pension vieillesse. Assurance maladie. » Étant donné que pareils discours constituaient une sorte de répétition pour le jour où, devenu député, le camarade Pillai s'adresserait à des millions d'auditeurs, la fièvre et l'emphase qui les caractérisaient paraissaient étrangement déplacées. Au lieu d'évoquer la chaleur d'un petit atelier confiné empestant l'encre d'imprimerie, sa voix était pleine de rizières vertes et de drapeaux rouges flottant sur l'azur.

Le camarade K. N. M. Pillai évitait soigneusement toute déclaration ouvertement hostile à Chacko. Quand par hasard il parlait de lui dans ses discours, il veillait à le priver de toute caractéristique humaine et à le présenter comme une sorte d'abstraction, de simple rouage dans une machine extrêmement complexe. Une construction théorique. Un pion dans la monstrueuse conspiration bourgeoise destinée à subvertir la Révolution. Il ne citait jamais son nom, se contentant de parler de « la Direction ». Comme si Chacko était en fait plusieurs personnes à la fois. Hormis le fait qu'il s'agissait de la seule stratégie tactiquement viable, cette dissociation entre l'homme et sa fonction permettait au camarade Pillai d'avoir bonne conscience quand il traitait avec Chacko. Les étiquettes qu'il imprimait pour ce dernier lui fournissaient des revenus absolument indispensables. À ses yeux, Chacko le client et Chacko le directeur étaient deux entités bien différentes. Et tout à fait distinctes de Chacko le camarade.

La seule faille dans ce bel édifice, c'était Velutha.

De tous les ouvriers de la conserverie, il était le seul à avoir une carte du Parti, ce qui faisait théoriquement de lui un allié potentiel, mais en pratique indésirable. Pillai savait que les autres salariés touchables de l'usine nourrissaient de vieilles rancunes à l'endroit de Velutha. Mais il contournait habilement ce faux pli, attendant l'occasion de l'écraser.

Il restait constamment en contact avec les employés. S'attachant à savoir très exactement ce qui se passait à l'usine. Il ne cessait de les sermonner à propos de leurs salaires — des salaires de misère alors même que leur propre gouvernement, le Gouvernement du Peuple, était au pouvoir.

Quand Punnachen, le comptable, qui tous les matins lisait les journaux à Mammachi, fit part à celle-ci d'une possible demande d'augmentation de la part des salariés de l'usine, elle entra dans une violente colère. « Dis-leur de lire les journaux. Il y a une famine en ce moment, et pas de travail. Les gens meurent de faim dans les rues. Eux, au moins, ils ont un emploi Ils devraient s'estimer heureux. »

Chaque fois qu'il arrivait un événement d'importance à l'usine, c'était Mammachi et non Chacko qui en était la première avertie. Peut-être parce qu'elle correspondait davantage à un stéréotype traditionnel. C'était la *modalali*, la patronne. Et elle tenait bien son rôle. Ses réactions, si brutales qu'elles fussent, étaient aussi directes que prévisibles. Au contraire, Chacko, bien qu'il fût l'Homme de la Maison, bien qu'il ne cessât de clamer « *Mes* condiments, *ma* confiture, *mes* poudres de curry », était trop occupé à multiplier les costumes et les rôles pour ne pas brouiller les repères.

Mammachi essaya de mettre Chacko en garde. Il l'écouta jusqu'au bout, mais sans vraiment lui prêter une oreille attentive. Si bien que, en dépit des premiers signes tangibles de mécontentement à l'usine, Chacko, qui répétait toujours pour la Révolution, continua à jouer *Camarade! Camarade!*

Cette nuit-là, couché sur son petit lit d'hôtel, à moitié endormi, il songeait à couper l'herbe sous le pied du camarade Pillai en rassemblant ses travailleurs dans une sorte de syndicat privé. Il organiserait des élections. Les ferait voter, ce qui leur permettrait de se faire élire à tour de rôle comme délégués. Il sourit à l'idée de conduire des tables rondes avec la camarade Sumathi ou, mieux encore, la camarade Lucykutty, laquelle avait des cheveux bien plus beaux.

Ses pensées revinrent à Margaret Kochamma et à Sophie Mol. Les liens de l'amour lui enserrèrent la poitrine, lui coupant presque le souffle. Il resta éveillé, comptant les heures qui les séparaient de leur départ pour l'aéroport.

Dans le lit voisin, sa nièce et son neveu dormaient dans les bras l'un de l'autre. Un jumeau fiévreux, un autre glacé. Lui et Elle. Nous. Ils dormaient, non sans une vague prescience du destin qui les attendait, de tout ce que leur réservait l'avenir.

Ils rêvaient de leur fleuve.

Des cocotiers qui, penchés sur son cours, regardaient de leurs yeux de cocotiers passer les bateaux. Remontant le courant, le matin. Le soir, le redescendant. Et du bruit sourd et mat des perches de bambou frappant la coque sombre et vernie des barques.

Elle était tiède, l'eau. D'un vert mordoré. Comme une soie plissée.

Avec des poissons dedans.

Le ciel et les arbres.

Et, la nuit, la lune jaune qui s'émiettait dans ses vagues.

Quand elles en eurent assez d'avoir attendu, les odeurs du dîner descendirent des rideaux et s'échappèrent par les fenêtres de l'hôtel pour aller danser sur la mer jusqu'au petit matin.

Il était toujours deux heures moins dix.

5

Un vrai coin de paradis

Des années plus tard, quand Rahel retrouva le fleuve, il l'accueillit avec un horrible sourire de tête de mort, où il n'y avait plus que des trous à la place des dents, et une main mollement levée depuis un lit d'hôpital.

Deux choses s'étaient produites.

Le fleuve s'était étréci. Elle-même avait grandi.

En aval, on avait construit un barrage d'eau salée, résultat d'une promesse électorale faite au puissant lobby des propriétaires de rizières. Le barrage avait pour fonction de réguler le flux d'eau salée en provenance des marais qui s'ouvraient sur la mer d'Arabie et permettait désormais deux récoltes annuelles au lieu d'une. Un surcroît de riz, pour le prix d'un fleuve.

On était en juin et il pleuvait ; pourtant, le fleuve ressemblait à une grosse canalisation. Un mince cordon d'eau bourbeuse qui léchait paresseusement les berges et que rayait ici et là le reflet argenté d'un poisson mort. Une algue succulente, qui agitait sous l'eau les longs tentacules de ses racines brunes et duveteuses, l'envahissait. Des jacanas aux ailes de bronze en parcouraient la surface. Les pattes tournées en dehors, d'un pas mal assuré.

Jadis, le fleuve avait eu le pouvoir de faire monter la peur. De changer des vies. Aujourd'hui, il avait perdu sa vigueur, rentré ses crocs. Ce n'était plus qu'un lent ruban vert et fangeux charriant des déchets nauséabonds jusqu'à la mer. Des sacs en plastique aux couleurs vives flottaient, comme des fleurs subtropicales, sur l'eau visqueuse et recouverte de lentilles d'eau.

Les marches en pierre, qui autrefois permettaient aux baigneurs d'accéder à la rivière, et aux pêcheurs d'atteindre les poissons, étaient aujourd'hui totalement exposées et ne menaient plus nulle part comme un monument absurde qui ne commémorerait plus rien. Des petites fougères poussaient dans les fentes.

Sur l'autre rive, des cabanes délabrées étageaient leurs murs en terre sur les berges abruptes et boueuses. Des enfants s'accroupissaient au bord des murs et déféquaient directement dans la vase bourbeuse du lit du fleuve mis à nu. Les plus petits laissaient leurs éclaboussures moutarde s'écouler comme elles pouvaient. Le soir, enfin, le fleuve se réveillait, acceptait les offrandes de la journée, qu'il charriait paresseusement jusqu'à la mer, laissant dans son sillage des traînées d'écume blanche et épaisse. Plus haut en amont, des mères consciencieuses lavaient vêtements et casseroles dans une eau polluée, pure de toute épuration. Les gens se baignaient et se savonnaient. Suites de torses tronqués, posés comme des bustes sombres sur un mince ruban dansant.

Les jours de grande chaleur, l'odeur de la merde montait du fleuve et pesait sur Ayemenem comme un couvercle.

Plus loin, à l'intérieur des terres, et toujours sur l'autre rive, une chaîne hôtelière qui faisait dans le cinq étoiles avait acheté le Cœur des Ténèbres.

La Maison de l'Histoire (où jadis chuchotaient des ancêtres aux ongles durs comme de la corne et à l'haleine chargée de l'odeur des vieilles cartes moisies) ne se laissait plus approcher depuis le fleuve. Elle avait tourné le dos à Ayemenem. Les clients de l'hôtel étaient amenés par bateau directement de Cochin. La vedette qui les transportait traçait sur l'eau un V d'écume mousseuse, laissant derrière elle un arc-en-ciel de gasoil.

La vue depuis l'hôtel était magnifique, mais l'eau était tout aussi lourde et polluée qu'ailleurs. Des pancartes, superbement calligraphiées, proclamaient BAIGNADE INTERDITE. On avait élevé un grand mur pour cacher le bidonville et l'empêcher d'empiéter sur le domaine de Kari Saipu. Quant à l'odeur, il n'y avait pas grand-chose à y faire.

Mais il y avait une piscine. Et du tandoori de poisson et des crêpes Suzette au menu.

Les arbres étaient toujours verts, le ciel toujours bleu, ce qui n'était déjà pas rien. Ils continuaient donc, ces hôteliers futés, à vanter de plus belle les mérites de leur éden nauséabond — « Un vrai coin de paradis », disaient leurs dépliants —, parce qu'ils savaient que les odeurs, comme tout ce qui concerne la pauvreté des autres, c'est tout bonnement une question d'habitude. De discipline. De Rigueur et de Climatisation. Rien de plus.

La maison de Kari Saipu avait été repeinte et rénovée. Elle était devenue la pièce maîtresse d'un complexe sophistiqué, traversé de canaux artificiels reliés par des ponts. De petites embarcations sillonnaient l'eau. Le vieux bungalow colonial, avec son immense véranda et ses colonnes doriques, était entouré d'autres constructions en bois, plus petites et plus anciennes, demeures ancestrales que la chaîne avait rachetées à leurs propriétaires et transplantées au Cœur des Ténèbres. L'Histoire devenue jouet, pour que le touriste puisse s'amuser dans le luxe. De même que les gerbes de riz dans le rêve de Joseph, qu'un groupe empressé d'aborigènes adressant une pétition à un juge anglais, les vieilles maisons avaient été disposées autour de la Maison de l'Histoire dans des attitudes déférentes. L'hôtel s'appelait Héritage.

Les gens de l'hôtel aimaient à raconter à leurs clients que la plus ancienne des maisons en bois, avec son grenier lambrissé et hermétique, capable de contenir assez de riz pour soutenir un siège une année durant, avait été la demeure ancestrale du camarade E. M. S. Namboodiripad, le Mao Tsé-toung du Kerala, ajoutaient-ils à l'adresse des néophytes. On y avait exposé les meubles et les babioles qui avaient été achetés avec la maison. Une ombrelle en roseau, un lit de repos en rotin. Un panier de mariée. Le tout accompagné d'écriteaux édifiants du genre OMBRELLE TRADITIONNELLE DU KERALA, ou PANIER DE MARIÉE TRADITIONNEL.

Ainsi donc se trouvaient enrôlées au service du commerce l'Histoire et la Littérature. Kurtz et Karl Marx s'inclinant, mains jointes, devant les touristes à la descente du bateau.

La maison du camarade Namboodiripad servait de salle à manger : les touristes en maillot de bain et en cours de bronzage sirotaient du lait de coco (servi dans l'écorce), tandis que, affublés de costumes folkloriques bigarrés, d'anciens communistes, réduits à l'état de larbins, faisaient des courbettes derrière leurs plateaux.

Le soir (pour faire couleur locale) les touristes étaient invités à des spectacles de danse kathakali en raccourci — « Il faut faire court », insistait la direction auprès des danseurs. Alors on tronquait et on amputait les vieilles légendes. Des classiques de six heures expédiés en vingt minutes.

Les spectacles étaient présentés au bord de la piscine. Tandis que les joueurs de tambour jouaient et que les danseurs dansaient, les clients batifolaient dans l'eau avec leurs enfants. Tandis que Kunti révélait son secret à Karna au bord du fleuve, les amoureux se badigeonnaient mutuellement d'huile solaire. Tandis que les pères jouaient à des jeux sexuels sublimés avec leurs filles nubiles, Poothana nourrissait le jeune Krishna de son lait empoisonné. Bhima éviscérait Dushasana et baignait les cheveux de Draupadi dans son sang.

La véranda arrière de la Maison de l'Histoire (où avait convergé une escouade de policiers touchables, explosé une oie gonflable) avait été fermée et transformée en cuisine. On n'y produisait plus rien désormais que d'innocents kebabs et des crèmes caramel. La Terreur était passée. Submergée par les odeurs de nourriture. Réduite au silence par le fredonnement des cuisiniers. L'émincage du gingembre et de l'ail. L'éviscérage des cochons et des chèvres. Le découpage de la viande. L'écaillage des poissons.

Quelque chose, pourtant, restait enfoui sous la terre. Sous l'herbe. Sous vingt-trois années de pluies d'été.

Une toute petite chose, oubliée.

Qui n'empêchait pas le monde de tourner.

Une montre d'enfant en plastique aux aiguilles peintes sur le cadran.

Qui marquait deux heures moins dix.

Une bande d'enfants suivait Rahel dans sa promenade.

« Salut, la hippie, disaient-ils en chœur, vingt-cinq ans trop tard. Commentutappelles ? »

Puis l'un d'entre eux lui jeta une pierre, et son enfance s'envola en agitant ses bras maigres.

En rentrant, Rahel contourna la Maison d'Ayemenem et se retrouva sur la grand-route. Ici aussi, les habitations avaient poussé comme des champignons, et si le bourg arrivait encore à garder un semblant de tranquillité rurale, c'était uniquement parce que les maisons étaient nichées sous les arbres et que les sentiers qui les reliaient à la route n'étaient pas carrossables. À dire vrai, le nombre d'habitants était désormais plus proche de celui d'une petite ville. Derrière la fragile façade de feuillages vivait une foule capable de se déchaîner à la moindre occasion. Pour lyncher un conducteur de car imprudent. Fracasser le pare-brise d'une voiture qui aurait osé sortir un jour de grève générale. Voler l'insuline d'importation de Baby Kochamma ou bien encore ses brioches à la crème sorties tout droit de la meilleure pâtisserie de Kottayam.

Devant son imprimerie, le camarade K. N. M. Pillai, appuyé contre son mur d'enceinte, bavardait avec un homme qui se trouvait de l'autre côté. Les bras croisés sur la poitrine, le camarade Pillai emprisonnait ses aisselles d'un air de propriétaire, comme si quelqu'un avait fait mine de vouloir les lui emprunter et qu'il venait juste de refuser. D'un air poliment intéressé, l'homme regardait un paquet de photos sorties d'un sachet en plastique. Les clichés représentaient pour la plupart le fils du camarade Pillai, Lenin, qui habitait et travaillait à Delhi — il s'occupait des travaux de peinture, de plomberie et d'électricité des ambassades d'Allemagne et des Pays-Bas. Histoire de dissiper les craintes qu'auraient pu nourrir ses clients quant à ses opinions politiques, il avait légèrement transformé son nom. Il se faisait appeler Levin. P. Levin.

Rahel essaya de passer sans se faire remarquer. Comme si pareille chose était possible.

« *Aiyyo*, Rahel Mol! dit le camarade K. N. M. Pillai, qui la reconnut sur-le-champ. *Orkunnilley?* Le vieux camarade?

— *Oower* », dit Rahel.

Comme si elle avait pu l'oublier! Ne pas le reconnaître!

La question comme la réponse n'étaient qu'une façon polie d'engager la conversation. Ils savaient, l'un et l'autre, que certaines choses s'oublient. D'autres pas — elles restent à attendre sur des rayons poussiéreux comme des oiseaux empaillés, l'œil rond et torve.

« Alors! dit le camarade Pillai. J'ai entendu dire que t'étais aux Amériques à l'heure qu'il est?

— Non, dit Rahel. Je suis ici.

— Oui, bien sûr, dit l'autre, avec un geste d'impatience. Mais le reste du temps aux Amériques, c'est bien ça? »

Il décroisa les bras, et ses mamelons, pareils aux yeux d'un saint-bernard malheureux, dévisagèrent Rahel par-dessus le mur.

« Tu la reconnais? » demanda le camarade Pillai en montrant Rahel du menton à l'homme qui tenait les photos.

L'homme secoua la tête.

« La petite fille du vieux Kochamma, tu sais bien, la conserverie Paradise », dit Pillai.

L'homme prit un air effaré. De toute évidence, c'était un étranger. Visiblement pas un amateur de condiments. Le camarade Pillai essaya autre chose.

« Punnyan Kunju ? » demanda-t-il. Le patriarche d'Antioche fit une brève apparition dans les cieux, agitant une main desséchée.

Brutalement, les choses se mirent en place pour l'homme aux photos, qui, enthousiaste, hocha la tête d'un air entendu.

« Le fils de Punnyan Kunju ? Benaan John Ipe ? Celui qui habitait Delhi ? dit encore le camarade Pillai.

— *Oower, oower, oower*, dit l'homme.

— C'est la fille de sa fille. Qui vit aux Amériques maintenant. »

Le hocheur hocha la tête tandis qu'il se pénétrait de l'ascendance de Rahel.

« *Oower, oower, oower*. Tu m'en diras tant, aux Amériques ! » fit-il, béat d'admiration.

Il se souvenait vaguement d'un parfum de scandale. Il avait oublié les détails mais se rappelait que le sexe et la mort avaient alimenté toutes les conversations. On en avait parlé dans les journaux. Après quelques instants de silence et quelques hochements de tête supplémentaires pour faire bonne mesure, l'homme tendit au camarade Pillai le sachet contenant les photos.

« C'estpastoutça, camarade, faut que je m'sauve. »

Il avait un car à prendre.

« Alors ? » Le camarade Pillai fit un grand sourire à Rahel tout en concentrant toutes les lumières de son attention sur elle. Ses gencives étaient d'un rose étincelant, juste récompense d'une vie entière de régime végétarien. C'était le genre d'homme qu'on avait peine à imaginer enfant. À plus forte raison bébé. Il donnait l'impression d'être né adulte. Déjà à moitié chauve.

« Et ton mari ? voulut-il savoir.

— Il n'est pas venu.

— T'as des photos ?

— Non.

— Comment il s'appelle ?

— Larry. Lawrence.

— *Oower*, Lawrence, dit l'autre en acquiesçant du chef, comme si c'était là le prénom qu'il aurait lui-même retenu si on lui avait demandé son avis.

— Des enfants ?

— Non.

— Encore à l'état de projet, peut-être ? À moins que ce soit pour bientôt ?

— Non.

— Il en faut au moins un. Garçon ou fille, peu importe, dit Pillai. Deux, c'est une question de choix.

— On est divorcés, dit Rahel, espérant lui clouer le bec.

— Di-vor-cés ? » Sa voix monta si haut qu'elle se brisa sur le point d'interrogation.

« Voilà qui est tout à fait navrant, dit-il quand il eut recouvré ses esprits, usant d'une formule recherchée et inhabituelle pour des raisons connues de lui seul. Tout à fait navrant. »

Le camarade Pillai se prit à penser que la nouvelle génération payait peut-être le prix de la décadence bourgeoise de ses ancêtres.

L'un était fou à lier. L'autre di-vor-cée. Probablement stérile.

La vraie révolution, c'était peut-être *ça* : l'autodestruction de la bourgeoisie chrétienne.

Pillai baissa la voix comme si on avait pu les entendre, alors que l'endroit était désert.

« Et le petit? murmura-t-il sur le ton de la confidence. Comment va-t-il?

— Bien, dit Rahel. Il va bien. »

Bien. Sec et musclé. Couleur de miel. Lave ses vêtements avec du savon qui s'émiette.

« *Aiyyo paavam*, murmura le camarade Pillai, ses mamelons en berne, en signe de feinte consternation. Pauvre diable. »

Rahel se demanda quel profit il pouvait bien tirer de questions aussi insistantes alors qu'il ne tenait aucun compte de ses réponses. Puisque, de toute évidence, il n'escomptait pas qu'elle lui dise la vérité, pourquoi donc ne faisait-il pas au moins semblant de croire à ce qu'elle lui racontait?

« Lenin est à Delhi maintenant, finit par dire le camarade Pillai, incapable de se contenir plus longtemps. Il travaille avec les ambassades étrangères. Tu te rends compte! »

Il tendit le sachet en plastique à Rahel. Plein de photos de Lenin et de sa famille. Sa femme, son enfant, son nouveau scooter. Il y en avait une où il serrait la main d'un homme bien habillé, au teint très florissant.

« Le premier secrétaire de l'ambassade d'Allemagne », dit le camarade Pillai.

Lénine et sa femme avaient l'air heureux. Comme s'ils avaient un nouveau frigo dans leur salon, comme s'ils venaient de faire leur premier versement pour l'achat d'un appartement.

Rahel se souvenait de l'incident qui avait soudain transformé Lenin à leurs yeux, les siens et ceux d'Estha, en quelqu'un de bien réel, du jour où ils avaient cessé de le considérer comme l'un des innombrables plis du sari de sa mère. Ils avaient cinq ans à l'époque, l'autre peut-être trois ou quatre. Ils s'étaient rencontrés à la clinique du Dr Verghese Verghese (pédiatre réputé à Kottayam, et Peloteur de Mères). Rahel était avec Ammu et Estha (qui avait insisté pour les accompagner), Lenin avec sa mère, Kalyani. Rahel et Lenin souffraient du même mal : Corps Étrangers Logés dans leurs Narines. Coïncidence pour le moins extraordinaire, même si Rahel à l'époque ne l'avait pas trouvée telle. Incroyable que la politique puisse aller se loger là, jusque dans les objets que les gamins vont se fourrer dans le nez. Elle, petite-fille d'un Entomologiste de Sa Majesté, lui, fils d'un militant de terrain, membre du parti marxiste. Elle, avec sa perle en verre, lui, avec son pois chiche.

La salle d'attente était bondée.

Derrière le rideau du docteur, on entendait des murmures inquiétants, interrompus par des hurlements d'enfants martyrisés. Cliquetis du verre sur le métal, murmure étouffé de l'eau qui bout. Un gamin jouait avec la pancarte en bois indiquant les heures d'ouverture du cabinet, faisant glisser le cache en laiton de haut en bas et de bas en haut. Un enfant fiévreux hoquetait sur le sein de sa mère. Le ventilateur paresseux épluchait l'air lourd et peureux en une interminable spirale qui retombait au sol comme une pelure de pomme de terre interminable.

Personne ne lisait les magazines.

De l'autre côté du mince rideau tiré devant la porte ouverte qui donnait directement sur la rue leur parvenait l'incessant frottement de pieds désincarnés chaussés de mules. Le monde bruyant, insouciant de Ceux Qui N'ont Rien Dans Les Narines.

Ammu et Kalyani s'échangèrent leurs enfants. Des

nez furent explorés, des têtes renversées et tournées vers la lumière pour voir si l'une arrivait à détecter ce qui avait échappé à l'autre. Faute de résultat, Lenin, habillé aux couleurs des taxis : chemise jaune et culotte noire, regagna les genoux en Nylon de sa mère (ainsi que son paquet de chewing-gums). Il s'assit sur des fleurs de sari et, fort de cette position inexpugnable, se mit à inspecter la scène, le regard froid. Il enfonça le majeur de sa main gauche dans sa narine libre et respira bruyamment par la bouche. Ses cheveux étaient aplatis à grands renforts de Gomina et soigneusement séparés par une raie de côté. Ses chewing-gums, il se contentait pour l'instant de les tenir à la main ; il ne pourrait les consommer que plus tard, après la visite. Tout était bien dans le meilleur des mondes. Il était peut-être un tout petit peu trop jeune pour savoir que l'Atmosphère Salle d'Attente, conjuguée aux Cris Derrière le Rideau, ne pouvait produire qu'une Saine Terreur du Dr V. V.

Un rat affairé, aux épaules velues, effectua plusieurs allers-retours entre le cabinet du docteur et le bas du placard de la salle d'attente.

Une infirmière passait et repassait derrière le rideau en loques qui séparait les deux pièces. Elle était armée d'instruments bizarres. Une fiole minuscule. Une lame de verre barbouillée de sang. Une éprouvette d'urine étincelante, éclairée par transparence. Un plateau en inox couvert d'aiguilles stérilisées. Sous ses bas blancs transparents, les poils de ses jambes se tortillaient comme des bouts de fil de fer. Les semelles de ses socques blancs éraflés étaient usées sur le côté, l'obligeant à marcher les pieds déjetés. Des épingles à cheveux, noires et brillantes comme des serpents tout raides, retenaient sa coiffe amidonnée sur ses cheveux huilés.

Elle devait avoir des caches spéciaux sur ses lunettes : elle ne remarqua pas le rat au dos velu qui lui fila au ras des pieds. Elle appelait les noms d'une voix grave, d'une voix d'homme : « A. Ninan... S. Kusumalatha... B.V. Roshini... N. Ambady. » Totalement insensible aux volutes affolées de l'air ambiant.

Estha ouvrait des yeux grands comme des soucoupes effrayées. Hypnotisé par la pancarte qui faisait apparaître et disparaître les heures d'ouverture du cabinet.

Une vague de panique envahit Rahel.

« Et si on essayait encore une fois, Ammu. »

D'une main Ammu bloqua la nuque de Rahel. De son pouce enturbanné dans un mouchoir, elle boucha la narine sans perle. Tous les yeux de la salle d'attente étaient maintenant fixés sur Rahel. Son heure de gloire était arrivée. L'expression d'Estha montrait clairement qu'il s'apprêtait lui aussi à souffler. Son front se plissa. Il prit une profonde inspiration.

Rahel rassembla toutes ses forces. *S'il vous plaît, mon Dieu, s'il vous plaît, faites que ça sorte.* De la plante des pieds et du fond du cœur, elle souffla dans le mouchoir de sa mère.

Et la chose sortit, dans une explosion de morve et de soulagement. Une petite perle violette dans un cocon de bave dorée. Fière comme une perle d'huître. Les enfants firent cercle pour l'admirer. Le gamin qui jouait avec la pancarte se montra méprisant.

« J'en aurais fait autant ! claironna-t-il.

— Essaie seulement, lui dit sa mère, si tu veux une gifle.

— Miss Rahel ! hurla l'infirmière en jetant un coup d'œil à la ronde.

— C'est sorti ! dit Ammu à l'infirmière. C'est sorti », répéta-t-elle en tendant son mouchoir tout chiffonné.

L'infirmière n'avait pas la moindre idée de ce dont elle voulait parler.

« Ce n'est plus la peine, dit Ammu. Nous partons. La perle est sortie.

— Au suivant, dit l'infirmière en fermant les yeux derrière ses cache-rats. (« Y a quand même des gens bizarres », se dit-elle.) S. V. S. Kurup ! »

Le gamin méprisant se mit à hurler tandis que sa mère le traînait dans la salle de consultation.

Rahel et Estha firent une sortie triomphale. Le petit Lenin, lui, resta pour se faire explorer la narine par le métal froid des instruments du Dr Verghese Verghese, et sa mère pour se faire explorer par d'autres instruments, plus doux ceux-là.

C'était Lenin, il y avait bien longtemps.

Aujourd'hui, il avait une maison et un scooter. Une femme et une descendance.

Rahel tendit au camarade Pillai son sachet de photos et tenta de s'esquiver.

« Une minute », dit ce dernier. On aurait dit un exhibitionniste. À faire ainsi des avances aux gens avec ses mamelons et à les obliger à regarder les photos de son fils. Il fit défiler les photos (guide instantané de la vie de Lenin en instantanés) jusqu'à la dernière. « *Orkunnundo* ? »

C'était un vieux cliché en noir et blanc. Que Chacko avait pris avec le Rolleiflex dont Margaret Kochamma lui avait fait cadeau pour Noël. Ils posaient tous les quatre, Lénine, Estha, Sophie Mol et elle, sur la véranda de la Maison d'Ayemenem. Derrière eux pendaient du plafond les guirlandes de Noël de Baby Kochamma. Une étoile en carton était accrochée à une ampoule. Lenin, Rahel et Estha avaient l'air effaré d'animaux pris dans les phares d'une voiture. Genoux serrés l'un contre l'autre, sourire figé aux lèvres, bras collés au corps, torses tournés vers le photographe. Comme s'il avait été sacrilège de se présenter de profil.

Seule Sophie Mol, avec le panache propre au Monde Civilisé, s'était fabriqué un visage pour la photo de son père biologique. Elle avait retourné ses paupières sur elles-mêmes, si bien que ses yeux ressemblaient à des pétales de chair veinés de rose (de gris sur une photo en noir et blanc). Portait une rangée de fausses dents protubérantes, taillées dans la peau d'un citron. Au bout de sa langue, qui sortait de ce piège à dents, elle avait fixé le dé en argent de Mammachi. (Elle se l'était approprié le jour de son arrivée et s'était juré de passer le reste de ses vacances à ne plus boire que dans un dé à coudre.) Elle tenait une bougie allumée dans chaque main. Une jambe de son jean pattes d'éléphant était remontée et découvrait un genou blanc et osseux sur lequel avait été dessiné un visage. Quelques minutes à peine avant la photo, elle avait patiemment démontré à Estha et Rahel, réfutant toutes les preuves avancées, les photos, les souvenirs, qu'il y avait de grandes chances pour qu'ils soient des bâtards. Elle avait aussi pris la peine de leur expliquer ce que signifiait le mot. Se lançant dans une description compliquée, quoique légèrement inexacte, de l'acte sexuel. «Vous comprenez, ce qu'ils font... »

Cela se passait quelques jours à peine avant sa mort.
Sophie Mol.
Qui buvait dans un dé à coudre.
Et faisait des roulades dans son cercueil.
Elle était arrivée par le vol Bombay-Cochin. Chapeautée, patte-éléphantée et Aimée depuis Toujours.

6

Cochin : les kangourous de l'aéroport

À l'aéroport de Cochin, Rahel portait une culotte à pois qui avait encore tout le craquant du neuf. On avait répété toutes les répétitions. Le jour de la Grande Première était arrivé. L'apothéose de la semaine *Qu'est-ce qu'en dira Sophie Mol?*

Le matin, à l'hôtel Sea Queen, Ammu — qui, pendant la nuit, avait rêvé de dauphins et de bleu profond — avait aidé Rahel à endosser sa Robe Mousseuse d'Aéroport. C'était une de ces aberrations esthétiques qu'affectionnait Ammu : nuage de dentelle jaune et raide parsemé de minuscules sequins en argent, avec un nœud sur chaque épaule. On avait fixé avec des épingles un jupon de singalette sous la jupe à volants pour la faire bouffer. Rahel était ennuyée de porter une jupe qui n'était pas vraiment dans le ton de ses lunettes de soleil.

Ammu tenait la nouvelle culotte appareillée toute prête. S'accrochant à ses épaules, Rahel l'enfila (jambe gauche, jambe droite) et embrassa Ammu sur chacune de ses fossettes (joue gauche, joue droite). L'élastique claqua doucement sur son ventre.

« Merci, Ammu, dit Rahel.

— Merci pour quoi?

— Pour ma nouvelle robe et ma nouvelle culotte.

— Il n'y a pas de quoi, mon ange, dit Ammu avec un sourire, mais un peu tristement.

Pas de quoi, mon ange.

Le papillon posé sur le cœur de Rahel souleva une patte velue. Puis la reposa. Une patte maigre et froide. *Un tout petit peu moins, sa mère l'aimait un tout petit peu moins.*

La chambre d'hôtel sentait les œufs et le café soluble.

Ils descendirent et se dirigèrent vers la voiture. Estha portait la Thermos Aigle, remplie d'eau du robinet. Rahel portait l'autre, celle qui contenait l'eau bouillie. Les Thermos Aigle avaient des Aigles Thermos peints dessus, ailes déployées, serres enfoncées dans un globe. Au dire des jumeaux, les Aigles Thermos passaient la journée à surveiller le monde et la nuit à voler autour de leurs bouteilles. Ils volaient aussi silencieusement que des hiboux, emportant la lune sur leurs ailes.

Estha était vêtu d'une chemise rouge à manches longues et à col hirondelle et de pantalons tuyau-de-poêle noirs. Sa banane, toute fraîche, avait un air surpris. Elle était aussi ferme que des blancs d'œuf battus en neige.

Estha — qui, soit dit en passant, n'avait pas tort — déclara que Rahel était ridicule dans sa robe d'aéroport. Rahel le gifla. Il en fit autant.

Arrivés à l'aéroport, ils ne se parlaient plus.

Chacko, qui d'ordinaire portait un *mundu*, était boudiné dans un drôle de costume et arborait un sourire lumineux. Ammu redressa sa cravate, qui, repue d'avoir trop mangé, avait pris des airs penchés.

« Qu'est-ce qui est arrivé tout d'un coup... à notre Champion des Masses Laborieuses ? » dit Ammu, mais avec un sourire qui creusait ses fossettes, parce que Chacko, visiblement aux anges, exultait.

Il ne la gifla pas.

Elle n'eut donc pas à le gifler à son tour.

Chez le fleuriste de l'hôtel, Chacko avait acheté deux roses rouges qu'il tenait précautionneusement.

Plantureusement.

Amoureusement.

La boutique de l'aéroport, gérée par l'Office pour le développement du tourisme au Kerala, croulait sous les maharadjahs d'Air India (dans toutes les tailles, grands, petits et moyens), les éléphants en bois de santal (grands, petits et moyens) et les masques de danseurs de kathakali en papier mâché (grands, petits et moyens). L'air était chargé de l'odeur écœurante du bois de santal et des aisselles en polyester (grandes, petites et moyennes).

Dans le hall des arrivées, il y avait quatre kangourous en ciment grandeur nature, avec des poches en ciment où on pouvait lire UTILISEZ-MOI. Au lieu d'abriter des bébés kangourous en ciment, leurs poches étaient remplies de mégots, de vieilles allumettes, de capsules de bouteille, de cosses de cacahuète, de verres en carton écrasés et de cafards.

Des crachats rouges de bétel éclaboussaient leur estomac de kangourou, comme autant de blessures toutes fraîches.

Les kangourous de l'aéroport avaient des bouches souriantes et rouges.

Et des oreilles ourlées de rose.

On avait l'impression que si on leur appuyait sur le

ventre, ils diraient « Maa-man » de la voix sans timbre des poupées parlantes.

Quand l'avion de Sophie Mol fit son apparition dans le ciel bleu ciel de Cochin, la foule se pressa contre les balustrades pour essayer d'en voir plus.

Dans le hall des arrivées, l'amour et l'impatience se bousculaient : le vol Bombay-Cochin était celui qu'empruntaient tous les émigrés du Kerala qui rentraient au pays.

Leurs familles étaient venues les attendre. Depuis le fin fond du Kerala. Après d'interminables voyages en car. Depuis Kumili, Vizhinjam, Uzhavoor. Certains avaient campé sur place et apporté leur nourriture. Sans oublier des chips au manioc et des *chakka velai-chathu* pour le chemin du retour.

Ils étaient tous là : les mémés sourdes, les pépés revêches et arthritiques, les épouses éplorées, les oncles calculateurs, les enfants diarrhéiques. Les fiancées à réévaluer. Le mari du professeur qui attendait toujours son visa pour l'Arabie saoudite. Les sœurs du mari du professeur qui attendaient leur dot. La femme enceinte du pistonné.

« Rien que de la racaille », dit sévèrement Baby Kochamma, qui détourna pudiquement la tête quand une mère, qui ne voulait pas perdre sa bonne place contre la barrière, guida le pénis de son enfant distrait dans une bouteille vide, tandis que celui-ci souriait et agitait la main en direction des gens alentour.

« Psss, psss... », siffla la mère. D'un ton d'abord persuasif, puis bientôt péremptoire. Mais le bébé se prenait pour le pape. Souriait, agitait la main, souriait, agitait la main. Le pénis dans la bouteille.

« N'oubliez pas que vous êtes des ambassadeurs de

l'Inde, dit Baby Kochamma à Rahel et à Estha. La première impression qu'elles auront de votre pays, c'est vous qui allez la leur donner. »

Ambassadeurs jumeaux, quoique dizygotes. Leurs Excellences l'ambassadeur E(lvis) Pelvis, et l'ambassadrice M(ouche) Amiel.

Dans sa robe en dentelle toute raide et sa cascade retenue par un Va-Va, Rahel avait l'air d'une Fée d'Aéroport qui aurait totalement manqué de goût. Elle était cernée par des hanches humides (elle le serait à nouveau, lors d'un enterrement dans une église jaune) et des mouvements d'humeur. Le papillon de son grand-père était posé sur son cœur. Elle détourna les yeux du grand oiseau d'acier qui hurlait dans le ciel bleu ciel, et voici ce qu'elle vit : des kangourous aux lèvres rouges et aux sourires de rubis qui déplaçaient leurs masses cimenteuses sur le sol de l'aéroport. Basculant en cadence du talon sur les orteils. Avec leurs grands pieds plats.

Et toutes les saletés de l'aéroport dans leurs poubelles à bébés.

Le plus petit tendait le cou comme ces gens dans les films anglais quand ils desserrent leurs cravates en sortant du bureau. Le moyen fourrageait dans sa poche à la recherche d'un long mégot à allumer. Il ne trouva qu'une vieille noix de cajou dans un sac en plastique et se mit à la grignoter avec ses dents de devant, comme un rongeur. Quant au plus grand, il faisait ballotter d'avant en arrière le panonceau qui annonçait OFFICE POUR LE DÉVELOPPEMENT DU TOURISME BIENVENUE AU KERALA, avec son danseur de kathakali exécutant un *namasté*. Un autre panneau, que ne molestait aucun kangourou facétieux, disait EUNEVNEIB RUS AL ETÔC SED SECIPÉ.

N'y tenant plus, l'Ambassadrice Rahel s'enfonça dans la foule pour aller retrouver son frère et co-Ambassadeur.

Estha, regarde ! Regarde, Estha, regarde !

L'Ambassadeur Estha ne bougea pas. Il n'avait pas envie de regarder. Il avait les yeux fixés sur l'avion qui atterrissait en cahotant, sa bouteille Thermos avec son eau du robinet en bandoulière et au cœur une sensation de trop-plein, de pas assez : l'Homme Orangeade-Citronnade savait où le trouver. À la fabrique d'Ayemenem. Sur les bords du Meenachal.

Ammu regardait, elle aussi, avec son sac.

Chacko, avec ses roses.

Baby Kochamma, avec sa grosse verrue sur le cou.

Puis les passagers du vol Bombay-Cochin débarquèrent. Quittant l'air frais pour entrer dans l'air chaud. Tout froissés, ils se défroissèrent sur le chemin du hall des arrivées.

Voilà qu'ils étaient là, ces émigrés qui rentraient au pays, dans leur costume Tergal et leurs lunettes noires irisées. Avec la promesse de jours meilleurs dans leurs bagages de riches. Avec des toits en dur pour leur maison en chaume et des douches pour les salles de bains de leurs parents. Avec des systèmes d'évacuation et des fosses septiques. Maxijupes et hauts talons. Manches gonflantes et rouge à lèvres. Mixeurs et flashes incorporés sur leurs appareils photo. Avec des clés à compter et des placards à verrouiller. Avec une grande envie de ces *kappa* et de ces *meen vevichathu* qu'ils n'avaient pas mangés depuis si longtemps. Pleins d'amour et d'un soupçon de honte pour ceux qui étaient venus les attendre et qui avaient l'air si... si... godiches. *Regarde-moi ça, comme ils sont habillés ! Tu ne vas pas me faire croire qu'il n'avait rien de mieux*

*à se mettre pour venir nous attendre! Veux-tu me
dire pourquoi les Malayalis ont de si vilaines dents?*

*Et l'aéroport donc! À peine mieux que la gare
routière du coin! Regarde ça, les fientes sur les bâtiments! Et les crachats sur les kangourous!*

Y a pas à dire, l'Inde file un mauvais coton!

Quand les Longs Voyages en Car et les Séjours sur
Place à l'Aéroport se retrouvaient nez à nez avec
l'amour et un soupçon de honte, de petites lézardes
s'ouvraient, qui ne feraient que s'élargir et, avant
même qu'ils aient eu le temps de s'en rendre compte,
les émigrés de retour au pays se feraient piéger devant
la Maison de l'Histoire et devraient se forger de nouveaux rêves.

Et puis voilà qu'au milieu des costumes Tergal et des
valises flambant neuves, il y avait Sophie Mol.

Qui buvait dans un dé à coudre.

Et faisait des roulades dans son cercueil.

Elle descendait la passerelle, avec l'odeur de
Londres dans ses cheveux. Les pattes d'éléphant de
son pantalon jaune lui battaient les chevilles. Ses longs
cheveux flottaient sous son chapeau de paille. Elle
donnait une main à sa mère et balançait l'autre comme
un soldat (gauch'droite, gauch'droite).

> *Il y avait*
> *Une fille*
> *Grande*
> *Et fine*
> *Ses cheveux*
> *Ses cheveux*
> *Blonds*
> *Avaient la couleur*
> *Du gin-gembre (gauch'gauche, droite)*

*Il y avait
Une fille...*

Margaret Kochamma lui dit d'Arrêterça.
Alors elle Arrêterçata.

« Tu la vois, Rahel? » demanda Ammu.
Elle se retourna pour trouver sa fille avec sa culotte
toute neuve en grande conversation avec des marsupiaux en ciment. Elle alla la chercher et la gronda.
Chacko dit qu'il ne pouvait pas prendre Rahel sur ses
épaules : il avait déjà quelque chose à porter. Deux
roses rouges.
Plantureusement.
Amoureusement.
Quand Sophie Mol pénétra dans le hall des arrivées,
Rahel, submergée par l'excitation et la rancœur, pinça
Estha jusqu'au sang. Prenant la peau entre ses ongles.
Estha lui fit un bracelet chinois : il agrippa son poignet
à deux mains et le tordit en même temps dans les deux
sens. La peau de Rahel se marqua d'une zébrure et lui
fit mal. Quand elle la lécha, elle lui trouva un goût de
sel. La salive fraîche calma la douleur.
Ammu ne se rendit compte de rien.
Par-dessus la haute grille qui séparait les Attendeurs
des Attendus, les Accueilleurs des Accueillis, Chacko,
exultant, faisant péter son costume de toutes parts et
donnant à sa cravate des airs de plus en plus penchés,
s'inclina devant sa fille retrouvée et son ex-femme.
Intérieurement, Estha se dit : « Incline-toi. »
« Bonjour, Mesdames, dit Chacko de son ton déclamatoire, celui qu'il avait adopté la veille pour dire
Amour. Folie. Espoir. Un-fini bonheur. Vous avez fait
bon voyage? »

L'air résonnait de Pensées et de Choses à Dire. Mais dans des moments comme ceux-là, on ne dit que les Petites Choses. Les Grandes, tapies à l'intérieur, restent inexprimées.

« Dis Bonjour et Comment allez-vous? fit Margaret Kochamma à Sophie Mol.

— Bonjour et Comment allez-vous? dit Sophie Mol par-dessus la grille à tout le monde en particulier.

— Une pour toi et l'autre pour toi, dit Chacko en tendant ses roses.

— Et Merci? dit Margaret Kochamma à Sophie Mol.

— Et Merci? » dit Sophie Mol à Chacko, singeant l'intonation de sa mère.

Margaret Kochamma eut un geste d'impatience face à cette impertinence.

« Je vous en prie, dit Chacko. Permettez-moi de faire les présentations. » Puis, davantage à l'adresse de ceux qui regardaient ou écoutaient sans y être invités, parce qu'en fait Margaret Kochamma n'avait pas vraiment besoin d'être présentée, il ajouta : « Ma femme, Margaret. »

Margaret Kochamma sourit en lui agitant sa rose sous le nez. *Ex-femme, Chacko!* Ses lèvres formèrent les mots, qui ne franchirent pas sa bouche.

Impossible de ne pas voir que Chacko était heureux et fier d'avoir eu une femme telle que Margaret. Blanche. En robe imprimée à fleurs, avec des jambes en dessous. Et des taches de rousseur brunes dans le dos. Et sur les bras.

Et pourtant, il émanait d'elle une impression de tristesse. Derrière le sourire qui dansait dans ses yeux, la Douleur était d'un bleu vif et brillant. À cause d'un épouvantable accident de voiture. À cause d'un trou en forme de Joe dans l'Univers.

« Bonjour à vous tous, dit-elle. J'ai l'impression de vous connaître depuis toujours.

— Ma fille, Sophie », dit Chacko avec un petit rire nerveux et inquiet, car il se demandait si Margaret Kochamma n'allait pas dire soudain « Ex-fille ». Mais elle n'en fit rien. C'était un rire facile à interpréter. Pas comme celui de l'Homme Orangeade-Citronnade qu'Estha n'avait pas réussi à comprendre.

« 'Jour », dit Sophie Mol.

Elle était plus grande qu'Estha. Et plus forte. Elle avait des yeux gris-bleu. Son teint pâle était couleur de sable. Mais ses cheveux chapeautés, d'un auburn profond, étaient magnifiques. Quant à son nez, il attendait (indubitablement) de prendre la forme de celui de Pappachi. Un nez-dans-un-nez d'Entomologiste de Sa Majesté. Un nez d'amoureux des papillons. Elle avait son fourre-tout made in England qu'elle aimait tant.

« Ammu, ma sœur », dit Chacko.

Ammu adressa un bonjour d'adulte à Margaret Kochamma et un bon-jour d'enfant à Sophie Mol. De son œil de lynx, Rahel tenta d'évaluer l'amour qu'Ammu pouvait éprouver pour Sophie Mol — sans y parvenir.

Les rires fusèrent dans le hall des arrivées comme une brise qui se lève. Adoor Basi, le comique le plus populaire et le plus adulé du cinéma malayali, venait juste d'arriver (par le Bombay-Cochin). Croulant sous une masse de petits paquets intransportables et sous l'adoration ouverte du public, il se sentit obligé de faire son numéro. Il n'arrêtait pas de lâcher ses paquets et de dire « *Ende Deivomay! Eee sadhanangal!* »

Estha partit d'un grand rire ravi.

« Ammu, regarde ! Adoor Basi fait tomber tous ses paquets, dit Estha. Il n'arrive même pas à les porter !

— Il le fait exprès, dit Baby Kochamma dans un anglais bizarre et tout à fait inhabituel. Fais donc comme s'il n'existait pas. C'est un nac-teur, expliqua-t-elle à l'adresse de Margaret Kochamma et de Sophie Mol, comme si Adoor Basi était un nac qui de temps à autre faisait du teur. Il essaie simplement d'attirer l'attention », ajouta-t-elle, refusant résolument de céder à la vulgarité ambiante.

Mais Baby Kochamma avait tort. Adoor Basi n'essayait pas du tout d'attirer l'attention. Il faisait simplement de son mieux pour mériter celle qu'il avait d'ores et déjà attirée.

« Ma tante, Baby », dit Chacko.

Sophie Mol prit un air ahuri. Elle dévisagea Baby Kochamma d'un œil rond. Elle connaissait les bébés vaches, les bébés chiens. Et même les bébés ours — ça, oui. (Elle ne tarderait pas à montrer à Rahel un bébé chauve-souris.) Mais elle n'avait jamais entendu parler de bébés tantes.

Baby Kochamma dit « Bonjour, Margaret », et puis « Bonjour, Sophie Mol », ajoutant que Sophie Mol était si belle qu'elle lui rappelait un esprit des bois. Ariel.

« Tu as entendu parler d'Ariel ? demanda-t-elle à Sophie Mol. L'Ariel de *La Tempête* ? »

Sophie Mol dit que non.

« "Où butine l'abeille, je butine aussi" ? » dit Baby Kochamma.

Sophie Mol dit que non.

« "J'emprunte au coucou sa clochette
   Et dors au cri de la chouette" ? »

Sophie Mol dit que non.

198

« *La Tempête*, de Shakespeare ? » insista Baby Kochamma.

Tout cela dans le seul but d'impressionner favorablement Margaret Kochamma. Lui faire savoir qu'elle ne faisait pas partie de la racaille.

« Elle fait sa maligne », murmura l'Ambassadeur E. Pelvis à l'oreille de l'Ambassadrice M. Amiel. Le rire de l'Ambassadrice Rahel fusa comme une bulle vert bleuté (de la couleur d'une mouche de jaquier) qui alla éclater dans l'air chaud de l'aéroport. Pffft !

Baby Kochamma la vit et sut aussitôt que c'était Estha le coupable.

« Et voici maintenant les VIP, dit Chacko (toujours de son ton déclamatoire).

— Mon neveu, Esthappen.

— Elvis Presley, intervint Baby Kochamma, juste pour se venger. Je crains que nous ne soyons un peu en retard ici. »

Tout le monde regarda Estha et se mit à rire.

Du fin fond des chaussures beiges à bouts pointus de l'Ambassadeur Estha une vague de colère monta à l'assaut de son cœur.

« Comment vas-tu, Esthappen ? demanda Margaret Kochamma.

— Bienmerci, dit Estha d'une voix boudeuse.

— Estha, dit Ammu d'un ton affectueux, quand quelqu'un te dit Comment vas-tu ? tu es censé demander à ton tour Et vous ? et non répondre Bien, merci. Allez, dis voir ET VOUS ? »

L'Ambassadeur Estha regarda Ammu.

« Allez, dit encore Ammu, ET VOUS ? »

Le regard endormi d'Estha était buté.

« Est-ce que tu as entendu ce que je viens de te dire ? » dit Ammu en malayalam.

L'Ambassadeur Estha était bien conscient des yeux bleu-gris posés sur lui et du nez d'Entomologiste. Mais c'était plus fort que lui, aucune formule ne lui venait.

« Esthappen ! » dit Ammu. Une vague de colère monta à l'assaut du cœur d'Ammu. Une Colère Hors de Proportion. Elle se sentait humiliée par une révolte qui se déclarait dans sa propre juridiction. Elle avait compté sur une représentation sans anicroches. Sur un prix spécial pour ses enfants dans le Grand Concours Indo-Britannique de Comportement.

« Plus tard, veux-tu ? Pas maintenant », dit Chacko à Ammu en malayalam.

Et les yeux furieux d'Ammu dirent à Estha *Entendu. Plus tard.*

Et « plutard » devint un de ces mots horribles, menaçants, à vous donner la chair de poule.

Qui résonnait comme une cloche funèbre au fond d'un puits moussu. *Pluuu-taard !* Transi et velu. Comme un papillon.

La pièce avait tourné. Comme des cornichons à la mousson.

« Et ma nièce, dit Chacko. Où est passée Rahel ? » Il regarda alentour sans la trouver. L'Ambassadrice Rahel, incapable de faire face aux bouleversements répétés de sa vie, était allée s'enrouler comme une saucisse dans le rideau sale de l'aéroport, et refusait de se dérouler. Une saucisse chaussée de sandales Bata.

« Il n'y a qu'à faire comme si elle n'existait pas, dit Ammu. Elle cherche à se rendre intéressante. »

Ammu aussi avait tort. Rahel essayait simplement de ne pas attirer l'attention qu'elle méritait.

« Bonjour, Rahel, comment vas-tu ? dit Margaret Kochamma au rideau sale.

— ET VOUS ? marmonna le rideau sale.

— Tu ne veux pas venir me dire bonjour ? dit Margaret Kochamma d'une voix de maîtresse d'école compréhensive. (Comme celle de miss Mitten avant qu'elle ne découvre le Démon dans leurs yeux.)

L'Ambassadrice Rahel ne voulait pas sortir de son rideau parce qu'elle ne pouvait pas. Elle ne pouvait pas parce qu'elle ne pouvait pas, voilà tout ! Parce que tout allait de travers. Et que Plutard les attendait, elle et Estha.

Plein de phalènes velues et de papillons glacés. Et de cloches. Et de mousse.

Avec un Nhibou.

Le rideau sale de l'aéroport était d'un grand réconfort, son obscurité un vrai bouclier.

« Faites comme si de rien n'était », dit Ammu avec un sourire forcé.

Rahel avait la tête pleine de boulets aux yeux gris-bleu.

Ammu l'aimait encore moins maintenant. Et avec Chacko, les choses n'allaient pas s'arranger.

« Voilà les bagages ! » dit Chacko d'un ton enjoué, heureux de la diversion. « Allez, viens, Soph. Allons récupérer tes valises. »

Soph ! Sauf !

Sous le regard attentif d'Estha, ils longèrent la grille, se frayant un chemin à travers la foule qui s'écartait, intimidée par le costume de Chacko, sa cravate aux airs penchés et son exubérance. À cause de l'ampleur de son estomac, Chacko donnait toujours l'impression quand il se déplaçait de monter à l'assaut d'une côte. Négociant avec optimisme les pentes abruptes et glissantes de la vie. Il marchait d'un côté de la grille. Margaret Kochamma et Sophie Mol, de l'autre.

Soph. Sauf.

L'Homme à la Casquette et aux Épaulettes, lui aussi intimidé par le costume de Chacko et sa cravate aux airs penchés, le laissa pénétrer sans broncher dans la salle des bagages.

Quand il n'y eut plus de grille pour les séparer, Chacko embrassa Margaret Kochamma, puis prit Sophie Mol dans ses bras et la souleva de terre.

« La dernière fois que j'ai fait ça, j'en ai été pour mes frais. Je me suis retrouvé au frais dans une chemise toute mouillée », dit Chacko en riant. Il la serra, la serra, encore et encore. Embrassa ses yeux gris-bleu, son nez d'Entomologiste, ses cheveux auburn chapeautés.

Jusqu'à ce que Sophie Mol finisse par lui dire : « Humm... excusez-moi. Croyez-vous que vous pourriez me reposer par terre ? Je... humm... je n'ai pas vraiment l'habitude d'être portée. »

Alors Chacko la reposa par terre.

L'Ambassadeur Estha (le regard toujours buté) vit que le costume de Chacko s'était distendu, soudain moins rempli.

Et tandis que Chacko récupérait les valises, près du rideau sale, Plutard devint Maintenant.

Estha vit la verrue de Baby Kochamma se pourlécher les babines et se mettre à trembler d'excitation *Tou-toum, tou-toum*. Elle changea de couleur, comme un caméléon. Tout-vert, tout-bleu-noir, tout-jaune moutarde.

> *Des jumeaux pour le souper*
> *On va avoir à manger*

« Très bien, dit Ammu. Ça suffit comme ça. Autant l'un que l'autre. Rahel, sors de là tout de suite ! »

À l'intérieur du rideau, Rahel ferma les yeux et

pensa au vert du fleuve, aux poissons tranquilles dans leurs eaux profondes, aux ailes arachnéennes des libellules (qui peuvent voir derrière elles) dans le soleil. À sa canne à pêche fétiche, celle que Velutha lui avait fabriquée. En bambou jaune, avec un bouchon qui s'enfonçait chaque fois qu'un poisson venait bêtement à la pêche aux informations. À Velutha. Elle aurait donné n'importe quoi pour être avec lui.

C'est alors qu'Estha la déroula. Sous le regard attentif des kangourous.

Ammu les regardait. L'Air ne faisait aucun bruit ; seule la verrue de Baby Kochamma tremblait dans le silence.

« Alors », dit Ammu.

Et c'était une vraie question. Alors ?

Qui, pourtant, n'admettait pas de réponse.

L'Ambassadeur Estha regarda ses pieds et vit que ses chaussures, du fin fond desquelles montait la vague de colère, étaient beiges et pointues. L'Ambassadrice Rahel regarda ses pieds et vit que, dans ses sandales Bata, ses orteils essayaient de prendre la poudre d'escampette. S'agitant pour aller rejoindre les pieds de quelqu'un d'autre. Vit qu'elle ne pouvait rien faire pour les en empêcher. Elle allait bientôt se retrouver avec un bandage à la place des doigts de pied, comme le lépreux du passage à niveau.

« Si jamais, dit Ammu, je dis bien si JAMAIS, vous faites encore mine de me désobéir en public, je me fais fort de vous envoyer dans un endroit où je veux être pendue si on ne vous apprend pas les bonnes manières. Est-ce que c'est clair ? »

Quand Ammu était vraiment en colère, elle disait « Je veux être pendue ». Comme un pendu au bout d'une corde, au fond d'un puits plein de cadavres.

« Est-ce que C'EST CLAIR ? » répéta Ammu.

Des yeux effrayés et une cascade regardèrent Ammu.

Des yeux endormis et une banane surprise la regardèrent aussi.

Deux têtes acquiescèrent par trois fois.

Oui. TRÈS CLAIR.

Mais Baby Kochamma était fort marrie de voir qu'une situation aussi prometteuse risquait de mourir de sa belle mort. Elle hocha la tête.

« Tu parles ! » dit-elle.

Tu parles ! Ammu eut une façon de tourner la tête qui à elle seule était une question.

« C'est peine perdue, dit Baby Kochamma. Ils sont sournois. Mal élevés. Fourbes. Intenables. Il n'y a rien à en tirer. »

Ammu se retourna vers Estha et Rahel. Ses yeux étaient comme deux diamants à l'eau trouble.

« Tout le monde dit que les enfants ont besoin d'un papa. Et moi, je dis non. Pas les miens. Et vous savez pourquoi ? »

Deux têtes acquiescèrent.

« Si vous savez pourquoi, alors dites-le-moi. »

Pas tout à fait en chœur, mais presque, Esthappen et Rahel entonnèrent : « Parce que tu es notre Ammu et notre Papa et que tu nous aimes pour Deux.

— Et même plus que ça. Alors rappelez-vous ce que je vous ai dit. L'amour est précieux. Quand vous me désobéissez en public, *tout le monde* s'imagine des choses.

— Pour des Ambassadeurs, on peut dire que vous avez été de beaux Ambassadeurs ! » intervint Baby Kochamma.

L'Ambassadeur E. Pelvis et l'Ambassadrice M. Amiel baissèrent la tête, honteux.

« Autre chose, Rahel, dit Ammu. Il serait grand temps que tu apprennes la différence entre PROPRE et SALE. Surtout dans ce pays. »

L'Ambassadrice Rahel baissa les yeux.

« Ta robe est, je devrais dire était, PROPRE. Ce rideau est SALE. Ces kangourous sont SALES. Tes mains sont SALES. »

Pourquoi Ammu éprouvait-elle le besoin de crier si fort PROPRE et SALE, comme si elle s'adressait à des sourds. Rahel en fut effrayée.

« Et maintenant, je veux que vous alliez dire bonjour comme il faut, dit Ammu. D'accord ? »

Deux têtes acquiescèrent par deux fois.

L'Ambassadeur Estha et l'Ambassadrice Rahel se dirigèrent vers Sophie Mol.

« À ton avis, les gens à qui on veut apprendre les bonnes manières à la Jeveuxêtrependue, on les envoie où ? demanda Estha à Rahel dans un murmure.

— Au Gouvernement, répondit Rahel, sûre d'elle, également dans un murmure.

— Comment vas-tu ? demanda Estha à Sophie Mol suffisamment fort pour être entendu d'Ammu.

— Lali-lala », murmura Sophie Mol, qui avait appris ça à l'école.

Estha jeta un coup d'œil vers Ammu.

Dont le regard lui dit clairement *Laisse-la dire, l'essentiel, c'est d'avoir fait ce qu'il fallait faire.*

Sur le chemin du parking, Canicule s'insinua dans leurs vêtements et trempa les culottes toutes fraîches. Les enfants traînaient derrière, se faufilant entre les voitures et les taxis.

« Est-ce que la Vôtre vous tape ? » s'enquit Sophie Mol.

Perplexes quant à la politique à suivre, Rahel et Estha gardèrent le silence.

« La mienne, oui. Et même, elle me gifle, dit Sophie Mol d'un ton qui invitait aux confidences.

— La Nôtre pas, dit Estha, loyal.

— Vous en avez de la chance. »

Il en avait de la chance d'être riche et d'avoir de l'agentd'poch. Et d'hériter de l'usine de sa grand-mère. Et d'être à l'abri du besoin.

Ils passèrent devant le Syndicat des employés d'aéroport, classe III, qui faisait une grève de la faim symbolique d'une journée. Et devant les gens qui regardaient les employés d'aéroport, classe III, faire leur grève de la faim symbolique d'une journée. Et devant les gens qui regardaient les autres regarder.

Une petite pancarte en fer-blanc accrochée à un gros banian annonçait EN CAS DE MST, CONTACTEZ LE DOCTEUR O.K. JOY.

« Qui est-ce que tu aimes le plus au monde? demanda Rahel à Sophie Mol.

— Joe, répondit Sophie Mol sans l'ombre d'une hésitation. Mon papa. Il est mort il y a deux mois. On est venues ici pour se Remettre de la Tragédie.

— Mais c'est Chacko, ton papa, dit Estha.

— C'est simplement mon *vrai* père. Mais mon papa, c'est Joe. Il ne me tape jamais. Presque jamais.

— Comment est-ce qu'il pourrait te taper puisqu'il est mort? demanda Estha le Raisonneur.

— Et le vôtre de papa, il est où? voulut savoir Sophie Mol.

— Il n'est..., commença Rahel, qui des yeux implora le secours d'Estha.

— Pas ici, compléta Estha.

206

— Tu veux connaître ma liste ? demanda Rahel à Sophie Mol.

— Oui, pourquoi pas ? »

La liste en question visait à ordonner le chaos, mais elle était loin de refléter la vraie nature des sentiments de Rahel. Car celle-ci la modifiait sans arrêt, constamment déchirée qu'elle était entre l'amour et le devoir.

« D'abord Ammu et Chacko, dit Rahel. Après, Mammachi...

— Notre grand-mère, expliqua Estha.

— Tu l'aimes plus que ton frère ? s'enquit Sophie Mol.

— Nous, on ne compte pas, dit Rahel. Et puis, Ammu dit qu'il pourrait changer.

— Comment ça, changer ? Pour devenir quoi ?

— Un macho de la pire espèce.

— C'est peu probable, intervint Estha.

— Bref, après Mammachi, Velutha, et puis...

— C'est qui, Velutha ? voulut savoir Sophie Mol.

— Un homme qu'on aime beaucoup, dit Rahel. Et après Velutha, toi.

— Moi ? Et pourquoi tu m'aimes ?

— Parce qu'on est cousingermains. Alors, je suis obligée, dit Rahel sentencieusement.

— Mais tu ne me connais même pas. Et puis, de toute façon, moi, je ne t'aime pas.

— Ça viendra, quand tu me connaîtras mieux, dit Rahel, sûre d'elle.

— J'en doute, dit Estha.

— Pourquoi ? demanda Sophie Mol.

— Parce que, dit Estha. Et puis, de toute façon, elle a de grandes chances d'être naine. »

Comme si aimer une naine était hors de question.

« Mais c'est pas vrai, dit Rahel.

— Si, c'est vrai.

— Non.

— Si.

— Non.

— Si. On est jumeaux, dit Estha à Sophie Mol en guise d'explication, et regarde un peu comme elle est petite. »

Obligeamment, Rahel prit une profonde inspiration, gonfla la poitrine et se mit dos à dos avec Estha, dans le parking de l'aéroport, pour que Sophie Mol puisse voir à quel point elle était petite.

« Tu seras peut-être un lutin, suggéra Sophie Mol. C'est un peu plus grand qu'un nain et plus petit qu'un... être humain. »

Le silence ne sembla pas autrement convaincu par ce compromis.

Au moment où ils sortaient du hall des arrivées, une silhouette floue, aux lèvres rouges, agita une patte cimentée uniquement en direction de Rahel. Des baisers cimentés vrombirent dans l'air comme de petits hélicoptères.

« Vous connaissez le pas de mannequin ? voulut savoir Sophie Mol.

— En Inde, on ne marche pas comme des mannequins, dit l'Ambassadeur Estha.

— En Angleterre, si. Tous les mannequins le font. À la télévision. Regardez... c'est facile. »

Et tous trois, Sophie Mol en tête, se mirent à glisser d'un pas nonchalant dans le parking de l'aéroport, ondulant comme des mannequins. Bouteilles Thermos et fourre-tout made in England leur battant les hanches. Nains trempés de chaleur s'étirant de toute leur hauteur.

Des ombres les suivaient. Des avions argentés dans un ciel bleu d'église, comme des papillons dans un rayon de soleil.

La Plymouth bleu ciel battit des ailerons et adressa un sourire à Sophie Mol. Un sourire de crocodile aux pare-chocs chromés.

Un sourire d'automobile Paradise.

Quand elle aperçut la galerie, ses bocaux de cornichons et la liste des produits Paradise, Margaret Kochamma s'écria :

« Mon Dieu! On se croirait dans une publicité! » Elle disait beaucoup Mon Dieu!

Mon Dieu! Mon-Dieu, Mondieu, mondieu!

« J'ignorais que vous faisiez les ananas en tranches! dit-elle. Sophie adore l'ananas, n'est-ce pas, Soph?

— Ça dépend des moments. »

Margaret Kochamma grimpa dans la publicité, elle et ses taches de rousseur brunes dans le dos et sur les bras, et sa robe à fleurs avec des jambes en dessous.

Sophie Mol s'assit devant, entre Chacko et sa mère, avec juste son chapeau qui dépassait du siège. Parce qu'elle était leur fille.

Rahel et Estha passèrent derrière.

Les valises étaient dans le coffre.

« Coffre », quel joli mot! Aussi joli que « courtaud » était vilain.

Près d'Ettumanoor, ils passèrent devant un éléphant sacré, mort électrocuté par une ligne à haute tension qui s'était écrasée sur la route. Un ingénieur délégué par la mairie dirigeait les Opérations d'Enlèvement de la carcasse. Il lui fallait être vigilant, car le *modus operandi* servirait de précédent pour tous les Enlèvements de Carcasses de Pachydermes Officiels auxquels il faudrait procéder à l'avenir. Ce n'était pas une mince affaire. Il y avait un camion de pompier et quelques pompiers perplexes. L'ingénieur, une liasse de papiers à la main, criait beaucoup. Il y avait un petit vendeur de glaces Joy et un homme qui vendait des cacahuètes dans des cônes de papier journal enroulés si savamment qu'ils ne contenaient pas plus de huit ou neuf cacahuètes.

« Regardez, un éléphant mort », dit Sophie Mol.

Chacko s'arrêta pour demander si, par hasard, il ne s'agissait pas de Kochu Thomban (la « Petite Trompe »), l'éléphant du temple d'Ayemenem qui venait à la maison une fois par mois chercher sa noix de coco. Mais ce n'était pas lui.

Soulagés d'apprendre qu'il s'agissait d'un étranger, et non d'un éléphant de leur connaissance, ils poursuivirent leur route.

« Dieu merci », dit Estha.

En chemin, Sophie Mol apprit à reconnaître, dès la première bouffée, la puanteur de la gomme non traitée et à se boucher le nez bien après avoir dépassé les camions qui en transportaient.

Baby Kochamma suggéra une chanson de voiture.

Obéissants, Estha et Rahel se mirent à chanter en anglais. Avec entrain. Comme s'ils n'avaient pas passé toute la semaine à répéter, l'Ambassadeur E. Pelvis et l'Ambassadrice M. Amiel.

> *Rééé-jouis-toi dans le Sei-gneur*
> *Encore, Rééé-jouis-toi.*

Leur Prrô-non-si-A-scions était parfaite.

La Plymouth traversait à toute vitesse la chaleur verte de midi, faisant de la réclame pour les condi-

210

ments sur son toit et pour le ciel bleu ciel sur ses ailerons.

Juste avant Ayemenem, ils rentrèrent dans un papillon vert tendre (à moins que ce ne soit le papillon qui leur soit rentré dedans).

7

Les Cahiers du Bon Élève

Dans le bureau de Pappachi, les papillons et les phalènes formaient de petits tas de poussière irisée qui
poudraient le fond de leurs casiers en verre, laissant à
nu les épingles sur lesquelles ils avaient été empalés.
Que de cruauté! Un air d'abandon régnait dans la
pièce envahie par les moisissures. Un vieil hula-hop
vert fluorescent pendait à un porte-manteau en bois,
telle une énorme auréole de saint à la retraite. Une
colonne de fourmis noires et brillantes traversait un
appui de fenêtre, le derrière en l'air, comme une rangée de girls dans une comédie musicale de Broadway.
À contre-jour. Séduisantes et scintillantes.

Rahel (juchée sur un tabouret lui-même juché sur
une table) farfouillait dans un placard aux vitres sales.
Sur le parquet, les empreintes de ses pieds nus se dessinaient nettement dans la poussière. Elles allaient de
la porte jusqu'à la table (qu'elle avait traînée jusqu'aux
rayonnages), puis jusqu'au tabouret (qu'elle avait
traîné jusqu'à la table avant de l'y jucher). Elle cherchait quelque chose. Sa vie avait désormais forme et
volume. Elle avait des cernes sous les yeux, et une
bande de lutins se profilait à l'horizon.

Sur le rayon du haut, les reliures en cuir de la collection de Pappachi *Les Richesses entomologiques de l'Inde* s'étaient boursouflées et godaient comme de l'amiante rouillée. Des poissons d'argent creusaient des tunnels dans les pages, passant arbitrairement d'une espèce à une autre, bouleversant l'ordonnancement taxonomique originel pour en faire de la dentelle jaune.

Rahel tâtonna derrière la rangée de livres et exhuma ce qui s'y cachait.

Un coquillage lisse et un autre hérissé de piquants.

Un étui à lentilles en plastique. Une pipette orange.

Un crucifix en argent au bout d'un chapelet. Celui de Baby Kochamma.

Elle le tint contre la lumière. Chaque grain goulu goba sa part de soleil.

Une ombre se profila sur le rectangle de lumière du parquet. Rahel se retourna vers la porte avec son chapelet de lumière.

« Tu te rends compte. Il est toujours là. Je l'avais volé. Quand on t'a Retourné à l'Envoyeur. »

L'expression était venue toute seule. *Retourné à l'Envoyeur*. Comme si c'était là la seule fonction des jumeaux : être empruntés, pour être ensuite rendus. Comme des livres de bibliothèque.

Estha refusait de lever les yeux. Il avait la tête pleine de trains. Il empêchait la lumière d'entrer par la porte. Un trou dans l'Univers, en forme d'Estha.

Derrière les livres, les doigts surpris de Rahel rencontrèrent autre chose. Une autre pie avait eu la même idée. Elle sortit un paquet plat enveloppé dans du plastique transparent, retenu par du papier collant, et l'essuya du revers de sa manche. Sur un morceau de papier blanc était écrit « Esthappen et Rahel ». De la main d'Ammu.

Le paquet contenait quatre cahiers écornés. Sur la couverture, on pouvait lire « Cahiers du Bon Élève » avec une ligne pour le *Nom*, l'*École* ou le *Lycée*, la *Classe*, la *Matière*. Deux d'entre eux portaient son nom. Les deux autres, celui d'Estha.

À l'intérieur de la couverture, à la fin du cahier, une main d'enfant avait écrit quelques mots. La forme laborieuse de chaque lettre et les espaces inégaux entre les mots témoignaient d'une lutte sans merci pour arriver à maîtriser le crayon vagabond et obstiné. Les sentiments exprimés, en revanche, étaient on ne peut plus clairs : *Je Hais Miss Mitten et Je Crois que sa Culote est DÉCHIRÉ*.

Sur la page de couverture, Estha avait effacé son nom de famille en crachant dessus et arraché une partie du morceau de papier. Par-dessus, il avait gribouillé au crayon « In-connu ». Esthappen l'In-connu. (Nom de famille en attente, jusqu'à ce qu'Ammu ait choisi entre celui de son mari et celui de son père.) À côté de « Classe », on pouvait lire « Cours élémentaire ». Et à côté de « Matière », « Rédaction ».

Rahel s'assit, jambes croisées (sur le tabouret juché sur la table).

« Esthappen l'In-connu », annonça-t-elle. Elle ouvrit le cahier et lut à voix haute.

> « *Quand Ulisse rentra chez lui son fils vint le trouver et lui dit père je ne pensais pas que tu reviendrai, beaucoup de princes sont venu et voulait tous épouser Pén Lope, mais Pén Lope disait toujours que seul l'homme qui peut tiré une flèche à travers les douze annaux peut m'épouser, et personne n'a réussi. Et ulisse est venu au palais abillé en mendiant et a* »

demandé si lui aussi pouvait essayé, tout le
monde a ri et a dit si nous ni arrivons pas, toi
non plus. Le fils d'ulisse, il les a fait arrêté et il a
dit laisséle essayé et il a pris l'arc et il a tiré une
flèche à travers les douze annaux. »

En dessous de cet exercice, il y avait des corrections
portant sur une précédente leçon.

Ferrugineux Érudit Jamais Charrette Pont Porteur Attaché
Ferrugineux Érudit Jamè   Charrette Pont Porteur Attaché
Ferrugineux Érudit Jamès
Ferrugineux Érudit Jamai

« Tu te gardais bien de prendre des risques », clai-
ronna-t-elle, un rire moqueur dans la voix.

Ammu avait tiré un trait tremblé tout au long de la
page et écrit au stylo rouge : « Marge? En anglaise, à
l'avenir, s'il te plaît. »

« Quand nous marchons dans la rue en ville,
poursuivait Estha le Prudent, on devrait tou-
jours marcher sur le <u>trottoir</u>. Si on marche sur le
trottoir, la circulassion ne risque pas de causer
des axidents, mais dans la rue principale il y a
tellement de circulassion qu'on peut facilement
se faire renverser et se retrouver <u>inconcient</u> ou
<u>estropié</u>. Si on se casse le crâne ou la colonne ver-
tébrale, c'est très <u>ennuyeux</u>; les agents dirigent
la circulassion pour qu'il y ait moins d'<u>infirmes</u>
à l'<u>opital</u>. Pour descendre du bus il faut d'abord
demander au <u>chauffeur</u>, sinon on risque de se
faire <u>blesser</u> et de donner beaucoup de travail
au médecins. Le chauffeur a un travail très

périyeux. Sa famille devrait se faire beaucoup de sousi parce que le chauffeur peut facilement mourrir.

« Quel gamin morbide! », dit Rahel à Estha. Tandis qu'elle tournait la page, quelque chose se faufila dans sa gorge, lui arracha la voix, la secoua un bon coup et la remit en place, mais sans le rire. L'histoire suivante s'appelait *Petite Ammu*.

En anglaise. Les queues des G et des J faisaient des boucles et des méandres. L'ombre sur le seuil était totalement immobile.

« Samedi, nous sommes allé dans une librairie à Kottayam pour acheter un cadeau à Ammu, parce que son anniversaire est le 17 novembre. On lui a acheté un agenda. On l'a caché dans le placar et puis il a commencé à faire nuit. Alors on a dit est-ce que tu veux voir ton cadeau elle a dit oui j'aimerais bien. et on a écrit sur le papier Pour Notre Petite Ammu avec tout notre Amour Estha et Rahel et on l'a donné à Ammu et elle a dit quel joli cadeau c'est exactemen ce que je voulai et après on a parlé un moment et on a parlé de l'agenda et on l'a embrassé et on est allé se coucher.

On a parlé tous les deux et puis on s'est endormi et on a fait un petit rêve.

Au bout d'un moment je me suis levé et j'avais très soif et je suis allé dans la chambre d'Ammu et j'ai dit que j'avais soif. Ammu m'a donné de l'eau et j'allai retourné dans mon lit quand Ammu m'a appelé et m'a dit viens dormir avec moi, et je me suis couché contre

Ammu et je lui ai parlé et je me suis endormi.
Au bout d'un moment je me suis levé et on a
encore parlé et après on a fait une petite fête. on
a mangé des oranges, des banananes et bu du
café. après Rahel est venu et on a mangé encore
deux bananes et on a embrassé Ammu parce
que c'était son anniversaire et après on lui a
chanté bon anniversaire. Le matin on a eu des
nouveaux abits un cadeau d'Ammu pour son
cadeau un abit de maharani pour Rahel et de
petit Nehru pour moi. »

Ammu avait corrigé les fautes d'orthographe et écrit
en dessous de la rédaction : « *Si je parle à quelqu'un,*
tu ne peux m'interrompre que s'il s'agit de quelque
chose de très urgent. Si c'est le cas, tu es tenu de dire :
"Je te prie de m'excuser." Si tu désobéis, je te punirai
très sévèrement. Finis de corriger tes exercices. »

Petite Ammu.

Qui, elle, n'allait jamais au bout de ses corrections.

Qui dut faire ses paquets et s'en aller. Parce qu'elle
n'avait pas de Statue l'Égale. Parce que, d'après Chacko,
elle avait fait assez de dégâts comme ça.

Qui revint à Ayemenem avec de l'asthme et un grondement dans la poitrine qui ressemblait aux cris d'un
homme dans le lointain.

Estha ne la vit jamais dans cet état.

Instable. Malade. Et triste.

La dernière fois qu'Ammu était revenue à Ayemenem, Rahel venait juste d'être renvoyée du couvent de
Nazareth (pour avoir fleuri des bouses et bousculé ses
aînées). Ammu venait de perdre son emploi, le dernier
d'une longue série, comme réceptionniste dans un
hôtel miteux, parce qu'elle était trop souvent malade

et trop souvent absente. L'hôtel ne pouvait pas se permettre de telles fantaisies, lui avait-on fait savoir Une réceptionniste se devait d'être en bonne santé.

Lors de cette dernière visite, Ammu avait passé la matinée avec sa fille dans la chambre de Rahel. Avec les quelques sous prélevés sur son maigre salaire, elle lui avait acheté de petits cadeaux enveloppés dans du papier d'emballage décoré de cœurs en papier de couleur. Un paquet de cigarettes en chocolat, un plumier en fer-blanc et *Paul Bunyan*, une bande dessinée pour enfants. C'étaient des cadeaux pour une fillette de sept ans, Rahel en avait presque onze. Comme si Ammu était persuadée qu'en refusant le passage du temps elle réussirait à convaincre celui-ci de s'arrêter. Comme si par sa seule volonté elle pouvait empêcher les jumeaux de grandir le temps de réunir assez d'argent pour qu'ils puissent vivre avec elle. Alors ils pourraient reprendre le cours de leur vie là où ils l'avaient laissé Recommencer à sept ans. Ammu dit à Rahel qu'elle avait également acheté une bande dessinée pour Estha mais qu'elle la conservait jusqu'à ce qu'elle ait trouvé un autre emploi et gagné assez d'argent pour louer une chambre où ils vivraient tous ensemble. Elle irait alors à Calcutta chercher Estha et lui donnerait sa bande dessinée. Ce jour-là n'était pas bien loin, dit Ammu. Il pouvait arriver à tout moment. Le loyer ne serait bientôt plus un problème. Elle avait déposé une demande pour un emploi aux Nations unies, et ils vivraient bientôt tous à La Haye avec une *ayah* hollandaise pour s'occuper d'eux. À moins qu'elle décide de rester en Inde et de faire ce dont elle avait toujours rêvé, ouvrir une école. Ce n'était pas facile de choisir entre une carrière dans l'éducation et un emploi à l'Onu, mais c'était déjà une chance énorme d'avoir un tel choix.

Pour l'instant, jusqu'à ce qu'elle ait pris sa décision, elle garderait les cadeaux d'Estha.

Ammu n'avait pas cessé de parler de toute la matinée. Posant des questions à Rahel, sans jamais lui laisser le temps de répondre. Quand par hasard celle-ci essayait de placer un mot, Ammu l'interrompait aussitôt avec une nouvelle réflexion ou une nouvelle question. Elle semblait terrifiée à l'idée que sa fille puisse tenir des propos d'adulte. Et faire ainsi fondre le Temps Gelé. La peur la rendait intarissable. Elle la tenait à distance avec son bavardage.

Elle était tout enflée à cause de la cortisone, et avec son visage de pleine lune n'avait plus rien de la mère élancée qu'avait connue Rahel. La peau tendue sur ses joues bouffies avait l'aspect brillant des cicatrices de vaccin. Quand elle souriait, on avait l'impression que ses fossettes lui faisaient mal. Les boucles de ses cheveux avaient perdu leur éclat et pendaient de chaque côté de son visage boursouflé comme des rideaux fatigués. Elle transportait son souffle dans un inhalateur en verre qu'elle gardait dans son vieux sac à main. Chacune de ses inspirations était comme une victoire remportée sur la poigne d'acier qui se refermait sur ses poumons pour en chasser l'air. Rahel resta un moment à regarder sa mère respirer. Chaque fois qu'elle inspirait, les creux de ses clavicules s'accusaient et s'emplissaient d'ombres.

Ammu toussa et cracha un paquet de phlegme dans son mouchoir, qu'elle montra à Rahel.

« Il faut constamment vérifier, dit-elle d'une voix rauque, comme si le phlegme tenait d'un exercice d'arithmétique qu'il fallait contrôler avant de le rendre. Quand c'est blanc, c'est que ça n'est pas mûr. Quand c'est jaune et que ça a un goût affreux, c'est que c'est

219

mûr et prêt à sortir. C'est comme un fruit. Mûr ou pas. Il faut être capable de faire la différence. »

Pendant le repas, elle ne cessa de roter comme un camionneur, s'excusant d'une voix caverneuse et étrange. Rahel remarqua dans ses sourcils des poils longs et épais qui lui faisaient comme de petites antennes. Tout en dégageant l'arête de son poisson frit, Ammu souriait dans le vide au silence qui pesait sur la table. Elle dit qu'elle se faisait l'impression d'un panneau de signalisation couvert de fientes. Elle avait un regard étrangement fiévreux.

Mammachi lui demanda si elle avait bu et lui suggéra d'espacer le plus possible ses visites à Rahel.

Ammu se leva et partit sans un mot. Sans même un au revoir. « Va lui dire adieu », dit Chacko à Rahel.

Rahel fit comme si elle n'avait pas entendu et continua de manger son poisson. Elle pensa aux glaires et faillit vomir. Elle haïssait sa mère à cet instant. La haïssait vraiment.

Elle ne devait jamais la revoir.

Ammu mourut dans une chambre d'hôtel sordide à Allepey, où elle était allée passer un entretien pour un emploi de secrétaire. Seule. Avec pour toute compagnie le bruit d'un ventilateur. Sans Estha contre elle pour lui parler. Elle avait trente et un ans. Ni jeune, ni vieille. Un âge pour vivre ; pour mourir, aussi.

Elle s'était réveillée bien des fois la nuit pour échapper à un cauchemar devenu familier tant il était fréquent : des policiers s'approchaient d'elle avec des ciseaux pour lui couper les cheveux. À Kottayam, c'était le sort réservé aux prostituées prises en flagrant délit de racolage au bazar — stigmatisées à jamais. *Veshyas*. Pour permettre aux policiers qui ne les connaissaient pas encore de les repérer plus facilement. Ammu les remarquait toujours au marché, ces filles au regard vide et au crâne rasé dans un pays où les cheveux longs et huilés sont l'apanage des femmes irréprochables.

Cette nuit-là, dans son motel, Ammu s'assit sur ce lit inconnu, dans cette pièce inconnue, dans cette ville inconnue. Ne sachant plus où elle était, ne reconnaissant rien autour d'elle. Sauf cette peur qui la tenaillait. L'homme au loin, qui l'habitait, commença à crier. Cette fois-ci, la poigne d'acier refusa de desserrer son étreinte. Les ombres se rassemblèrent comme des chauves-souris dans les creux de ses clavicules.

Au matin, c'est le balayeur qui la trouva. Il arrêta le ventilateur.

Elle avait une grosse poche sous un œil, gonflée comme une bulle prête à crever. Comme si son œil avait tenté de faire ce dont ses poumons étaient désormais incapables. Aux environs de minuit, les grondements lointains avaient cessé de se faire entendre dans sa poitrine. Une colonne de fourmis franchissait la porte, transportant posément un cafard mort, faisant la démonstration de la manière dont il faut disposer d'un cadavre.

L'Église refusa d'enterrer Ammu. Pour plusieurs raisons. Si bien que Chacko dut louer une fourgonnette pour emmener le corps jusqu'au crématorium. Il le fit envelopper dans un drap sale et déposer sur une civière. Rahel trouva qu'elle ressemblait ainsi à un sénateur romain. *Tu quoque, Ammu!* se dit-elle avec un sourire, en se rappelant Estha.

Drôle d'impression que de rouler dans les rues pleines de bruit et de lumière avec le cadavre d'un sénateur romain sur le plancher d'une fourgonnette. Le ciel bleu en était plus bleu. Dehors, les gens qui se

découpaient à travers les vitres comme des marion-
nettes en papier poursuivaient leur vie de marion-
nettes. La vraie vie se trouvait à l'intérieur du véhicule.
Où se trouvait la vraie mort. Le corps d'Ammu tressautait et glissait de la civière, suivant le rythme imprévisible des creux et des bosses de la chaussée. Sa tête alla
heurter un boulon sur le plancher. Elle ne broncha pas,
ni ne s'éveilla. La tête de Rahel n'arrêtait pas de bour-
donner, et toute la journée Chacko fut obligé de crier
pour se faire entendre.

Dans le crématorium régnait cet air vicié et raréfié
qui règne dans les gares. La seule différence, c'est qu'il
n'y avait personne. Ni trains ni cohue. Personne n'était
incinéré là, sinon les mendiants, les sans-abri et les pré-
venus. Sinon ceux qui mouraient sans personne pour
se coucher contre eux et leur parler. Quand vint le tour
d'Ammu, Chacko serra très fort la main de Rahel. Celle-
ci ne voulait pas qu'on lui tienne la main. Elle profita
de la moiteur du crématorium pour se libérer de cette
étreinte. Aucun autre membre de la famille n'était
présent.

La porte du four en acier se leva et le murmure
étouffé du feu éternel se changea en un grondement
rougeoyant. La chaleur se précipita sur eux comme
une bête affamée. Alors on lui donna l'Ammu de Rahel
en pâture. Ses cheveux, sa peau, son sourire. Sa voix.
La façon dont elle se servait de Kipling pour aimer ses
enfants avant de les mettre au lit : *Nous sommes du
même sang, toi et moi.* Dont elle les embrassait pour
leur dire bonsoir. Dont elle leur immobilisait d'une
main le visage (joues rentrées, bouche en cul de
poule), tandis que de l'autre elle les coiffait et leur
faisait une raie. Dont elle présentait sa culotte à Rahel
pour qu'elle l'enfile. *Jambe gauche, jambe droite.*

Tout ça fut offert en pâture à la bête, qui s'en montra satisfaite.

Elle était leur Ammu *et* leur Papa. Elle les avait aimés pour Deux.

La porte du four se referma dans un grand bruit de ferraille. Il n'y eut pas de larmes.

Le responsable du crématorium était allé boire une tasse de thé au bas de la rue et ne revint que vingt minutes plus tard. Chacko et Rahel durent donc attendre tout ce temps pour obtenir le reçu rose qui leur permettrait de récupérer les restes d'Ammu. Ses cendres. Tombées de son corps, de son sourire. Tout ce qu'elle avait été, tassé dans une petite urne en terre. Reçu n° Q498673.

Rahel demanda à Chacko comment la direction du crématorium s'y prenait pour reconnaître les cendres. Chacko dit qu'ils devaient avoir un système.

Si Estha s'était trouvé là, il aurait conservé le reçu. C'était lui le Dépositaire des Souvenirs. Le gardien naturel des tickets de bus, des reçus bancaires, des factures payées en liquide, des talons de chéquier. Petit Homme. Qui vivait dans une Cara-vane. Pom-pom.

Mais Estha n'était pas avec eux. Tout le monde avait décidé que c'était mieux ainsi. On s'était contenté de lui écrire. Mammachi avait dit à Rahel qu'elle aussi devrait lui envoyer un mot. Pour dire quoi ? *Mon cher Estha, Comment vas-tu ? Moi, je vais bien. Ammu est morte hier.*

Rahel ne lui écrivit jamais. Il y a des choses qu'on ne peut pas faire. Comme écrire une lettre à une partie de soi-même. À ses pieds, ses cheveux. Son cœur.

Dans le bureau de Pappachi, Rahel (ni jeune, ni vieille), de la poussière plein les pieds, leva les yeux du

Cahier du Bon Élève pour constater qu'Esthappen l'In-connu n'était plus là.

Elle descendit (du tabouret, puis de la table) et sortit sur la véranda.

Elle vit le dos d'Estha disparaître derrière la grille.

On était au milieu de la matinée, et il allait à nouveau pleuvoir. Le vert, en ces instants d'une luminosité étrange qui précèdent immédiatement l'averse, était si intense qu'il faisait mal aux yeux.

Un coq chanta au loin, et sa voix se cassa en deux. Comme une vieille chaussure dont la semelle se décolle.

Rahel resta là, avec ses vieux cahiers. Sous les yeux en boutons de culotte d'une tête de bison, sur la véranda d'une vieille maison où, des années auparavant, s'était déroulée la cérémonie d'accueil en l'honneur de Sophie Mol.

Tant de choses peuvent changer en l'espace d'une journée.

8

Bienvenue chez nous,
chère Sophie Mol

La Maison d'Ayemenem était une vieille maison, belle et imposante, un peu hautaine. Comme si elle n'avait pas grand-chose à voir avec ceux qui l'habitaient. Comme un vieillard aux yeux chassieux qui regarde jouer des enfants et ne voit que l'éphémère de leur exultation échevelée et de leur enthousiasme sans réserve pour la vie.

Le toit de tuile pentu s'était fait sombre et moussu avec l'âge et la pluie. Les châssis triangulaires en bois insérés dans les pignons étaient délicatement sculptés, la lumière qui filtrait au travers et dessinait des motifs sur le sol était pleine de secrets. Loups. Fleurs. Iguanes. Changeant de forme avec l'ascension du soleil dans le ciel. Mourant pour quelques heures au crépuscule.

Les portes avaient non pas deux mais quatre volets de teck, si bien qu'autrefois les dames pouvaient laisser fermée la partie inférieure et s'appuyer sur la partie supérieure pour marchander avec les colporteurs en ne laissant dépasser que le buste. D'un point de vue technique, elles avaient la possibilité d'acheter des tapis ou des bracelets, la poitrine couverte et le derrière à l'air. D'un point de vue purement technique, s'entend.

Neuf marches raides conduisaient depuis l'allée à la véranda de devant. Sa position surélevée conférait à cette dernière la dignité d'une scène et tout ce qui s'y passait prenait la dimension mystérieuse d'une représentation théâtrale. Elle surplombait le jardin ornemental de Baby Kochamma, qui, entouré d'une allée de gravier, descendait en pente douce jusqu'en bas du petit tertre sur lequel se dressait la maison.

La véranda était profonde et fraîche même en plein midi, quand le soleil était au plus haut.

Quand on coula le sol en ciment rouge, il fallut le blanc de près de neuf cents œufs pour qu'il prenne, avec le temps, cette belle patine qu'il avait acquise.

Sous la tête de bison empaillée, aux yeux en boutons de bottine, flanquée de part et d'autre des portraits de son beau-père et de sa belle-mère, Mammachi était assise dans un fauteuil en rotin devant une table en rotin sur laquelle trônait un vase en verre vert d'où jaillissait une seule tige d'orchidées violettes.

L'après-midi était tranquille et chaud. L'Air attendait.

Mammachi tenait sous son menton un violon au bois brillant. Ses lunettes de soleil en amande, datant des années cinquante, étaient d'un noir opaque. Les coins de la monture étaient piqués de faux diamants. Elle portait un sari blanc cassé et or, parfumé et soigneusement amidonné. Les diamants de ses boucles d'oreille brillaient comme de minuscules chandeliers. Ses bagues en rubis étaient trop grandes. Sa peau fine et pâle était plissée comme celle du lait qui refroidit et semée de minuscules verrues rouges. Elle était belle. Vieille et étrange. Elle avait un port de reine.

La Veuve au Violon. Aveugle.

Plus jeune, elle avait, avec la prescience du gestionnaire avisé, rassemblé au fur et à mesure tous les cheveux qu'elle perdait dans une petite bourse brodée qu'elle gardait sur sa table de toilette. Une fois qu'elle en eut assez, elle en fit un petit chignon qu'elle enferma dans un tiroir avec ses bijoux. Quelques années auparavant, quand ses cheveux avaient commencé à se clairsemer et à s'argenter, elle s'était mise à porter son chignon d'un noir de jais, qu'elle fixait avec des épingles sur sa petite tête grisonnante. Suivant son code à elle, il s'agissait là d'une solution parfaitement recevable, puisque ces cheveux étaient bien les siens. Le soir, une fois son chignon enlevé, elle autorisait ses petits-enfants à tresser ce qui lui restait de cheveux en une natte serrée et huilée, pas plus grosse qu'une queue de rat, qu'elle faisait tenir par un élastique. L'un s'occupait de sa tresse, pendant que l'autre comptait ses innombrables verrues. À tour de rôle.

Sur son crâne, que ses rares cheveux dissimulaient soigneusement, Mammachi avait des boursouflures en forme de croissant. Cicatrices de l'épouse jadis battue par son mari. Ses stigmates à elle, laissés par un vase en cuivre.

Elle jouait « Lentement », un mouvement de la suite numéro deux en *ré* majeur de *Water Music,* de Haendel. Derrière ses lunettes en amande, ses yeux désormais inutiles étaient fermés, mais elle voyait sans peine la musique quitter son violon et monter en volutes dans l'air de l'après-midi.

À l'intérieur, sa tête ressemblait à une chambre aux tentures sombres tirées sur la lumière trop vive du jour.

Tandis qu'elle jouait, son esprit vagabondait, remontant les années jusqu'au jour de sa première production de conserves professionnelles. Quelle allure elles avaient, dans leurs bocaux hermétiques! Elle les avait placées sur une table à la tête de son lit, de façon à n'avoir qu'à étendre le bras pour pouvoir les toucher dès son réveil le lendemain matin. Elle était allée se coucher de bonne heure ce soir-là, mais s'était réveillée un peu après minuit. Elle avait tâtonné à l'aveuglette et ses doigts impatients s'étaient retrouvés tout poisseux. Les bocaux nageaient dans une mare d'huile. Il y en avait partout. Sous sa bouteille Thermos. Sous sa Bible. Partout sur la table de nuit. En se gorgeant d'huile, les mangues avaient fait fuir les bocaux.

Mammachi consulta le livre que lui avait acheté Chacko, *Conserves familiales*, mais il ne proposait aucune solution. Puis elle dicta une lettre au beau-frère d'Annamma Chandy, le directeur régional des Conserveries Padma de Bombay. Celui-ci lui suggéra d'augmenter la dose d'agent conservateur. Ainsi que la quantité de sel. Ce qui, tout en améliorant les choses, ne résolut pas complètement le problème. Aujourd'hui encore, au bout de tant d'années, les conserves Paradise fuyaient toujours un peu. C'était à peine perceptible, mais elles fuyaient quand même et, au cours du transport, les étiquettes se graissaient et devenaient transparentes. Quant aux produits eux-mêmes, ils étaient toujours un peu trop salés.

Mammachi se demandait si elle arriverait jamais à maîtriser totalement l'art de la conserve et si Sophie Mol aimerait goûter un peu de son jus de raisin. Du jus violet bien glacé.

Puis elle pensa à Margaret Kochamma et la musique fluide et langoureuse de Haendel se fit aiguë, agressive.

Elle ne l'avait jamais rencontrée, mais ne la méprisait pas moins pour autant. *Une fille de boutiquier* : c'était ainsi qu'elle l'avait étiquetée. Le monde de Mammachi n'était pas autrement ordonné. Si elle était invitée à un mariage à Kottayam, elle passait son temps à dénigrer les gens auprès de qui voulait bien l'écouter. « Le grand-père maternel de la mariée était le charpentier de mon père. Kunjukutti Eapen ? La sœur de son arrière-grand-mère était sage-femme à Trivandrum. La famille de mon mari possédait toute cette colline dans le temps. »

Il va de soi que Mammachi aurait méprisé Margaret Kochamma même si celle-ci avait été l'héritière du trône d'Angleterre. Elle ne lui reprochait pas seulement ses origines prolétariennes. Elle lui en voulait surtout d'avoir épousé Chacko. Lui en aurait voulu plus encore si elle ne l'avait pas quitté.

Le jour où Chacko avait empêché Pappachi de la battre, et où ce dernier s'était vengé en trucidant son fauteuil, Mammachi avait empaqueté toutes ses possessions d'épouse et les avait confiées à Chacko. Dès lors, il était devenu le seul objet de son affection. Son Homme. Son seul Amour.

Elle n'ignorait rien des relations qu'il entretenait avec les ouvrières de l'usine, mais ne s'en formalisait plus. Quand Baby Kochamma soulevait le problème, Mammachi se crispait, et son visage se fermait.

« C'est un Homme et, comme tel, il a des Besoins », disait-elle d'un air pincé.

De manière assez surprenante, Baby Kochamma acceptait cette explication, et l'idée, énigmatique, secrètement excitante, de ces Besoins Masculins était implicitement avalisée par la Maison d'Ayemenem. Elles ne voyaient pas plus l'une que l'autre de contradiction entre les idéaux marxistes que prônait Chacko et sa libido féodale. Leur seule crainte concernait les naxalites, dont on savait qu'ils obligeaient parfois des garçons de bonne famille à épouser les domestiques qu'ils avaient mises enceintes. Elles étaient bien loin de soupçonner que lorsqu'il serait effectivement tiré, le missile, celui qui devait anéantir la Réputation de la famille à tout jamais, viendrait d'une direction totalement imprévisible.

Mammachi fit ouvrir une entrée indépendante pour la chambre de Chacko, située à l'extrémité est des bâtiments, de façon que les objets de ses Besoins n'aient pas à *traverser* la maison. Elle leur glissait de l'argent en secret pour qu'elles se tiennent tranquilles. Qu'elles prenaient parce qu'elles en avaient besoin. Pour leurs jeunes enfants ou leurs vieux parents. Quand ce n'était pas pour leurs maris, qui buvaient tout ce qu'elles gagnaient. Cet arrangement convenait à Mammachi : pour elle, payer mettait les choses au clair. Séparait nettement le sexe de l'amour. Les Besoins des Sentiments.

Margaret Kochamma, en revanche, c'était une autre affaire. Étant donné que Mammachi n'avait aucun moyen de savoir à quoi s'en tenir (encore qu'elle essayât bien une fois de convaincre Kochu Maria de vérifier l'état des draps), elle ne pouvait qu'espérer que Margaret Kochamma n'avait pas l'intention d'entretenir une relation sexuelle suivie avec Chacko. Pendant le séjour de Margaret à Ayemenem, Mammachi trouva un moyen de gérer ses sentiments par ailleurs ingérables en glissant de l'argent dans les poches des robes que la jeune femme mettait dans la balle à linge. Que celle-ci ne restitua jamais pour la bonne raison qu'elle ne le trouva jamais. Avant de faire la lessive, Anyan vidait en effet toutes les poches. Mammachi le savait pertinemment, mais préférait voir dans le silence de Margaret Kochamma une acceptation tacite de remboursement pour les faveurs que, selon elle, celle-ci accordait à son fils.

Mammachi avait donc l'immense satisfaction de pouvoir considérer son ex-belle-fille comme une autre de ces prostituées. Anyan, le laveur, était ravi de cette gratification journalière. Quant à Margaret Kochamma, elle resta toujours dans l'ignorance d'un pareil arrangement.

Depuis son perchoir sur le puits, un coucal ébouriffé lança son cri et agita ses ailes couleur de rouille.

Une corneille vola un morceau de savon, qui fit des bulles dans son bec.

Dans la cuisine sombre et enfumée, Kochu Maria, trop petite, se haussa sur la pointe des pieds pour étaler son glaçage sur le grand gâteau à deux étages destiné à fêter l'arrivée de Sophie Mol. En dépit du fait que, même à cette époque, la plupart des femmes de l'Église de Syrie s'étaient mises à porter le sari, Kochu Maria était toujours vêtue de sa *chatta* immaculée à manches courtes, avec une encolure en V, et de son *mundu* blanc, qui se fermait par-derrière en éventail. Ledit éventail était plus ou moins caché par le tablier incongru à carreaux bleus et blancs et à volants que Mammachi l'obligeait à porter dans la maison.

Elle avait des bras courts et épais, des doigts boudinés comme des saucisses et un gros nez charnu et épaté. Deux grands plis de chaque côté du nez reliaient celui-ci à son menton et séparaient cette partie-là du reste de son visage, comme un groin. Sa tête, trop large pour son corps, ressemblait à un fœtus de laboratoire qui, après s'être échappé de son bocal de formol, se serait défripé et épaissi avec l'âge.

Elle conservait de l'argent liquide dans son corsage, qu'elle nouait bien serré autour de sa poitrine pour aplatir ses seins peu chrétiens. Ses lourds pendants d'oreille *kunukku* en or avaient étiré ses lobes en longues boucles qui se balançaient autour de son cou et au centre desquelles trônaient ses pendeloques comme de joyeux enfants partis pour faire un (demi-) tour de manège. Une fois, son lobe droit s'était fendu et avait été recousu par le Dr Verghese Verghese. Il était hors de question que Kochu Maria cesse de porter ses *kunukku*, sinon les gens n'auraient plus aucun moyen de savoir qu'en dépit de son emploi de cuisinière (à soixante-quinze roupies par mois), elle était chrétienne, Mar Thomite. Pas Pelaya, ni Pulaya ni Paravan. Mais une chrétienne de la caste supérieure (en qui le christianisme avait infusé comme du thé en sachet), une Touchable. Qu'étaient-ce donc que des lobes abîmés au regard de tels avantages?

Kochu Maria n'avait pas encore, à l'époque, fait la connaissance de l'accro de la télé, l'inconditionnelle de Hulk, qui, tapie en elle, n'attendait que l'occasion de se manifester. Son regard ne s'était pas encore posé sur un écran de télévision. Et si quelqu'un avait suggéré l'existence d'un pareil engin, elle en aurait conclu qu'on la prenait pour une imbécile. Kochu Maria se défiait de certaines versions du monde extérieur qu'elle jugeait fantaisistes. Le plus souvent, elle les considérait comme une insulte délibérée à son manque d'instruction et à sa crédulité (d'antan). Ayant une bonne fois pour toutes décidé d'aller contre sa nature profonde, Kochu Maria cultivait désormais une nouvelle politique, qui consistait à ne jamais, ou presque, croire quoi que ce soit de qui que ce soit. Quelques mois plus tôt, quand Rahel lui avait dit qu'un astronaute américain avait marché sur la Lune, elle s'était esclaffée et avait répliqué, sarcastique, qu'un acrobate malayali du nom de Muthachen avait fait du trapèze sur le Soleil. Avec des crayons enfoncés dans les narines. Elle était prête à concéder que les Américains existaient en dépit du fait qu'elle n'en avait jamais vu. Elle était même prête à admettre que Neil Armstrong puisse être un nom, totalement absurde, bien entendu. Mais quant à marcher sur la Lune, à d'autres! Elle n'accordait pas davantage foi aux photos grisâtres qu'avait publiées le *Malayala Manorama* — qu'elle était d'ailleurs incapable de lire.

Elle restait persuadée que quand Estha lui disait : « *Tu quoque,* Kochu Maria ! », il l'insultait en anglais. Qu'il la traitait par exemple de vieille sorcière. Elle prenait son mal en patience, attendant son heure pour aller se plaindre de lui.

Elle finit d'étaler son glaçage. Puis elle rejeta la tête en arrière et lécha son couteau avec sa langue. Interminables serpentins de dentifrice au chocolat sur une langue rose de Kochu Maria. Mammachi l'appela depuis la véranda (« Kochu Mariiia ! J'entends la voiture ! »), mais elle avait la bouche pleine et fut incapable de répondre. Quand elle eut fini, elle passa sa langue sur ses dents et la fit claquer contre son palais à plusieurs reprises comme si elle venait de manger quelque chose d'amer.

De lointains bruits bleu ciel de voiture (devant l'arrêt du car, devant l'école, puis devant l'église jaune le long du chemin rouge et cahoteux qui passait au milieu des hévéas) firent frissonner l'enceinte sombre et grise des Conserves Paradise.

On cessa aussitôt de conditionner (d'écraser et de couper, de faire bouillir et de tourner, de râcler et de sécher, de peser et de sceller les bocaux).

« *Chacko Saar vanu* », chuchota-t-on de toutes parts. On posa les couteaux à découper. On abandonna les légumes à moitié débités sur les grands plans de travail en inox. Gourdes amères et chagrines, ananas amputés. On ôta les protège-doigts en caout-chouc coloré, brillants comme des préservatifs épais et guillerets. On lava et on essuya des mains vinaigrées sur des tabliers bleu cobalt. On rattrapa des mèches folles pour les réemprisonner dans leurs fichus blancs On relâcha les *mundu* remontés sous les tabliers. Les portes grillagées de l'usine, dont les gonds étaient voilés, se refermèrent toutes seules en grinçant.

Et sur un côté de l'allée, près du vieux puits, à l'ombre d'un pluvier, une armée silencieuse de tabliers bleus s'aligna dans la chaleur verte pour regarder.

Tabliers bleus, fichus blancs, élégante cohorte de drapeaux blancs et bleus.

Achoo, Jose, Yako, Elayan, Vijayan, Vawa, Joy, Suna-thi, Ammal, Annamma, Kanakamma, Latha, Sushila, Vijayamma, Jollykutty, Mollykutty, Luckykutty, Beena Mol (des filles avec des noms de car). Les premiers signes de mécontentement dissimulés sous une bonne couche de loyauté.

La Plymouth bleu ciel franchit la grille, écrasant le gravillon de l'allée, les petits coquillages et les cailloux jaunes et rouges. Et déversa des enfants.

Des cascades effondrées.

Des bananes écrasées.

Des pattes-d'éléphant jaunes toutes froissées et un fourre-tout particulièrement chéri. Souffrant du déca-lage horaire, à peine réveillés. Et des adultes aux che-villes enflées. Tout engourdis d'être restés trop long-temps assis.

« C'est vous ? » demanda Mammachi, tournant ses lunettes noires en amande vers les nouveaux bruits, claquements de portières, va-et-vient bruyants. Elle abaissa son violon.

« Mammachi ! dit Rahel à sa merveilleuse grand-mère

aveugle. Estha a vomi! En plein milieu de *La Mélodie du bonheur*! Et... »

Ammu posa doucement la main sur l'épaule de sa fille. Main qui signifiait *Chuuut*. Rahel jeta un coup d'œil autour d'elle et s'aperçut qu'elle était dans une Pièce. Où elle n'avait qu'un tout petit rôle.

Elle faisait partie du décor. Comme une fleur peut-être. Ou un arbre.

Un visage dans la foule. Une passante.

Personne ne dit bonjour à Rahel. Pas même l'Armée de Tabliers dans la chaleur verte.

« Où est-elle? demanda Mammachi aux bruits de voiture. Où est ma Sophie Mol? Viens là que je puisse te voir. »

Tandis qu'elle parlait, la mélodie en suspens, suspendue au-dessus d'elle comme le parasol rutilant d'un éléphant sacré, retomba et se répandit en poussière.

Chacko, arborant son costume de *Champion des Masses Laborieuses* et sa cravate bien nourrie, conduisit en triomphe Margaret Kochamma et Sophie Mol jusqu'en haut des neuf marches rouges comme deux trophées qu'il aurait récemment remportés dans un tournoi de tennis.

Une fois de plus, on ne dit que les Petites Choses. Les Grandes, tapies à l'intérieur, restèrent inexprimées. « Bonjour Mammachi, dit Margaret Kochamma de sa voix de gentille maîtresse d'école (qui pouvait parfois gifler). Merci infiniment de bien vouloir nous recevoir. Nous avions tant besoin de changement! »

Une bouffée de parfum bon marché que la transpiration des compagnies aériennes avait rendue plus sure encore monta jusqu'à Mammachi. (Elle-même avait un flacon de Dior dans un étui en cuir vert, qu'elle gardait dans son coffre.)

Margaret Kochamma saisit la main de Mammachi. Les doigts en étaient doux, les rubis, durs.

« Bonjour Margaret, dit Mammachi, ni polie ni impolie, sans quitter ses lunettes noires. Bienvenue à Ayemenem. Quel dommage que je ne puisse vous voir ! Comme vous le savez sans doute, je suis presque aveugle. » Elle parlait lentement, posément.

« Ça n'a pas d'importance, dit Margaret Kochamma. De toute façon, je dois être affreuse, ajouta-t-elle avec un petit rire gêné, se demandant si c'était bien la réponse que l'on attendait d'elle.

— Faux, dit Chacko, qui se tourna vers Mammachi avec un sourire d'orgueil que sa mère ne vit pas. Elle est toujours aussi jolie.

— J'ai été vraiment navrée d'apprendre... pour Joe », dit Mammachi. Elle n'avait pas l'air *vraiment* navrée. Un peu, seulement.

Il y eut un bref silence, style *Requiem pour Joe*.

« Où est ma Sophie Mol ? dit Mammachi. Viens ici que ta grand-mère te voie. »

Sophie Mol fut amenée près de Mammachi, qui repoussa ses lunettes noires dans ses cheveux. On aurait dit des yeux de chat fendus en amande qui regardaient la tête de bison décatie. Laquelle dit : « *Non. Surtout pas.* » En bisonien ancien.

Même après une transplantation de cornée, les yeux de Mammachi n'étaient sensibles qu'aux contrastes. Si quelqu'un se tenait sur le seuil de la porte, elle savait que quelqu'un se tenait sur le seuil de la porte. Sans être capable de l'identifier. Elle n'arrivait à lire les chèques, les reçus ou les billets de banque que si elle avait le nez dessus. Elle les tenait alors bien droit et obligeait son œil à les parcourir d'un bout à l'autre. Déchiffrant laborieusement les mots, les uns après les autres.

La Passante Anonyme (dans sa robe de fée) vit Mammachi attirer Sophie Mol tout près d'elle pour la regarder. Pour la déchiffrer comme un chèque. La vérifier comme un billet de banque. Mammachi (avec son « bon » œil) vit des cheveux auburn (tss, tss... presque blonds), la courbe de deux joues rebondies et couvertes de taches de rousseur (presque roses) et des yeux gris-bleu.

« Elle a le nez de Pappachi, déclara-t-elle. Dis-moi, est-ce que tu es jolie? demanda-t-elle à Sophie Mol.

— Oui, répondit celle-ci.

— Et grande?

— Pour mon âge, oui.

— Très grande, intervint Baby Kochamma. Bien plus qu'Estha.

— Elle est plus âgée, dit Ammu.

— Mais quand même... », dit Baby Kochamma.

À quelque distance de là, Velutha emprunta le raccourci à travers les hévéas. Torse nu, il avait un rouleau de câble électrique passé sur l'épaule. Il portait son *mundu* à fleurs bleu foncé et noir noué lâchement au-dessus du genou. Sur son dos, il avait sa feuille porte-bonheur, celle de l'arbre à nævus, qui fait arriver la mousson à temps. Feuille d'automne, la nuit.

Avant même qu'il ait émergé des arbres et se soit engagé dans l'allée, Rahel l'aperçut et quitta furtivement la Pièce pour aller le rejoindre.

Ammu la vit partir.

Depuis les coulisses, elle les regarda se livrer au rite élaboré qui présidait à leurs rencontres officielles. Velutha fit une révérence, comme on le lui avait appris, son *mundu* déployé comme une jupe, à l'instar de la laitière anglaise du *Petit Déjeuner du roi*. Rahel s'inclina (et dit : « Incline-toi »). Puis ils passèrent leurs petits doigts l'un dans l'autre et se serrèrent la main avec gravité, comme des banquiers lors d'un congrès.

Dans la lumière que mouchetait le vert sombre des arbres, Ammu regarda Velutha soulever sa fille sans effort, comme si elle était gonflable. Il la lança en l'air, elle retomba dans ses bras, et Ammu vit sur le visage de Rahel cette joie qu'on voit aux enfants qui se livrent à ce jeu.

Elle vit les muscles sur le torse de Velutha se durcir et saillir sous sa peau comme les carrés bien dessinés d'une plaque de chocolat. Elle s'aperçut avec étonnement que son corps avait changé — était passé, sans heurt, de la gracilité de l'adolescent à la plénitude de l'adulte. Dur et charpenté. Un corps de nageur. De nageur-charpentier. Luisant d'un vernis spécial pour le corps.

Il avait les pommettes hautes et un sourire très blanc, fulgurant.

C'est son sourire qui rappela à Ammu l'enfant Velutha. En train d'aider Vellya Paapen à compter les noix de coco. De lui tendre les petits présents qu'il avait fabriqués pour elle, bien à plat sur la paume de la main pour qu'elle n'ait pas à le toucher. Des bateaux, des boîtes, des petits moulins à vent. De l'appeler Ammu-kutty. Petite Ammu. Alors même qu'elle était son aînée. En le regardant, elle ne put s'empêcher de penser que l'homme qu'il était devenu ressemblait bien peu au garçon qu'il avait été. En guise de bagage, il n'avait emporté avec lui que son sourire pour passer de l'enfance à l'âge adulte.

Tout à coup, Ammu se prit à espérer que c'était bien lui que Rahel avait aperçu dans la manifestation. Que c'était lui qui avait brandi son drapeau et son bras noueux dans un geste de colère. Que sous le couvert d'une gaieté soigneusement maîtrisée, il abritait une colère vivante et agissante contre l'ordre de ce monde plein de suffisance qui la faisait tant fulminer.

Elle se prit à espérer que c'était lui.

Elle fut surprise de constater la totale liberté dont sa fille faisait preuve avec lui. Surprise de constater que son enfant pouvait vivre dans un monde secret dont elle-même était exclue. Un monde de sensations, de sourires et de rires dans lequel elle-même, sa propre mère, n'avait aucune part. Ses pensées se teintèrent d'une pointe d'envie, délicate et violacée. Elle refusa de se demander qui elle enviait le plus. L'homme ou l'enfant. Ou bien encore leur monde de doigts entre-croisés et de sourires fulgurants.

L'homme qui, debout dans l'ombre des hévéas, des pièces d'or dansant sur son corps nu, tenait sa fille dans ses bras, leva les yeux et croisa le regard d'Ammu. Des siècles entiers se télescopèrent pour se ramasser en un instant unique, évanescent. L'Histoire, surprise, perdit pied. Fut rejetée comme une vieille peau de serpent. Les marques, les cicatrices, les blessures qu'avaient laissées des guerres anciennes et l'époque où certains devaient marcher à reculons s'effacèrent brusquement. Pour faire place à une aura, un tremblement palpable aussi visible que l'eau dans une rivière ou le soleil dans le ciel. Aussi sensible que la chaleur d'une journée d'été ou la brève saccade du poisson qui tire sur la ligne. Tellement patent que personne ne remarqua rien.

L'espace d'un éclair, Velutha vit des choses qu'il n'avait jamais soupçonnées. Des choses jusqu'ici hors de portée, que les œillères de l'histoire avaient laissées dans l'ombre.

Des choses d'une simplicité extrême.

Il vit par exemple que la mère de Rahel était une femme.

Que les fossettes que creusait son sourire s'attardaient sur son visage même quand ses yeux ne souriaient plus. Il vit que ses bras ronds et fermes étaient d'un modelé parfait. Que ses épaules étaient vernissées, mais que ses yeux étaient ailleurs. Il vit que s'il lui offrait des présents — bateaux, boîtes, petits moulins — ceux-ci n'auraient plus besoin de reposer au creux de sa main afin qu'elle n'ait pas à le toucher. Il vit qu'il n'était pas le seul à pouvoir offrir. Qu'elle aussi avait ses présents.

Cette fulgurance le traversa comme la lame effilée d'un couteau. Chaude et froide à la fois. En un éclair.

Et Ammu vit qu'il avait vu. Elle détourna les yeux. Lui aussi. Les démons de l'Histoire vinrent réclamer leur dû. Les envelopper à nouveau de leur vieille peau toute couturée, les ramener là où étaient leurs vies. Là où les Lois de l'Amour stipulaient qui devait être aimé. Comment. Et jusqu'à quel point.

Ammu monta les marches de la véranda pour rentrer dans la Pièce. En tremblant.

Velutha regarda dans ses bras l'Ambassadrice M. Amiel. La reposa par terre. En tremblant, lui aussi.

« Dis-donc ! dit-il, un œil sur sa robe mousseuse ridicule. Qu'est-ce que tu es belle ! Tu te maries aujourd'hui ? »

Rahel bondit sur lui, essayant de le chatouiller sous les bras. *Guili, guili, guili.*

« Tu sais que je t'ai vu hier, dit-elle.

— Où ça ? demanda Velutha forçant la voix et feignant la surprise.

— Tu le sais bien, dit Rahel. Tu le sais bien, mais tu fais semblant. Je t'ai bel et bien vu. Tu étais communiste et tu avais une chemise et un drapeau. Et en plus, tu as fait comme si tu ne me voyais pas.

— *Aiyyo kashtam*, dit Velutha. Jamais je ne ferais une chose pareille. Tu imagines Velutha faisant une chose pareille? C'était sans doute mon frère jumeau, que j'ai perdu de vue depuis longtemps.

— Quel frère jumeau?

— Urumban, petite sotte... Celui qui vit à Kochi.

— Quel Urumban? Menteur! dit-elle en voyant la lueur malicieuse qui brillait dans ses yeux. T'as jamais eu de frère jumeau. C'était pas Urumban. C'était bel et bien toi! »

Velutha éclata de rire. Il avait un beau rire, qui sonnait vrai.

« Ce n'était pas moi. J'étais au lit, malade.

— Tu vois, tu ris, dit Rahel. Donc, c'est pas vrai. Si tu ris, c'est que c'était toi.

— Ça, c'est bon pour l'anglais! dit Velutha. En malayalam, mon professeur m'a toujours dit que si je riais, c'est que ça n'était pas moi.

Il fallut un moment à Rahel pour comprendre ce qu'il voulait dire. Elle plongea à nouveau dans sa direction. *Guili, guili, guili.*

Riant toujours, Velutha chercha Sophie dans la Pièce.

« Alors, où est-elle, notre Sophie Mol? Laisse-moi la regarder. Tu l'as bien ramenée, au moins, tu ne l'as pas oubliée en route?

— Ne regarde pas là-bas », dit Rahel d'un ton suppliant.

Elle monta sur le parapet en ciment qui séparait les hévéas de l'allée et mit les mains sur les yeux de Velutha.

« Pourquoi? demanda Velutha.

— Parce que je ne veux pas, dit Rahel.

— Où est Estha ? Je ne l'ai pas vu, dit Velutha, portant sur son dos une Ambassadrice (déguisée en Mouche à Miel, elle-même déguisée en Fée d'Aéroport) qui avait passé les jambes autour de sa taille et plaqué ses petites mains collantes sur ses yeux.

— Oh, on l'a vendu à Cochin, dit Rahel d'un ton désinvolte. Pour un sac de riz. Et une lampe électrique. »

La mousse de sa robe toute raide imprimait sur le dos de Velutha des fleurs en dentelle. Des fleurs en dentelle et une feuille porte-bonheur sur un dos noir.

Mais quand Rahel chercha Estha du regard dans la Pièce, elle ne le trouva pas.

Sur la scène, Kochu Maria fit son entrée, disparaissant derrière son grand gâteau.

« Voilà le gâteau », dit-elle, un peu fort, à Mammachi.

Kochu Maria parlait toujours un peu fort à Mammachi, partant du principe qu'un affaiblissement de la vision devait forcément affecter les autres sens.

« *Kando*, Kochu Mariye ? dit Mammachi. Est-ce que tu vois notre Sophie Mol ?

— *Kandoo*, Kochamma, dit Kochu Maria, d'une voix extra forte. Je la vois. »

Elle eut un sourire extra large à l'adresse de Sophie Mol, dont elle avait la taille. Pauvre Kochu Maria, plus petite que chrétienne, en dépit de tous ses efforts !

« Elle a le teint de sa mère, dit-elle.

— Et le nez de Pappachi, renchérit Mammachi.

— Ça, je n'en sais rien, mais elle est très belle, hurla Kochu Maria. *Sundarikutti*. Un vrai petit ange. »

Les Vrais Petits Anges avaient un teint de sable et portaient des pattes-d'éléphant.

Les Petits Démons, eux, avaient la couleur de la boue dans leurs robes de Fée d'Aéroport, avec des bosses sur le front susceptibles de se transformer un jour en cornes. Avec des cascades dans des Va-Va. Et l'habitude de lire à l'envers.

Et si on prenait la peine de regarder de plus près, on pouvait voir le Démon dans leurs yeux.

Kochu Maria prit les deux mains de Sophie Mol dans les siennes, paumes tournées vers le haut et, les approchant de son visage, respira profondément.

« Qu'est-ce qu'elle fait? voulut savoir Sophie, ses douces mains de Londonienne emprisonnées dans les mains rugueuses d'Ayemenem. Qui est-ce? Pourquoi est-ce qu'elle me renifle les mains?

— C'est la cuisinière, dit Chacko. C'est sa manière à elle de t'embrasser.

— De m'embrasser? dit Sophie Mol, perplexe mais malgré tout intéressée.

— C'est extraordinaire, dit Margaret Kochamma, cette espèce de reniflement. Est-ce que les hommes et les femmes se font ça entre eux? »

Elle rougit aussitôt : elle n'avait pas voulu formuler sa question exactement dans ces termes. Un autre trou dans l'Univers, en forme de maîtresse d'école embarrassée, celui-là.

« Sans arrêt, laissa échapper Ammu, un peu plus fort qu'elle n'en avait eu l'intention. C'est comme ça qu'on fait les bébés, chez nous. »

Chacko ne la gifla pas.

Elle n'eut donc pas à le gifler à son tour.

Mais l'Air en Attente se chargea de Colère.

« Je crois que tu dois des excuses à mon épouse, Ammu, dit Chacko d'un air protecteur, un air de propriétaire (espérant que Margaret Kochamma n'allait pas dire « *Ex-épouse, Chacko!* » en lui agitant sa rose sous le nez).

— Oh non! dit Margaret Kochamma. C'est entièrement ma faute! Je me suis mal exprimée... Ce que je voulais dire, eh bien... c'est que... c'est fascinant de penser que...

— C'était une question parfaitement fondée, dit Chacko. Et je pense qu'Ammu te doit des excuses.

— Est-ce qu'on a vraiment besoin de se comporter comme une foutue tribu de sauvages qu'on viendrait de découvrir au fin fond de la brousse? demanda Ammu.

— Mon Dieu, mon Dieu! » dit Margaret Kochamma.

Dans l'air chargé de colère de la Pièce (l'Armée en bleu et blanc, dans la chaleur verte, l'œil toujours fixé sur la scène), Ammu se dirigea vers la Plymouth, sortit sa valise, reclaqua la portière et se dirigea vers sa chambre, les épaules toujours vernissées. Laissant tout le monde se demander de qui elle pouvait bien tenir pareille effronterie.

Et, pour tout dire, la question était de taille.

Parce qu'Ammu n'avait pas eu le genre d'éducation, ni lu le genre de livres, ni fréquenté le genre de gens qui auraient pu l'amener à penser ce qu'elle pensait.

Elle était comme ça, un point c'est tout.

Enfant, elle avait très tôt rejeté les histoires de Papa Ours et Maman Ours qu'on lui donnait à lire. Dans sa version à elle, Papa Ours battait Maman Ours à coups de vase en cuivre. Résignée, Maman Ours souffrait en silence.

Tout au long de son adolescence, Ammu avait regardé son père tisser son horrible toile. Charmant et sociable avec les visiteurs, il n'était que trop prompt à tomber dans une servilité abjecte quand ceux-ci étaient blancs. Il faisait des dons en espèces aux orphelinats et aux léproseries. Et peaufinait son image publique d'homme droit, généreux et raffiné. Mais, une fois seul avec sa femme et ses enfants, il se transformait en une brute épaisse, dont le comportement soupçonneux pouvait aller jusqu'au sadisme. Battus et humiliés, ils devaient en plus supporter les allusions de leurs amis qui leur enviaient un père et un époux aussi parfait.

À Delhi, Ammu avait passé plus d'une nuit d'hiver cachée dans la haie qui entourait la maison (de peur d'être aperçue par des gens de Bonne Famille), parce que Pappachi était rentré du travail hors de lui et les avait battues comme plâtre, elle et Mammachi, avant de les jeter dehors.

C'est par une telle nuit qu'Ammu, alors âgée de neuf ans, cachée dans la haie avec sa mère, avait observé la silhouette tirée à quatre épingles de Pappachi passant et repassant devant les fenêtres éclairées tandis qu'il arpentait la maison. Non content d'avoir battu sa femme et sa fille (Chacko était alors pensionnaire), il avait déchiré les rideaux, donné des coups de pied dans les meubles et fracassé une lampe en la jetant par terre. Une heure plus tard, passant outre les craintes et les supplications de Mammachi, Ammu s'était glissée dans la maison plongée dans l'obscurité par une bouche d'aération pour aller récupérer ses nouvelles bottes en caoutchouc qu'elle aimait par-dessus tout. Elle les mit dans un sac en papier, se faufila dans le salon quand tout à coup les lumières s'allumèrent.

Pappachi était resté dans son rocking-chair en palissandre à se balancer silencieusement dans le noir. Quand il la surprit, il ne dit pas un mot. Il la fouetta avec sa cravache à manche d'ivoire (celle-là même qu'il tenait sur la photo). Ammu ne pleura pas. Quand il eut fini de la rosser, il l'obligea à aller chercher les ciseaux crantés que Mammachi conservait dans sa boîte à ouvrage. L'Entomologiste de Sa Majesté se mit alors à découper dans les bottes des bandelettes noires qui tombaient l'une après l'autre à terre. Les ciseaux faisaient des bruits coupants de ciseaux. Ammu fit semblant de ne pas voir le visage tiré et effrayé de sa mère derrière la vitre. Il fallut plus de dix minutes à Pappachi pour réduire les précieuses bottes en charpie. Quand il eut découpé la dernière bande, il fixa sur sa fille ses yeux durs et froids et reprit son balancement. Entouré d'une mer de petits serpents noirs en caoutchouc qui se tortillaient sur le sol.

En grandissant, Ammu apprit à vivre avec cette cruauté froide et calculatrice. Elle s'arma contre l'injustice, lui présentant ce front stoïque et buté des Petits en butte aux brimades des Grands. Elle ne fit strictement rien pour éviter querelles et confrontations. De fait, on pourrait aller jusqu'à dire qu'elle les recherchait, y prenant même peut-être un certain plaisir.

« Elle est partie? demanda Mammachi au silence qui l'entourait.

— Elle est partie, répondit Kochu Maria d'une voix toujours aussi forte.

— On a le droit de dire "foutu" en Inde? demanda Sophie Mol.

— Qui a dit "foutu"? demanda Chacko.

— Elle. Tante Ammu. Elle a dit "une foutue tribu de sauvages".

— Coupe donc le gâteau et sers-en un morceau à tout le monde, intervint Mammachi.

246

— Parce qu'en Angleterre, on n'a pas le droit, dit Sophie Mol à Chacko.

— De quoi faire? dit Chacko.

— De dire *f, o, u, t, u.* »

Mammachi promena son regard aveugle sur l'après-midi ensoleillé. « Est-ce que tout le monde est ici? demanda-t-elle.

— *Oover*, Kochamma, répondit l'Armée en Bleu et Blanc dans la chaleur verte. Nous sommes tous ici. »

Dans les coulisses, Rahel dit à Velutha : « Nous, on n'y est pas, dis? On n'est même pas en train de Jouer.

— C'est tout à fait vrai, dit Velutha. Nous ne sommes même pas en train de Jouer. Mais ce que j'aimerais bien savoir, c'est où se trouve notre Esthapappychachen Kuttappen Peter Mon. »

Ce qui devint aussitôt le prétexte d'une ronde ravie et effrénée au milieu des hévéas.

Oh Esthapappychachen Kuttappen Peter Mon
Où, où, dis-moi, où es-tu?
Il est passé par ici, il repassera par là,
Où est-il, que fait-il?
Est-il en enfer ou au ciel,
Ce foutu, foutu Estha-Pen?

Kochu Maria coupa une part de gâteau pour que Mammachi puisse juger de l'échantillon.

« Un morceau chacun », approuva Mammachi, après avoir délicatement parcouru la tranche de ses doigts bagués de rubis afin de vérifier qu'elle n'était pas trop grosse.

Kochu Maria débita le reste du gâteau laborieusement, en en mettant partout et en soufflant bruyamment, comme si elle était en train de découper un gigot. Puis disposa les portions sur un grand plateau d'argent. Mammachi joua un morceau, style *Bienvenue à toi, Sophie Mol*. Une mélodie sirupeuse et chocolatée. Douceâtre et fondante. Vagues chocolatées venant mourir sur une plage chocolatée.

Au milieu du morceau, Chacko donna de la voix pour couvrir les sons chocolatés. « Mamma! dit-il de son ton déclamatoire, Mamma! Ça suffit! Le violon, ça suffit! »

Mammachi arrêta de jouer et regarda en direction de Chacko, son archet levé.

« Ça suffit? Crois-tu vraiment que ça suffise, Chacko?

— C'est plus qu'assez, dit Chacko.

— Ça suffit, murmura Mammachi à part elle. Je crois que je vais m'arrêter. » Comme si l'idée venait brusquement de la traverser.

Elle reposa son violon dans son étui noir. Qui se fermait comme une valise. Et boucla la musique avec.

Clic. Clac.

Mammachi remit ses lunettes noires. Et tira les tentures sur la chaleur du jour.

Ammu sortit de la maison et appela Rahel.

« Rahel! Finis ton gâteau et viens faire ta sieste! »

Rahel se sentit défaillir. Elle avait les siestes en horreur.

Ammu rentra.

Velutha posa Rahel par terre. Elle se retrouva abandonnée au bord de l'allée, à la périphérie de la Pièce, une énorme Sieste pesant sur son horizon.

« Et cesse d'être aussi sans-gêne avec cet homme! » dit Baby Kochamma à Rahel.

— Sans gêne ? interrogea Mammachi. De qui s'agit-il, Chacko ? Qui est sans-gêne ?

— Rahel, dit Baby Kochamma.

— À propos de qui ?

— *Avec* qui, dit Chacko corrigeant sa mère.

— D'accord, d'accord, avec qui est-elle ainsi ? demanda Mammachi.

— Ton Velutha bien aimé, qui d'autre ? dit Baby Kochamma. Demande-lui donc où il était hier, poursuivit-elle à l'adresse de Chacko. Autant battre le fer pendant qu'il est chaud.

— Pas maintenant, dit Chacko.

— Qu'est-ce que ça veut dire, "sans-gêne" ? demanda Sophie Mol à Margaret Kochamma, laquelle ne répondit pas.

— Velutha ? Il est ici ? Tu es ici ? demanda Mammachi à l'Après-Midi.

— *Oower*, Kochamma, dit Velutha émergeant des arbres pour pénétrer dans la Pièce.

— Tu as trouvé d'où ça venait ?

— C'était la valve du purgeur. Je l'ai changée, et ça fonctionne.

— Alors remets la pompe en marche, dit Mammachi. Le réservoir est vide.

— Cet homme sera notre Perte », dit Baby Kochamma. Non pas parce qu'elle était extralucide et venait d'avoir une vision prophétique. Mais uniquement pour lui attirer des ennuis. Personne ne lui prêta la moindre attention.

« Rappelez-vous bien ce que je dis », ajouta-t-elle d'un ton amer.

« Tu la vois ? dit Kochu Maria, qui faisait allusion à Sophie Mol, en arrivant avec son plateau à la hauteur de Rahel. Quand elle sera grande, elle deviendra notre

Kochamma, elle augmentera nos salaires et nous donnera des saris en Nylon pour Noël. » Kochu Maria collectionnait les saris, même si elle n'en avait jamais porté et n'en porterait sans doute jamais.

« Et après ? dit Rahel. De toute façon, à ce moment-là, moi, je vivrai en Afrique.

— En Afrique ? dit Kochu Maria, sarcastique. L'Afrique, c'est plein de vilains Noirs et de moustiques.

— C'est toi qui es vilaine, dit Rahel, qui ajouta (en anglais) : Espèce de vieille sorcière !

— Qu'est-ce que tu viens de dire ? demanda Kochu Maria l'air menaçant. C'est pas la peine de le répéter. Je le sais. Je t'ai entendu. Je dirai tout à Mammachi. Tu ne perds rien pour attendre ! »

Rahel se dirigea vers le vieux puits où traînaient toujours quelques fourmis bonnes à tuer. Des fourmis rouges qui dégageaient une odeur âcre et pestilentielle quand on les écrasait. Kochu Maria la poursuivit avec son plateau.

Rahel dit qu'elle ne voulait pas de ce gâteau débile.

« *Kushumbi*, dit Kochu Maria. Les envieux vont tout droit en enfer.

— Tu parles pour qui ?

— À ton avis ? dit Kochu Maria avec son tablier à volants et son cœur plein de vinaigre.

Rahel chaussa ses lunettes de soleil et regarda en direction de la Pièce. Tout avait la couleur de la Colère, et Sophie Mol, debout entre Margaret Kochamma et Chacko, avait de toute évidence besoin d'une bonne claque. Elle tomba sur une procession de fourmis juteuses. Qui s'en allaient à l'église. Toutes habillées de rouge. Il fallait les tuer avant qu'elles y arrivent. Et que j'te cogne et que j't'écrase avec un caillou. Pas question de laisser entrer des fourmis puantes dans l'église.

Les fourmis craquaient doucement quand la vie les quittait. Comme un elfe qui mangerait un toast ou un biscuit croustillant.

L'Église Fourmillante serait vide et l'Évêque des Fourmis attendrait dans ses drôles d'habits d'Évêque Fourmillant, tout en balançant son encens dans son pot en argent. Et personne ne viendrait.

Après avoir attendu pendant un laps de temps raisonnable, il aurait un froncement de sourcil fourmillant et hocherait la tête tristement. Il regarderait les vitraux fourmillant d'éclats et quand il aurait fini de les regarder, fermerait l'église avec une énorme clé et la plongerait dans l'obscurité. Puis il rentrerait chez lui retrouver sa femme, et (si elle n'était pas morte), ils feraient une sieste fourmillante.

Sophie Mol, chapeautée, patte-éléphantée, Aimée depuis Toujours, sortit de la Pièce pour aller voir ce que fabriquait Rahel derrière son puits. Mais la Pièce sortit avec elle. Pour aller là où elle allait, s'arrêter là où elle s'arrêtait. Des sourires béats l'accompagnèrent. Kochu Maria écarta son plateau pour continuer à braquer son sourire plein d'adoration sur Sophie Mol, quand celle-ci s'accroupit dans la boue du puits (pattes-d'éléphant désormais maculées).

Sophie Mol inspecta la bouillie odoriférante avec un détachement clinique. La pierre était enduite de carcasses rouges écrasées au milieu desquelles s'agitaient encore quelques pattes.

Kochu Maria regarda avec ses miettes de gâteau.

Les Sourires Béats regardèrent Béatement.

Les Petites Filles en train de Jouer.

Adorables.

L'une au teint de sable.

L'autre brune.

L'une Aimée.

L'autre, un peu moins.

« Et si on en laissait une en vie? Comme ça elle se retrouverait toute seule », suggéra Sophie Mol.

Rahel l'ignora superbement et les tua toutes. Puis, dans sa Robe mousseuse d'Aéroport avec culotte appareillée (maintenant un peu moins fraîche) et lunettes de soleil nettement moins bien appareillées, elle partit en courant. Et disparut dans la chaleur verte.

Les Sourires Béats restèrent braqués sur Sophie Mol, comme des projecteurs, pensant peut-être que les adorables cousines jouaient à cache-cache, comme le font souvent les cousines adorables.

Mrs Pillai, Mrs Eapen,
Mrs Rajagopalan

Les arbres avaient épuisé leur ration quotidienne de verdure. Les feuilles sombres des palmiers se découpaient comme de grands peignes fatigués sur le ciel de mousson. Le soleil orangé se glissait entre leurs dents recourbées et voraces.

Un escadron de chauves-souris traversa l'obscurité à toute allure. Dans le jardin d'ornement à l'abandon, Rahel, sous l'œil des nains indolents et de l'angelot esseulé, s'accroupit à côté de la mare stagnante et regarda les crapauds sauter d'une pierre fangeuse à une autre. Qu'ils étaient beaux dans leur laideur !

Coassants. Couverts de vase et de verrues.

Prisonniers de cette carapace, des princes se languissaient d'un baiser. Simple pâture pour les serpents cachés dans l'herbe haute de juin. Un bruissement. Un éclair. Et plus de crapaud pour sauter d'une pierre à une autre. Plus de prince à embrasser.

C'était la première nuit, depuis son arrivée, qu'il ne pleuvait pas.

À peu près à cette heure-ci, se prit à penser Rahel, si j'étais à Washington, je partirais au travail. Trajet en bus. Lampadaires. Fumées des pots d'échappement. Formes que dessine la buée quand les gens

soufflent sur le verre de la guérite. Fracas des pièces
sur la coupelle en métal qu'ils tournent vers moi.
Odeur de l'argent sur mes doigts. Et l'ivrogne à l'œil
clair, toujours ponctuel, qui arrive à dix heures pile :
« Salut, la négresse! Suce-moi le nœud, espèce de
salope! »

Elle avait sept cents dollars en poche. Et un bracelet
en or fermé par deux têtes de serpent. Mais Baby
Kochamma lui avait déjà demandé combien de temps
elle comptait rester. Et ce qu'elle comptait faire d'Estha.

Elle ne comptait rien faire.

Rien.

Que faire sans Statue l'Égale?

Elle jeta un coup d'œil par-dessus son épaule au trou
dans l'Univers que creusait la sinistre maison à pignons
et s'imagina en train d'emménager dans la cuvette
argentée que Baby Kochamma avait fait installer sur le
toit. Elle avait l'air bien assez grande pour qu'on puisse
vivre dedans. Certainement plus grande que bien des
habitations. Plus grande, en tout cas, que le réduit de
Kochu Maria.

S'ils dormaient là-dedans, elle et Estha, repliés sur
eux-mêmes en position fœtale dans ce ventre d'acier à
peine incurvé, qu'adviendrait-il de Hulk et de Bam
Bam Bigelow? Si l'antenne parabolique était occupée,
où iraient-ils se réfugier? Est-ce qu'ils descendraient
par la cheminée pour aller rejoindre la vie et la télévision de Baby Kochamma? Est-ce qu'ils atterriraient sur
le vieux fourneau avec un cri guttural, tous muscles
dehors dans leurs vêtements étoilés? Est-ce que tous
les Sous-Alimentés du monde — les victimes de la
famine, les réfugiés — s'introduiraient par les fentes
des portes? Est-ce que le Génocide se glisserait entre
les tuiles?

Le ciel était chargé de télé. Il fallait des lunettes spéciales pour les voir tourbillonner au milieu des chauves-souris et des oiseaux regagnant leurs nids : les blondes, les guerres, les famines, les chroniques gastronomiques, le football, les coups d'État, les coiffures bien laquées. Les défilés de mode. Glissant en chute libre vers Ayemenem. Dessinant dans l'azur des roues, des moulins, des fleurs qui s'ouvrent et se referment.

Rahel revint à ses crapauds.

Gras et jaunes. Sautant d'une pierre à une autre. Elle en effleura un, délicatement. Qui souleva les paupières. Étrangement sûr de lui.

Elle se souvenait qu'ils avaient passé toute une journée à répéter « membrane nictitante ». Elle, Estha et Sophie Mol.

Nictitante
ictitante
titante
itante
tante
ante

Ce jour-là, ils portaient tous des saris, de vieux saris coupés en deux, Estha jouant le rôle de costumier. C'était lui qui avait plissé celui de Sophie Mol. Arrangé le foulard de Rahel. Ils avaient chacun un point rouge, un *bindi*, sur le front. Ils avaient subtilisé le khôl d'Ammu et, lorsqu'ils avaient voulu l'enlever, n'avaient réussi qu'à s'en barbouiller les yeux, si bien qu'ils ressemblaient à des ratons laveurs qui essaieraient de se faire passer pour de grandes dames hindoues. C'était environ une semaine après l'arrivée de Sophie Mol. (Et une semaine avant sa mort.) Une semaine qu'elle avait passée à jouer son rôle sans commettre une seule erreur, sous l'œil perspicace et attentif des jumeaux, lesquels en avaient donc été pour leurs frais. Elle avait en effet :

(a) fait savoir à Chacko que même s'il était son Vrai Père, elle l'aimait moins que Joe (ce qui, du même coup, faisait de Chacko un substitut paternel possible — quoique réticent — pour des jumeaux avides d'affection) ;

(b) repoussé la proposition de Mammachi, qui lui offrait de remplacer Estha et Rahel comme compteurs de verrues et tresseurs en titre de sa queue de rat nocturne ;

(c) (et surtout) jaugé à merveille l'humeur ambiante : elle n'avait pas simplement repoussé, mais catégoriquement rejeté, avec une impolitesse rare, toutes les avances et les travaux de séduction de Baby Kochamma.

Comme si cela ne suffisait pas, elle s'était même révélée capable de sentiments humains. Un jour où les jumeaux rentraient du fleuve au terme d'une expédition clandestine (dont Sophie Mol avait été exclue), ils avaient trouvé celle-ci en larmes dans le jardin, perchée sur le point le plus élevé du jardin médicinal de Baby Kochamma. « Abandonnée de tous », selon ses propres termes. Le lendemain, Estha et Rahel l'avaient emmenée avec eux rendre visite à Velutha.

Ils allèrent le voir affublés de saris, pataugeant sans grâce dans la boue rouge et l'herbe haute (*Nictitante-ictitante-titante-tante-ante*), et se présentèrent sous les noms de Mrs Pillai, Mrs Eapen et Mrs Rajagopalan. Velutha, lui, se présenta sous son vrai nom et fit de même pour son frère paralysé, Kuttappen — encore que celui-ci dormît à poings fermés. Il les accueillit avec la plus grande courtoisie, les traitant comme de grandes dames et leur offrant du lait de coco frais. Il leur parla du temps qu'il faisait. Du fleuve. Du fait que les cocotiers rapetissaient d'année en année. Comme les dames d'Ayemenem. Il leur présenta sa poule revêche. Leur montra ses outils de menuisier et leur sculpta à chacun une petite cuiller en bois.

Ce n'était que maintenant, avec le recul, que Rahel comprenait la gentillesse d'un tel geste. Un adulte capable d'amuser trois ratons laveurs, de les traiter comme de vraies dames. Entrant d'instinct dans leur jeu, prenant garde de ne pas le détruire par excès de négligence. Ou de sentimentalité.

Après tout, il est si facile de réduire une histoire à néant. D'interrompre une chaîne de pensée. De briser un fragment de rêve porté avec autant de précaution qu'un vase en porcelaine.

Laisser vivre le rêve, l'aider à s'épanouir, comme l'avait fait Velutha, est autrement difficile.

Trois jours avant la Terreur, il les avait laissés lui peindre les ongles avec un vernis rouge dont Ammu ne voulait plus. Voilà comment il était le jour où l'Histoire vint leur demander des comptes sur la véranda de derrière. Un charpentier dont les ongles rutilants avaient fait s'esclaffer l'escouade de Policiers Touchables.

« Regardez-moi ça ! s'était exclamé l'un d'eux. Il est à voile et à vapeur ? »

Un autre avait soulevé sa botte, un mille-pattes coincé dans les rainures de sa semelle. D'un brun roux profond. Avec des millions de pattes.

La dernière lueur du jour glissa de l'épaule de l'angelot. L'obscurité engloutit le jardin. Tout entier.

Comme un python. Les lumières s'allumèrent dans la maison.

Rahel apercevait Estha dans sa chambre, assis sur son lit impeccable. Il fixait les ténèbres à travers les barreaux de la fenêtre. Lui ne pouvait pas la voir : elle était dans le noir à regarder la lumière.

Un couple d'acteurs égarés dans une pièce alambiquée qui leur semblait n'avoir ni queue ni tête. Balbutiant leur rôle, dorlotant le chagrin d'un autre. Souffrant d'un mal qui n'était pas le leur.

Incapables de changer de texte. Ou d'acheter les services d'un exorciste au titre ronflant, prêt, pour quelques sous, à leur faire l'aumône de ses conseils un peu faciles : « Les pécheurs, ce n'est pas vous. Vous êtes ceux contre lesquels on a péché. Vous n'étiez que des enfants. Vous ne saviez pas. Vous êtes les *victimes*, et non les bourreaux. »

Pouvoir porter, ne serait-ce qu'un temps, l'habit tragique des victimes les aurait aidés. Ils auraient alors été en mesure de donner un visage à tout ça, de déclencher en eux une saine fureur face à ce qui s'était passé. Ou de redresser les torts. Pour finir, peut-être, par exorciser les souvenirs qui les hantaient.

Mais la colère n'était pas pour eux, et de toute façon comment donner un visage à cette Autre Chose qu'ils tenaient dans leur Autre Main, celle qui collait, comme une orange imaginaire ? Il n'y avait nulle part où la déposer. Il ne leur appartenait pas de s'en défaire. Il faudrait la porter. Avec précaution, et pour toujours.

Esthappen et Rahel savaient tous deux qu'il y avait eu plusieurs bourreaux ce jour-là. Mais une seule victime. Qui avait des ongles rouge sang et une feuille porte-bonheur dans le dos.

Il avait laissé derrière lui un trou dans l'Univers dans

lequel les ténèbres s'étaient déversées comme du goudron en fusion. Dans lequel leur mère avait disparu sans même se retourner pour dire adieu. Elle les avait laissés derrière elle, à tourner comme des toupies dans le noir, sans repères, dans un lieu sans ancrage.

Des heures plus tard, la lune se leva et obligea le python sinistre à rendre ce qu'il avait englouti. Le jardin réapparut. Entièrement régurgité. Rahel, toujours assise au milieu.

Le vent tourna, lui apportant le bruit des tambours. Un présent. La promesse d'une histoire. *Il était une fois un...*, disaient-ils.

Rahel leva la tête et écouta.

Par temps clair, le bruit du *chenda* montait presque jusqu'à la maison depuis le temple d'Ayemenem, annonçant les danses kathakali.

Rahel se leva. Attirée par le souvenir des toits pentus et des murs blancs. De la lumière des lampes en cuivre, du bois sombre et graisseux. Elle partit dans l'espoir de rencontrer un vieil éléphant qui n'aurait pas été électrocuté sur la route de Kottayam à Cochin. Elle s'arrêta dans la cuisine pour prendre une noix de coco.

En sortant, elle remarqua qu'une des portes de la fabrique, qui était sortie de ses gonds, était maintenant posée contre le chambranle. Elle la déplaça et entra. L'air était moite et suffisamment détrempé pour que des poissons puissent nager dedans.

À l'intérieur, le sol rendu spongieux par la vase de la mousson glissait sous le pied. Une petite chauve-souris effrayée voletait entre les poutres.

Les cuves à condiments en ciment se profilaient au ras du sol dans l'obscurité donnant à la fabrique l'allure d'un cimetière couvert réservé à des morts cylindriques.

Restes terrestres des Conserves et Condiments Paradise.

Où, bien des années plus tôt, le jour de l'arrivée de Sophie Mol, l'Ambassadeur E. Pelvis avait eu Deux Pensées tout en remuant de la confiture écarlate. Où un secret rouge, en forme de mangue, avait été mis en conserve, scellé et bien rangé.

C'est vrai. Il suffit de quelques heures pour faire basculer une vie.

10

Le fleuve dans le bateau

Tandis que, sur la véranda de devant, se jouait la Pièce *Bienvenue chez nous, Sophie Mol* et que Kochu Maria distribuait son gâteau à l'Armée en Bleu et Blanc dans la chaleur verte, l'Ambassadeur E. Pelvis, qui ne s'était départi ni de sa banane ni de ses chaussures beiges à bouts pointus, poussa les portes grillagées des locaux humides aux relents de conserves. Il erra au milieu des cuves géantes à la recherche d'un lieu où penser. Ousa, le Nhibou, qui vivait sur une poutre noircie tout près de la lucarne (et corsait à l'occasion l'arôme de certains produits Paradise), le regarda passer.

Devant les citrons verts flottant dans la saumure qui de temps à autre avait besoin d'être remuée (sinon se formaient des îlots de moisissure noire pareils à des champignons dentelés dans un potage clair).

Devant les mangues vertes, coupées en deux, farcies de curcuma et de piments et soigneusement reficelées (celles-là pouvaient patienter dans cet état sans plus recevoir de soins).

Devant les barils de vinaigre avec leurs bouchons.

Les rayons de pectine et de conservateurs.

Les plateaux couverts de gourdes amères, de couteaux et de protège-doigts colorés.

Les sacs de jute regorgeant d'ail et de petits oignons blancs.

Les montagnes de poivre vert frais.

Les tas de peaux de banane (mises de côté pour le repas des cochons).

Le placard à étiquettes plein d'étiquettes.

La colle.

Le pinceau à colle.

Un baquet en fer où des bouteilles vides flottaient à la surface d'une eau savonneuse.

Le jus de citron.

Le jus de raisin.

Et revenir sur ses pas.

Il faisait sombre à l'intérieur. Seuls filtraient la lumière qui passait à travers le grillage des portes et un rayon de soleil poussiéreux (dont Ousa n'avait pas l'usage) qui tombait de la lucarne. L'odeur du vinaigre et de l'assa-fœtida lui piquait les narines, mais elle lui était familière ; il la trouvait même plutôt agréable. L'endroit qu'il dénicha pour Penser se trouvait entre le mur et le chaudron noir dans lequel une fournée toute fraîche de confiture de banane (illégale) refroidissait lentement.

La confiture, écarlate et collante, était encore chaude et, sur le dessus, l'écume épaisse et rosâtre mourait à petit feu. Des petites bulles de banane allaient se noyer dans les profondeurs sans personne pour leur porter secours.

L'Homme Orangeade-Citronnade pouvait entrer d'un moment à l'autre. Prendre un car pour Kottayam et se retrouver là sans crier gare. Et Ammu lui offrirait une tasse de thé. Ou peut-être un jus d'ananas. Tout jaune dans un grand verre. Avec des glaçons.

Avec la longue cuiller en fer, Estha remua la confiture épaisse.

L'écume agonisante dessinait des formes écumeuses agonisantes.

Une corneille avec une aile cassée.

Une patte de poulet aux doigts crochus.

Un Nhibou (mais pas Ousa) enlisé dans de la confiture douceâtre.

Un tourbillon triste et fourbu.

Sans personne pour leur porter secours.

Tout en tournant la confiture, Estha eut Deux Pensées :

(a) N'importe quoi peut arriver à N'importe qui.

Et

(b) Mieux vaut se tenir toujours prêt.

Estha l'Abandonné fut tout heureux d'avoir formulé pareilles pensées. Leur sagesse était des plus séduisantes.

Tandis que tournait la confiture chaude d'un rouge magenta, Estha se transforma d'abord en Derviche Tourneur à la banane écrasée et aux dents irrégulières, puis en Sorcière de Macbeth.

Feu, brûle ; banane, fais des bulles.

Ammu avait autorisé Estha à recopier la recette de Mammachi dans son nouveau livre de recettes, noir à tranche blanche.

Profondément conscient de l'honneur qu'on lui faisait là, Estha avait utilisé ses deux meilleures écritures.

Confiture de banane
(de son *ancienne* écriture)

Écraser des bananes bien mûres. Couvrir avec de l'eau et mettre à feu <u>très</u> vif pour ramollir le fruit.

Passer le jus dans une étamine.

Peser une quantité égale de sucre et <u>mettre de côté</u>.

Faire cuire le jus jusqu'à ce que les fruits deviennent écarlates et que la moitié environ du liquide s'évapore.

Proportion de pectine : un cinquième, c'est-à-dire quatre cuillers à café de pectine pour vingt de sucre.

Dans l'esprit d'Estha, Pectine était le cadet de trois frères armés de marteaux, Pectine, Hectine et Abednego. Il les imaginait en train de construire un bateau en bois dans la bruine et la semi-obscurité. Comme les fils de Noé. Il les voyait très clairement dans sa tête. Luttant contre le temps. Le bruit de leurs marteaux assourdi sous le ciel lourd, chargé d'orage. Et, tout près, dans la jungle, dans la lumière étrange, chargée d'orage, les animaux faisaient la queue deux par deux.

Fillegarçon.

Fillegarçon.

Fillegarçon.

Fillegarçon.

Les jumeaux n'étaient pas admis.

Le reste de la recette était rédigé dans la *nouvelle* écriture d'Estha. Anguleuse et fourchue. Penchée vers la gauche, comme si les lettres se refusaient à former des mots, et les mots à former des phrases :

Ajouter la pectine au jus consantré. Cuire
quelques (5) minutes. À feu vif et constant.
    Ajouter le sucre. Faire cuire jusqu'à épaisis-
sement.
    Laisser refroidir lentement.
    En espérant que cette recette te plaira.

En dehors des fautes d'orthographe, la dernière
ligne, « *En espérant que cette recette te plaira* », était
le seul ajout personnel d'Estha au texte original.

Peu à peu, tandis qu'Estha remuait toujours, la confiture de banane s'épaissit et refroidit, et la Pensée
Numéro Trois monta, sans qu'on l'en eût prié, du fond
des chaussures beiges à bouts pointus.

La Pensée Numéro Trois était la suivante :

(c) un bateau.

Un bateau pour traverser le fleuve. Akkara. L'Autre
Rive. Un bateau pour transporter les Provisions. Allumettes. Vêtements. Casseroles. Tout ce dont ils auraient
besoin mais qu'ils ne pouvaient pas transporter à la nage.

Les poils se dressèrent sur les bras d'Estha. Le mouvement circulaire de la cuiller dans la confiture devint
celui d'une rame dans l'eau : en avant, en arrière. Pour
traverser un fleuve écarlate et collant. Un chant de
batelier emplit la fabrique. « *Thaiy thaiy thaka thaiy*
thaiy thome ! »

Enda da korangacha, chandi ithra thenjadu?

Hé, monsieur le Singe, pourquoi ton cul il est tout
rouge ?

Pandyill thooran poyappol nerakkamuthiri
nerangi njan.

J'suis allé chier à Madras et j'me l'suis frotté jusqu'au sang.

Couvrant les paroles quelque peu grossières de la chanson, la voix de Rahel se fit entendre.

« Estha! Estha! Estha! »

Celui-ci ne répondit pas et dans un murmure confia à la confiture le refrain de sa chanson.

Theeyome
Thithome
Tharaka
Thithome
Theem

Une porte grillagée grinça, et une Fée d'Aéroport portant bosses à cornes et lunettes de soleil rouges à monture jaune se découpa dans la lumière et jeta un œil à l'intérieur. La fabrique avait la couleur de la Colère. Les citrons verts salés étaient rouges. Les mangues aussi. Le placard à étiquettes était rouge. Le rayon de soleil poussiéreux (dont Ousa n'avait toujours pas l'usage) aussi.

La porte se referma.

Rahel, avec sa cascade dans son Va-Va, entendit une voix céleste chanter la chanson du batelier. Une voix claire de soprano qui montait au-dessus des cuves et des vapeurs de vinaigre.

Elle se dirigea vers Estha, toujours penché sur la mixture écarlate dans le chaudron noir.

« Qu'est-ce que tu veux? lui demanda Estha sans lever les yeux.

— Rien, dit Rahel.

— Alors qu'est-ce que tu fais ici? »

Rahel ne répondit pas. Suivit un silence bref et hostile.

« Pourquoi est-ce que tu rames dans la confiture ? demanda Rahel.

— On est en démocratie, non ? »

Rien à dire là-contre.

L'Inde était bel et bien une démocratie.

Où l'on pouvait fabriquer son sel. Ou ramer dans la confiture, si l'envie vous en prenait.

Où l'Homme Orangeade-Citronnade pouvait entrer dans la fabrique d'une minute à l'autre.

Si l'envie l'en prenait.

Et Ammu lui offrir du jus d'ananas. Avec des glaçons.

Rahel s'assit sur le rebord d'une cuve en ciment (frou-frou mousseux de jupon et de dentelle trempant délicatement dans le jus vinaigré des mangues) et se mit à essayer les protège-doigts en caoutchouc. Trois grosses mouches bleues vinrent cogner au grillage de la porte. Et Ousa le Nhibou regarda le silence vinaigré qui s'était installé entre les jumeaux comme une meurtrissure.

Les doigts de Rahel étaient jaunes verts bleus rouges jaunes.

La confiture d'Estha était bien remuée.

Rahel se leva pour s'en aller. Pour aller faire sa Sieste.

« Où tu vas ?

— Quelque part. »

Rahel enleva ses nouveaux doigts pour retrouver ses vieux doigts couleur de chair. Ni jaunes, ni verts, ni bleus, ni rouges, ni jaunes.

« Je vais Akkara, dit Estha sans lever les yeux. À la Maison de l'Histoire. »

Rahel s'arrêta et se retourna, et, sur son cœur, un

papillon délavé au dos particulièrement velu déploya ses ailes de prédateur.

Les sortit lentement.

Les rentra lentement.

« Pourquoi? dit Rahel.

— Parce que N'importe quoi peut arriver à N'importe qui, dit Estha. Mieux vaut se tenir toujours prêt. »

Rien à dire là-contre.

Personne n'allait plus jamais à la maison de Kari Saipu. Vellya Paapen affirmait être le dernier à l'avoir vue. D'après lui, elle était hantée. Il avait raconté aux jumeaux l'histoire de sa rencontre avec le fantôme de Kari Saipu. Deux ans plus tôt. Il avait traversé le fleuve, à la recherche d'un muscadier, parce qu'il voulait faire de la pâte de muscade et d'ail frais pour Chella, sa femme, qui se mourait de tuberculose. Tout à coup, il avait perçu les effluves d'un cigare (qu'il avait aussitôt reconnus, parce que Pappachi fumait les mêmes). Il avait fait volte-face et lancé sa faucille dans leur direction, clouant le fantôme à un tronc d'hévéa où, à l'entendre, il se trouvait toujours. Effluves faucillés, d'où s'écoulait un sang clair, couleur d'ambre, et qui mendiaient des cigares.

Vellya Paapen ne trouva jamais son muscadier et fut obligé de s'acheter une nouvelle faucille. Mais il eut la satisfaction de savoir que la rapidité de ses réflexes (en dépit de son œil d'emprunt) et sa présence d'esprit avaient mis fin aux errances sanguinaires d'un fantôme pédophile.

Du moins tant que personne ne succomberait à ses artifices et irait le défauciller en lui offrant un cigare.

Ce qu'ignorait Vellya Paapen (qui n'ignorait pas grand-chose), c'est que la maison de Kari Saipu était la Maison de l'Histoire, dont les portes étaient verrouillées et les fenêtres grandes ouvertes. Et qu'à l'intérieur des ancêtres à l'haleine moisie et aux ongles durs comme de la corne parlaient en chuchotant aux lézards sur le mur. Que l'Histoire utilisait la véranda de derrière pour passer ses arrangements et percevoir son dû. Que manquer à ses engagements pouvait avoir des conséquences graves. Que le jour où l'Histoire choisirait de régler ses comptes, Estha aurait gardé une trace des sommes qu'avait dû verser Velutha.

Vellya Paapen ignorait totalement que c'était Kari Saipu qui capturait les rêves pour en forger de nouveaux. Qu'il les arrachait de l'esprit des promeneurs comme les enfants grappillent les cassis d'un gâteau. Que ceux qui l'intéressaient particulièrement, ceux qu'il aimait par-dessus tout reforger, c'étaient les tendres rêves des jumeaux nés de deux œufs différents.

S'il avait pu savoir que l'Histoire le choisirait, lui, comme émissaire, que ce seraient ses larmes à lui qui déclencheraient la Terreur, le pauvre Vellya Paapen n'aurait peut-être pas paradé dans le bazar d'Ayemenem comme un jeune coq, se vantant de la manière dont il avait traversé le fleuve, sa faucille dans la bouche (amer, le goût de la faucille sur la langue). Dont il l'avait posée, le temps de nettoyer son œil d'emprunt des gravillons (il arrivait qu'il y eût des gravillons dans le fleuve, surtout les mois de pluie) et de sentir les premiers effluves de cigare. Dont il l'avait ramassée pour faire brusquement volte-face et clouer à jamais les effluves au tronc. Le tout, d'un seul geste, ample et fluide.

Quand il comprit enfin qu'il avait été manipulé par l'Histoire, il était trop tard pour revenir en arrière. Il avait lui-même effacé ses empreintes. Avec un balai, en marchant à reculons.

Dans la fabrique, le silence fondit à nouveau sur les jumeaux et resserra son étreinte. Mais cette fois-ci c'était un silence d'un tout autre genre. Un silence d'eau dormante. Le silence des pêcheurs et des sirènes cireuses.

« Mais les communistes ne croient pas aux fantômes », dit Estha, comme s'ils poursuivaient une discussion destinée à remédier au problème des fantômes. Leurs conversations resurgissaient et disparaissaient comme des torrents de montagne. Parfois audibles pour d'autres. Parfois pas.

« Est-ce qu'on va devenir communistes? demanda Rahel.

— On ne pourra peut-être pas faire autrement. » Estha le Pragmatique.

Des miettes de voix dans le lointain et les pas d'une Armée Bleue en marche forcèrent les camarades à sceller leur secret. Qui fut donc dûment vinaigré, scellé et rangé. Un secret rouge en forme de mangue dans une cuve. Sous la surveillance d'un Nhibou.

Le Programme Rouge fut mis au point et aux voix.

La camarade Rahel se présenterait pour sa Sieste, mais resterait éveillée jusqu'à ce qu'Ammu s'endorme.

Le camarade Estha, lui, s'emparerait du drapeau (celui que Baby Kochamma avait été obligée d'agiter) et l'attendrait au bord du fleuve. Une fois sur place, ils :

(b) se prépareraient à se préparer à être prêts.

Une robe de fée abandonnée (à demi vinaigrée) se tenait toute raide et toute seule au milieu de la chambre d'Ammu aux volets fermés.

Dehors, l'Air était Guilleret, Lumineux et Chaud.

Rahel, dans sa Culotte d'Aéroport appareillée, était allongée les yeux grands ouverts à côté d'Ammu. Elle voyait les fleurs au point de croix du couvre-lit bleu au point de croix dessinées sur la joue d'Ammu. Elle entendait le bleu de l'après-midi au point de croix.

Le ventilateur paresseux. Le soleil derrière les rideaux.

La guêpe jaune vrombissant dangereusement contre la vitre, bzzz.

Le clignement de paupières d'un lézard perplexe.

Les poulets qui levaient haut la patte dans la cour.

Le bruit du soleil qui craquelait la lessive. Gerçant les draps blancs. Raidissant les saris amidonnés. Beige et or.

Les fourmis rouges sur les pierres jaunes.

Une vache qui se plaignait de la chaleur. *Mmuuuu*. Au loin.

Et l'odeur du fantôme d'un Anglais rusé, cloué à un hévéa, demandant poliment un cigare.

« Hum... excusez-moi. Vous n'auriez pas... par hasard... hum... un cigare? »

D'une voix de gentil maître d'école.

Mon Dieu, Mon Dieu !

Et Estha qui l'attendait. Au bord du fleuve. Sous le mangoustan que le révérend E. John Ipe avait rapporté de son voyage à Mandalay.

Mais où donc Estha était-il assis?

Là où ils s'asseyaient toujours, sous le mangoustan. Sur quelque chose de gris, de grisâtre. Couvert de mousse et de lichen, étouffé par les fougères. Quelque chose que la terre avait repris. Ni tronc d'arbre. Ni rocher...

Rahel n'avait pas fini de formuler sa pensée qu'elle était déjà debout et courait.

Pour traverser la cuisine et passer devant Kochu Maria, qui dormait à poings fermés. Les plis de ses rides aussi épais que ceux d'un rhinocéros en tablier à volants.

Passer devant la fabrique.

Traverser en toute hâte, pieds nus, la chaleur verte, poursuivie par une guêpe jaune.

Le camarade Estha était au rendez-vous. Sous le mangoustan. Avec le drapeau rouge fiché dans le sol à côté de lui. République portable. Révolution bananière pour faux jumeaux.

Et sur quoi était-il donc assis?

Sur quelque chose qui était couvert de mousse, enfoui sous les fougères.

Le silence plongea puis reprit son envol, fondit sur eux en décrivant de grandes boucles.

Des libellules chargées de joyaux planaient comme des voix aiguës d'enfants dans le soleil.

Des doigts couleur de chair fouillaient dans les fougères, tâtonnaient dans les pierres. Cherchaient maladroitement un rebord auquel s'agripper. À la une, à la deux, à la...

Il suffit d'un instant pour faire basculer une vie.

C'était bien un bateau. Une petite barque en bois.

Le bateau sur lequel Estha était assis et qu'avait trouvé Rahel.

Le bateau dont se servirait Ammu pour traverser elle aussi. Pour aimer la nuit l'homme que ses enfants aimaient le jour.

Si vieux qu'il avait pris racine. Ou presque.

Un bateau-plante gris avec des fleurs et des fruits de bateau. Et, dessous, une plaque d'herbe étiolée en forme de bateau. Un petit monde de bateau, pressé, affairé.

À l'obscurité, au sec, au frais. Désormais sans toit. Et aveugle.

Termites blancs partant au travail.

Coccinelles blanches rentrant à la maison.

Scarabées blancs se terrant pour fuir la lumière.

Sauterelles blanches munies de leurs violons en bois blanc.

Musique blanche et triste.

Une guêpe blanche. Morte.

Une peau de serpent d'un blanc fragile, que l'obscurité avait conservée et qui s'effrita au soleil.

Mais ferait-elle l'affaire, cette petite barque? Peut-être était-elle trop vieille?

Trop morte? Peut-être qu'Akkara était trop loin pour elle.

Deux faux jumeaux regardèrent l'autre rive du fleuve.

Du Meenachal.

Gris-vert. Plein de poissons. De ciel et d'arbres. Et, la nuit, de miettes de lune.

Quand Pappachi était enfant, un vieux tamarinier était tombé lors d'un orage. Il était toujours là. Écorcé et lisse, noirci par un si long séjour dans l'eau. Bois flottant qui n'avait jamais flotté.

Le premier tiers du fleuve était leur ami. Avant que ne commencent les Grands Fonds. Ils en connaissaient par cœur les marches glissantes (treize en tout) qui précédaient la vase. Ils connaissaient les algues de l'après-midi qui remontaient le courant depuis les marais de Komarakom. Les petits poissons. Le *pallathi* plat et naïf, le *paral* argenté, le *koori* rusé et moustachu, le *karimeen* épisodique.

C'était ici que Chacko leur avait appris à nager (à éclabousser sans soutien l'ampleur du ventre avunculaire). C'était ici qu'ils avaient découvert par eux-mêmes les délices des pets sous l'eau.

Ici qu'ils avaient appris à pêcher. À enfiler sur l'hameçon des vers de terre violacés qui se tortillaient au bout des lignes fabriquées par Velutha avec de fines tiges de bambou jaune.

Ici qu'ils étudiaient le Silence (comme les enfants des pêcheurs) et apprenaient le langage lumineux des libellules.

Ici qu'ils apprenaient à Attendre. À regarder. À penser des pensées sans les formuler. Vifs comme l'éclair quand les bambous jaunes pliaient brusquement.

Ce premier morceau du fleuve, ils le connaissaient bien. Les deux autres, beaucoup moins.

Au deuxième tiers commençaient les Grands Fonds. Le courant y était rapide mais prévisible : il descendait avec la marée, remontait avec elle, poussé par les eaux des marais.

Le troisième tiers était à nouveau peu profond. L'eau, brune et fangeuse. Pleine d'algues, d'anguilles rapides et de boue molle qui faisait des bulles entre les orteils, comme de la pâte dentifrice.

Les jumeaux nageaient comme des poissons et, sous la surveillance de Chacko, avaient traversé le fleuve à plusieurs reprises, essoufflés et pantelants au retour, avec, pour preuve de leur exploit, une pierre, une brindille ou une feuille qui venait de l'Autre Rive. Mais le milieu d'un fleuve respectable, pas plus que l'Autre Rive, n'était un endroit où l'on pouvait laisser des enfants lézarder, rêvasser ou s'éduquer. Estha et Rahel accordaient au deuxième et au troisième tiers du

Meenachal le respect qu'ils méritaient. Ce n'était pas la traversée à la nage qui posait problème. Mais le fait de prendre le bateau avec des Choses dedans, de façon à *b) se préparer à se préparer à être prêts.*

Ils regardèrent de l'autre côté avec des yeux de Vieux Bateau. De là où ils étaient, ils ne voyaient pas la Maison de l'Histoire. Plongée dans les ténèbres, au-delà des marécages, au cœur de la plantation d'hévéas abandonnée d'où montait le chant des grillons.

Estha et Rahel soulevèrent la petite embarcation et la portèrent jusqu'à l'eau. Elle eut l'air surpris, comme un vieux poisson qui serait remonté des profondeurs. En manque de soleil. Elle n'avait besoin que d'être raclée et nettoyée.

Deux cœurs heureux prirent leur essor comme des cerfs-volants colorés dans un ciel bleu ciel. Mais c'est alors que dans un lent chuchotis vert le fleuve, plein de poissons, de ciel et d'arbres, pénétra en clapotant dans le bateau.

Lentement, celui-ci sombra et s'immobilisa sur la sixième marche.

Et lentement, le cœur de deux jumeaux sombra et s'immobilisa sur la marche d'avant.

Ce que voyant, les poissons ramenèrent leurs nageoires sur la bouche pour ricaner sous cape.

Une araignée blanche de bateau remonta avec le fleuve dans le bateau, se débattit quelques instants avant de se noyer. Son sac d'œufs blancs se détacha prématurément, et une centaine de bébés araignées, trop légers pour se noyer, trop petits pour nager, piquetèrent l'eau lisse et verte, avant d'être emportés vers le large. Jusqu'à Madagascar, pour mettre en route un nouveau phylum d'araignées d'eau malayali.

Au bout d'un moment, sans concertation préalable,

les jumeaux commencèrent à laver le bateau dans le fleuve. Les toiles d'araignée, la boue, la mousse et le lichen partirent dans le courant. Quand il fut propre, ils le retournèrent et le hissèrent sur leurs têtes. Comme un double chapeau dégoulinant. Estha arracha le drapeau rouge fiché dans le sol.

Une petite procession (un drapeau, une guêpe et un bateau monté sur jambes) se fraya un chemin le long du sentier, étroit et familier, qui serpentait dans les fourrés. Elle évita les buissons d'orties et contourna les fossés et les fourmilières souvent contournés. Elle longea le précipice de la profonde carrière d'où on extrayait autrefois la latérite. Aujourd'hui, c'était un lac tranquille aux berges orangées et abruptes, dont l'eau visqueuse était couverte d'une pellicule de vase. Pelouse verdoyante et trompeuse, infestée de moustiques et de poissons aussi gras qu'inaccessibles.

Le sentier, parallèle à la rive, conduisait à une petite clairière herbeuse ceinturée d'arbres serrés les uns contre les autres : cocotiers, caramboliers et manguiers. Au bord de la clairière, le dos au fleuve, une cabane basse au toit de chaume et aux murs de latérite enduits de boue se blottissait au ras du sol, comme à l'écoute de quelque secret souterrain à peine audible. Les murs étaient de la même couleur que la terre sur laquelle ils se dressaient et semblaient avoir germé d'une graine de maison d'où seraient sorties à angle droit, pour clôturer l'espace, des sortes de côtes en argile durcie. Trois bananiers hirsutes poussaient dans le petit enclos, devant la maison, fermé par une palissade de feuilles de palmier tressées.

Le bateau monté sur jambes s'approcha de la cabane. Une lampe à huile pendait à côté de la porte, accrochée au mur brûlé, d'un noir de suie. La porte était entrouverte. Dedans, il faisait sombre. Une poule noire apparut sur le seuil. Puis rentra, complètement indifférente aux visites de bateaux.

Velutha n'était pas chez lui. Pas plus que Vellya Paapen. Mais il y avait quand même quelqu'un.

Une voix masculine leur parvint de l'intérieur et résonna dans la clairière, accentuant encore la solitude de l'homme.

La voix répétait toujours la même chose et, de plus en plus hystérique, montait chaque fois d'un ton. C'était une supplique adressée à une goyave trop mûre qui menaçait de s'écraser au sol en faisant des saletés partout.

Pa pera-pera-pera-perakka
Madame la goya, la goyave
Ende parambil thooralley
Ne chie pas dans mon enclos
Chetende parambil thoorikko
Va-t'en chier à côté, dans l'enclos de mon frère
Pa pera-pera-pera-perakka
Madame la goya, la goyave

C'était Kuttappen, le frère aîné de Velutha, qui psalmodiait ainsi. Il était paralysé du tronc jusqu'aux pieds. Jour après jour, année après année, pendant que son frère n'était pas là et que son père était au travail, Kuttappen restait allongé sur le dos à regarder sa jeunesse qui passait sans même s'arrêter pour le saluer. Tout le jour, il restait allongé là, à écouter le silence des arbres serrés les uns contre les autres, avec pour seule compagne une poule autoritaire. Sa mère, Chella, lui manquait. Elle était morte exactement à l'endroit où il était couché maintenant. D'une mort toussotante, crachotante, douloureuse et glaireuse. Kuttappen se rappelait avoir remarqué que ses pieds étaient morts bien avant elle. Que leur peau était devenue grise et exsangue. Se rappelait la peur avec laquelle il regardait la mort l'envahir en remontant par le bas. Aujourd'hui, Kuttappen surveillait ses pieds inertes avec une terreur grandissante. De temps à autre, il les piquait, plein d'espoir, avec un bâton qu'il gardait à côté de lui pour éloigner les serpents qui venaient lui rendre visite. Ses pieds ne sentaient plus rien du tout, et seuls ses yeux pouvaient témoigner qu'ils étaient toujours liés au reste de son corps et lui appartenaient donc en propre.

Après la mort de Chella, on l'avait transporté dans le coin qu'elle avait occupé, celui dont Kuttappen était convaincu que la mort se l'était expressément réservé pour expédier ses affaires mortelles. Un coin pour la cuisine, un pour les vêtements, un autre pour les nattes, un autre enfin pour la mort.

Il se demandait combien la sienne allait prendre de temps et ce que les gens qui avaient plus de quatre coins dans leurs maisons faisaient des autres. Pouvaient-ils choisir leur coin pour mourir?

Il pensait, non sans raison, qu'il serait le premier de la famille à suivre les traces de sa mère. Il allait découvrir qu'il se trompait. Bientôt. Trop tôt.

Parfois (par habitude, parce qu'elle lui manquait) Kuttappen toussait comme sa mère avant lui, et le haut de son corps était agité de soubresauts, tel un poisson qui vient de mordre à l'hameçon. Il avait l'impression que ses membres inférieurs, lourds comme du plomb appartenaient à quelqu'un d'autre. Qui serait déjà mort, mais dont l'esprit pris au piège ne parviendrait pas à s'échapper.

Contrairement à Velutha, Kuttappen était un bon

Paravan. Parfaitement inoffensif. Il ne savait ni lire, ni écrire. Tandis qu'il restait ainsi allongé, des brins de chaume et de la poussière tombaient du plafond et collaient à son corps en sueur. Parfois tombaient aussi des fourmis et d'autres insectes. Les mauvais jours, les murs, main dans la main, faisaient cercle autour de lui, l'examinaient comme des médecins mal intentionnés, lentement, méthodiquement, et l'étouffaient, l'obligeant à crier. Parfois ils se reculaient d'eux-mêmes, la pièce s'agrandissait alors démesurément, sa propre insignifiance le terrorisait. Et il se mettait à crier.

La folie était pendue à ses basques, comme un serveur empressé dans un grand restaurant (qui allume les cigarettes, remplit les verres...). Kuttappen songeait avec envie aux fous qui peuvent marcher. Il était prêt à faire l'échange : sa santé mentale contre des jambes en état de marche.

Au fracas que firent les jumeaux en posant le bateau par terre répondit un brusque silence.

Kuttappen n'attendait personne.

Estha et Rahel poussèrent la porte et entrèrent. Ils avaient beau être petits, ils durent quand même se courber un peu pour franchir le seuil. La guêpe attendit dehors sur la lampe.

« C'est nous. »

La pièce était sombre et propre. Elle sentait le curry de poisson et le feu de bois. La chaleur collait aux choses comme une fièvre tenace. Mais le sol en terre battue était frais sous les pieds nus de Rahel. Les nattes de Velutha et de Vellya Paapen étaient roulées et dressées contre le mur. Des vêtements pendaient sur une corde. Sur un rayon en bois près du sol s'alignaient des pots en terre cuite, des louches faites dans des noix de coco et trois assiettes en émail ébréché à bordure bleu foncé. Un adulte pouvait se tenir debout au centre de la pièce, mais pas sur les côtés. Une autre porte basse conduisait à la cour de derrière, où poussaient encore des bananiers. Au-delà scintillait le fleuve à travers le feuillage. Un atelier de menuisier avait été installé dans la cour.

Il n'y avait ni clés, ni placards à verrouiller.

La poule noire sortit par la porte du fond et se mit à gratter pensivement le sol : les copeaux qui jonchaient le sol s'envolèrent comme des boucles blondes. À en juger par son caractère, elle semblait avoir bénéficié d'un régime à base de quincaille : moraillons, agrafes, clous et vieilles vis.

« *Aiyyo,* Mon ! Mol ! Mais qu'est-ce que vous allez penser ? Que Kuttappen est bon à mettre au panier ! » dit une voix gênée et désincarnée.

Les jumeaux mirent un moment à s'habituer à l'obscurité. Peu à peu, les ténèbres se dissipèrent et Kuttappen apparut sur son lit, tel un esprit émergeant de l'ombre. Le blanc de ses yeux était d'un jaune foncé. Les plantes de ses pieds, flasques à force de ne pas servir, dépassaient de la couverture jetée sur ses jambes. Elles portaient encore des taches orange pâle, souvenir de toutes ces années de marche dans la boue rouge. On voyait sur ses chevilles les cals gris laissés par le frottement de la corde que les Paravans enroulent autour de leurs pieds pour grimper aux cocotiers.

Accroché au mur, derrière lui, il y avait un Jésus de calendrier, l'air doux, les cheveux filasses, les joues et les lèvres passées au rouge. Son cœur écarlate, piqué de joyaux, brasillait à travers ses vêtements. Le quart inférieur du calendrier (le morceau avec les jours) gondolait comme une jupe. Jésus en minijupe. Douze épaisseurs de jupon pour les douze mois de l'année. Aucune n'avait été arrachée.

Il y avait d'autres objets qui venaient de la maison d'Ayemenem, soit qu'ils aient été donnés, soit qu'ils aient été récupérés dans la poubelle. Des choses de riche dans une maison de pauvre. Une pendule qui ne marchait plus, une corbeille à papier en fer-blanc. Les vieilles bottes de cheval de Pappachi (marron, couvertes de moisissures vertes) avec leurs embauchoirs. Des boîtes à biscuits avec de somptueuses gravures de châteaux anglais et des dames à bustier et à bouclettes.

Une petite affiche, offerte par Baby Kochamma parce qu'elle était tachée d'humidité, était accrochée à côté de Jésus. On y voyait une enfant blonde écrivant une lettre, les joues ruisselant de larmes : « Je t'écris parce que tu me manques », disait la légende. On avait l'impression qu'elle venait de se faire couper les cheveux, et que c'étaient ses boucles qui voletaient dans la cour de Velutha.

Quand elle vit le tube en plastique transparent qui sortait du drap usé jeté sur Kuttappen et tombait dans une bouteille pleine d'un liquide jaune où se réfractait la lumière venant de la porte, Rahel eut la réponse à la question qu'elle s'apprêtait à poser. Elle lui versa de l'eau d'un pichet dans un gobelet en métal. Elle semblait bien connaître les lieux. Kuttappen souleva la tête pour boire. Un filet d'eau dégoulina le long de son menton.

Les jumeaux s'accroupirent, comme des commères professionnelles au marché d'Ayemenem.

Ils restèrent ainsi sans parler pendant un moment. Kuttappen mortifié, les jumeaux uniquement préoccupés de bateaux.

« Est-ce que la fille du maître est arrivée ? demanda Kuttappen.

— Probable, dit Rahel, laconique.

— Où est-elle ?

— Qui sait ? Elle doit bien traîner par là. On n'en sait rien.

— Vous l'amènerez ici pour me la faire voir ?

— Impossible, dit Rahel.

— Et pourquoi ?

— Parce qu'elle doit rester à l'intérieur. Elle est très fragile. Si elle se salit, elle risque de mourir.

— Je vois.

— On n'a pas le droit de l'amener ici... et puis, de toute façon, y a pas grand-chose à voir, assura Rahel. Elle a des cheveux, des jambes, des dents... les trucs habituels... Elle est grande, c'est tout. » C'était la seule concession qu'elle était prête à faire.

« Ah bon, et rien de plus, alors ? dit Kuttappen, qui saisit aussitôt. Dans ces conditions, à quoi ça servirait de la voir ?

— À rien, dit Rahel.

— Kuttappa, si une barque prend l'eau, est-ce que c'est très difficile à réparer ? demanda Estha.

— Pas trop, dit Kuttappen. Ça dépend. Pourquoi, à qui elle est, cette barque qui prend l'eau ?

— À nous... C'est nous qui l'avons trouvée. Tu veux la voir ? »

Ils sortirent chercher le bateau décrépit pour le montrer à l'invalide. Ils le tinrent au-dessus de lui, comme un toit. Des gouttes d'eau lui tombèrent dessus.

« Il va d'abord falloir trouver les fuites, dit Kuttappen. Après, il faudra les colmater.

— Et puis passer le tout au papier de verre et le vernir, dit Estha.

— Et puis, il faudra des rames, dit Rahel.

— Oui, des rames, acquiesça Estha.

— Et puis, vogue la galère, dit Rahel.

— Pour aller où ? demanda Kuttappen.

— Ici et là, dit Estha d'un ton dégagé.

— Il vous faudra être prudents, dit Kuttappen. Notre fleuve... est trompeur ; il lui arrive de se déguiser.

— En quoi ? demanda Rahel.

— Oh... en petit vieux qui va à l'église, bien propre, bien net, qui mange toujours la même chose, *idi appams* au petit déjeuner, *kanji* et *meen* au repas de midi. Qui s'occupe de ses petites affaires. Ne regarde ni à gauche ni à droite.

— Et en réalité...

— En réalité, il est déchaîné... Je l'entends, moi, la nuit, quand il passe à toute vitesse au clair de lune. Toujours pressé. Il faut vous méfier de lui.

— Et qu'est-ce qu'il mange, en vrai ?

— En vrai ? Oh... du ragoût... et..., dit-il en cherchant un plat anglais qu'il pourrait donner à manger au vilain fleuve.

— Des tranches d'ananas... suggéra Rahel.

— C'est ça ! Des tranches d'ananas et du ragoût. Et il boit. Du whisky.

— Et du cognac.

— Et du cognac. Exact.

— Et il regarde à droite et à gauche.

— Exact.

— Et il s'occupe des affaires des autres... »

Esthappen cala le petit bateau sur le sol inégal avec quelques bouts de bois qu'il trouva dans l'atelier de Velutha. Il tendit à Rahel une cuiller en bois faite d'un long manche piqué dans une noix de coco évidée.

Les jumeaux grimpèrent dans l'embarcation et ramèrent sur une mer démontée.

Accompagnés d'un *Thaiy thaiy thaka thaiy thaiy thome*. Sous le regard d'un Jésus au cœur piqué de joyaux.

Il marchait peut-être sur les eaux, Lui. Mais aurait-Il été capable de nager sur la terre?

En Culotte Appareillée et lunettes de soleil? Avec une cascade retenue par un Va-Va? En chaussures beiges à bouts pointus? Est-ce que l'idée Lui en serait seulement venue?

Velutha, qui venait voir si Kuttappen avait besoin de quelque chose, entendit de loin des voix éraillées qui chantaient à tue-tête. Des voix jeunes qui s'attardaient avec délice sur les détails scatologiques.

Hé, monsieur le Singe, pourquoi ton CUL *il est tout* ROUGE?
J'suis allé CHIER *à Madras Et j'me l'suis frotté jusqu'au* SANG!

L'espace de quelques instants de bonheur, l'Homme Orangeade-Citronnade disparut, et son sourire jaune s'évanouit. La peur sombra et alla se déposer dans les profondeurs. Mais pour ne dormir que d'un œil. Prête à remonter à la surface et à semer la pagaille à la moindre occasion.

Velutha sourit quand il aperçut le drapeau marxiste déployé comme un arbre en fleur devant sa porte. Il dut presque se plier en deux pour entrer chez lui. Comme un Eskimo des tropiques. Quand il vit les enfants, son cœur se serra. Sans qu'il comprenne pourquoi. Il les voyait tous les jours. Les aimait sans le savoir. Mais soudain, c'était différent. Maintenant que l'Histoire avait dérapé. Il n'avait jamais ressenti pareille impression auparavant.

Ses enfants à elle, lui murmurait une voix démente.

Ses yeux à elle, sa bouche. Ses dents.

Sa peau, si douce, si chatoyante.

Il chassa cette pensée avec colère. Elle revint rôder autour de son crâne. Comme un chien.

« Ah ! dit-il à ses jeunes invités. Et qui sont, s'il vous plaît, ces pêcheurs ?

— Esthapappychachen Kuttappen Peter Mon. Monsieur et madame Ravisdevousrencontrer. » Rahel tendit sa louche en guise de salut. Laquelle fut dûment serrée. La sienne d'abord, puis celle d'Estha.

« Et pour où, s'il vous plaît, s'apprêtent-ils à partir ainsi en bateau ?

— Pour l'Afrique ! cria Rahel.

— Arrête de crier », dit Estha.

Velutha fit le tour du bateau. Ils lui dirent où ils l'avaient trouvé.

« Il n'est donc à personne, dit Rahel, inquiète, soudain consciente qu'il en allait peut-être autrement. Crois-tu qu'il faille le dire à la police ?

— T'es folle ou quoi ? » dit Estha.

Velutha tapa sur le bois, puis en gratta un petit morceau avec l'ongle.

« Beau bois, dit-il.

— Il prend l'eau, dit Estha. Y a des fuites.

— Tu peux nous le réparer, Veluthapappychachen Peter Mon ? demanda Rahel.

— On verra, on verra, dit Velutha. Je ne veux pas que vous fassiez les fous sur le fleuve.

— On ne fera rien. C'est promis. On ne s'en servira que quand tu seras avec nous.

— Il va d'abord falloir trouver les fuites, dit Velutha.

— Et après, il faudra les colmater! crièrent en chœur les jumeaux, comme s'il s'agissait du second vers d'un poème archiconnu.

— Combien de temps ça prendra? demanda Estha.

— Une journée, dit Velutha.

— Une journée! Je croyais que tu allais nous dire au moins un mois. »

Fou de joie, Estha se précipita sur Velutha, enroula ses jambes autour de sa taille et l'embrassa.

Le papier de verre fut partagé en parts égales, et les jumeaux se mirent au travail avec une ardeur effrénée.

La poussière vola dans la pièce, se déposant dans les cheveux et les sourcils. Sur Kuttappen, comme un nuage, sur Jésus, comme une offrande. Velutha dut leur arracher le papier de verre des mains.

« Pas ici, dit-il d'un ton ferme. Dehors. »

Il transporta le bateau à l'extérieur. Les jumeaux le suivirent, sans quitter celui-ci des yeux une seconde, comme des chiots affamés attendant leur nourriture.

Velutha leur installa le bateau. Celui sur lequel Estha était assis et qu'avait trouvé Rahel. Il leur montra comment poncer dans le sens du bois et les mit au travail. Quand il rentra, la poule noire le suivit, décidée à être là où n'était pas l'embarcation.

Velutha trempa une mince serviette en coton dans un pot en terre. Il la tordit (sauvagement, comme s'il s'agissait d'une pensée indésirable) et la tendit à Kuttappen. Celui-ci s'essuya le visage et le cou.

« Ils ont dit quelque chose? demanda Kuttappen. À propos de ta présence à la manifestation?

— Non, dit Velutha. Pas encore. Mais ça ne saurait tarder. Ils sont au courant.

— Tu en es sûr? »

Velutha haussa les épaules et lui prit la serviette pour la laver. Et la rincer. Et la tordre. Comme pour se venger de pensées absurdes et incontrôlables.

Il se força à la haïr.

Elle est des leurs, se dit-il. *Une des leurs.*

En vain.

Elle avait de grandes fossettes quand elle souriait. Ses yeux étaient toujours ailleurs.

La folie se faufila dans une lézarde de l'Histoire. En quelques secondes.

Au bout d'une heure de ponçage, Rahel se souvint de sa Sieste. Elle se dressa d'un bond et partit en courant. Cabriolant dans la chaleur verte de l'après-midi. Suivie de son frère et d'une guêpe jaune.

Espérant de tout son cœur qu'Ammu ne s'était pas réveillée pour la trouver partie.

11

Le Dieu des Petits Riens

Cet après-midi là, Ammu remonta le cours d'un rêve où un homme rieur l'entourait de son bras, la tenait serrée contre lui à la lumière d'une lampe à pétrole. Il n'avait pas d'autre bras pour écarter les ombres qui dansaient autour de lui sur le sol.

Des ombres qu'il était le seul à voir.

Les muscles de son torse se dessinaient sous sa peau comme les carrés d'une tablette de chocolat.

Dans la lumière de la lampe, il luisait comme si tout son corps avait été enduit d'un vernis spécial.

Il ne pouvait faire qu'une chose à la fois.

S'il la tenait, il ne pouvait pas l'embrasser. S'il l'embrassait, il ne pouvait pas la voir. S'il la voyait, il ne pouvait pas la sentir.

Elle aurait pu effleurer son corps et sentir sa peau douce se hérisser sous ses doigts. Sa main aurait pu s'égarer jusqu'à la base de son ventre plat. Glissant sans s'attarder sur ces vagues de chocolat noir. Et laisser derrière elle la trace d'un frisson, comme une craie qui crisse sur un tableau noir, comme une brise qui couche une rizière, comme un avion à réaction dans le bleu d'un ciel d'église. Elle aurait pu — facilement — mais ne le fit pas. Lui, aurait pu la toucher. Mais ne le fit pas non plus, parce que dans les ténèbres, au-delà du cercle de la lampe à huile, dans l'ombre, il y avait des chaises pliantes en fer disposées en cercle et, sur les chaises, des gens qui regardaient, les yeux cachés derrière des lunettes noires en amande. Ils tenaient tous un violon luisant sous le menton, l'archet posé sur les cordes. Tous avaient les jambes croisées, la gauche sur la droite, et tous agitaient la jambe gauche.

Certains avaient un journal. D'autres pas. Certains faisaient des bulles de salive. D'autres pas. Mais dans les verres de tous se reflétait la lueur dansante de la lampe à huile.

Au-delà du cercle formé par les chaises pliantes, il y avait une plage jonchée de bouteilles cassées en verre bleu. Les vagues silencieuses apportaient sans cesse de nouvelles bouteilles à casser et remportaient les autres. On entendait le crissement du verre contre le verre. Sur un rocher, au large, dans un rayon de lumière violette, un rocking chair en palissandre et en rotin. Cassé en mille morceaux.

La mer était noire ; l'écume qu'elle rejetait, verte.

Les poissons se nourrissaient de verre brisé.

La nuit avait les coudes posés sur l'eau où ricochaient les fragiles échardes des étoiles filantes.

Les papillons éclairaient le ciel. Sans lune.

Il pouvait nager, avec son unique bras. Elle, avec les deux.

Sa peau était salée. La sienne aussi.

Il ne laissait aucune empreinte sur le sable, aucune ride sur l'eau, aucune image dans les miroirs.

Elle aurait pu l'effleurer de ses doigts, mais ne le fit pas. Ils se tenaient simplement l'un en face de l'autre.

Immobiles.

Peau contre peau.

Une brise colorée, imperceptible, souleva ses cheveux qui ondoyèrent comme un châle sur l'épaule sans bras de l'homme, tombant à pic, comme une falaise.

Apparut une vache rouge et efflanquée, au derrière pointé en l'air, qui nagea vers le large sans se mouiller les cornes, sans un regard en arrière.

Ammu, portée au terme de son voyage par des ailes lourdes et frissonnantes, s'arrêta pour se reposer juste à fleur de rêve.

Les roses du rideau bleu au point de croix s'étaient écrasées sur sa joue.

Elle sentit le visage de ses enfants suspendu juste au-dessus de son rêve, comme deux lunes sombres, inquiètes, attendant qu'on les laisse entrer.

« Tu crois qu'elle est en train de mourir ? entendit-elle Rahel demander à Estha dans un murmure.

— C'est un cauchemar d'après-midi, expliqua Estha. Elle rêve beaucoup. »

S'il la touchait, il ne pouvait pas lui parler, s'il l'aimait, il ne pouvait pas partir, s'il parlait, il ne pouvait pas écouter, s'il luttait, il ne pouvait pas gagner.

Qui était-il, ce manchot ? Qui aurait-il bien pu être ? Le Dieu du Deuil ? Le Dieu des Petits Riens ? Le Dieu des frissons sur la peau et des sourires fulgurants ? Des odeurs métalliques de métal froid — comme celle des barres d'autobus, qui avait fini par imprégner les mains du receveur ?

« Tu crois qu'on devrait la réveiller ? » demanda Estha.

La lumière de fin d'après-midi s'infiltra dans la pièce

par les fentes des rideaux et tomba sur le transistor en forme de mandarine, celui qu'Ammu emportait toujours avec elle au bord du fleuve. (La Chose que tenait Estha dans son Autre Main, la collante, en retournant à *La Mélodie du bonheur* avait aussi la forme d'une mandarine.)

De longs rais lumineux vinrent éclairer les cheveux emmêlés d'Ammu. Elle attendait, toujours à fleur de rêve, peu disposée à laisser entrer ses enfants.

« Elle dit qu'il ne faut jamais réveiller brutalement les gens qui rêvent, dit Rahel. Elle dit qu'ils pourraient facilement avoir une attaque. »

Ils décidèrent d'un commun accord qu'il valait mieux la « déranger » en douceur plutôt que la réveiller brutalement. Ils se mirent donc à ouvrir des tiroirs, à se racler la gorge, à murmurer à voix haute, à chantonner. Firent crisser leurs chaussures. Et finirent par trouver une porte de placard qui grinçait.

Ammu, qui se refusait à émerger totalement de son rêve, les observait, malade de son amour pour eux.

Le manchot souffla la lampe et traversa la plage recouverte de tessons pour s'enfoncer dans les ombres qu'il était seul à voir.

Sans laisser d'empreintes sur le sol.

Les chaises pliantes étaient pliées. La mer noire lissée. Les rides des vagues effacées. L'écume remise en bouteille. La bouteille rebouchée.

La nuit reportée jusqu'à nouvel avis.

Ammu ouvrit les yeux.

Quel effort pour quitter l'étreinte du manchot et revenir à ses faux jumeaux.

« Tu faisais un cauchemar d'après-midi, l'informa sa fille.

« — Ce n'était pas un cauchemar, dit Ammu. C'était un rêve.

— Estha a cru que tu allais mourir.

— Tu avais l'air si triste, dit Estha.

— Au contraire, j'étais heureuse, dit Ammu, brusquement consciente du fait que c'était vrai.

— Si on est heureux pendant un rêve, Ammu, est-ce que ça compte? demanda Estha.

— Qu'est-ce qui compte?

— Le bonheur en rêve, est-ce qu'il compte, comme le vrai? »

Elle savait exactement ce qu'il voulait dire, son fils avec sa banane écrasée.

Parce que, à dire vrai, seul ce qui compte est à prendre en compte.

Sagesse naïve, incontournable, des enfants.

Si on mange du poisson en rêve, est-ce que ça compte? Est-ce que ça veut dire qu'on a vraiment mangé du poisson?

L'homme rieur qui ne laissait pas d'empreintes... est-ce qu'il comptait?

Ammu tâtonna à la recherche de son transistor et l'alluma. On diffusait une des chansons du film *Chemmeen*.

C'était l'histoire d'une pauvre fille qu'on oblige à épouser un pêcheur d'un village voisin, alors qu'elle en aime un autre. Quand le pêcheur découvre l'existence de cet ancien amant, il prend la mer sur son petit bateau. Il sait pourtant qu'un orage se prépare. Il fait sombre, le vent se lève. Un tourbillon monte des profondeurs de l'océan. On entend une musique d'orage, et le pêcheur se noie, aspiré vers les abysses par le malstrom. Les amants se jurent amour éternel et suicide mutuel, et le lendemain la mer rejette sur la plage leurs corps enlacés. Si bien que tout le monde meurt.

Le pêcheur, sa femme, son amant, ainsi qu'un requin qui n'a rien à voir dans l'histoire, mais qui meurt aussi. Tous égaux dans la mort.

Dans l'obscurité bleutée au point de croix, dentelée de lumière, des roses au point de croix écrasées sur sa joue endormie, Ammu et ses jumeaux (un de chaque côté) chantaient doucement pour accompagner le transistor. La chanson que les femmes de pêcheur chantaient à la jeune fiancée tout en lui tressant les cheveux et en la préparant à épouser un homme qu'elle n'aimait pas.

Pandoru mukkuvan muthinu poyi
Un jour, un pêcheur prit la mer
Padinjaran kattathu mungi poyi
Le vent d'ouest se leva et engloutit son bateau

Une robe de Fée d'Aéroport se tenait toute seule, toute raide sur le sol. Dehors, dans la cour, des saris fraîchement lavés, étalés les uns à côté des autres, se crêpelaient au soleil. Beiges et or. De petits cailloux se nichaient dans leurs plis amidonnés qu'il fallait secouer avant de rentrer la lessive et de la repasser.

Arayathi pennu pizhachu poyi
Sur le rivage, son épouse s'égara

L'éléphant électrocuté à Ettumanoor (qui n'était pas Kochu Thomban) fut incinéré. Un immense bûcher fut dressé sur la grand-route. Les employés de la municipalité scièrent les défenses et se les partagèrent, sans rien dire à personne. En parts inégales. Quatre-vingts pains de saindoux furent déversés sur l'éléphant pour nourrir le feu. La fumée s'éleva en nuages épais qui dessinèrent des motifs compliqués dans le ciel. Les gens se massèrent tout autour, à bonne distance, pour les déchiffrer.

Il y avait beaucoup de mouches.

Avaney kafdalamma kondu poyi
Alors l'océan se leva et l'emporta

Des milans parias se posèrent dans les arbres voisins pour superviser la supervision des derniers rites funéraires. Ils espéraient, non sans raison, profiter des restes d'énormes entrailles. Une vésicule biliaire géante, peut-être. Ou une rate carbonisée.

Ils ne furent pas déçus. Pas totalement satisfaits non plus.

Ammu remarqua que ses deux enfants étaient couverts d'une fine couche de poussière. Comme deux parts de gâteau délicatement recouvertes de sucre glace. Rahel avait une boucle blonde nichée au milieu de ses boucles noires. Qui venait de la cour de Velutha. Ammu la retira.

« Je ne veux pas vous voir traîner là-bas, je vous l'ai déjà dit. Ça ne peut que nous attirer des ennuis. »

Elle ne précisa pas lesquels. Faute de les connaître.

En ne prononçant pas son nom, elle savait l'avoir introduit dans l'intimité chiffonnée de cet après-midi bleuté au point de croix et de la chanson du transistor. En ne prononçant pas son nom, elle sentait qu'un pacte avait été conclu entre son Rêve et le Monde. Et que ses jumeaux couverts de sciure en étaient, ou en seraient, les entremetteurs.

Elle savait qui il était : le Dieu du Deuil, le Dieu des Petits Riens. Bien sûr qu'elle le savait.

Elle éteignit le transistor. Dans le silence de l'après-midi (dentelé de lumière), ses enfants se lovèrent dans sa chaleur. Dans son odeur. Ils se couvrirent la tête de ses cheveux. Ils devinèrent que son sommeil l'avait entraînée très loin d'eux. Ils la ramenaient à eux maintenant avec la paume de leurs petites mains posée bien à plat sur son estomac. Entre son jupon et son corsage. Leurs mains brunes avaient exactement la couleur de son estomac — ils adoraient ça.

« Estha, regarde, dit Rahel tirant sur le fin duvet qui, depuis le nombril d'Ammu, courait en droite ligne vers le sud.

— C'est là qu'on t'a donné des coups, affirma Estha, suivant du doigt le tracé d'une vergeture argentée.

— C'était dans le car, Ammu?

— Sur la route à tournants de la plantation?

— Quand papa a dû te tenir le ventre?

— Est-ce que vous avez dû acheter des billets?

— On t'a fait mal? »

Et puis, d'un ton qu'elle voulait désinvolte, Rahel demanda : « Tu crois qu'il a perdu notre adresse? »

L'espace d'une fraction de seconde, Ammu cessa de respirer, et Estha toucha du doigt celui de Rahel. Doigts entrelacés sur l'estomac de leur jolie mère, ils renoncèrent à ce genre de questions.

« Ça, c'est le coup d'Estha, et ça, c'est le mien, dit Rahel. Voilà Estha, et me voilà, moi. »

Ils se répartirent les sept vergetures argentées de leur mère. Puis Rahel posa sa bouche sur l'estomac d'Ammu et se mit à le téter, aspirant la chair tendre entre ses dents et rejetant la tête en arrière pour admirer l'ovale de salive brillante et les légères traces rouges qu'avaient laissées ses dents sur la peau.

Ammu s'émerveilla de la transparence de ce baiser.

Clair comme du cristal. Sans passion ni désir — ces chiens qui dorment d'un sommeil si profond au-dedans des enfants, tant qu'ils sont petits. C'était un baiser qui n'en réclamait point d'autre en retour.

Et non un de ces baisers troubles, chargés de questions qui exigent des réponses. Comme ceux des manchots rieurs de ses rêves.

Ammu se fatigua bientôt de leurs airs de propriétaires. Elle voulait récupérer son corps. Il lui appartenait. Elle les repoussa à la manière d'une chienne qui se débarrasse de ses petits quand elle en a assez. Elle s'assit, rassembla ses cheveux sur sa nuque en un chignon serré. Puis fit basculer ses jambes hors du lit et alla tirer les rideaux de la fenêtre.

La lumière de cette fin d'après-midi inonda la pièce, éclairant deux enfants sur le lit.

Les jumeaux entendirent Ammu fermer le verrou dans la salle de bains.

Clic.

Elle se regarda dans la longue glace de la porte et vit apparaître, comme pour se moquer d'elle, l'image de ce qu'elle serait un jour. Sure et piquée comme un vieux cornichon. Grise. Les yeux chassieux. Des roses au point de croix écrasées sur ses joues flasques et creuses. Les seins flétris, pendant comme des chaussettes molles. L'entrejambe aride, comme un désert d'os blanchis. Les poils rares. Aussi cassants qu'une fougère séchée dans un herbier.

La peau qui desquamait et s'envolait comme neige.

Ammu frissonna.

À l'idée, réfrigérante, qu'en cette chaude après-midi sa vie était finie. Que sa coupe était pleine de poussière. Que l'air, le ciel, les arbres, le soleil, la pluie, la lumière et l'obscurité retournaient lentement au sable.

Que ce sable remplirait ses narines, ses poumons, sa bouche. L'aspirerait pour ne laisser à la surface que ce cratère de bulles que laissent les crabes quand ils s'enfoncent dans le sable de la plage.

Ammu se déshabilla et plaça une brosse à dents rouge sous un sein. La brosse tomba. Là où elle se toucha, sa peau était lisse et ferme. Sous sa main, ses mamelons se froissèrent et durcirent comme des noisettes, tendant la peau douce de ses seins. La mince ligne de duvet qui partait du nombril franchissait la courbe bombée à la base de son ventre pour aller se perdre dans le triangle sombre. Comme une flèche indiquant au voyageur égaré, à l'amant inexpérimenté, le chemin à suivre.

Elle dénoua ses cheveux et se retourna pour voir jusqu'où ils avaient poussé. Ils tombaient en cascades, en boucles et en mèches frisottées et rebelles — douces à l'intérieur, plus rêches à l'extérieur — jusqu'en dessous de sa taille fine, là où les hanches commençaient à s'arrondir. Il faisait chaud dans la salle de bains. De petites gouttes de transpiration piquaient son corps de diamants. Pour éclater ensuite en fines rigoles. La sueur coulait le long de son dos cambré. Elle regarda d'un œil critique son derrière rond et lourd. Pas gros en soi. *Per se*, aurait sans doute dit Chacko l'Oxfordien. Mais seulement parce qu'elle était par ailleurs si mince. Il appartenait à un autre corps, plus voluptueux.

Elle dut admettre qu'elle n'aurait aucun mal à coincer là une brosse à dents. Une de chaque côté, peut-être même deux. Elle rit tout fort à l'idée de déambuler dans Ayemenem avec toute une batterie de brosses à dents sous chaque fesse. Elle réprima aussitôt son rire. Et vit un brin de folie s'échapper de la bouteille où elle était retenue et virevolter, triomphalement, autour de la salle de bains.

La folie obsédait Ammu.

Mammachi disait qu'il y avait eu des cas dans la famille. Que la folie vous tombait dessus sans crier gare. Pathil Ammai, à soixante-cinq ans, s'était mise à arracher ses vêtements pour aller courir toute nue le long du fleuve en chantant des chansons aux poissons. Il y avait aussi Thampi Chachen, qui fouillait sa merde tous les matins avec une aiguille à tricoter à la recherche d'une dent en or qu'il avait avalée des années auparavant. Et le docteur Muthachen, qu'il avait fallu emmener en camisole le jour de son mariage. Est-ce qu'un jour on dirait d'elle : « Il y avait Ammu, Ammu Ipe. Celle qui avait épousé un Bengalais. Elle était complètement folle quand elle est morte Jeune. Quelque part dans un motel miteux »?

Chacko disait que le taux de folie particulièrement élevé parmi les chrétiens du Kerala était le prix à payer pour leurs unions consanguines. Mammachi était d'un avis contraire.

Ammu ramassa sa lourde chevelure, en couvrit son visage et scruta le chemin de la Vieillesse et de la Mort à travers ses mèches. Comme un bourreau du Moyen Âge regardant sa victime à travers les fentes de sa cagoule noire. Un bourreau mince et nu, aux mamelons sombres et aux fossettes creusées par le sourire. Avec sept vergetures argentées, celles que lui avaient laissées ses jumeaux, nés à la lueur de la bougie, au moment où se consommait la défaite.

Ce n'était pas tant le terme du voyage que redoutait Ammu que le chemin à emprunter. Pas de bornes pour en marquer les distances. Pas d'arbres pour le border. Pas d'ombre pour l'abriter, de brume pour l'envelopper. D'oiseaux pour l'égayer. De courbes, de tournants pour en masquer le bout, ne serait-ce que temporairement. C'était précisément ce qui la terrifiait : elle n'était pas femme à vouloir connaître l'avenir. Elle en avait bien trop peur. Ne Pas Savoir, tel aurait été son souhait, si elle en avait eu un à formuler. Ne pas savoir ce que chaque jour lui réservait. Où elle serait dans un mois, dans un an. Dans dix ans. Quel tournant prendrait son chemin et ce qu'il y aurait derrière. Or Ammu le savait. Ou *croyait* le savoir, ce qui ne valait pas mieux (parce que si vous mangez du poisson en rêve, cela revient à dire que vous en avez bel et bien mangé). Et ce que savait (ou croyait savoir) Ammu avait ces mêmes relents aigres et acidulés que ceux qui montaient des cuves en ciment de la fabrique Paradise. Relents bien propres à faner la jeunesse et à surir l'avenir.

Encapuchonnée dans ses cheveux, Ammu s'appuya contre son reflet dans la glace et essaya de pleurer.

Sur elle-même.

Sur le Dieu des Petits Riens.

Sur les entremetteurs de son rêve, ses jumeaux couverts de sucre glace.

Cet après-midi-là, dans la chambre de leur mère — tandis que, dans la salle de bains, le destin impitoyable complotait pour détourner le cours mystérieux du chemin de leur mère, que, dans l'arrière-cour de Velutha, un bateau les attendait, que, dans une église jaune, un bébé chauve-souris se préparait à naître —, Estha faisait le poirier sur le derrière de Rahel.

Cette chambre aux rideaux bleus et aux guêpes jaunes qui agaçaient les vitres. Cette chambre dont les murs découvriraient bientôt leurs terribles secrets.

Dans laquelle Ammu serait d'abord enfermée avant de s'enfermer elle-même. Dont Chacko, fou de douleur, quatre jours après l'enterrement de Sophie Mol, enfoncerait la porte.

« Fous le camp de ma maison avant que je te réduise en bouillie ! »

Ma maison, *mes* ananas, *mes* conserves.

Après cette scène, Rahel aurait le même rêve pendant des années : un gros homme, sans visage, agenouillé devant le cadavre d'une femme. Lui arrachant les cheveux. Le réduisant en bouillie. Lui fracassant tous les os, jusqu'aux plus petits. Les cartilages des oreilles craquaient comme des brindilles. *Crac crac*, faisaient-ils doucement en se brisant. Un pianiste massacrant les touches de son instrument. Y compris les noires. Et, même si, des années plus tard, au crématorium, elle profiterait de la moiteur ambiante pour échapper à l'étreinte de Chacko, Rahel les aimait tous les deux. Le musicien et le piano.

Le meurtrier et le cadavre.

Tandis que la porte cédait sous les coups, Ammu, pour maîtriser le tremblement de ses mains, roullotterait l'extrémité des rubans de Rahel, qui n'en avaient nul besoin.

« Promettez-moi de toujours vous aimer l'un l'autre, dirait-elle tout en les serrant contre elle.

— Promis », jureraient Estha et Rahel. Faute de trouver les mots qui lui diraient que, pour eux, l'Un n'existait pas plus que l'Autre.

Deux boulets jumeaux et leur mère. Des boulets inertes. Ce qu'ils avaient fait reviendrait les hanter pour les vider de toute substance. Mais seulement Plus Tard.

Plutard. Un glas sombre au fond d'un puits moussu. Frissonnant et duveteux comme un papillon.

À ce moment-là, tout ne serait qu'incohérence. Comme si le sens s'était échappé des choses pour n'en laisser que des fragments. Décousus. L'éclair de l'aiguille d'Ammu. La couleur d'un ruban. Le dessin d'un rideau au point de croix. Une porte enfoncée. Des choses ou des objets isolés qui en soi n'avaient aucune signification. Comme si l'intelligence qui décode les desseins secrets de la vie pour les interpréter, qui relie les reflets aux images, les éclairs à la lumière, les dessins au tissu, les aiguilles au fil, les murs aux pièces, l'amour à la peur, à la colère, au remords, avait sombré.

« Fais tes valises et va-t'en », dirait Chacko, enjambant les débris de la porte. Se dressant devant eux. Une poignée en chrome dans la main. Soudain étrangement calme. Surpris de sa propre force. De son poids. De sa brutalité. De l'énormité de son terrible chagrin.

Rouge était le bois arraché.

Ammu, calme au-dehors, tremblante au-dedans, ne lèverait pas les yeux de son roulottage inutile. La boîte de rubans resterait ouverte sur ses genoux, dans la chambre où elle avait perdu sa Statue l'Égale.

Cette même chambre où (après consultation du spécialiste d'Hyderabad, Expert en Jumeaux) Ammu remplirait la petite malle d'Estha et son fourre-tout kaki : douze maillots de corps sans manches, douze maillots de corps à manches courtes. *Estha, il y a ton nom dessus, à l'encre violette*. Ses chaussettes. Ses pantalons tuyau-de-poêle. Ses chemises à col hirondelle. Ses chaussures beiges à bouts pointus (d'où montait la Colère). Ses disques d'Elvis. Ses comprimés de calcium et son sirop. Sa Girafe Gratuite (donnée en prime pour l'achat du sirop). Son Encyclopédie, volumes 1 à 4. *Non, mon cœur, il n'y aura pas de rivière pour pêcher*. Sa Bible dans son étui de cuir blanc à fermeture

Éclair, qu'on tirait à l'aide d'un bouton de manchette en améthyste, souvenir de l'Entomologiste de Sa Majesté. Sa timbale. Son savon. Son Cadeau d'Anniversaire Anticipé, qu'il ne devait ouvrir sous aucun prétexte. Quarante aérogrammes verts, pour le courrier intérieur. *Regarde, Estha, j'ai mis notre adresse dessus, tu n'as plus qu'à les plier. Essaie voir.* Et Estha plierait la feuille bien proprement le long de la ligne en pointillés où s'inscrivait « Plier ici », et regarderait Ammu avec un sourire qui lui briserait le cœur.

Tu me promets d'écrire ? Même si tu n'as rien de spécial à dire ?

Promis, dirait Estha. Pas vraiment conscient de ce qui l'attendait, ses appréhensions quelque peu émoussées par cette soudaine abondance de biens. Tout était à lui. Avec son nom dessus, écrit à l'encre. Tout serait rangé dans la malle (avec son nom dessus) ouverte par terre au milieu de la chambre.

Cette chambre vers laquelle, des années plus tard, reviendrait Rahel pour regarder un étranger silencieux prendre son bain. Et laver ses vêtements avec du savon bleu qui s'émiettait.

Le ventre plat, la peau blonde. Tous les secrets de la mer dans les yeux. Une goutte de pluie argentée sur l'oreille.

Esthapappychachen Kuttappen Peter Mon.

12

Kochu Thomban

Le bruit du tambour enfla et enveloppa le temple, accentuant le silence de la nuit alentour. La route humide et solitaire. Les arbres aux aguets. Rahel, essoufflée, une noix de coco dans la main, pénétra dans l'enclos du temple par la porte en bois percée dans la blancheur du haut mur d'enceinte.

À l'intérieur, murs blancs, tuiles moussues, clair de lune. Tout sentait la pluie. Dans la véranda surélevée, le prêtre dormait sur une natte. Près de son oreiller, un plateau en cuivre rempli de pièces illustrait ses rêves, comme une bulle dans une bande dessinée. L'enclos était jonché de lunes, une par flaque. Kochu Thomban avait terminé ses rondes. Il était allongé par terre, attaché à un pieu, à côté d'un tas fumant d'excréments. Il dormait, son devoir accompli, ses intestins vidés, une défense reposant sur le sol, l'autre pointant vers les étoiles. Rahel s'approcha sans bruit. La peau de l'animal était plus flasque que dans son souvenir. Il avait cessé d'être Kochu Thomban, le Petit Thomban. Ses défenses avaient poussé. Désormais, il était Vellya Thomban, le Grand Défenseur. Elle déposa la noix de coco sur le sol à côté de lui. Une ride de cuir s'entrouvrit sur l'éclat liquide d'un œil d'éléphant. Puis se referma, et des cils longs comme des poils de balai s'inclinèrent devant le sommeil. Une défense vers les étoiles.

Juin est un mois de basse saison pour les danseurs de kathakali. Mais il est certains temples devant lesquels une troupe ne saurait passer sans s'arrêter. Le temple d'Ayemenem n'était pas de ceux-là, mais récemment, grâce à son emplacement, les choses avaient changé.

S'ils y dansaient, c'était pour laver l'humiliation qu'ils avaient connue au Cœur des Ténèbres. Les représentations tronquées au bord de la piscine. L'obligation où ils étaient de dépendre des touristes pour ne pas mourir de faim.

En revenant du Cœur des Ténèbres, ils s'arrêtaient au temple pour implorer le pardon de leurs dieux. Pour s'excuser d'avoir dénaturé leurs histoires. Monnayé leur identité. Perverti leur vie.

En pareilles circonstances, un public était toujours le bienvenu, même s'il restait accessoire.

Dans le *kuthambalam*, cette large galerie à colonnade qui jouxtait le cœur du temple où vivait le Dieu Bleu avec sa flûte, les tambours tambourinaient et les danseurs dansaient, leurs couleurs tournoyant lentement dans la nuit. Rahel s'assit, jambes croisées, le dos contre la rondeur d'un pilier blanc. Un grand bidon d'huile de coco luisait dans le faible éclat de la lampe en cuivre. L'huile nourrissait la lumière. La lumière éclairait le métal.

Peu importait que l'histoire ait déjà commencé : le kathakali sait depuis longtemps que le secret des Grandes Histoires, c'est précisément de n'en point avoir. Les Grandes Histoires sont celles que l'on a déjà entendues et que l'on n'aspire qu'à réentendre. Celles dans lesquelles on peut entrer à tout moment et s'installer à son aise. Elles ne cherchent ni la mystification par le biais du suspense et de dénouements inattendus, ni la surprise de l'incongru. Elles sont aussi familières que la maison qui vous abrite. Que l'odeur d'un amant. On les écoute jusqu'au bout, alors qu'on en connaît la fin. De même que l'on vit comme si l'on ne devait jamais mourir, tout en sachant pertinemment qu'on mourra un jour. Dans les Grandes Histoires, on sait d'avance qui vit, qui meurt, qui trouve l'amour et qui ne le trouve pas. Mais on ne se lasse jamais de le réentendre.

C'est là ce qui fait leur mystère, leur magie.

Pour le danseur de kathakali, ces histoires sont ses enfants et son enfance. Il a grandi avec elles. Elles sont la maison qui l'a vu croître, les prairies qui l'ont vu jouer. Ses fenêtres et sa vision du monde. Si bien que quand il raconte une histoire, il la traite comme il traiterait son enfant. La taquine. La punit. L'envoie rebondir comme une balle. La cloue au sol pour ensuite la relâcher. Rit d'elle parce qu'il l'aime. Il est capable de vous faire traverser l'univers en quelques minutes, mais peut passer des heures à contempler une feuille qui se fane. Ou à jouer avec la queue d'un singe endormi. Il passe sans effort des tueries de la guerre au bonheur d'une femme qui se lave les cheveux dans un torrent de montagne. De la joie maligne d'un démon qui vient d'avoir l'idée d'un nouveau tourment à l'avidité d'une commère malayali qui se réjouit d'un nouveau scandale à colporter. De la sensualité d'une femme allaitant son enfant à la séduction espiègle du sourire de Krishna. Il est capable de mettre au jour la douleur qui est au cœur du bonheur. La vase de la honte qui se cache dans un océan de triomphe.

Il raconte des histoires de dieux, mais son histoire sort tout droit du cœur, humain et faillible.

Le danseur kathakali est le plus beau des hommes. Parce que son corps n'est rien d'autre que son âme. Son seul instrument. Depuis l'âge de trois ans, il a été façonné, polissé, ciselé, ouvragé, attelé tout entier à cette tâche qui consiste à raconter des histoires. Il a de la magie en lui, cet homme, sous son masque peint et ses jupes tourbillonnantes.

Mais aujourd'hui il n'est plus viable. Plus crédible. Plus bon qu'à mettre au rebut. Ses enfants se moquent de lui. Aspirent à être tout ce qu'il n'est pas. Il les a regardés grandir et devenir employés ou receveurs. Officiers subalternes dont la nomination n'a pas les honneurs de l'Officiel. Avec des syndicats bien à eux.

Mais lui, lui qui reste suspendu quelque part entre ciel et terre, ne saurait faire ce qu'ils font. Il ne saurait passer son temps à parcourir l'allée d'un bus pour compter la monnaie et vendre des billets. Répondre aux sonnettes qui l'appellent. S'incliner derrière des plateaux chargés de tasses de thé et de biscuits.

En désespoir de cause, il se tourne vers le tourisme. Il s'offre sur le marché. Il colporte la seule chose qui lui appartienne. Ces histoires que peut raconter son corps.

Il devient un Parfum d'Exotisme.

Au Cœur des Ténèbres, ils se moquent de lui, eux et leur nudité paresseuse, leur attention distraite d'importation. Il contient sa rage et danse pour eux. Ramasse son salaire. Se saoule avec. Ou fume un joint. De la bonne herbe du Kerala. Qui le fait rire aux éclats. Puis il s'arrête au temple d'Ayemenem et danse avec ses compagnons pour implorer le pardon des dieux.

Rahel, sans Projets, sans Statue l'Égale, appuyée

contre un pilier, regardait Karna prier sur les rives du Gange. Dans son armure de lumière. Karna le Généreux, fils mélancolique de Surya, dieu du Soleil. Karna, l'enfant abandonné. Karna, le plus révéré de tous les guerriers.

Cette nuit-là, Karna est défoncé. Sa jupe en haillons est raccommodée. En guise de joyaux, il a des trous dans sa couronne. Son corsage de velours est râpé. Ses talons fendillés. Caleux. Il s'en sert pour écraser ses mégots.

Mais s'il disposait d'une armée de maquilleurs dans les coulisses, d'un agent, d'un contrat, d'un pourcentage sur les recettes... que deviendrait-il? Un simple imposteur! Un nanti, un mystificateur. Un acteur jouant un rôle. Pourrait-il encore être Karna? Ou bien serait-il trop à l'abri dans sa corne d'abondance? Son argent ferait-il obstacle à son art? Serait-il encore capable d'atteindre le cœur de ses histoires, d'en faire jouer les ressorts cachés, comme il le fait en ce moment même?

Peut-être pas.

Ce soir, cet homme est dangereux. Son désespoir, total. Cette histoire est le filet au-dessus duquel il voltige et plonge comme le clown pailleté d'un cirque en déroute. C'est tout ce qu'il lui reste pour l'empêcher d'aller se fracasser au sol comme une pierre qui tombe. C'est sa couleur, sa lumière. Le vase dans lequel il coule sa vie. Ce qui lui donne forme et le constitue. Qui le harnache. Le contient tout entier. Lui et son Amour. Sa Folie. Son Espoir. Son Un-fini Bonheur. Bizarrement, son combat est à l'inverse de celui de l'acteur : il n'essaie pas d'entrer dans un rôle, il s'efforce au contraire de lui échapper. Mais c'est là ce qu'il ne peut pas faire. Et c'est précisément son échec qui fait son triomphe. Il *est* Karna, celui que le monde a abandonné. Karna l'Abandonné. Mis au rebut. Prince élevé dans la pauvreté. Né pour mourir injustement, sans arme et seul, aux mains de son frère. Majestueux dans son absolu désespoir. Priant sur les rives du Gange. Défoncé.

Apparaît Kunti. Elle aussi est un homme, mais un homme doux comme une femme, un homme avec des seins, à force d'interpréter pendant des années des rôles féminins. Ses mouvements sont fluides. Pleins de féminité. Kunti, elle aussi, est défoncée. Grâce aux joints partagés avec son partenaire. Elle est venue raconter une histoire à Karna.

Karna incline sa belle tête pour mieux écouter.

Les yeux rouges, Kunti se met à danser pour lui. Elle lui raconte l'histoire d'une jeune femme qui s'est vu accorder une grande faveur, une mantra secrète qui doit lui permettre de choisir un amant parmi les dieux. Avec l'imprudence propre à la jeunesse, elle décide de la mettre à l'épreuve. Seule, dans un champ désert, elle tourne le visage vers les cieux et récite sa mantra. À peine les mots ont-ils franchi ses lèvres que Surya, le dieu du Soleil, apparaît devant elle. Ensorcelée par sa beauté, elle se donne à lui. Neuf mois plus tard, elle met au monde un enfant. Le bébé naît dans un fourreau de lumière, avec des boucles d'or aux oreilles et une cuirasse en or, sur laquelle est gravé l'emblème du soleil.

La jeune mère aime profondément son premier-né, poursuit Kunti mais, n'étant pas mariée, elle ne peut le garder. Elle le dépose dans un panier en osier et le pousse dans le courant. C'est un conducteur de chariot, Adhirata, qui découvre l'enfant, plus bas dans le cours du fleuve, et qui l'appelle Karna.

Karna lève les yeux vers Kunti. *Qui était-elle? Qui était ma mère? Dis-moi où elle est. Conduis-moi à elle.*

Kunti baisse la tête. *Elle est ici*, dit-elle. *Devant toi*.

Joie de Karna, mêlée de colère, face à cette révélation. Il danse son trouble et son désespoir. *Où étais-tu, lui demande-t-il, quand j'avais le plus besoin de toi? M'as-tu jamais tenu dans tes bras? Jamais nourri? Es-tu jamais partie à ma recherche? T'es-tu jamais demandé ce que j'avais pu devenir?*

En guise de réponse, Kunti prend le beau visage royal entre ses mains — vert, le visage, rouges, les yeux — et l'embrasse sur le front. Karna frissonne de plaisir. Guerrier redevenu enfant. L'extase de ce baiser. Qui le parcourt tout entier. Jusqu'aux orteils. Jusqu'au bout des doigts. Le baiser de son adorable mère. *As-tu jamais su à quel point tu m'as manqué?*

Rahel vit le baiser courir le long des veines de Karna, aussi nettement qu'un œuf qui descend dans le cou d'une autruche.

La course d'un baiser arrêtée net par la désillusion : si sa mère lui a révélé son identité, ce n'est que pour sauver ses cinq autres fils, bien plus aimés, les Pandavas, à la veille d'une bataille épique avec leurs cent cousins. Ce sont eux que Kunti cherche à protéger en annonçant à Karna qu'elle est sa mère. Elle a une promesse à lui soutirer.

Elle invoque les Lois de l'Amour.

Ce sont tes frères. Ta chair et ton sang. Promets-moi que tu ne prendras pas les armes contre eux. Jure-le-moi.

Karna le guerrier ne peut faire une telle promesse, sauf à revenir sur une autre. Le lendemain, il doit partir en guerre, précisément contre les Pandavas. Qui naguère — Arjuna surtout — l'ont publiquement traîné dans la boue parce qu'il était le fils d'un misérable conducteur de chariot. Or, Duryodhana, l'aîné

des cent frères Kaurava, l'a sauvé à l'époque de l'op-
probre en lui offrant un royaume. En retour, Karna lui
a juré fidélité éternelle.

Mais Karna le Généreux ne peut refuser à sa mère ce
qu'elle lui demande. Il modifie donc sa promesse.
Temporise. Use de subterfuges. Change quelque peu
les termes de son serment.

Voilà ce que je te promets, dit-il à Kunti. *Tu auras
toujours cinq fils. À Yudhistita je ne ferai point de
mal. Bhima ne mourra point de ma main. Les
jumeaux, Nakula et Sahadeva, ne seront point l'objet de ma haine. Mais pour ce qui est d'Arjuna, je ne
puis rien promettre. Si ce n'est pas moi qui le tue, c'est
lui qui me tuera. L'un de nous doit mourir.*

Une vibration dans l'air, et Rahel sut qu'Estha était
arrivé.

Elle ne tourna pas la tête, mais sentit la fièvre l'envahir. *Il est venu*, se dit-elle. *Il est ici. Avec moi.*

Estha s'appuya contre un pilier, un peu plus loin, et
c'est ainsi qu'ils assistèrent à la représentation, séparés
par la largeur du *kuthambalam*, mais réunis par une
histoire. Et le souvenir d'une autre mère.

L'air se fit plus doux. Moins humide.

Sans doute la soirée avait-elle été particulièrement
difficile au Cœur des Ténèbres. Dans le temple d'Ayemenem, les hommes dansaient comme s'ils ne devaient
plus s'arrêter. Comme des enfants qui cherchent la
tiédeur d'une maison pour s'abriter de l'orage. Refusant de sortir. Faisant comme si le temps, le vent, le
tonnerre n'existaient pas. Ignorant les rats qui, les yeux
avides, courent après l'argent dans un paysage dévasté.
Ignorant le monde qui s'écroule autour d'eux.

Ils n'émergeaient d'une histoire que pour plonger plus profondément encore dans la suivante. Passant de *Karna Shabadam*, « Le Serment de Karna », à *Duryodhana Vadham*, la mort de Duryodhana et de son frère Dushasana.

Il était presque quatre heures du matin quand Bhima entreprit de pourchasser l'affreux Dushasana, l'homme qui a tenté de déshabiller en public l'épouse des Pandavas, Draupadi, gagnée aux dés par les Kauravas. Draupadi, qui, bizarrement, n'en veut qu'aux hommes qui l'ont gagnée et non à ceux qui ont voulu la vendre, a juré qu'elle ne nouerait plus ses cheveux tant qu'elle ne les aurait pas lavés dans le sang de Dushasana. Bhima s'est engagé à venger son honneur.

Bhima accule Dushasana sur un champ de bataille déjà jonché de cadavres. Pendant plus d'une heure, ils se battent au corps à corps. Échangent des insultes. Énumèrent les torts qu'ils se sont faits. Quand la lumière de la lampe de cuivre se met à vaciller pour finalement s'éteindre, ils décident d'une trêve. Bhima verse l'huile, Dushasana, lui, nettoie la mèche encrassée. Puis ils repartent en guerre. Leur combat échevelé déborde du seul *kuthambalam* pour envahir le temple tout entier. Ils se poursuivent dans l'enclos, faisant tournoyer leurs massues en papier mâché. Deux hommes en jupe bouffante et en corsage de velours râpé bondissant au-dessus de lunes sales et de tas d'excréments, autour d'un mastodonte endormi. Dushasana, tantôt lâche, tantôt fanfaron. Bhima se jouant de lui. Défoncés l'un et l'autre.

Le ciel, une coupe rosée. Le trou gris dans l'univers, en forme d'éléphant, s'agita dans son sommeil, puis se rendormit. L'aube se montrait à peine quand la brute en Bhima s'éveilla. Les tambours se mirent à battre plus fort, accentuant un silence lourd de menaces.

Dans la lumière du petit matin, Rahel et Esthappen regardèrent Bhima s'acquitter de sa promesse envers Draupadi.

Bhima cloue Dushasana au sol, traquant de sa massue le moindre signe de vie dans ce corps mourant, le frappant jusqu'à ce qu'il soit totalement immobile. Tel un forgeron aplatissant une feuille de métal récalcitrante. Lissant systématiquement le moindre creux, la moindre bosse. Il continue à s'acharner sur lui bien au-delà de la mort. Puis, de ses mains nues, il ouvre le corps en deux. Lui arrache les viscères, se penche pour lamper le sang à même la carcasse éventrée. On ne voit plus que ses yeux fous, enflammés par la rage, la haine et l'ivresse de la victoire. Des bulles de sang rose pâle éclatent entre ses dents. Coulent le long de son visage peint, de son menton et de son cou. Quand il a bu en suffisance, il se redresse, les intestins sanguinolents de l'autre enroulés en écharpe autour du cou, et part à la recherche de Draupadi pour lui laver les cheveux dans le sang encore frais. Il y a toujours en lui cette fureur que même le meurtre ne saurait assouvir.

Il y avait de la folie dans l'air ce matin-là, sous la coupe rosée du ciel. Une folie qui n'était plus simulée. Esthappen et Rahel la reconnurent aussitôt. Ils l'avaient déjà vue à l'œuvre. Par un autre matin. Sur une autre scène. Un autre déchaînement (les semelles pleines de mille-pattes). Le délire brutal de la première et l'économie maniaque du second mis en regard.

Ils restaient assis là. Calmes et vides. Fossiles pétrifiés de jumeaux, dotés de bosses sur le front, d'où les cornes n'étaient jamais sorties. Séparés par la largeur du *kuthambalam.* Pris au piège d'une histoire qui était la leur tout en ne l'étant pas. Qui avait démarré dans un semblant d'ordre et de structure pour se précipiter, comme un cheval emballé, dans l'anarchie.

Kochu Thomban se réveilla et ouvrit délicatement sa noix de coco matinale.

Les kathakali enlevèrent leur maquillage et rentrèrent chez eux battre leurs femmes. Y compris Kunti, l'efféminé, celui qui avait des seins.

À l'extérieur et aux alentours, la petite ville déguisée en village s'éveillait à la vie. Un vieil homme sortit de son sommeil et tituba jusqu'au fourneau pour faire réchauffer son huile de coco poivrée.

Un vieil homme qui n'était autre que le camarade Pillai. Grand Casseur d'œufs et Faiseur d'omelette professionnel sous le ciel d'Ayemenem.

Curieusement, c'était lui qui avait fait connaître aux jumeaux l'art kathakali. Passant outre l'avis de Baby Kochamma, il les avait emmenés, eux et Lenin, assister à des spectacles nocturnes au temple, où ils étaient restés jusqu'à l'aube, tandis qu'il leur expliquait le langage et la gestuelle de ces danses. Ils n'avaient pas six ans qu'ils avaient déjà vu cette même histoire en sa compagnie. C'était lui qui leur avait présenté Raudra Bhima, Bhima le fou, le sanguinaire, en quête de mort et de vengeance. « Il cherche la bête en lui », avait dit le camarade Pillai aux enfants, dont les yeux s'écarquillaient d'effroi, quand Bhima, jusque-là inoffensif, s'était mis à hurler et à gronder.

Quelle bête en particulier, le camarade Pillai ne l'avait pas précisé. C'est l'homme qu'il cherche en lui, voilà peut-être ce qu'il avait voulu dire. Tant il est vrai qu'aucune bête n'a jamais pu prétendre égaler, en diversité comme en degré, les raffinements de cruauté dont est capable la race humaine.

La coupe rosée se ternit et déversa une bruine grise et tiède. Au moment où Estha et Rahel sortaient du temple, le camarade Pillai en franchissait la grille, tout luisant de son bain matinal. De la pâte de santal sur le front. Des gouttes de pluie piquaient sa peau grasse comme des clous. Dans le creux de ses mains, il portait un petit tas de fleurs fraîches de jasmin.

« Aha, dit-il de sa voix flûtée. Vous êtes donc là ? Notre culture indienne vous intéresse donc toujours ? C'est bien. C'est très bien. »

Les jumeaux, ni grossiers ni polis, gardèrent le silence. Ils rentrèrent ensemble à la maison. Lui et Elle. Nous. Toujours.

13

Le pessimiste et l'optimiste

Chacko, qui dormirait dans le bureau de Pappachi, avait laissé sa chambre à Sophie Mol et à Margaret Kochamma. C'était une petite pièce, avec une fenêtre qui donnait sur la plantation d'hévéas souffreteux et quelque peu négligés que le révérend E. John Ipe avait achetée à un voisin. L'une des portes la reliait au corps principal de la maison, l'autre (l'entrée indépendante que Mammachi avait fait percer sur le côté pour satisfaire discrètement aux Besoins Masculins de Chacko) ouvrait directement sur la cour.

Sophie Mol dormait sur un petit lit de camp que l'on avait installé à côté du grand lit. Le ronronnement du ventilateur tournant au ralenti lui emplissait la tête. Des yeux bleu-gris-bleu s'ouvrirent d'un coup.

É-veillés

É-merveillés

É-moustillés

Le sommeil fut sommairement congédié.

Pour la première fois depuis la mort de Joe, ce n'est pas à lui qu'elle pensa d'abord.

Elle regarda la pièce autour d'elle. Sans bouger la tête, se contentant de faire rouler ses yeux. Tel un espion prisonnier en territoire ennemi, préparant une évasion spectaculaire.

Des hibiscus maladroitement disposés dans un vase et déjà fanés se dressaient sur la table de Chacko. Les murs étaient tapissés de livres. Un placard vitré était bourré de débris d'avions en balsa. Pauvres papillons aux ailes cassées et aux yeux suppliants. Telles les épouses d'un roi cruel, pétrifiées par un cruel maléfice.

Prises au piège.

Seule sa mère, Margaret, avait réussi à s'échapper pour gagner l'Angleterre.

La pièce, reflétée tout entière dans le corps chromé du ventilateur argenté, tournait tranquillement avec lui. Un gecko beige, de la couleur d'un biscuit mal cuit, la regarda d'un air intéressé. Elle pensa à Joe. Quelque chose vacilla en elle. Elle ferma les yeux.

Dans sa tête tournait tranquillement le corps chromé du ventilateur argenté.

Joe savait marcher sur les mains. Et quand il descendait une côte à bicyclette, il était capable d'enfermer le vent dans sa chemise.

Sur le grand lit, à côté, Margaret Kochamma dormait encore. Allongée sur le dos, les mains croisées sur l'estomac. Elle avait les doigts enflés et son alliance lui rentrait dans la chair. La chair de ses joues tombait de chaque côté du visage, faisant remonter et ressortir ses pommettes et tirant sa bouche vers le bas en un sourire sans joie qui laissait à peine entrevoir l'éclat des dents. Elle s'était épilé les sourcils, qu'elle avait très fournis, pour sacrifier à la mode du moment, et les deux arcs très minces qu'ils faisaient maintenant lui donnaient un air surpris jusque dans le sommeil. Les vestiges de l'extraction commençaient à repousser, comme les poils d'une barbe naissante. Son visage était rouge.

Son front luisait. Sous la rougeur perçait une certaine pâleur. Comme une tristesse tenue à distance.

Le mince tissu de sa robe à fleurs bleu et blanc en coton mélangé s'était étiolé et collait mollement aux lignes de son corps, se gonflant sur ses seins, se creusant entre ses longues jambes, comme si, peu habitué à la chaleur, il avait, lui aussi, besoin d'une sieste.

Sur la table de nuit trônait une photo de mariage en noir et blanc dans un cadre d'argent, montrant Chacko et Margaret Kochamma à la sortie de l'église, à Oxford. Il neigeait un peu. Les premiers flocons piquetaient la rue et le trottoir. Chacko portait le costume de Nehru, *cheridar* blanc et *shervani* noir. Ses épaules étaient poudrées de neige. Il avait une rose à la boutonnière, et sa poche de poitrine laissait voir la pointe de son mouchoir plié en triangle. Aux pieds, il avait une paire de chaussures de ville noires bien cirées. Il donnait l'impression d'être en train de se moquer de lui-même et de la façon dont il était habillé. Comme quelqu'un qui se rendrait à un bal costumé.

Margaret Kochamma portait une robe longue et mousseuse et ses cheveux courts et bouclés s'ornaient d'une tiare bon marché. Elle avait relevé son voile. Elle était aussi grande que lui. Ils avaient l'air heureux. Jeunes et minces, plissant les yeux dans la lumière. Les sourcils épais et noirs de Margaret Kochamma se rejoignaient sur son front, faisant un agréable contraste avec le blanc neigeux de sa robe de mariée. Comme un nuage qui froncerait les sourcils. Derrière eux se tenait une matrone imposante aux chevilles épaisses, son long manteau soigneusement boutonné jusqu'au cou. La mère de Margaret Kochamma. Elle était flanquée de ses deux petites-filles, en jupes plissées écossaises, chaussettes et franges identiques. Toutes les deux pouffaient, une main sur la bouche. La mère de Margaret Kochamma regardait au loin, en dehors de la photographie : visiblement, elle aurait préféré être ailleurs.

Quant au père de Margaret Kochamma, il avait refusé d'assister à la cérémonie. Il n'aimait pas les Indiens, qu'il trouvait sournois et malhonnêtes. Il n'arrivait pas à croire que sa fille en avait épousé un.

Dans l'angle droit de la photo, un homme qui poussait son vélo le long du trottoir s'était retourné pour contempler la scène.

Margaret Kochamma travaillait comme serveuse dans un café d'Oxford quand elle avait rencontré Chacko. Sa famille vivait à Londres. Son père était boulanger. Sa mère était employée chez une modiste. Margaret Kochamma était partie de chez elle un an plus tôt, sans autre raison que le besoin d'affirmer son indépendance. Elle avait l'intention de travailler et de mettre suffisamment d'argent de côté pour se payer des études d'institutrice et chercher un poste dans une école. À Oxford, elle partageait un petit appartement avec une amie. Elle aussi serveuse, dans un autre café.

Après ce grand saut, Margaret Kochamma s'aperçut qu'elle était en train de devenir exactement le genre de fille qu'avaient voulu ses parents. Face aux Réalités de la Vie, elle s'accrochait de toutes ses forces aux vieux principes qu'on lui avait inculqués et n'avait plus personne contre qui se révolter, si ce n'est elle-même Ainsi donc, en dehors du fait qu'elle mettait son pick-up un peu plus fort qu'elle ne le faisait à Londres, elle continua à mener la même petite vie étriquée que celle à laquelle elle croyait avoir échappé.

Jusqu'au matin où Chacko entra dans le café.

C'était pendant l'été de sa dernière année à Oxford.

Il était seul. Sa chemise toute fripée était boutonnée de travers, ses lacets défaits. Ses cheveux, soigneusement brossés et lissés sur le devant, lui faisaient une auréole d'épis à l'arrière. On aurait dit un porc-épic négligé et béat. Il était grand et, sous le désordre des vêtements minables (manteau miteux, cravate mal choisie), Margaret Kochamma put voir qu'il était bien bâti. Il avait un air amusé et une façon de plisser les yeux qui donnait à croire qu'il essayait de déchiffrer un panneau alors qu'il avait oublié ses lunettes. Ses oreilles décollées ressemblaient à des anses de théière. Il y avait une sorte de contradiction entre son allure athlétique et son apparence échevelée. Seules ses joues rebondies et rubicondes trahissaient l'homme empâté qu'il deviendrait. Il n'avait rien de cette indécision, de cette maladresse gênée que l'on associe volontiers aux hommes débraillés et distraits. Il avait un air enjoué, comme s'il s'était trouvé avec un ami imaginaire dont il aurait apprécié la compagnie.

Il s'était assis à côté de la fenêtre, un coude sur la table, le menton dans la main, souriant aux anges dans le café désert, comme s'il envisageait sérieusement d'engager la conversation avec le mobilier. Il avait demandé un café avec ce même sourire amical, mais sans avoir l'air de remarquer la grande serveuse aux sourcils fournis qui était venue prendre sa commande.

Elle tiqua en le voyant mettre deux grosses cuillerées de sucre dans son café très blanc.

Puis il réclama des œufs frits sur un toast. Encore un peu de café, et de la confiture de framboise.

Quand elle revint avec son plateau, il lui dit, de l'air de quelqu'un qui poursuit une conversation déjà entamée : « Vous connaissez l'histoire de cet homme qui avait des jumeaux ?

— Non », répondit-elle, en posant sa commande sur la table. Pour quelque raison (prudence naturelle peut-être, réticence instinctive face à un étranger), elle ne fit pas montre de l'intérêt qu'apparemment il s'attendait à lui voir manifester pour l'Homme aux Jumeaux. Chacko ne sembla pas lui en tenir rigueur.

« Un jour un homme eut des jumeaux, deux fils, dit-il à Margaret Kochamma. Pete et Stuart. Pete était optimiste, Stuart pessimiste. »

Il tria les framboises dans la confiture et les entassa sur le bord de son assiette. Puis étala le reste en une couche épaisse sur son toast beurré.

« Le jour de leur treizième anniversaire, le père donna à Stuart, le pessimiste, une montre de prix, un nécessaire de menuisier et un vélo. »

Chacko regarda Margaret Kochamma pour voir si elle écoutait.

« Quant à Pete, l'optimiste, le père lui remplit sa chambre de crottin de cheval. »

Chacko plaça les œufs sur le toast, fit couler les jaunes tremblotants et les étala sur la confiture avec le dos de sa cuiller.

« Quand Stuart ouvrit ses cadeaux, il grommela toute la matinée. Il n'avait jamais demandé de nécessaire de menuisier, la montre n'était pas à son goût et le vélo n'avait pas les bons pneus. »

Margaret Kochamma avait cessé d'écouter, fascinée par l'étrange rituel qui se déroulait sur l'assiette. Le toast, tartiné de confiture et d'œuf, fut coupé en petits carrés bien réguliers. Les framboises mises de côté furent récupérées une à une pour être débitées en fines lamelles.

« Quand le père entra dans la chambre de Pete l'optimiste, il ne put rien voir, mais il entendit un furieux bruit de pelle et une respiration saccadée. Le crottin volait partout dans la pièce. »

Chacko avait commencé à être secoué d'un rire silencieux en pensant à la fin de son histoire. De ses mains rieuses, il se mit à disposer une lamelle de framboise sur chacun des carrés rouge et jaune, donnant à son assiette sanguinolente l'allure de celles qu'on vous sert chez les vieilles personnes lors d'une soirée de bridge.

« Nom de Dieu, veux-tu me dire ce que tu es en train de faire ? » hurla le père à Pete.

Les carrés de toast furent dûment salés et poivrés. Chacko fit une pause destinée à retarder la chute, et regarda en riant Margaret Kochamma, qui, elle, souriait à l'assiette.

« Une voix sortit des profondeurs du crottin. "Ben, père, dit Pete, avec tout ce crottin partout, y a forcément un poney quelque part" ! »

Chacko, une fourchette dans une main, un couteau dans l'autre, se laissa aller contre sa chaise dans le café désert et éclata de son rire haut perché, hoquetant, contagieux, son rire de gros homme, jusqu'à ce que les larmes ruissellent le long de ses joues. Margaret Kochamma, qui n'avait pas saisi le quart de l'histoire, sourit. Puis se mit à rire en l'entendant rire. Ce fut bientôt de part et d'autre un fou rire hystérique. Quand le patron fit son apparition, il vit un client (pas spécialement recommandable) et une serveuse (à peine plus recommandable) pris dans les transes d'une hilarité incontrôlable.

Pendant ce temps, un autre client (un habitué, celui-là) était entré sans qu'on l'eût remarqué et attendait d'être servi.

Le patron essuya quelques verres déjà essuyés, les

entrechoquant bruyamment, et fit claquer quelques couverts sur le comptoir, histoire de signifier son mécontentement à Margaret Kochamma. Elle essaya de se remettre avant d'aller trouver l'autre client. Mais elle avait les larmes aux yeux et dut réprimer un nouveau fou rire, ce qui amena l'affamé dont elle prenait la commande à lever les yeux de la carte et à pincer ses lèvres en signe de désapprobation.

Elle jeta un coup d'œil furtif à Chacko, qui la regarda et sourit. Un sourire débordant de cordialité.

Il termina son petit déjeuner, paya et s'en alla.

Margaret Kochamma fut réprimandée par son employeur, qui lui fit un sermon sur les Dix Commandements du Serveur. Elle s'excusa. Elle était vraiment désolée de s'être conduite ainsi.

Ce soir-là, après son travail, elle réfléchit à ce qui s'était passé et se sentit mal à l'aise. Elle n'était pas du genre frivole et s'en voulait d'avoir partagé une telle expérience avec un parfait inconnu. C'était trop intime, quasiment impudique. Elle se demanda ce qui l'avait tant fait rire. Elle savait que ce n'était pas l'histoire drôle.

Elle repensa au rire de Chacko, et un sourire s'attarda un long moment dans ses yeux.

Chacko multiplia bientôt ses visites au café.

Il venait toujours avec son compagnon invisible et son sourire amical. Même quand ce n'était pas Margaret Kochamma qui le servait, il la cherchait des yeux et ils échangeaient en secret des sourires qui évoquaient le souvenir de leur Rire Partagé.

Margaret Kochamma s'aperçut bientôt qu'elle guettait avec impatience les visites du Porc-Épic Chiffonné. Sans véritable fièvre, mais avec une sorte d'affection insidieuse. Elle apprit qu'il était boursier de la Fondation Rhodes et indien. Qu'il étudiait les lettres classiques. Et faisait partie de l'équipe de rameurs de Balliol College.

Jusqu'au jour de son mariage, elle se refusa à croire qu'elle pourrait un jour accepter d'être sa femme.

Quelques mois après leurs premières sorties, il se mit à l'amener en cachette dans sa chambre, où il vivait comme un prince en exil. En dépit des efforts de son domestique, la pièce était toujours d'une saleté repoussante. Des livres, des bouteilles de vin vides, des sous-vêtements sales et des mégots de cigarette jonchaient le sol. Il fallait ouvrir précautionneusement les placards si l'on ne voulait pas les voir aussitôt déverser un flot de vêtements, de chaussures et de livres, dont certains étaient assez lourds pour occasionner de sérieux dommages. La petite vie étriquée, bien réglée, de Margaret Kochamma s'abandonna à ce désordre quasi orgiaque avec le hoquet silencieux d'un corps tiède qui entre dans une eau glacée.

Sous ses airs de Porc-Épic Chiffonné, elle découvrit un marxiste tourmenté aux prises avec un incurable romantique, qui oubliait les bougies, cassait les verres à vin, perdait les bagues et lui faisait l'amour avec une telle passion qu'elle en suffoquait. Elle qui s'était toujours trouvée plutôt quelconque, avec sa taille et ses chevilles épaisses, pas vraiment moche, mais sans rien non plus d'extraordinaire, voilà qu'avec Chacko elle s'apercevait que la notion de borne était arbitraire et que de nouveaux horizons pouvaient être découverts.

Elle n'avait jamais rencontré d'homme comme lui, capable de parler du monde — de son état actuel, ou antérieur, et de son devenir — comme d'autres parlaient de leur travail, de leurs amis ou de leurs week-ends à la plage.

Être avec Chacko, c'était pour elle comme si son esprit s'était affranchi des limites étroites de son île natale pour vagabonder à travers le vaste pays qui était le sien. Il lui donnait l'impression que le monde leur appartenait, comme s'il était étalé devant eux à l'instar d'une grenouille sur une table de dissection, suppliant qu'on veuille bien s'occuper d'elle.

Pendant l'année où elle le fréquenta, elle découvrit un peu de magie en elle, et, l'espace d'un temps, se sentit comme un joyeux petit génie qu'un sortilège a libéré de sa lampe. Elle était peut-être trop jeune pour comprendre que ce qu'elle avait pris pour de l'amour n'était sans doute qu'une timide tentative pour s'accepter elle-même.

Quant à Chacko, Margaret Kochamma était la première femme qu'il ait jamais eue comme amie. Non pas simplement la première femme avec laquelle il ait jamais couché, mais sa première véritable compagne. Ce qu'il aimait surtout en elle, c'était son indépendance, trait qui, sans avoir rien de particulièrement remarquable chez l'Anglaise moyenne, apparaissait tel aux yeux de Chacko.

Il appréciait le fait qu'elle ne s'accroche pas à lui. Qu'elle se montre incertaine de ses sentiments à son égard. Qu'il ignore jusqu'à la dernière minute si elle accepterait de l'épouser. Il aimait la manière qu'elle avait de se redresser toute nue dans son lit, de détourner de lui son long dos blanc pour regarder sa montre avant de dire de son ton neutre : « Oh la la, il faut que je me sauve. » La manière qu'elle avait de se dandiner sur sa bicyclette en partant travailler le matin. Il encourageait leurs différences d'opinion et se réjouissait secrètement de la voir exploser de temps à autre, exaspérée par son côté bohème.

Il lui était reconnaissant de ne pas chercher à s'occuper de lui. De ne pas lui proposer de ranger sa chambre. De ne pas être collante comme sa mère. Il finit par dépendre d'elle dans l'exacte mesure où elle ne dépendait pas de lui. Par l'adorer parce qu'elle-même ne l'adorait pas.

De sa famille à lui, Margaret Kochamma apprit très peu de choses. Il en parlait rarement.

Pour tout dire, pendant les années qu'il passa à Oxford, Chacko n'y pensa guère. Sa vie était bien trop remplie, et Ayemenem semblait bien loin. Le fleuve trop petit. Les poissons trop rares.

Il n'avait aucune raison pressante de rester en contact avec ses parents. Sa bourse était confortable. Il n'avait pas besoin d'argent. Il était très amoureux de son amour pour Margaret Kochamma et n'avait de place dans son cœur que pour elle.

Mammachi lui écrivait régulièrement, lui faisant la chronique de ses sordides démêlés avec son époux et de ses inquiétudes quant à l'avenir d'Ammu. C'est à peine s'il lisait les lettres jusqu'au bout. Il lui arrivait même de ne pas les ouvrir. Lui-même n'écrivit jamais.

L'unique fois où il rentra (quand il empêcha Pappachi de frapper Mammachi avec le vase en cuivre, ce qui eut pour conséquence le massacre d'un rocking-chair au clair de lune), c'est à peine s'il remarqua combien son père avait été vexé, à quel point sa mère avait redoublé d'adoration pour lui et sa jeune sœur de beauté. Il arriva et repartit dans un état second, n'aspirant, une fois chez lui, qu'à aller retrouver la fille blanche au long dos qui l'attendait.

325

C'est au cours de l'hiver qui suivit sa sortie de Balliol, après des résultats peu brillants à ses examens, que Chacko épousa Margaret. Sans le consentement de sa famille à elle. Et sans même que celle du marié ait été mise au courant.

Ils décidèrent qu'il s'installerait dans l'appartement de Margaret (obligeant l'autre serveuse de l'autre café à déménager) jusqu'à ce qu'il ait trouvé du travail.

Ils n'auraient pas pu choisir un plus mauvais moment pour se marier.

À la pression de la vie commune vint bientôt s'ajouter la pénurie. La source Rhodes s'était tarie, et il fallait maintenant payer la totalité du loyer.

Ayant cessé de pratiquer l'aviron, Chacko prit soudainement l'embonpoint de l'âge mûr. Il s'empâta, et son corps fut enfin à la mesure de son rire.

Une année de mariage suffit à dissiper le charme qu'avait eu aux yeux de Margaret le côté bohème et fantaisiste de Chacko. Cela ne l'amusait plus du tout, quand elle rentrait, de trouver l'appartement aussi sale que quand elle était partie. Faire un lit, laver du linge ou des assiettes ne venaient même pas à l'esprit de Chacko. Qui ne songeait pas davantage à s'excuser d'avoir brûlé le canapé tout neuf avec sa cigarette. Il semblait incapable, avant d'aller passer une entrevue pour un emploi, de tout faire à la fois : boutonner sa chemise, nouer correctement sa cravate et ses lacets. Au bout d'un an, elle était prête à échanger la grenouille sur la table de dissection contre quelques concessions mineures plus prosaïques. Un emploi pour son mari, par exemple, et un intérieur propre.

Chacko finit quand même par décrocher un travail temporaire, fort mal rémunéré, au département des ventes outre-mer de l'Indian Tea Board. Voulant voir là le début d'une carrière, Chacko et Margaret partirent pour Londres. Et se retrouvèrent dans un logement encore plus petit et plus sordide que le précédent. Les parents de Margaret Kochamma persistèrent dans leur refus de la voir.

Elle venait juste de découvrir qu'elle était enceinte quand elle fit la connaissance de Joe. C'était un ancien camarade de classe de son frère. À cette époque, Margaret Kochamma était aussi épanouie qu'elle le serait jamais. La grossesse avait coloré ses joues et ravivé l'éclat de ses cheveux sombres et épais. En dépit de sa vie maritale agitée, elle respirait cette joie secrète que l'on voit souvent aux femmes enceintes amoureuses de leur corps.

Joe était biologiste. Il mettait à jour la troisième édition d'un dictionnaire de biologie pour un petit éditeur. Il était tout ce que Chacko n'était pas.

Stable. Solvable. Et Svelte.

Margaret Kochamma se sentit attirée vers lui comme une plante, dans une pièce sombre, vers la lumière.

Quand Chacko, une fois terminé son travail à l'Indian Tea Board, se révéla incapable de trouver un autre emploi, il écrivit à Mammachi pour lui annoncer son mariage et lui réclamer de l'argent. Mammachi fut anéantie, mais trouva le moyen de mettre secrètement en gage ses bijoux et de lui faire parvenir le produit de la transaction. Ce fut insuffisant. Ce le serait d'ailleurs toujours.

À la naissance de Sophie Mol, Margaret Kochamma comprit que pour son bien et celui de sa fille, il lui fallait à tout prix quitter Chacko. Et demanda donc le divorce.

Chacko rentra en Inde, où il trouva facilement du travail. Pendant quelques années, il enseigna au Christian College de Madras, puis, après la mort de Pappachi, revint à Ayemenem avec sa machine à boucher les bouteilles, son aviron et son cœur brisé.

Mammachi l'accueillit à bras ouverts. Elle le nourrit, lui fit son raccommodage et veilla à ce qu'il ait des fleurs fraîches tous les jours dans sa chambre. Chacko avait besoin de l'adoration de sa mère. C'était pour lui une absolue nécessité, ce qui ne l'empêchait pas de la mépriser et de la punir à sa manière. Il se mit à jouer délibérément de sa corpulence et à se laisser aller. À porter des chemises à fleurs en Nylon bon marché par-dessus son *mundu* blanc et des sandales en plastique d'une rare laideur. Si Mammachi avait des invités, des parents ou une vieille amie de Delhi, Chacko s'installait à la table du dîner, qu'elle avait mise avec son goût habituel (délicates compositions d'orchidées, porcelaine de premier choix), et se mettait à tripoter une vieille croûte ou à gratter les grands cals noirs et oblongs qui lui ornaient les coudes.

Ses cibles préférées étaient les invités de Baby Kochamma (évêques catholiques ou prêtres en visite), qui passaient souvent pour une brève collation. En leur présence, Chacko enlevait ses sandales, histoire d'aérer l'épouvantable furoncle plein de pus qu'il avait au pied.

« Que Dieu ait pitié de ce pauvre lépreux », disait-il, tandis que Baby Kochamma essayait désespérément de détourner l'attention de ses invités en enlevant les miettes de biscuit et les petits bouts de banane séchée qui leur constellaient la barbe.

Mais de toutes les punitions qu'infligeait Chacko à Mammachi, la plus cruelle et la plus mortifiante, c'était encore la manière dont il égrenait ses souvenirs. Il parlait souvent de Margaret Kochamma avec une fierté peu banale. Comme s'il l'admirait de lui avoir demandé le divorce.

« Elle a trouvé mieux que moi », disait-il à Mammachi. Qui tressaillait sous l'outrage, comme si c'était elle qu'il dénigrait et non lui.

Margaret Kochamma écrivait souvent à Chacko pour lui donner des nouvelles de Sophie Mol. Lui affirmant que Joe était un père merveilleux et aimant, et que Sophie Mol le lui rendait bien, ce qui réjouissait et attristait Chacko tout à la fois.

Margaret était heureuse avec Joe. Plus heureuse qu'elle ne l'aurait sans doute été si elle n'avait pas connu ces quelques années folles et précaires avec Chacko. Elle pensait à lui avec affection, mais sans remords. Elle ne soupçonna jamais la profondeur de son chagrin, parce qu'elle continuait à se prendre pour une femme très quelconque là où elle n'avait pas cessé de voir en lui un être d'exception. Et, parce que Chacko n'avait jamais montré, ni à l'époque, ni depuis, les habituels symptômes du chagrin et de l'affliction, elle en conclut qu'ils considéraient tous deux avoir commis la même erreur. Quand elle lui avait révélé l'existence de Joe, il était parti tristement, mais sans faire de scène. Avec son compagnon invisible et son sourire amical.

Ils s'écrivaient régulièrement et, au fil des ans, leur relation s'épanouit. Pour Margaret Kochamma, elle prit le caractère d'une amitié profonde et réconfortante. Pour Chacko, c'était une façon — la seule qu'il connût — de rester en contact avec la mère de son enfant et son unique amour.

Quand Sophie Mol fut en âge d'aller à l'école, Margaret Kochamma entreprit des études d'institutrice, puis trouva du travail dans un établissement primaire de Clapham. Elle était dans la salle des professeurs quand elle apprit l'accident de Joe. C'est un jeune policier à l'air grave, son casque à la main, qui lui annonça la nouvelle. Il avait l'air comique d'un mauvais acteur qui passe une audition pour un rôle tragique. Margaret Kochamma se souvenait que sa première réaction en le voyant avait été de sourire.

Pour le bien de Sophie Mol, sinon pour le sien, Margaret Kochamma fit de son mieux pour garder son sang-froid face à l'adversité. Ou, du moins, pour *faire semblant*. Elle refusa de prendre un congé et veilla à ce que la vie scolaire de Sophie Mol ne fût en rien perturbée. *Finis tes devoirs. Mange ton œuf. Non, on ne peut pas ne pas aller à l'école.*

Les dehors brusques et le sens pratique de l'enseignante lui fournirent un masque commode pour déguiser son angoisse. Le trou dans l'Univers en forme de maîtresse d'école sévère (qui donnait parfois des gifles).

Mais quand Chacko écrivit pour les inviter à Ayemenem, elle éprouva soudain un immense soulagement. En dépit de tout ce qu'ils avaient pu connaître ensemble, il était bien le seul avec qui elle pût passer Noël. Plus elle y pensait, plus elle était prête à se laisser tenter. Elle finit par se convaincre qu'un voyage en Inde était exactement ce dont Sophie avait besoin.

Elle avait beau savoir que ses amis et ses collègues ne manqueraient pas de trouver bizarre qu'elle se précipite dans les bras de son premier mari alors que le second venait tout juste de mourir, elle n'en alla pas moins puiser dans son compte-épargne pour acheter deux billets d'avion. Londres-Bombay-Cochin.

Cette décision la poursuivrait jusqu'à la fin de sa vie.

Elle emporterait dans la tombe l'image du corps de sa petite fille étendu sur la chaise longue de la salle à manger d'Ayemenem. Impossible de se méprendre, même de loin. Elle n'était ni malade, ni endormie, mais bel et bien morte. On le devinait à la manière dont elle était allongée. À la position de ses membres. On sentait l'autorité de la mort. Son calme terrifiant.

Des saletés et des algues vertes étaient mêlées à ses beaux cheveux auburn. Ses paupières enfoncées étaient à vif, grignotées par les poissons. (Mais si, mais si, les poissons des eaux profondes sont coutumiers de ce genre de chose. Ils tiennent à goûter à tout.) Son tablier en velours violet proclamait « Vive les vacances » en lettres guillerettes. Elle était aussi fripée qu'un pouce de *dhobi* après avoir séjourné si longtemps dans l'eau.

Sirène spongieuse qui avait oublié l'art de nager.

Serrant dans son petit poing, en guise de porte-bonheur, un dé à coudre en argent.

Elle qui buvait dans un dé à coudre.

Et faisait des roulades dans son cercueil.

Margaret Kochamma ne se pardonnerait jamais d'avoir emmené Sophie Mol à Ayemenem. De l'avoir laissée seule pendant le week-end tandis qu'elle et Chacko allaient à Cochin confirmer leurs réservations pour le retour.

Il était environ neuf heures du matin quand Mammachi et Baby Kochamma apprirent que le corps d'une fillette blanche avait été aperçu flottant sur le fleuve, à l'endroit où le Meenachal s'élargit à l'approche des marais. On n'avait pas encore retrouvé Estha et Rahel.

Un peu plus tôt, ce matin-là, aucun des trois enfants n'était venu prendre son verre de lait. Baby Kochamma et Mammachi pensèrent qu'ils étaient peut-être allés se baigner, perspective d'autant plus alarmante qu'il avait beaucoup plu la veille et pendant une bonne partie de la nuit. Elles savaient que le fleuve pouvait être dangereux. Baby Kochamma envoya Kochu Maria à leur recherche, mais celle-ci revint bientôt, seule. Dans la panique qui suivit la visite de Vellya Paapen, personne ne fut capable de se rappeler quand les enfants avaient été vus pour la dernière fois. Personne ne s'était vraiment préoccupé d'eux. Tout aussi bien, ils étaient absents depuis la veille au soir.

Ammu était toujours enfermée dans sa chambre. Dont Baby Kochamma avait la clef. Elle demanda à Ammu, à travers la porte, si celle-ci avait la moindre idée de l'endroit où pouvaient être les enfants. S'efforçant de donner à sa question une apparence banale afin de ne pas laisser transparaître son inquiétude. Quelque chose s'écrasa contre la porte. Ammu était folle de rage, incapable de supporter l'idée qu'on puisse ainsi l'enfermer et la faire passer pour la folle de service. Ce n'est que plus tard, quand le monde s'effondra autour d'eux, quand on eut ramené le corps de Sophie Mol à Ayemenem et que Baby Kochamma l'eut délivrée de sa prison, qu'Ammu se calma et tenta de comprendre ce qui s'était passé. L'angoisse et l'appréhension l'obligèrent à penser clairement : elle se souvint alors de ce qu'elle avait dit aux jumeaux quand ils étaient venus jusqu'à la porte de sa chambre lui demander pourquoi elle était enfermée. Ces paroles stupides, elle les regrettait amèrement.

« À cause de vous ! avait-elle hurlé. Sans vous, je ne serais pas ici ! Rien de tout cela ne serait arrivé ! Et je ne serais pas ici ! Je serais libre ! J'aurais dû vous flanquer dans un orphelinat le jour où vous êtes nés ! Des boulets, voilà ce que vous êtes ! »

Elle ne pouvait les voir accroupis contre la porte. Une Banane Surprise et une Cascade dans un Va-Va. Ambassadeurs ébahis de Dieu-sait-quoi. Leurs Excellences E. Pelvis et M. Amiel.

« Allez-vous-en ! avait dit Ammu. Allez-vous-en et fichez-moi la paix ! »

Ils s'en étaient donc allés.

Et quand, pour toute réponse à sa question, Baby Kochamma n'obtint que le fracas d'un objet contre la porte, elle aussi s'en alla. L'épouvante grandit lentement en elle quand elle se mit à faire le lien, évident, logique, mais totalement erroné, entre les événements de la veille et l'absence des enfants.

La veille, la pluie s'était mise à tomber de bonne heure dans l'après-midi. Tout à coup, l'air étouffant s'était assombri, et le ciel avait commencé à claquer et à gronder. Kochu Maria, mal tournée sans qu'on pût savoir pourquoi, était dans la cuisine, debout sur son petit tabouret, en train de nettoyer furieusement un gros poisson au milieu d'un blizzard odorant d'écailles. Ses pendeloques en or s'agitaient frénétiquement. Des écailles argentées voltigeaient dans toute la cuisine, se posant sur les éplucheurs, les bouilloires, les murs, la poignée du réfrigérateur. Elle fit comme si Vellya Paapen n'existait pas quand celui-ci, trempé et tremblant, se présenta à la porte de la cuisine. Son bon œil, tout injecté de sang, donnait à penser qu'il avait bu. Il resta là dix bonnes minutes à attendre qu'on veuille bien remarquer sa présence. Quand Kochu Maria en eut fini avec son poisson et s'attaqua aux oignons, il s'éclaircit la voix et demanda à voir Mammachi. Kochu Maria essaya de s'en débarrasser, mais il insista. Chaque fois qu'il ouvrait la bouche, son haleine qui empestait l'arac frappait Kochu Maria de plein fouet. Elle ne l'avait encore jamais vu dans cet état et en conçut quelque frayeur. Elle avait plus ou moins compris de quoi il retournait et se décida finalement à aller chercher Mammachi. Elle ferma la porte de la cuisine, laissant l'ivrogne tituber dans la cour de derrière sous la pluie battante. On avait beau être en décembre, il pleuvait comme en juin. *Perturbations d'origine cyclonale*, devaient dire les journaux le lendemain. Mais à ce moment-là, personne ne serait plus en état de les lire.

C'est peut-être la pluie qui poussa Vellya Paapen jusqu'à la porte de la cuisine. Aux yeux d'un homme superstitieux, la violence inhabituelle de cette tempête pouvait fort bien passer pour un présage de mauvais augure expédié par un dieu en colère. Aux yeux d'un homme superstitieux et ivre de surcroît, la chose prenait soudain des allures d'apocalypse. Ce qui, d'une certaine manière, n'était pas faux.

Quand Mammachi apparut, en jupon et en robe de chambre rose pâle bordée de petits volants, Vellya Paapen monta les marches de la cuisine et lui offrit son œil d'emprunt. Bien à plat sur la paume de la main. Disant qu'il ne le méritait pas. Insistant pour qu'elle le reprenne. Sa paupière gauche s'affaissa sur son orbite vide dans une sorte de clin d'œil monstrueux et irrévocable. Comme si tout ce qu'il s'apprêtait à dire relevait d'une énorme farce.

« Qu'y a-t-il? demanda Mammachi, la main tendue, pensant que Vellya Paapen venait peut-être lui rendre le kilo de riz qu'elle lui avait donné ce matin-là.

— C'est son œil », dit Kochu Maria d'une voix forte, les yeux brillant de larmes d'oignon. Mais Mammachi avait déjà touché l'œil de verre. Elle eut un mouvement de recul quand elle sentit le contact de cette matière dure et glissante. Sa froideur visqueuse.

« Tu es ivre? lança Mammachi, furieuse, à la pluie. Comment oses-tu te présenter ici dans cet état? »

Elle tâtonna pour aller jusqu'à l'évier et nettoyer au savon les humeurs oculaires du Paravan aviné. Et renifla ses mains quand elle eut fini. Kochu Maria donna à Vellya Paapen un vieux chiffon pour se sécher et ne lui fit aucune remarque quand il gravit la dernière marche pour se retrouver presque à l'intérieur de sa cuisine de Touchable, maintenant à l'abri de la pluie sous l'auvent.

Quand il se fut un peu calmé, Vellya Paapen remit son œil en bonne place et se mit à parler. Il commença par faire à Mammachi l'historique de toutes les bontés que sa famille avait eues pour la sienne. Et ce pendant des générations. Lui rappelant comment, bien avant que les communistes en aient eu l'idée, le révérend E. John Ipe avait donné à son père, Kelan, un droit de propriété sur la terre où se trouvait maintenant leur cabane. Comment Mammachi lui avait payé son œil. Comment elle s'était occupée de l'éducation de Velutha avant de lui donner un emploi...

Bien qu'irritée par son ivresse, Mammachi n'avait rien contre le fait d'écouter une chanson de geste la concernant, elle, sa famille et leur munificence chrétienne. Rien ne la préparait cependant à ce qu'elle allait entendre.

Vellya Paapen se mit à pleurer. Du moins d'un côté. Des larmes jaillirent de son bon œil et brillèrent sur sa joue noire. L'autre œil fixait froidement l'horizon devant lui. Un vieux Paravan, qui avait connu l'époque de la Marche à Reculons, aujourd'hui déchiré entre sa Loyauté et son Amour.

Puis la Terreur s'empara de lui et lui arracha son histoire. Celle de la barque qui, nuit après nuit, traversait le fleuve avec deux passagers à son bord. D'un homme et d'une femme, debout sous la lune. Peau contre peau.

Ils allaient toujours dans la maison de Kari Saipu, dit Vellya Paapen. L'esprit de l'homme blanc s'était emparé d'eux. Kari Saipu se vengeait du traitement que, lui, Vellya Paapen, lui avait fait subir. Le bateau, qu'avait trouvé Rahel et sur lequel Estha était assis, était attaché à une souche au bord du sentier abrupt qui menait à travers le marais jusqu'à la plantation abandonnée. Il l'avait vu là. Nuit après nuit. Se balançant sur l'eau. Vide. Attendant le retour des amants. Pendant des heures. Parfois, ils n'émergeaient qu'à l'aube de l'herbe haute. Vellya Paapen les avait vus, de son œil vus. D'autres aussi. Tout le village était au courant. Ce n'était qu'une question de temps avant que Mammachi l'apprenne. Alors Vellya Paapen avait préféré venir le dire lui-même à Mammachi. En sa qualité de Paravan et d'homme physiquement hypothéqué, il estimait que c'était de son devoir.

Les amants. Engendrés par eux deux. Son fils à lui. Sa fille à elle. Qui avaient rendu pensable l'impensable, possible l'impossible.

Vellya Paapen n'arrêtait plus de parler. De pleurer. De roter. D'agiter les lèvres. Mammachi n'entendait plus ce qu'il disait. Le bruit de la pluie se faisait de plus en plus fort et finit par exploser dans sa tête. Elle ne s'entendit pas hurler.

Tout à coup, la vieille aveugle en robe de chambre à volants, avec ses rares cheveux gris tressés en queue de rat, s'avança et repoussa Vellya Paapen de toutes ses forces. Il trébucha, tomba des marches et s'aplatit dans la boue. Complètement pris par surprise. Le tabou qui entoure l'Intouchable fait qu'il ne s'attend pas à être touché. Du moins dans des circonstances de ce genre. Enfermé qu'il est dans un cocon imprenable.

Baby Kochamma, qui passait devant la cuisine, entendit le vacarme et trouva Mammachi en train de cracher dans la pluie, PFUIT ! PFUIT ! et Vellya Paapen vautré dans la gadoue, trempé, en pleurs. Offrant de tuer son fils. De lui arracher les membres, l'un après l'autre.

Mammachi, de son côté, criait : « Espèce de soiffard ! Sale menteur de Paravan ! »

Pour couvrir le tintamarre, Kochu Maria hurla à Baby Kochamma l'histoire de Vellya Paapen. Celle-ci pressentit aussitôt l'immense potentiel de la situation, mais

337

s'empressa de cacher sa joie sous des dehors onctueux. Elle s'épanouit. Voilà donc la voie qu'avait choisie Dieu pour punir Ammu de ses fautes et la venger elle (Baby Kochamma), de l'humiliation que lui avaient fait subir Velutha et les manifestants — le surnom (Modalali Mariakutty), le drapeau agité de force. Elle appareilla aussitôt. Navire de bonté lancé sur un océan de péchés.

Baby Kochamma passa son bras lourd autour de Mammachi.

« Ça doit être vrai, dit-elle d'une voix tranquille. Elle en est tout à fait capable. Et lui aussi. Vellya Paapen ne mentirait pas à propos d'une affaire aussi grave. »

Elle demanda à Kochu Maria d'aller chercher une chaise et un verre d'eau pour Mammachi. Puis elle fit répéter son histoire à Vellya Paapen, l'interrompant de temps à autre pour réclamer des détails : à qui, le bateau ? combien de fois ? depuis quand ?

Quand Vellya Paapen eut fini, Baby Kochamma se tourna vers Mammachi. « Il faut qu'il parte. Ce soir même. Avant que ça n'aille plus loin. Avant que nous soyons complètement perdus de réputation. »

Puis elle eut ce frisson d'écolière qui n'était qu'à elle. C'est à ce moment-là qu'elle dit : *« Mais comment a-t-elle fait pour supporter l'odeur ? Tu n'as jamais remarqué ? Ils ont une odeur bien particulière, ces Paravans. »*

Cette remarque olfactive, ce tout petit détail bien précis, suffirent à déclencher la Terreur.

La fureur de Mammachi à l'égard du Paravan borgne, ivre, bafouillant et couvert de boue se changea en froid mépris pour sa fille et ce qu'elle avait fait. Elle pensa à elle s'accouplant, toute nue, dans la boue, avec un homme qui n'était rien d'autre qu'un sale *coolie*. Elle voyait toute la scène dans ses moindres détails : la main

338

noire et calleuse d'un Paravan sur le sein de sa fille. Sa bouche sur la sienne. Ses hanches noires forçant ses cuisses ouvertes. Le bruit de leur respiration. Son odeur de Paravan, si particulière. Comme des animaux, pensa Mammachi, prête à vomir. Comme un chien et une chienne en chaleur. Le fait qu'elle ait toujours fermé les yeux sur les écarts de son fils et sur ses Besoins Masculins ne nourrissait que mieux la fureur incontrôlable qu'elle éprouvait à l'égard de sa fille. C'étaient des générations entières qu'elle salissait ainsi (le Petit Béni, béni par le patriarche d'Antioche en personne, un Entomologiste de Sa Majesté, un Boursier de la Fondation Rhodes), toute une famille qu'elle mettait à genoux. À l'avenir, à jamais maintenant, les gens les montreraient du doigt, se pousseraient du coude, chuchoteraient leur histoire aux mariages et aux enterrements. Aux baptêmes et aux anniversaires. Tout était fini.

Mammachi perdit la tête.

Elles firent ce qu'elles avaient à faire, ces deux vieilles dames, Mammachi fournissant l'énergie de la passion, Baby Kochamma le génie de l'organisation, avec la minuscule Kochu Maria en guise de lieutenant. Elles enfermèrent Ammu dans sa chambre (l'y amenant par la ruse) avant d'envoyer chercher Velutha. Elles savaient qu'elles devaient le faire sortir d'Ayemenem avant le retour de Chacko. Elles n'osaient imaginer la manière dont celui-ci réagirait à son retour.

Ce ne fut pas entièrement leur faute si l'affaire échappa à tout contrôle, comme une toupie en folie. Si ceux qui eurent le malheur de se trouver là se firent happer au passage. Quand Chacko et Margaret Kochamma rentrèrent de Cochin, il était trop tard.

Le pêcheur avait déjà retrouvé Sophie Mol

Imaginez-le.

Dans son bateau, à l'aube, à l'embouchure du fleuve qu'il connaît depuis toujours et qui, encore gonflé des pluies de la nuit, roule des flots impétueux. Son œil est attiré par quelque chose de coloré qui flotte à la surface de l'eau. Violet. Brun-rouge. Sable. Qui est emporté par le courant en direction de la mer. Il jette sa perche en bambou pour arrêter la chose et l'amener jusqu'à lui. C'est une sirène toute fripée. Une petite sirène. Aux cheveux brun-rouge. Au nez d'Entomologiste. Serrant dans son poing fermé un dé à coudre porte-bonheur en argent. Il la sort de l'eau et la dépose dans son bateau, sur une mince serviette en coton. La couche au fond de sa barque avec sa pêche de petits poissons argentés. Il rentre chez lui à la rame *thaiy thaiy thakka thaiy thaiy thome*, en se disant qu'un pêcheur ne devrait jamais se targuer de connaître son fleuve. Personne, absolument personne, ne connaît le Meenachal. Personne ne sait ce qu'il est capable de prendre ou de rendre à tout moment. C'est bien pourquoi les pêcheurs lui adressent leurs prières.

Au poste de police de Kottayam, c'est une Baby Kochamma toute tremblante qui fut introduite dans le bureau des inspecteurs. Elle relata à l'inspecteur Thomas Mathew les circonstances qui avaient provoqué le renvoi d'un ouvrier. Un Paravan. Quelques jours plus tôt, il avait essayé de... de... d'attenter à la pudeur de sa nièce. Divorcée et mère de deux enfants.

Baby Kochamma déforma la nature de la relation qui existait entre Velutha et Ammu, non point par égard pour sa nièce, mais afin de couper court au scandale et de sauver la réputation de la famille aux yeux de l'officier de police. Jamais elle n'aurait pu penser que, plus tard, Ammu se couvrirait délibérément de honte en se rendant elle-même au commissariat pour essayer de rétablir la vérité. Au fur et à mesure qu'elle débitait son histoire, Baby Kochamma se mit à y croire.

Pourquoi n'avait-on pas informé tout de suite la police ? voulut savoir l'inspecteur.

« Nous appartenons à une vieille famille, dit Baby Kochamma. Nous ne tenons pas à ce genre de publicité... »

L'inspecteur, moustache hérissée d'Air India en gros plan, comprenait parfaitement. Il avait une épouse touchable, deux filles qui ne l'étaient pas moins, avec des générations entières de Touchables en attente dans leurs ventres de Touchables...

« Où est la victime à l'heure actuelle ?

— À la maison. Elle ne sait pas que je suis venue. Elle ne m'aurait pas laissé faire. Naturellement... elle est folle d'inquiétude au sujet des enfants. Hystérique. »

Plus tard, quand l'inspecteur Mathew eut connaissance de la véritable histoire, le fait que ce qu'avait pris le Paravan au Royaume des Touchables n'avait pas été extorqué, mais bel et bien donné, le perturba considérablement. De sorte que, quand Ammu alla le trouver avec les jumeaux après l'enterrement de Sophie Mol pour lui dire qu'on lui avait menti et qu'il lui tapota les seins avec sa baguette, son geste n'avait rien de cette brutalité instinctive dont la police est coutumière. Il savait très exactement ce qu'il faisait. C'était un geste prémédité, destiné à humilier et à terroriser. Une tentative visant à rétablir l'ordre dans un monde de désordre.

Plus tard encore, quand l'émotion fut retombée, quand toutes les tracasseries de l'enquête furent réglées, l'inspecteur se félicita de la manière dont l'affaire avait finalement tourné.

Mais pour l'instant, il écoutait avec attention et courtoisie Baby Kochamma en train de fabriquer consciencieusement son histoire.

« Hier soir, vers sept heures, il faisait presque nuit quand il est arrivé à la maison et nous a menacées. Il pleuvait à verse. Les fusibles avaient sauté et nous étions en train d'allumer les lampes à pétrole. Il savait que l'homme de la maison, mon neveu, Chacko Ipe, était à Cochin... où il est encore. Nous étions trois femmes, seules à la maison. » Elle s'arrêta un instant, histoire de laisser à l'inspecteur le soin d'imaginer les sévices qu'un maniaque sexuel, paravan de surcroît, était en mesure d'infliger à trois femmes seules dans leur maison.

« Nous lui avons dit que s'il ne quittait pas Ayemenem sans faire d'histoires, nous appellerions la police. Il a commencé par dire que ma nièce avait été consentante, vous vous rendez compte ? Il nous a demandé quelle preuve nous avions de ce que nous avancions. Il a dit que d'après les Lois sur l'Emploi, rien ne nous autorisait à le renvoyer. Il était très calme. "C'en est fini du temps où vous pouviez nous traiter comme des esclaves", nous a-t-il dit. » Baby Kochamma était désormais tout à fait convaincante. Blessée. Incrédule.

Puis elle se laissa complètement emporter par son imagination. Elle s'abstint de rapporter la manière dont Mammachi avait perdu la tête. Dont elle s'était approchée de Velutha et lui avait craché à la figure. Les paroles qu'elle avait proférées. Les injures qu'elle lui avait lancées.

Elle précisa que ce n'était pas la teneur des propos de Velutha qui l'avait le plus choquée et l'avait poussée à venir, mais le ton qu'il avait employé. Et qui traduisait une absence totale de remords. Mieux même, une véritable fierté devant ce qu'il avait accompli. Sans même s'en rendre compte, elle transféra sur Velutha le comportement de l'homme qui l'avait humiliée lors de la manifestation. Décrivant la fureur méprisante peinte sur son visage. L'insolence, l'impudence de la voix qui l'avait tant effrayée. Qui la convainquait que son renvoi et la disparition des enfants étaient forcément liés.

Elle connaissait le Paravan depuis qu'il était enfant, poursuivit Baby Kochamma. C'était sa famille qui s'était chargée de son éducation, à l'école des Intouchables fondée par son père, Punnyan Kunju (Mr Thomas Mathew devait avoir entendu parler de lui? Oui, bien sûr)... Sa famille encore, qui l'avait formé au métier de menuisier, avait donné à son grand-père la maison qu'il habitait. Cette famille, il lui devait absolument tout.

« Vous autres, dit l'inspecteur, vous commencez par pourrir ces gens, en les exhibant comme des trophées, et puis quand ils se conduisent mal, vous vous précipitez chez nous pour demander de l'aide. »

Baby Kochamma baissa les yeux comme une enfant prise en faute. Puis continua son histoire. Au cours des semaines précédentes, elle avait relevé quelques signes prémonitoires, de l'insolence, de l'impolitesse. Elle signala en passant qu'elle l'avait aperçu au milieu des manifestants qui marchaient sur Cochin et parla des rumeurs selon lesquelles il était, ou avait été, naxalite. Soudain inquiet, l'inspecteur fronça légèrement les sourcils à l'annonce de ce détail. Son interlocutrice ne remarqua rien.

Elle avait déjà mis son neveu en garde au sujet de cet homme, poursuivit-elle, mais jamais, au grand jamais, elle n'aurait imaginé que les choses puissent en arriver là. Une enfant magnifique était morte. Deux autres étaient portés disparus.

L'inspecteur Mathew lui offrit du thé de commissariat. Quand elle se sentit un peu mieux, il l'aida à mettre sa déposition par écrit et l'assura de l'Entière Coopération de la police de Kottayam. L'individu serait sous les verrous avant la fin de la journée. Un Paravan avec un couple de faux jumeaux et l'Histoire à ses trousses allait avoir du mal à trouver un endroit où se cacher.

L'inspecteur était un homme prudent. Il prit le temps d'envoyer une Jeep chercher le camarade K. N. M. Pillai. Il fallait à tout prix qu'il sache si le Paravan disposait d'appuis politiques ou s'il opérait seul. Lui-même votait toujours pour le Parti du Congrès, mais il n'était pas question de risquer un affrontement avec le gouvernement marxiste. Quand il arriva, le camarade Pillai fut invité à prendre place sur le siège que Baby Kochamma venait à peine de libérer. L'inspecteur lui montra la déposition. Les deux hommes eurent une conversation. Brève, laconique, directe. Comme s'ils échangeaient non pas des mots mais des chiffres. Aucune explication ne semblait nécessaire. Il n'y avait entre eux aucun lien d'amitié, et ils ne se faisaient absolument pas confiance. En revanche, ils se comprenaient parfaitement. L'enfance n'avait laissé sur eux aucune trace. Dépourvus de curiosité comme de doutes, ils étaient à leur manière terriblement adultes. Ils regardaient le monde sans jamais se poser de questions sur son fonctionnement. Pourquoi l'auraient-ils fait puisque c'étaient eux qui le faisaient marcher? Mécaniciens promus à l'entretien de rouages différents dans une même machine.

Le camarade Pillai fit savoir à l'inspecteur qu'il connaissait Velutha, mais omit de préciser que celui-ci était membre du Parti communiste, ou qu'il était venu frapper à sa porte la veille, tard dans la nuit, et qu'il était donc, lui, Pillai, la dernière personne à l'avoir vu avant sa disparition. Pas plus qu'il ne réfuta, alors qu'il la savait fausse, l'allégation de tentative de viol dont faisait état la déposition de Baby Kochamma. Il se contenta d'assurer l'inspecteur Mathew de ce que Velutha, pour autant qu'il le sût, ne bénéficiait ni de l'appui ni de la caution du Parti communiste. Et qu'il agissait seul.

Après le départ de Pillai, l'inspecteur Mathew revint à loisir sur l'échange qu'il venait d'avoir, le tournant et le retournant dans son esprit, en vérifiant la logique, en traquant les manques. Enfin satisfait, il appela ses hommes pour leur donner ses instructions.

Dans l'intervalle, Baby Kochamma était rentrée à Ayemenem. Elle trouva la Plymouth garée dans l'allée. Margaret Kochamma et Chacko étaient revenus de Cochin.

Sophie Mol était étendue sur la chaise longue.

Quand Margaret Kochamma vit le corps de sa petite fille, une onde de choc la parcourut, comme des applaudissements imaginaires dans une salle de concert déserte. Une vague nauséeuse déferla sur elle, la laissant sans voix, l'œil vide. Elle avait maintenant deux disparus au lieu d'un seul à pleurer. Avec la mort de Sophie, Joe mourait une seconde fois. Désormais, il n'y aurait plus de devoirs à terminer ni d'œuf à manger. Elle était venue à Ayemenem pour panser sa blessure. Et elle avait tout perdu. Elle se brisa comme du verre.

Elle garda toujours un souvenir très flou des jours

qui suivirent. Longues heures d'apathie cotonneuse, dues aux bons soins du Dr Verghese Verghese, déchirées par de brèves fulgurances d'hystérie, aussi vives et tranchantes que le fil acéré d'une lame de rasoir.

Elle était vaguement consciente de Chacko — plein de sollicitude et de douceur quand il était à ses côtés, fou furieux le reste du temps et déchaînant la tempête dans la maison d'Ayemenem. Si différent du Porc-Épic Chiffonné et amusé qu'elle avait rencontré un beau matin dans le café d'Oxford.

Elle se souviendrait vaguement d'un enterrement dans une église jaune. De chants tristes. D'une chauve-souris qui avait importuné quelqu'un. Elle garderait en mémoire le fracas de portes que l'on enfonce, les cris de femmes effrayées. Le bruit des grillons la nuit, pareil à celui de marches qui craquent, ajoutant à la peur et à la tristesse qui pesaient sur la maison.

Elle ne devait jamais oublier sa fureur irraisonnée face aux deux autres enfants qui, eux, avaient été épargnés. Son esprit enfiévré s'était cramponné à l'idée que d'une manière ou d'une autre Estha était responsable de la mort de Sophie Mol. Paradoxalement, elle ne pouvait pas savoir que c'était Estha — Magicien à Banane qui avait ramé dans la confiture et conçu Deux Pensées — qui avait enfreint les règles en faisant, cet après-midi-là, traverser le fleuve à Sophie Mol et à Rahel dans un petit bateau. Estha, qui avait exorcisé une odeur fauchée en agitant un drapeau marxiste dans sa direction. Estha encore, qui avait fait de la véranda à l'arrière de la Maison de l'Histoire leur seconde maison, avec son tapis d'herbe et la plupart de leurs jouets, une fronde, une oie gonflable, un koala de la compagnie Qantas, dont les yeux en boutons de bottine pendaient au bout d'un fil. Estha toujours, qui lors de cette nuit de cauchemar avait décidé, en dépit de l'obscurité et de la pluie, que le Moment était Venu de s'enfuir, parce qu'Ammu ne voulait plus d'eux.

Pourquoi, ne sachant rien de tout cela, Margaret Kochamma s'obstina-t-elle à rejeter la faute sur Estha? Instinct maternel, peut-être.

À trois ou quatre reprises, émergeant péniblement des profondeurs troubles d'un sommeil drogué, elle était bel et bien partie à la recherche d'Estha et l'avait giflé jusqu'à ce que quelqu'un la calme et l'éloigne. Plus tard, elle écrivit à Ammu pour s'excuser. Quand la lettre arriva, Estha avait déjà été Retourné à l'Envoyeur et Ammu avait dû faire ses paquets et quitter la maison. Seule Rahel restait encore à Ayemenem pour accepter, au nom d'Estha, les excuses de Margaret Kochamma. *Je ne comprends pas ce qui m'est arrivé,* écrivait-elle. *Je ne vois pas d'autre explication que les tranquillisants. Je n'avais aucun droit d'agir comme je l'ai fait et je tiens à ce que vous sachiez à quel point je m'en veux, à quel point je suis vraiment, sincèrement désolée.*

Bizarrement, la seule personne à laquelle Margaret Kochamma ne penserait jamais, c'était Velutha. Elle ne conserverait aucun souvenir de lui. Ne se rappellerait même plus à quoi il ressemblait.

Peut-être parce qu'elle ne l'avait jamais vraiment connu. Parce qu'elle n'entendit jamais parler de ce qu'il était devenu.

Le Dieu du Deuil.

Le Dieu des Petits Riens.

Qui ne laissait ni empreintes sur le sable, ni rides sur l'eau, ni reflets dans les miroirs.

Après tout, Margaret Kochamma n'était pas aux

côtés de l'escouade de policiers quand ceux-ci traversèrent le fleuve en crue.

Shorts kaki trop larges et tout raides d'amidon. Cliquetis métallique des menottes dans une poche.

Comment peut-on raisonnablement attendre de quelqu'un qu'il se souvienne de ce qu'il n'a jamais su?

Par cet après-midi bleu de point de croix où Margaret Kochamma essayait de se remettre du décalage
horaire, le chagrin était encore à venir. Il ne viendrait
que quinze jours plus tard. Chacko, qui s'en allait voir
le camarade K. N. M. Pillai, passa furtivement devant la
fenêtre de la chambre comme une baleine inquiète
pour voir si sa femme (« ex-femme, Chacko ! ») et sa fille
étaient réveillées et n'avaient besoin de rien. Au dernier moment, le cœur lui manqua, et il flotta lourdement le long du mur sans même jeter un coup d'œil à
l'intérieur. Sophie Mol (É-veillée, É-merveillée, É-mous-
tillée) le vit disparaître.

Elle s'assit sur son lit et regarda les hévéas. Le soleil
avait tourné et projetait l'ombre profonde de la maison
sur la plantation, noircissant les arbres aux feuilles
déjà noires. Au-delà, la lumière était douce et étale.
Une entaille barrait en diagonale l'écorce mouchetée
des troncs, d'où suintait, comme le sang blanc d'une
blessure, le caoutchouc laiteux qui s'égouttait dans
une noix de coco fendue en deux et attachée à
l'arbre.

Sophie Mol se leva et alla fouiller dans le porte-
monnaie de sa mère endormie. Elle y trouva ce qu'elle

cherchait : les clés de la grande valise verrouillée posée sur le sol et placardée d'étiquettes et d'autocollants. Elle l'ouvrit et fourragea à l'intérieur avec toute la délicatesse d'un chien qui déterre un os dans une plate-bande. Elle chamboula piles de lingerie, jupes et corsages bien repassés, shampooings, crèmes, chocolat, papier collant, parapluies, savon (et autres odeurs londoniennes soigneusement mises en bouteille), quinine, aspirine, antibiotiques à spectre large. « Emporte tout », avaient conseillé à Margaret Kochamma ses collègues pleines de sollicitude. « On ne sait jamais. » Ce qui était leur façon à elles de dire à quelqu'un qui partait pour le Cœur des Ténèbres que :

(a) N'importe Quoi Peut Arriver à N'importe Qui.

Et qu'en conséquence

(b) Mieux Vaut Se Tenir Prêt.

Sophie Mol finit par trouver ce qu'elle cherchait.

Les cadeaux pour ses cousins. Des tours triangulaires de Toblerone (molles et légèrement penchées à cause de la chaleur). Des chaussettes avec des doigts de pied de toutes les couleurs. Et deux stylos-billes avec, en suspension, dans la moitié supérieure remplie d'eau, une rue de Londres en miniature. Buckingham Palace et Big Ben. Des boutiques. Des passants. Un bus rouge à deux étages porté par une bulle d'air montait et descendait la rue silencieuse. Il y avait quelque chose d'inquiétant dans le total silence de cette rue pleine d'animation.

Sophie Mol mit les cadeaux dans son fourre-tout et partit en campagne. Pour conclure un marché difficile. Négocier une amitié.

Une amitié avortée qui, malheureusement, resterait en suspens. Battant l'air sans pouvoir se poser.

Qui n'arriverait jamais à former une histoire, et ferait de Sophie Mol, plus vite que de raison, un Souvenir, tandis que la Perte de Sophie Mol, elle, ne cesserait de croître et de mûrir. Comme un fruit de saison. De toutes les saisons.

14

Le travail, c'est la lutte!

Chacko coupa à travers les hévéas pour n'avoir à faire qu'un tout petit bout de chemin sur la route qui menait chez le camarade K. N. M. Pillai. Dans son costume d'aéroport, avec sa cravate rejetée sur l'épaule, il avait l'air un tant soit peu ridicule à marcher ainsi délicatement sur le tapis de feuilles sèches.

Le camarade Pillai n'était pas chez lui quand Chacko arriva. Son épouse, Kalyani, un rond de pâte de santal fraîche sur le front, le fit asseoir sur une chaise pliante en fer dans la petite pièce de devant, puis elle disparut derrière le rideau en dentelle de Nylon d'un rose agressif dans la pièce d'à côté qui était plongée dans l'obscurité et où dansait la petite flamme d'une grosse lampe à huile en cuivre. L'odeur écœurante de l'encens filtrait à travers le rideau, au-dessus duquel un petit écriteau en bois annonçait LE TRAVAIL, C'EST LA LUTTE, LA LUTTE, C'EST LE TRAVAIL.

Chacko était trop gros pour la pièce. Les murs bleus l'oppressaient. Tendu, légèrement mal à l'aise, il jeta un coup d'œil autour de lui. Une serviette séchait sur les barreaux de la petite fenêtre verte. La table était recouverte d'une nappe en plastique décorée de fleurs aux couleurs vives. Des moucherons tourbillonnaient autour d'un régime de bananes sur une assiette en émail blanc cerclée de bleu. Dans un angle de la pièce, il y avait un tas de noix de coco pas encore écalées. Des pantoufles d'enfant en caoutchouc, tournées en dedans, se détachaient sur le rectangle lumineux et barré de longs traits que la lumière dessinait sur le sol. Un placard vitré se dressait près de la table. Des rideaux à fleurs accrochés à l'intérieur en dissimulaient le contenu.

La mère du camarade Pillai, une vieille dame minuscule, corsage marron et *mundu* beige, était assise sur le bord du haut lit en bois poussé contre le mur, les pieds pendant très loin du sol. Une mince serviette blanche, passée par-dessus son épaule, lui barrait la poitrine. Une nuée de moustiques, pareille à un entonnoir renversé, vrombissait au-dessus de sa tête. Elle restait assise, la tête appuyée sur une main, ramassant ainsi toutes ses rides d'un même côté de son visage. Le moindre centimètre carré de sa personne, jusqu'à ses chevilles et ses poignets, était fripé. Seule la peau de sa gorge était lisse, tendue par un énorme goitre. Sa fontaine de jouvence. Elle fixait d'un œil vide le mur en face d'elle, se balançant doucement, émettant à intervalles réguliers de petits grognements rythmés, comme le passager d'un car qui s'ennuie au cours d'un long trajet.

Les diplômes universitaires du camarade Pillai, tous encadrés, étaient accrochés au mur, derrière sa tête.

Sur un autre mur, une photo, également encadrée, représentait le même camarade Pillai en train de remettre une écharpe au camarade E. M. S. Namboodiripad. Au premier plan, sur une tribune, brillait un microphone avec un écriteau qui proclamait AJANTHA.

Le ventilateur posé sur la table, à côté du lit, dispensait sa brise mécanique dans un esprit de démocratie exemplaire : il soulevait tour à tour et dans l'ordre les rares cheveux de la vieille Mrs Pillai, puis ceux de Chacko. Les moustiques se dispersaient pour se rassembler à nouveau, inlassablement.

Par la fenêtre, Chacko apercevait les bagages sur les galeries des cars qui passaient en ronflant. Le haut-parleur d'une Jeep hurlait un chant du Parti marxiste dont le thème était le chômage. Le refrain était en anglais, le reste en malayalam.

Pas d'emploi ! Pas d'emploi !
C'est partout le même refrain pour les pauvres
Non, non, non, pas d'emploi !

Kalyani reparut et présenta à Chacko un verre de café instantané et une assiette en inox pleine de rondelles de bananes séchées (jaune vif avec de petits pépins noirs au milieu).

« Il est allé à Olassa. Il sera de retour d'une minute à l'autre », dit-elle. En parlant de son mari, elle utilisait l'expression *addeham*, forme respectueuse pour « il », tandis que quand « il » l'appelait, elle, il disait *edi*, ce qui signifie approximativement « Hé, toi là-bas ».

C'était une belle femme sensuelle, avec une peau d'un brun doré et des yeux immenses. Ses longs cheveux frisottés et humides retombaient librement dans son dos et se terminaient par une natte. Le dos de son corsage rouge foncé en était encore plus foncé et lui collait à la peau. Ses bras lisses se renflaient doucement juste en dessous de l'emmanchure et formaient un somptueux arrondi jusqu'à ses coudes creusés de fossettes. Son *mundu* et son *kavani* blancs étaient fraîchement repassés. Elle sentait le santal et le pois chiche pilé qu'elle utilisait en guise de savon. Pour la première fois depuis des années, Chacko la regarda sans ressentir la moindre excitation. Il avait une femme (« Ex-femme, Chacko ! ») à la maison. Avec des taches de rousseur plein les bras et le dos. Une robe bleue, et des jambes en dessous.

Le jeune Lenin apparut dans l'encadrement de la porte, vêtu d'un short rouge en stretch. Il se tenait sur une seule jambe, comme une cigogne, et tortillait le rideau rose en dentelle, ses yeux immenses, comme ceux de sa mère, fixés sur Chacko. Il avait six ans maintenant et depuis longtemps passé l'âge de se fourrer des pois chiches dans le nez.

« Fils, va chercher Latha », lui dit Mrs Pillai.

Sans bouger d'un pouce, sans quitter Chacko des yeux, Lenin se mit à hurler à tue-tête, sans effort apparent, comme seuls les enfants savent le faire.

« Latha ! Latha ! Viens voir !

— C'est notre nièce de Kottayam. La fille de son frère aîné, expliqua Mrs Pillai. Elle a gagné le premier prix de Récitation à la Fête de la jeunesse de Trivandrum la semaine dernière. »

Une adolescente d'une douzaine d'années, l'air buté, s'encadra dans la dentelle du rideau. Elle portait une longue jupe à fleurs qui lui descendait jusqu'aux chevilles et un corsage blanc qui s'arrêtait au-dessus de la taille, avec des pinces prévues pour les seins à venir. Ses cheveux soigneusement huilés étaient séparés par une raie. Ses tresses, serrées et brillantes, formaient deux grandes boucles retenues par un ruban, et pendaient de chaque côté de son visage comme les contours de larges oreilles tombantes qu'on n'aurait pas encore coloriées.

« Sais-tu qui est ce monsieur ? » demanda Mrs Pillai à Latha.

Celle-ci hocha la tête en signe de dénégation.

« Chacko saar. Le *modalali* de l'usine. »

Latha le fixa d'un œil vide avec un calme et une absence de curiosité rares à cet âge.

« Il a fait des études à Londres Oxford, dit Mrs Pillai. Tu veux lui réciter ton poème ? »

Latha obtempéra aussitôt, écartant un peu les pieds pour prendre la pose.

« Monsieur le Président, commença-t-elle en s'inclinant devant Chacko, mes chers juges, poursuivit-elle en regardant autour d'elle les spectateurs imaginaires entassés dans la petite pièce étouffante. Très chers amis. » Elle fit une pause théâtrale.

« Aujourd'hui, j'aimerais vous réciter un poème de sir Walter Scott intitulé *Lochinvar*. » Elle croisa les mains dans le dos et prit un air inspiré. Son regard vide se fixa juste au-dessus de la tête de Chacko. Elle se balançait légèrement en parlant. Chacko crut d'abord qu'il s'agissait d'une traduction de *Lochinvar* en malayalam. Les mots se bousculaient sans aucune coupure, la dernière syllabe directement reliée à la première du mot suivant. Le tout à une vitesse vertigineuse.

Voici que le jeunelo Chinvarrive du couchant,
Sondes trier n'a passon pareil dans toule pays ;
Hors safî délépée, il n'apas d'armeau côté ;
Seul dans la plainil chevauchim pa vide.

La vieille dame assise sur le lit émaillait la récitation de grognements que Chacko était le seul à remarquer.

Au bordel Eske il lelance sa monture dans les flots ;
Il vaha brida battue. Las, label la déjà dioui
Quanle galant tarriveaux portes du château.

Le camarade Pillai arriva au milieu du poème, la peau luisant de transpiration, le *mundu* ramené au-dessus des genoux, les aisselles de son tricot en polyester auréolées de taches de sueur. Petit, le teint cireux, la quarantaine toute proche, il n'avait rien d'un athlète. Il avait les jambes déjà grêles, et son ventre bedonnant et distendu était, à l'instar du goitre de sa mère miniature, en complète contradiction avec le reste de son corps maigre et chétif et de son visage éveillé. Comme si, à la suite de quelque erreur génétique, ils s'étaient vu octroyer des bosses incontournables, distribuées arbitrairement en différentes parties du corps.

Sa fine moustache dessinait entre le nez et la bouche un trait mince qui s'arrêtait exactement à l'aplomb des commissures des lèvres. Il avait commencé à perdre ses cheveux sur le devant et n'essayait pas de le cacher. Bien huilés, ceux-ci étaient rejetés à l'arrière. Il ne faisait manifestement aucun effort pour se rajeunir. Il avait cette autorité tranquille de l'Homme de la Maison. Il sourit et hocha la tête en direction de Chacko, mais ignora complètement sa femme et sa mère.

D'un battement de cils, Latha lui demanda l'autorisation de continuer son poème. Laquelle fut accordée. Le camarade Pillai retira sa chemise, la roula en boule et s'en essuya les aisselles. Quand il eut fini, Kalyani la lui prit, la tenant avec révérence, comme s'il s'agissait d'un cadeau. Un bouquet de fleurs. En tricot sans manches, le camarade Pillai s'assit sur une chaise pliante et fit passer son pied gauche sur sa jambe droite. Pendant le reste de la prestation, il contempla le sol d'un air méditatif, le menton dans une main, scandant le rythme du poème en tapant du pied droit. De son autre main, il massait la cambrure remarquable de son pied gauche.

Quand Latha eut terminé, Chacko la gratifia d'applaudissements nourris et sincères. Elle n'eut même pas l'ombre d'un sourire en guise de remerciement. Elle avait tout d'une nageuse est-allemande lors d'une compétition régionale. Les yeux rivés sur la médaille d'or olympique. Estimant que les succès de second ordre lui sont dus. D'un regard, elle demanda l'autorisation de quitter la pièce.

Le camarade Pillai lui fit signe d'approcher et lui murmura à l'oreille : « Va vite dire à Pothachen et à Mathukutty que s'ils veulent me voir il faut qu'ils viennent tout de suite.

— Non, non, camarade, vraiment... Je ne veux plus rien », dit Chacko, pensant que Pillai envoyait Latha chercher autre chose à manger. Heureux de cette méprise, le camarade Pillai s'empressa de la mettre à profit.

« Mais si, mais si. Voyons, Edi Kalyani, à quoi tu penses ? Dépêche-toi d'apporter une assiette d'*avalose oondas*. »

S'il voulait servir ses ambitions politiques, le camarade Pillai devait à tout prix passer dans sa circonscription pour un homme influent. La visite de Chacko lui fournissait une occasion unique d'impressionner les quémandeurs du coin et les militants du Parti. Pothachen et Mathukutty, les villageois qu'il avait envoyé chercher, lui avaient demandé de faire jouer ses relations à l'hôpital de Kottayam afin d'obtenir des emplois d'infirmière pour leurs filles. Le camarade Pillai tenait à ce qu'ils soient vus en train d'attendre une audience devant chez lui. Plus on verrait de gens patienter à sa porte, plus il passerait pour un homme occupé, plus favorable serait l'impression qu'il produirait. Et si les quémandeurs voyaient que le *modalali* de l'usine s'était déplacé en personne pour le rencontrer, qui plus est chez lui, la publicité n'en serait que plus bénéfique.

« Alors ! camarade, dit Pillai, une fois Latha expédiée et les *oondas* arrivés. Quoi de neuf ? Comment s'adapte votre fille ? »

En présence de Chacko, il tenait à parler anglais.

« Bien, bien. Pour l'instant, elle dort à poings fermés.

— Ah ! Ah ! Le décalage horaire, sans doute, dit Pillai, pas fâché de connaître une ou deux bricoles en matière de voyage international.

— Qu'est-ce qui se passe à Olassa ? Une réunion du Parti ? demanda Chacko.

— Oh non, rien de tel. Ma sœur Sudha a attrapé la fracture il y a quelque temps, dit le camarade Pillai, comme s'il s'agissait de la grippe. Je l'ai emmenée à Olassa Moos chercher des médicaments. Des onguents et des choses de ce genre. Son mari est à Patna. Elle est seule chez les beaux-parents. »

Lenin abandonna son poste dans l'encadrement de la porte et vint se placer entre les jambes de son père, où il entreprit de se curer le nez.

« Et toi, mon garçon, tu n'as pas un poème à nous réciter ? lui dit Chacko. Ton père ne t'en a pas appris ? »

Lenin regarda Chacko fixement, comme s'il n'avait ni entendu, ni même compris ce qu'on venait de lui dire.

« Il sait tout, dit le camarade Pillai. C'est un petit génie. Devant les étrangers seulement il ne parle pas. »

Pillai poussa son fils du genou.

« Lenin Mon, récite voir au camarade tonton celui que Papa t'a appris. "Amis, Romains, concitoyens"... »

L'enfant poursuivit sa chasse au trésor nasale.

« Allez, fils, ce n'est que le tonton... »

Le camarade Pillai fit une nouvelle tentative pour faire démarrer Shakespeare. « *Amis, Romains, concitoyens, prêtez-moi vos...* ? »

Lenin continuait à regarder Chacko, sans ciller. Le camarade Pillai essaya à nouveau.

« ... *prêtez-moi vos...* ? »

Lenin prit une poignée de rondelles de bananes et se précipita dehors. Pris d'une exaltation subite, difficilement explicable, il se mit à faire l'aller-retour entre la maison et la route à toute vitesse, en hennissant comme un cheval emballé. Quand il se fut un peu calmé, sa course se transforma en un trot enlevé qui lui faisait lever les genoux très haut.

prêtez-moi VOZREILLES

l'entendit-on hurler depuis la cour pour couvrir le bruit d'un car qui passait sur la route.

Je viensen se velir César, non chanterses louanges.
Le mal que fontleshommes tou joursleur survit,
Mais souventlebien esten terré avec leurs os.

Il débita ça d'un trait, sans se reprendre une seule fois. Étonnant pour un gamin de six ans qui ne comprenait pas un traître mot de ce qu'il racontait. Assis à l'intérieur, les yeux fixés sur ce petit diable (futur prestataire de services auprès des ambassades, nanti d'un bébé et d'un scooter) qui faisait voler la poussière dans sa cour, le camarade Pillai pétait visiblement d'orgueil.

« Il est premier de sa classe. Il va remporter tous les prix cette année. »

La petite pièce surchauffée contenait d'énormes réserves d'ambition.

Ce n'étaient sûrement pas des maquettes d'avions disloqués que le camarade conservait dans son placard à rideau.

En revanche, depuis le moment où il était entré dans la maison, ou plus exactement depuis l'arrivée du camarade Pillai, Chacko, lui, avait peu à peu perdu de sa superbe. Comme un général que l'on vient de dégrader, il arborait un sourire de circonstance. Restait sur son quant-à-soi. Quiconque l'aurait rencontré là pour la première fois aurait pu le prendre pour quelqu'un de réservé. De presque timide.

Avec cet instinct infaillible de l'habitué des combats de rue, le camarade Pillai savait que la promiscuité dans laquelle il vivait (une maison trop petite et étouffante, une mère débile, des contacts étroits avec les masses laborieuses) lui donnait sur Chacko un avantage qu'en cette période révolutionnaire aucun diplôme d'Oxford n'aurait pu contrebalancer.

Sa pauvreté était l'arme qu'il tenait appuyée sur la tempe de son visiteur.

Chacko sortit de sa poche un papier tout chiffonné sur lequel il avait maladroitement esquissé une étiquette qu'il souhaitait voir imprimée par le camarade Pillai. Elle était destinée à un nouveau produit que les Conserves et Condiments Paradise avaient l'intention de lancer au printemps, un vinaigre de cuisine synthétique. Le dessin n'était pas le fort de Chacko, mais Pillai saisit l'idée générale. Il connaissait déjà le logo du danseur kathakali, le slogan sous la jupe, « Empereurs du Royaume du Goût » (trouvaille dont il était l'auteur), et le caractère qu'ils avaient choisi pour le nom de l'entreprise.

« Pas de changements dans le dessin. Seulement dans le texte, je suppose.

— Oui, et dans la couleur de la bande, dit Chacko. Moutarde au lieu de rouge. »

Pillai repoussa ses lunettes sur ses cheveux de manière à lire le texte à voix haute. Les verres se graissèrent instantanément.

« "Vinaigre de cuisine synthétique", lut-il. En lettres majuscules, je suppose.

— Bleu de Prusse, dit Chacko.

— Et pour "À base d'acide acétique" ?

— Bleu roi. Comme celui que nous avions pris pour les poivrons verts à la saumure.

— *"Poids net. Lot n°... Date de fab. À cons. av... Prix max. cons."*... toujours bleu roi, mais en bas de casse. »

Chacko hocha la tête.

« *"Nous certifions que le vinaigre de cette bouteille est garanti conforme aux normes de fabrication. Ingrédients : eau et acide acétique."* En rouge, je suppose. »

Le camarade Pillai utilisait « Je suppose » pour déguiser ses interrogations en affirmations. Il avait les questions en horreur, à moins qu'elles ne fussent personnelles. Questionner revenait à faire étalage de son ignorance.

Quand ils eurent fini de mettre l'étiquette au point, chacun avait son entonnoir individuel de moustiques.

Ils se mirent d'accord sur une date de livraison.

« Alors, la manifestation d'hier a été un succès, non ? dit Chacko, évoquant enfin le véritable motif de sa visite.

— Tant que nos revendications ne seront pas satisfaites, et jusqu'à ce qu'elles le soient, camarade, il ne sera question ni de Succès, ni de Défaite, assura Pillai avec des inflexions d'orateur public dans la voix. Jusque-là, la lutte continue.

— Mais il y a eu une forte mobilisation, dit aussitôt Chacko, essayant d'adopter le même langage.

— Cela va sans dire, dit le camarade Pillai. Les camarades ont présenté un mémorandum aux instances du Parti. On va voir. Il ne nous reste plus qu'à attendre et à observer.

— Nous l'avons croisée hier sur la route, dit Chacko. La manifestation.

— En allant à Cochin, je suppose, dit le camarade Pillai. Mais d'après les sources du Parti, les manifestants étaient beaucoup plus nombreux à Trivandrum.

— Il y avait des milliers de camarades à Cochin également, dit Chacko. De fait, ma nièce a aperçu le jeune Velutha.

— Ah, je vois », dit le camarade Pillai, pris au dépourvu.

Velutha était un de ces sujets qu'il avait toujours eu l'intention d'aborder avec Chacko. Un jour. Plus ou moins lointain. Mais pas aussi directement. Son esprit bourdonnait aussi fort que son ventilateur. Il se demandait s'il devait saisir la perche qui lui était tendue maintenant ou la mettre en réserve. Il opta pour la première solution.

« C'est un bon travailleur, dit-il pensivement. Très intelligent.

— Absolument, dit Chacko. Un excellent menuisier, doté de l'intelligence d'un ingénieur. Si ce n'était..

— Ce n'est pas ce que je voulais dire, intervint le camarade Pillai. Je pensais au Parti, c'est un bon militant. »

La mère du camarade Pillai continuait à se balancer et à grognonner doucement. Il y avait quelque chose de rassurant dans la régularité de ses bougonnements. Un peu comme dans le tic-tac d'une horloge. On le remarque à peine, mais s'il s'arrête, il vous manque.

« Ah, je vois. Il a donc sa carte?

— Bien sûr, camarade. Bien sûr. »

Chacko avait les cheveux inondés de sueur. L'impression qu'une armée de fourmis lui parcourait le crâne. Il se gratta la tête un long moment, des deux mains. Faisant remonter puis descendre tout le cuir chevelu.

« *Oru kaaryam parayattey*? dit le camarade Pillai, se mettant à parler malayalam d'une voix de conspirateur. Je parle en ami, *keto*. Entre nous. »

Avant de poursuivre, Pillai étudia Chacko, essayant de juger de l'effet produit. Chacko examinait le dépôt gris de transpiration et de pellicules qu'il avait sous les ongles.

« Ce Paravan finira par vous attirer des ennuis, dit-il. De vous à moi... vous auriez intérêt à lui trouver du travail ailleurs. Débarrassez-vous de lui. »

Chacko fut ébahi par le tour que prenait la conversation. Il avait simplement cherché à savoir à quoi s'en tenir. Il s'était attendu à un certain antagonisme, voire à un affrontement, au lieu de quoi on lui proposait une collusion aussi malvenue que malhonnête.

« Me débarrasser de lui? Mais pour quelle raison? Pourquoi n'aurait-il pas sa carte? Je voulais juste savoir, c'est tout... Je pensais que vous lui aviez peut-être parlé. Je suis sûr que pour lui, c'est simplement une expérience, il se fait la main. C'est un garçon plein de bon sens, camarade, je lui fais confiance...

— Le problème est pas là, dit le camarade Pillai. En tant qu'individu, il est sans doute pas plus mal qu'un autre. Mais certains travailleurs ne l'aiment pas. J'ai déjà eu des plaintes... Vous comprenez, camarade, pour les gens d'ici, ces questions de caste, c'est délicat. »

Kalyani posa un gobelet de café fumant sur la table à l'intention de son mari.

« Tenez, elle, par exemple. La maîtresse de maison. Même elle, elle refuse de voir un Paravan franchir le seuil de sa porte. Catégoriquement. Et y a rien à faire pour la convaincre de revenir sur ses positions. Ma propre femme. Bien entendu, dans la maison, la patronne, c'est elle. » Ce disant, il adressa à l'intéressée un sourire affectueux et coquin. « *Allay edi*, Kalyani ? »

Kalyani baissa les yeux et eut un sourire soumis, admettant tacitement ses préjugés.

« Vous voyez ? dit le camarade Pillai d'un ton triomphant. Elle comprend l'anglais très bien. Elle ne parle pas seulement. »

Chacko eut un sourire forcé.

« Vous dites que mes ouvriers viennent se plaindre à vous...

— Exact, dit l'autre.

— Des griefs bien précis ?

— Pas vraiment particulièrement. Mais, comprenez, camarade, tous les privilèges que vous lui accordez à lui, les autres le vivent mal. Y sont jaloux. Après tout, il a beau faire toutes sortes de choses, menuiserie, électricité ou je sais pas quoi d'autre, pour eux il reste un Paravan. Ils sont conditionnés comme ça depuis leur naissance. Je leur ai bien dit qu'il fallait pas raisonner comme ça. Mais, très franchement, camarade, le Changement, c'est une chose, l'Acceptation du Changement, c'en est une autre. Vous avez intérêt à faire attention. Vous feriez mieux de vous en débarrasser...

— Mon cher ami, dit Chacko, c'est hors de question. Il est on ne peut plus précieux. C'est quasiment lui qui fait marcher l'usine... Et puis nous n'allons pas résoudre le problème en nous débarrassant de tous les

Paravans. Il va bien falloir que nous trouvions une solution à toutes ces sottises. »

Le camarade Pillai avait horreur qu'on lui donne du « Cher ami ». Pour lui, il s'agissait d'une insulte, déguisée, puisqu'elle était en anglais, donc doublement insultante : à l'offense première s'ajoutait le fait que Chacko le croyait incapable de la comprendre. Ce qui eut pour effet de le mettre de mauvaise humeur.

« Peut-être bien, dit-il d'un ton caustique. Mais Rome ne s'est pas faite en un jour. C'est pas Oxford ici, l'oubliez pas. Ce que vous, vous appelez une sottise, ne l'est pas pour les Masses. »

Lenin réapparut à la porte, hors d'haleine. Il avait débité toute la tirade de Marc-Antoine et le plus gros de *Lochinvar* sans s'apercevoir qu'il avait perdu son public. Il reprit donc position entre les jambes du camarade Pillai.

Il se mit à donner des claques sur le crâne de son père, semant la panique chez les moustiques. Puis il fit le compte des cadavres, dont certains étaient gorgés de sang frais. Il les montra à son père, qui remit l'enfant entre les mains de sa mère pour qu'elle le nettoie.

Une fois de plus, le silence qui s'installa entre eux fut meublé par les grognements de Mrs Pillai. Latha revint, accompagnée de Pothachen et de Mathukutty. Qu'elle fit dûment attendre dehors, tandis que la porte restait entrebâillée. Quand le camarade Pillai reprit la parole, ce fut pour parler en malayalam, suffisamment fort pour que rien n'échappe à ceux qui faisaient antichambre.

« Bien entendu, le seul canal par lequel les travailleurs peuvent faire connaître leurs revendications, c'est le syndicat. Dans ce cas précis, comme le *modalali* est lui-même un camarade, c'est un véritable scandale que les ouvriers ne soient pas syndiqués et n'aient pas encore rejoint la lutte du Parti.

— J'y ai songé, dit Chacko. J'ai l'intention de fonder un syndicat qui leur permettra d'élire leurs propres représentants.

— Mais camarade, c'est *leur* révolution, vous ne pouvez pas la faire à leur place. Tout ce que vous pouvez faire, c'est les sensibiliser à la conscience politique. Les éduquer. Mais c'est à eux de se lancer dans la lutte. C'est à eux d'apprendre à ne plus avoir peur.

— Peur de qui? dit Chacko en souriant. De moi?

— Non, non, pas de vous, mon cher camarade. De siècles d'oppression. »

C'est alors que le camarade Pillai se mit en devoir de citer le président Mao d'un ton sans réplique. En malayalam. Il ressemblait étrangement à sa nièce.

« La révolution n'est pas une partie de plaisir. La révolution est une insurrection, un acte de violence qui permet à une classe d'en renverser une autre. »

Et c'est ainsi qu'après avoir bouclé le contrat des étiquettes pour le vinaigre de cuisine synthétique, il s'arrangea pour bannir adroitement Chacko des rangs militants des Renverseurs et l'expédier dans les rangs félons des Futurs Renversés.

Assis côte à côte sur leurs chaises pliantes, le Jour de l'Arrivée de Sophie Mol, ils sirotaient leur café et mastiquaient leurs rondelles de banane. Délogeant de la langue la pâte jaune détrempée qui leur collait au palais.

Le Gros et le Petit Maigre. Ennemis de bande dessinée dans une guerre encore à venir.

Il s'avéra, au grand dam du camarade Pillai, que cette guerre allait se terminer avant même d'avoir commencé. La victoire lui fut présentée, emballée et enrubannée, sur un plateau d'argent. Ce n'est qu'alors, quand il était déjà trop tard, quand la conserverie Paradise s'effondra sans un murmure, sans même faire mine de résister, que le camarade Pillai comprit son malheur : plus qu'une victoire, c'est le processus même de la guerre qu'il lui aurait fallu. Là où la guerre aurait pu être ce coursier lui permettant de faire un bout de chemin jusqu'à l'assemblée législative, la victoire, elle, le laissa choir. Et il se retrouva à son point de départ.

S'il n'eut aucun mal à casser les œufs, il fit bel et bien brûler l'omelette.

Personne ne sut jamais exactement le rôle qu'il avait joué dans les événements qui suivirent. Même Chacko — qui n'ignorait rien du pharisaïsme des discours enfiévrés et survoltés que fit Pillai sur les droits des Intouchables (« La caste, c'est la classe, camarades ») au cours du siège de la conserverie Paradise mené par le Parti — ne connut jamais toute la vérité. Non pas qu'il s'en soit soucié. Anéanti par la disparition de Sophie Mol, il ne devait plus regarder le monde qu'hébété par la douleur. Comme un enfant victime d'une tragédie, qui grandit brusquement et abandonne ses jouets, Chacko jeta les siens au rebut. Ses rêves de Magnat du Condiment et de Guerre du Peuple allèrent rejoindre les avions en morceaux sur les rayons du placard vitré. Après la fermeture de l'usine, on vendit quelques rizières (et leurs hypothèques avec) pour rembourser les prêts bancaires. Il fallut en céder quelques autres pour permettre à la famille de survivre. Quand Chacko émigra au Canada, les seules ressources encore disponibles provenaient de la plantation d'hévéas qui jouxtait la maison d'Ayemenem et des cocotiers de l'enclos. C'est ce dont Baby Kochamma et Kochu Maria vécurent après la mort, le départ ou la Ré-expédition des uns et des autres.

Pour être tout à fait juste à son endroit, le camarade Pillai n'orchestra pas personnellement la suite des événements. Il se contenta de glisser une main fébrile dans le gant de l'Histoire.

Ce n'était pas entièrement sa faute s'il vivait dans une société où la mort d'un homme pouvait être beaucoup plus profitable que ne l'avait jamais été sa vie.

La dernière visite de Velutha au camarade Pillai — après sa confrontation avec Mammachi et Baby Kochamma — et la conversation qu'eurent les deux hommes restèrent toujours secrètes. Ultime trahison qui devait envoyer Velutha de l'autre côté du fleuve, l'obligeant à nager contre le courant dans les ténèbres et la tempête, pour ne pas manquer son rendez-vous truqué avec l'Histoire.

Velutha attrapa le dernier bus au départ de Kottayam, où il avait porté la machine à sceller les boîtes de conserves pour la faire réparer. À l'arrêt du car, il tomba par hasard sur un des ouvriers de l'usine, qui lui fit savoir, avec un sourire narquois, que Mammachi le cherchait. Velutha n'avait pas la moindre idée de ce qui s'était passé et ignorait tout de la visite avinée de son père à la maison d'Ayemenem. Il ne savait pas davantage que Vellya Paapen était assis depuis des heures devant la porte de leur cabane, toujours ivre, son œil de verre et la lame de sa hache brillant dans la lumière de la lampe, à attendre son retour. Il ne se doutait pas non plus que le pauvre Kuttappen, immobilisé sur son lit et mort de frayeur, parlait depuis deux heures à son père pour tenter de le calmer, tendant l'oreille au moindre craquement, au moindre bruit de pas afin d'avertir son frère de se tenir sur ses gardes.

Velutha ne rentra pas chez lui. Il se rendit directement à la maison d'Ayemenem. S'il ne s'attendait pas à une telle réception, il savait néanmoins, avait toujours su, avec ce vieil instinct qui ne trompe pas, qu'un jour ou l'autre les petites combines de l'Histoire finiraient par le rattraper. Tout au long de la tirade explosive de Mammachi, il se contint et resta étonnamment calme. D'un calme né de la violence même de la provocation. De cette lucidité qui ignore la fureur.

Quand Velutha arriva, Mammachi, désorientée, se mit à cracher son venin aveugle, ses insultes terribles, insupportables, en direction de la porte coulissante, jusqu'à ce que Baby Kochamma la fasse pivoter avec beaucoup de tact pour la mettre face à la bonne cible, face à Velutha, debout, impassible, dans les ténèbres. Mammachi poursuivit sa tirade, l'œil vide, le visage affreusement convulsé, sa colère la propulsant vers Velutha. Elle se retrouva bientôt en train de lui cracher au visage. Des jets de salive lui éclaboussèrent la joue, et il sentit son haleine qui empestait le thé rance. Baby Kochamma restait à proximité de Mammachi. Sans rien dire, mais faisant les gestes qui s'imposaient pour moduler sa fureur et mieux la nourrir quand elle menaçait de s'apaiser. Une tape encourageante dans le dos. Un bras rassurant autour des épaules. Mammachi n'avait nullement conscience d'être manipulée.

Mais où donc une vieille dame aussi respectable (qui ne portait que des saris fraîchement repassés et pouvait jouer *Casse-noisette* au violon) avait-elle bien pu apprendre le langage ordurier qu'elle utilisa ce jour-là ? Tous ceux qui l'entendirent, Baby Kochamma, Kochu Maria, Ammu, enfermée dans sa chambre, en restèrent confondus.

« Dehors ! avait-elle fini par hurler. Si je te trouve encore chez moi demain, je te fais castrer comme le chien bâtard que tu es. Je te fais massacrer.

— Nous verrons bien », dit Velutha calmement.

Ce furent ses seules paroles. Celles sur lesquelles broda Baby Kochamma dans le bureau de l'inspecteur

Thomas Mathew, jusqu'à les transformer en menaces de mort et de rapt.

Mammachi cracha au visage de Velutha. Un crachat épais. Qui lui éclaboussa le visage. La bouche, les yeux.

Il ne bougea pas. Stupéfait. Puis fit demi-tour et partit.

Tout en s'éloignant de la maison, il avait l'impression que tous ses sens étaient en éveil, stimulés, aiguisés. Comme si le monde qui l'entourait s'était aplati pour donner une image sans relief. Un croquis de machine, accompagné d'un mode d'emploi lui disant très exactement ce qu'il avait à faire. Son esprit, qui cherchait désespérément un point d'appui, s'accrochait à chaque objet, l'un après l'autre. Étiquetant tout ce qu'il rencontrait.

Grille, pensa-t-il en franchissant la grille. *Grille. Route. Pierres. Ciel. Pluie*

Grille.

Route.

Pierres.

Ciel.

Pluie.

La pluie était tiède sur sa peau. La latérite fendillée sous ses pieds. Il savait où il allait. Relevait le moindre détail. Chaque feuille. Chaque arbre. Chaque nuage dans le ciel sans étoile. Chaque pas qu'il faisait.

> *Koo-koo kookum thevandi*
> *Kooki paadum thevandi*
> *Rapakal odum thevandi*
> *Thalannu nilkum thevandi.*

C'était la première leçon qu'il avait apprise à l'école. Un poème à propos d'un train.

Il commença à compter. Tout. N'importe quoi. *Un deux trois quatre cinq six sept huit neuf dix onze douze treize quatorze quinze seize dix-sept dix-huit dix-neuf vingt vingt et un vingt-deux vingt-trois vingt-quatre vingt-cinq vingt-six vingt-sept vingt-huit vingt-neuf...*

Le croquis de la machine commença à s'estomper. Les contours à se brouiller. Les instructions n'avaient soudain plus de sens. La route monta, venant à sa rencontre, et l'obscurité s'épaissit. Se fit visqueuse. Avancer lui demandait maintenant des efforts. Comme nager sous l'eau.

C'est en train d'arriver, lui murmurait une voix. *Le mécanisme est enclenché.*

Son esprit, soudain incroyablement las, s'échappa de son corps pour aller flotter dans l'air très haut au-dessus de lui, lui bafouillant des avertissements inutiles.

Il regarda en dessous de lui et vit le corps d'un homme jeune peiner dans l'obscurité et la pluie battante. Un corps qui n'avait plus qu'une envie, dormir. Dormir pour se réveiller dans un autre monde. *Avec son odeur à elle dans l'air qu'il respirait. Son corps sur le sien. Peut-être qu'il ne la reverrait jamais. Où était-elle ? Que lui avait-on fait ? Du mal, peut-être ?*

Il continuait de marcher. Sans jamais lever le visage vers la pluie ni le baisser pour s'en protéger. Sans l'accueillir ni la repousser.

Même si la pluie lui avait lavé le visage des crachats de Mammachi, il conservait le sentiment que quelqu'un lui avait arraché la tête pour pouvoir vomir en lui. Un vomi grumeleux s'égouttant dans ses entrailles. Sur son cœur. Ses poumons. S'écoulant lentement en un flux épais jusqu'au creux de l'estomac. Recouvrant entièrement ses organes. Et la pluie ne pouvait rien là contre.

Il savait ce qui lui restait à faire. Il n'avait qu'à suivre les instructions du mode d'emploi. Il fallait qu'il se rende chez le camarade Pillai. Il ne savait plus pourquoi. Ses pieds le portèrent jusqu'à l'imprimerie, qui était fermée, puis au fond de la petite cour, jusqu'à la maison.

Le seul fait d'avoir à lever le bras pour frapper l'épuisa.

Quand Velutha frappa à la porte, le camarade Pillai terminait son repas et était occupé à écraser une banane mûre, extrayant la bouillie de son poing fermé pour la faire gicler sur son assiette de lait caillé. Il envoya sa femme ouvrir. Elle revint et, en dépit de son air maussade, Pillai la trouva soudain très sexy. Il eut envie de lui tripoter les seins sur-le-champ. Mais il avait les mains pleines de lait caillé, et quelqu'un attendait à la porte. Kalyani s'assit sur le lit et, d'une main distraite, se mit à caresser Lenin, qui dormait à côté de sa grand-mère miniature en suçant son pouce.

« Qui est-ce?

— Le fils du Paravan Paapen. Il dit que c'est urgent. »

Pillai finit son lait caillé sans se presser. Il agita les doigts au-dessus de son assiette. Kalyani apporta dans un bol en inox de l'eau qu'elle lui versa sur les mains. Les restes de nourriture (un piment rouge et des rognures de pilons de poulet sucés, rongés, puis recrachés) se mirent à surnager dans son assiette. Elle lui présenta une serviette. Il s'essuya les mains, rota en signe d'approbation et se dirigea vers la porte.

« *Enda* ? Si tard? »

Quand il répondit, Velutha entendit l'écho de sa voix lui revenir, comme renvoyé par un mur. Il essaya d'expliquer ce qui s'était passé, mais s'entendit basculer très vite dans l'incohérence. L'homme auquel il s'adressait était tout petit et très loin, derrière une paroi de verre.

« Le village n'est pas grand, disait le camarade Pillai. Les gens parlent. Moi, j'écoute. Tu penses bien que je suis au courant. »

Une fois encore, Velutha s'entendit dire quelque chose qui laissa l'autre complètement froid. Sa propre voix s'enroulait autour de lui comme un serpent.

« Peut-être, dit Pillai. Mais tu devrais savoir, camarade, que le Parti n'est pas là pour cautionner les écarts de conduite et les dérèglements sentimentaux des travailleurs. »

Velutha regardait le corps du camarade Pillai disparaître de l'encadrement de la porte. Seule s'attardait une voix de fausset désincarnée énonçant des slogans. Fanions dérisoires sur un seuil vide.

Il n'est pas dans l'intérêt du Parti de s'occuper de ce genre d'histoires.

L'intérêt de l'individu est subordonné à celui de l'organisation.

Violer la Discipline du Parti, c'est violer son Unité.

La voix poursuivait. Les phrases se désagrégeaient. Réduites à des segments. Des mots.

Progrès de la Révolution.

Anéantissement de l'Ennemi de Classe.

Exploiteur capitaliste.

Et voilà que c'était arrivé à nouveau. Une fois encore, une religion se retournait contre elle-même. Un édifice, construit par l'intelligence humaine, s'écroulait sous les coups de l'homme.

Le camarade Pillai referma sa porte et revint à sa femme et à son dîner. Il décida de manger une autre banane.

« Qu'est-ce qu'il voulait ? demanda sa femme, qui lui en présenta une.

— Ils ont découvert le pot aux roses. Quelqu'un a dû les renseigner. Ils l'ont renvoyé.

— C'est tout ? Il a de la chance, ils auraient pu le pendre au bout d'une corde.

— C'est bizarre, tout de même... dit le camarade Pillai en pelant sa banane. Ce type avait du vernis rouge sur les ongles... »

Dehors, dans la pluie, le froid, la lumière mouillée de l'unique lampadaire, Velutha se sentit soudain submergé par le sommeil. Il dut faire un effort pour garder les yeux ouverts.

Demain, se dit-il. *Demain quand il ne pleuvra plus.*

Ses pieds le portèrent jusqu'au fleuve. Comme s'ils étaient la laisse et lui le chien.

L'Histoire promenant son chien.

15

La traversée

Il était minuit passé. Le fleuve avait monté, ses eaux rapides et noires, serpentant vers la mer, charriaient la nuit et ses nuages, toute une frondaison de palmiers, un morceau de barrière en roseau et d'autres présents offerts par le vent.

Bientôt la pluie ne fut plus qu'une bruine fine. Puis elle s'arrêta. Pendant un instant, la brise fit pleuvoir l'eau des feuilles là où auparavant les arbres offraient leur abri.

Une lune pâle et embuée laissait filtrer sa lumière à travers les nuages, éclairant un homme jeune assis au sommet des treize marches de pierre qui menaient à l'eau. Il était trempé, complètement immobile. Et très jeune. Bientôt, il se leva, ôta son *mundu* blanc, l'essora et se l'enroula autour de la tête comme un turban. Il était nu à présent. Il descendit les treize marches et avança dans l'eau jusqu'à la poitrine. Puis il se mit à nager d'un mouvement fluide et puissant en direction des Eaux Profondes, là où le courant était sûr et rapide. Sous l'éclat de la lune, le fleuve coulait le long de ses bras comme des manches d'argent. Il ne lui fallut que quelques minutes pour traverser. Quand il atteignit l'autre rive, il émergea, ruisselant de lumière et se hissa sur le rivage. Il était noir comme la nuit qui l'entourait, comme l'eau qu'il venait de traverser.

Il s'engagea sur le sentier qui conduisait, à travers le marais, vers la Maison de l'Histoire.

Il ne laissa aucune ride sur l'eau.

Aucune empreinte sur la rive.

Il déploya son *mundu* au-dessus de sa tête pour le faire sécher. Le vent le gonfla comme une voile. Brusquement, il se sentit heureux. *Les choses vont se gâter*, se dit-il. *Puis elles s'arrangeront.* Il marchait vite maintenant, en direction du Cœur des Ténèbres. Aussi solitaire qu'un loup.

Le Dieu du Deuil.

Le Dieu des Petits Riens.

Nu, à l'exception du vernis qui lui couvrait les ongles.

16

Quelques heures plus tard

Trois enfants sur la berge. Un couple de jumeaux et un autre, dont le tablier de velours violet annonçait en lettres guillerettes « Vive les vacances ».

Les feuilles humides luisaient dans les arbres comme du cuivre martelé. Des bouquets touffus de bambou s'inclinaient vers la rivière comme s'ils pleuraient déjà les événements à venir. Le fleuve lui-même était sombre et silencieux. Absence plus que présence. Qui ne laissait rien deviner de sa profondeur ni de sa puissance.

Estha et Rahel sortirent le bateau des fourrés où ils le tenaient caché. Les rames qu'avait fabriquées Velutha étaient enfouies dans un arbre creux. Ils le posèrent dans l'eau, le maintenant pour que Sophie Mol puisse monter. Ils semblaient faire confiance à l'obscurité et se déplaçaient sur les marches de pierre luisantes avec l'agilité de deux cabris.

Sophie Mol, un peu effrayée par l'ombre alentour, manifestait moins d'assurance. Un sac de toile rempli de nourriture prélevée dans le réfrigérateur lui barrait la poitrine. Du pain, du gâteau, des biscuits. Les jumeaux, écrasés sous le poids des paroles de leur mère — *Si vous n'étiez pas là, je serais libre. J'aurais dû vous flanquer dans un orphelinat le jour de votre naissance. Vous êtes de vrais boulets* —, ne portaient rien. Grâce à ce qu'avait fait l'Homme Orangeade-Citronnade à Estha, leur deuxième maison était déjà bien montée. Depuis que, quinze jours plus tôt, Estha avait ramé dans la confiture écarlate et conçu Deux Pensées, ils avaient détourné et accumulé des Provisions de Première Nécessité : allumettes, pommes de terre, vieille casserole toute bosselée, oie gonflable, chaussettes à doigts de pied multicolores, stylos-billes à bus londoniens et koala Quantas à boutons de bottine en guise d'yeux.

« Qu'est-ce qu'on fait si Ammu nous retrouve et nous supplie de rentrer ?

— On rentre. Mais uniquement si elle nous supplie. »

Estha le Compatissant.

Sophie Mol avait réussi à convaincre les jumeaux que sa présence était indispensable. Que l'absence des enfants, de tous les enfants sans exception, ne ferait que décupler les remords des adultes. Ils en seraient tout retournés, comme les grands du village quand le joueur de flûte de Hamelin entraîne tous leurs enfants à sa suite. Ils chercheraient partout, et juste au moment où ils les croiraient tous morts, eux, feraient une entrée triomphale. Plus que jamais chéris, aimés, précieux. Pour les décider, elle finit par leur dire qu'elle n'osait préjuger de ses réactions sous la torture et risquait fort de révéler leur cachette.

Estha attendit que Rahel soit montée, puis prit place à l'arrière, s'installant comme sur un chevalet. Il se servit de ses pieds pour éloigner le bateau de la rive. Quand ils eurent atteint des eaux plus profondes, ils se mirent à ramer en diagonale pour remonter le courant, comme Velutha le leur avait appris. (« Il faut viser l'endroit que vous voulez atteindre. »)

Dans l'obscurité, il leur était impossible de voir qu'ils allaient à contresens sur une route silencieuse, mais encombrée de circulation. Que des branches, des troncs, des morceaux d'arbre fonçaient sur eux à toute vitesse.

Ils venaient de franchir les Eaux Profondes, n'étaient plus qu'à quelques mètres de l'Autre Rive, quand ils heurtèrent un bois flottant, et que la frêle embarcation se retourna. Ils avaient déjà connu pareille mésaventure, lors de précédentes expéditions : ils se contentaient alors de nager derrière le bateau pour le rattraper et, l'utilisant comme flotteur, de le guider jusqu'à la rive. Cette fois-ci, emportée par le courant, la barque disparut aussitôt, et les enfants la perdirent de vue. Ils gagnèrent la berge, surpris des efforts qu'ils eurent à fournir pour couvrir une distance aussi courte.

Estha parvint à agripper une branche basse qui s'arquait au-dessus de l'eau. Il plongea les yeux dans l'obscurité pour essayer d'apercevoir le bateau.

« Je ne vois rien. Il est parti. »

Rahel, couverte de vase, prit pied sur la berge et aida Estha à sortir de l'eau. Il leur fallut quelques minutes pour retrouver leur souffle et se faire à l'idée que le bateau était perdu. Pour pleurer sur son sort.

« Et toute notre nourriture qui est perdue aussi », dit Rahel à Sophie Mol. Elle ne rencontra que le silence. Un silence impétueux, tourbillonnant, poissonneux.

« Sophie Mol? murmura-t-elle au fleuve impétueux. On est là! Près de l'arbre d'Illimba! »

Rien.

Sur le cœur de Rahel, le papillon de Pappachi ouvrit ses ailes sombres d'un coup sec.

Ouvertes.

Fermées.

Et agita les pattes.

En haut.

En bas.

Ils coururent le long de la berge tout en l'appelant. Mais elle avait disparu. Emportée sur la route silencieuse. Verdâtre. Pleine de poissons. De ciel et d'arbres. Et, la nuit, de lune émiettée.

Il n'y eut pas de musique d'orage. Aucun malstrom ne monta des profondeurs noires du Meenachal. Aucun requin n'assista au drame.

Mais une simple passation de pouvoir. Un bateau déversant sa cargaison. Un fleuve acceptant l'offrande. Une petite vie de rien du tout. Un bref rayon de soleil. Avec un dé à coudre porte-bonheur dans son poing fermé.

Il était quatre heures du matin ; il faisait encore sombre quand les jumeaux, épuisés, affolés et couverts de boue, se frayant un chemin à travers le marécage, s'approchèrent de la Maison de l'Histoire. Hansel et Gretel dans un conte d'horreur où on leur aurait volé leurs rêves pour leur en forger d'autres. Ils s'étendirent, sous la véranda, sur un tapis d'herbe en compagnie d'une oie gonflable et d'un koala Quantas. Couple de nains trempés, terrifiés, attendant la fin du monde.

« Tu crois qu'elle est morte maintenant ? »

Estha ne répondit pas.

« Qu'est-ce qui va nous arriver ?

— On va aller en prison. »

Il savait. Il voulait bien être pendu s'il ne savait pas. Petit Homme. Qui vivait dans une cara-vane. Pom pom.

Ils ne virent pas une autre forme allongée dans l'obscurité, endormie. Aussi solitaire qu'un loup. Sur son dos noir, une feuille brune. Qui faisait venir la mousson à temps.

17

Cochin : la gare centrale

Dans sa chambre bien propre de la maison d'Ayemenem bien sale, Estha (ni jeune, ni vieux) était assis sur son lit dans le noir. Assis très droit. Les épaules rejetées en arrière. Les mains sur les genoux. Comme s'il attendait son tour. Pour être contrôlé. Ou arrêté.

Le repassage était fait. Soigneusement empilé sur la planche à repasser. Il s'était occupé des affaires de Rahel.

Il pleuvait à verse. Une pluie nocturne. Tambour solitaire qui continue à jouer bien après le départ de l'orchestre.

Dans le *mittam*, juste à côté de l'entrée indépendante réservée aux Besoins Masculins, les ailerons chromés de la vieille Plymouth étincelèrent un bref instant dans la lumière d'un éclair. Quand Chacko était parti pour le Canada, Baby Kochamma, pendant quelque temps, avait fait laver la voiture régulièrement. Deux fois par semaine, pour une somme modique, le beau-frère de Kochu Maria, qui conduisait le camion jaune des poubelles à Kottayam, venait à Ayemenem (annoncé par des remugles d'ordures qui s'attardaient longtemps après son départ) dépouiller sa belle-sœur de son salaire et faire faire un tour à la Plymouth pour éviter que la batterie ne se décharge. Du jour où elle se mit à la télévision, Baby Kochamma laissa tomber voiture et jardin. Pêle-mêle.

Avec chaque mousson, la voiture s'enfonçait un peu plus dans le sol. Comme une vieille poule arthritique, toute raide, en train de couver ses œufs. Sans la moindre intention de jamais se relever. L'herbe poussait autour de ses pneus dégonflés. La pancarte Conserves et Condiments Paradise avait pourri et s'était affaissée sur la galerie comme une couronne renversée.

Une plante grimpante se mirait discrètement dans la moitié restante du rétroviseur fendu et marbré de taches.

Une hirondelle morte occupait le siège arrière. Elle avait réussi à entrer par un trou du pare-brise, sans doute tentée par la mousse du siège éventré pour habiller son nid, et n'avait jamais pu ressortir. Personne n'avait entendu ses cris de détresse. Elle était morte, les pattes en l'air. Macabre plaisanterie.

Kochu Maria dormait sur le plancher du salon, repliée en virgule dans la lumière vacillante de la télévision qui marchait encore. Des flics américains poussaient un adolescent, menottes aux poignets, dans une voiture de police. Il y avait du sang plein le trottoir. Les gyrophares clignotaient, et une sirène hurlait. À l'arrière-plan, une femme décharnée, la mère du garçon peut-être, regardait la scène d'un air effaré. Le garçon se débattait. Afin de prévenir tout procès ultérieur, on avait placé un cache sur le haut de son visage. Du sang séché lui maculait la bouche et dessinait une bavette rouge sur le devant de son T-shirt. Ses lèvres d'enfant se retroussaient sur ses dents prêtes à mordre. Il avait tout d'un loup-garou. Il hurla par la portière en direction de la caméra.

« J'ai quinze ans et je donnerais cher pour être différent. Mais c'est pas le cas. Ça vous dirait d'entendre mes malheurs ? »

Il cracha sur la caméra et un jet de salive s'écrasa sur l'objectif.

Baby Kochamma était dans sa chambre, assise sur son lit, en train de découper un bon de réduction qui proposait une remise de deux roupies sur le *nouveau* flacon d'un demi-litre de Listerine et des bons d'achat de deux mille roupies pour les Heureux Gagnants du concours.

Des ombres géantes d'insectes minuscules déferlaient sur les murs et le plafond. Pour s'en débarrasser, Baby Kochamma avait éteint toutes les lumières et allumé une grosse bougie dans une cuvette d'eau, où s'amoncelaient les cadavres calcinés. La lueur de la bougie rehaussait l'éclat de ses joues couvertes de rouge et de ses lèvres peintes. Son mascara avait coulé. Ses bijoux scintillaient.

Elle approcha le coupon de la bougie.

Quelle est votre marque préférée d'eau dentifrice ?

Listerine, inscrivit Baby Kochamma d'une écriture tremblée.

Donnez les raisons de votre choix.

Elle n'hésita pas une seconde. *Goût frais. Haleine parfumée.* Elle avait appris le langage télégraphique et lapidaire des publicités télévisées.

Elle ajouta son nom et mentit sur son âge.

À la rubrique *Profession*, elle écrivit « Paysagiste (diplômée de Rochester, États-Unis). »

Elle mit le coupon dans une enveloppe libellée AUX BONS APOTHICAIRES, KOTTAYAM. La lettre partirait le lendemain matin, quand Kochu Maria irait à la ville se réapprovisionner en brioches à la crème.

Baby Kochamma s'empara de son agenda bordeaux et du stylo appareillé, tourna les pages jusqu'au 19 juin. Par habitude, elle écrivit : « Je t'aime Je t'aime. »

Sur toutes les pages figurait la même entrée. Elle avait un tiroir rempli d'agendas couverts de déclarations similaires. Certaines pages étaient un peu plus fournies et contenaient un résumé des activités de la journée, un mémento des choses à faire, des fragments de dialogue extraits de ses séries préférées. Mais comme les autres, elles commençaient par ces mêmes mots, « Je t'aime Je t'aime. »

Le père Mulligan était mort quatre ans plus tôt d'une hépatite virale dans un ashram, au nord de Rishikesh. La curiosité, d'ordre purement théologique au départ, dont il avait fait preuve pendant des années pour les Textes Sacrés hindous, avait fini par l'amener à changer d'obédience. Quinze ans plus tôt, le père Mulligan était devenu un vaishnava. Un disciple de Vishnu. Il était resté en contact avec Baby Kochamma, même après s'être retiré dans son ermitage. Lui écrivant à chaque Diwali et lui envoyant une carte de vœux pour le Nouvel An. Quelques années auparavant, il lui avait fait parvenir une photographie où on le voyait s'adresser à une assemblée de veuves sur le retour lors d'une retraite spirituelle au Punjab. Les femmes étaient toutes en blanc, leurs foulards ramenés sur la tête. Le père Mulligan était tout de safran vêtu. Jaune d'œuf haranguant une mer d'œufs durs. Sa barbe et ses cheveux blancs étaient longs, mais bien peignés et soigneusement entretenus. Un père Noël safran, le front couvert de cendres votives. Baby Kochamma n'en crut pas ses yeux. C'était le seul souvenir de lui qu'elle n'eût pas conservé. Elle ne lui pardonnait pas d'avoir renoncé à ses vœux, non pas pour l'embrasser elle, mais pour en embrasser d'autres. Elle se faisait l'impression de celui qui s'apprête à accueillir quelqu'un à bras ouverts et le voit passer devant lui raide et fier pour aller se jeter au cou d'un autre.

La mort du père Mulligan n'avait rien changé à la formule qui ouvrait chaque page du journal de Baby Kochamma, tout simplement parce que, pour elle, il n'était ni plus ni moins disponible qu'auparavant. Mieux encore : il lui appartenait davantage mort qu'il ne lui avait jamais appartenu vivant. Le souvenir qu'elle en conservait était bien à elle. Rien qu'à elle. Farouchement, furieusement. Sans partage ni avec la Foi, ni avec des rivales de tout poil, co-nonnes, co-sadhus (en admettant que ce fût bien là leur nom). Co-swamis.

La mort effaçait le fait qu'il n'avait pas voulu d'elle (même s'il avait fait preuve, en l'occurrence, de beaucoup de douceur et de compassion). Dans son souvenir, il l'étreignait. Elle, et pas une autre. Comme un homme étreint une femme. Après sa disparition, Baby Kochamma dépouilla le père Mulligan de ses ridicules oripeaux safran, ses sens se repaissant au passage de ce corps de Christ, concave et décharné, pour le revêtir de cette soutane couleur Coca-Cola qu'elle aimait tant. Elle lui arracha son bol de mendiant, expédia les cals de ses talons d'hindou chez le pédicure et lui fit rechausser ses confortables nu-pieds. Elle le reconvertit en cette espèce de chameau à longues jambes qui venait déjeuner tous les jeudis.

Et toutes les nuits, nuit après nuit, année après année, journal après journal, elle écrivit : « Je t'aime Je t'aime. »

Elle replaça le stylo dans sa boucle et referma

l'agenda. Enleva ses lunettes, fit sauter son dentier d'un coup de langue, sectionna les fils de salive qui le retenaient à ses gencives comme les cordes détendues d'une harpe et le laissa tomber dans un verre de Listerine, où il s'enfonça, faisant jaillir de petites bulles qui montaient comme des prières. Dernière boisson avant le coucher. Soda au sourire crispé. Dents fraîches assurées pour le lendemain matin.

Baby Kochamma s'installa sur son oreiller et attendit que Rahel sorte de la chambre d'Estha. Ils commençaient à la mettre mal à l'aise, ces deux-là. Quelques jours auparavant, quand elle avait ouvert sa fenêtre un matin (pour faire entrer l'Air Frais), elle les avait pris sur le fait : ils revenaient de Quelque Part. De toute évidence, ils avaient passé la nuit dehors. Ensemble. Où avaient-ils bien pu aller? De quoi se souvenaient-ils? Quand partiraient-ils? Que faisaient-ils assis côte à côte dans l'obscurité? Bien calée sur ses oreillers, elle s'endormit en se disant que le bruit de la pluie et de la télévision l'avait peut-être empêchée d'entendre la porte d'Estha s'ouvrir. Que Rahel était couchée depuis longtemps.

Ce n'était pas le cas.

Rahel était allongée sur le lit d'Estha. Elle paraissait plus mince, ainsi couchée. Plus jeune. Plus fragile. Elle avait le visage tourné vers la fenêtre. La pluie frappait de biais la grille de la fenêtre et des embruns légers venaient éclabousser son visage et ses bras lisses et nus. Son T-shirt moelleux et sans manches était d'un jaune velouté dans l'obscurité. Ses jeans bleus se fondaient dans l'ombre.

Un peu froid. Un peu humide et tranquille était l'Air. Que dire encore?

De sa place, au bout du lit, Estha pouvait voir sa sœur sans même tourner la tête. Contours indistincts. Ligne dure de la mâchoire. Clavicules pareilles à des ailes déployées de la gorge à l'extrémité des épaules. Oiseaux que la peau retenait prisonniers.

Elle tourna la tête et le regarda. Il était assis très droit. Attendant toujours d'être contrôlé. Il avait terminé le repassage.

À ses yeux, tout était adorable en elle. Ses cheveux. Ses joues. Ses petites mains intelligentes.

Sa sœur.

Un bruit obsédant monta dans sa tête. Le bruit des trains qui passent. La lumière et l'ombre, l'ombre et la lumière qui vous effleurent derrière la vitre.

Il se raidit encore. Mais il la voyait toujours. Réincarnation de leur mère. Éclat liquide des yeux dans l'obscurité. Petit nez droit. Bouche pleine. Déformée par un pli amer. Comme meurtrie. Essayant d'échapper à quelque chose. À quelqu'un — un homme aux doigts bagués — qui, des années auparavant, l'aurait frappée Belle bouche blessée.

La belle bouche de leur mère, pensa Estha. La bouche d'Ammu.

Qui avait posé un baiser sur sa main à travers les barreaux du wagon. Première classe. Train postal pour Madras.

Au revoir, Estha. Fais bien attention à toi, avait dit la bouche d'Ammu. Cette bouche qui essayait très fort de ne pas pleurer.

C'était la dernière fois qu'il l'avait vue.

Debout sur le quai de la gare centrale de Cochin, la tête levée vers la vitre. La peau grise, livide, que les néons privaient de tout éclat. La lumière du jour bloquée par les trains alignés de chaque côté. Longs bouchons noirs qui retenaient l'obscurité prisonnière. Le train postal pour Madras. La Rani volante.

La main de Rahel dans celle d'Ammu. Moustique au bout d'une laisse. Mouche à Miel en sandales Bata. Fée d'Aéroport dans une gare ferroviaire. Tapant des pieds sur le quai, faisant voler des nuages de poussière de gare. Jusqu'à ce qu'Ammu la secoue et lui dise : « Arrête ça ». Alors elle avait arrêteçaté.

Autour d'elles, les gens crient, se bousculent. Courant dans tous les sens, se dépêchant, achetant, vendant, traînant des bagages, payant les porteurs. Enfants qui défèquent, adultes qui crachent, font les cent pas, mendient, marchandent, vérifient leurs réservations.

Bruits de gare qui résonnent sous la verrière.

Marchands ambulants qui vendent du café. Du thé.

Enfants hâves, avec cette peau blonde des sous-alimentés, proposant des revues cochonnes et de la nourriture qu'eux-mêmes ne pourront jamais acheter.

Chocolats fondus. Cigarettes en chocolat.

Orangeades.

Citronnades.

Coca-Cola-Fanta-glace-rosemilk.

Poupées à la peau rose. Crécelles. Va-Va.

Perroquets en plastique à tête dévissable, au corps creux rempli de bonbons.

Lunettes de soleil rouges à monture jaune.

Montres d'enfant avec l'heure peinte sur le cadran.

Étalages de brosses à dents défectueuses.

Cochin, la gare centrale.

Lumière grise et diffuse. Silhouettes sans épaisseur. Sans domicile fixe. Affamées. Encore marquées par la famine de l'année précédente. Pour cause de révolution ajournée par le camarade E. M. S. Namboodiripad

(*Chien galeux, Suppôt de Moscou*). Ex-prunelle de l'œil de Pékin.

Dans l'air, des nuées de mouches.

Un aveugle sans paupières, les yeux délavés comme une paire de jeans et la peau marquée de petite vérole, bavardait avec un lépreux sans doigts, tirant adroitement sur des mégots de récupération qu'il avait rassemblés en tas à côté de lui.

« Et toi? Quand est-ce que t'es venu t'installer ici?

Comme s'ils avaient jamais eu le choix. Comme s'ils avaient sélectionné ce domicile-là parmi des centaines de demeures bourgeoises répertoriées dans une brochure de luxe.

Un homme assis sur une balance rouge déboucla sa jambe artificielle, qui partait du genou, décorée à la peinture d'une botte noire et d'une jolie chaussette blanche. Le mollet creux et bien formé était rose, comme doivent l'être de vrais mollets. (Quel besoin, quand on recrée l'image humaine, de répéter inlassablement les erreurs divines?) À l'intérieur, il conservait son billet, sa serviette, son gobelet en fer-blanc. Ses odeurs et ses secrets. Son amour. Sa folie. Son espoir. Son Un-Fini Bonheur. Son autre pied était nu.

Il acheta un peu de thé pour remplir son gobelet.

Une vieille dame vomit. Flaque grumeleuse sur le quai. Puis retourna à ses affaires.

La gare, son monde. Le grand cirque de la société. Où, avec la montée du commerce, le désespoir reprenait ses droits et lentement devenait résignation.

Mais cette fois-ci, pour Ammu et ses jumeaux, il n'y avait pas de vitre de Plymouth à travers laquelle regarder le spectacle. Pas de filet pour les rattraper tandis qu'ils voltigeaient au sommet du chapiteau.

Fais tes valises et fiche le camp d'ici, avait dit

Chacko en enjambant les débris d'une porte enfoncée. Une poignée dans la main. Et Ammu, dont les mains tremblaient pourtant, n'avait pas levé la tête de son roulottage. Une boîte de rubans ouverte sur ses genoux.

Mais Rahel l'avait fait, elle. Avait levé les yeux. Et vu que Chacko avait disparu, laissant un monstre à sa place.

Un homme aux lèvres épaisses et aux doigts bagués, à l'aise dans son costume blanc, acheta des Scissors à un vendeur du quai. Trois paquets. Pour fumer dans le couloir du wagon.

La Cigarette de l'Homme d'Action
Scissors = SatisfAction

C'était lui qui devait s'occuper d'Estha pendant le voyage. Un ami de la famille qui se trouvait aller à Madras. Mr Kurien Maathen.

Puisqu'il y avait déjà quelqu'un pour accompagner Estha, avait dit Mammachi, il était inutile de gaspiller l'argent en achetant un second billet. Papa payait pour le trajet Madras-Calcutta. Ammu, elle, essayait de gagner du Temps. Elle aussi devait faire ses valises et partir. Pour commencer une nouvelle vie, qui lui permettrait de garder ses enfants auprès d'elle. Tant qu'elle en serait incapable, l'un des jumeaux, avait-il été décidé, pourrait rester à Ayemenem. Mais pas les deux. Ensemble, ils ne faisaient que des sottises. *eL noméD snad sruel xuey*. Il fallait les séparer.

Peut-être qu'ils ont raison, chuchotait Ammu, tandis qu'elle faisait la malle et le sac d'Estha. *Peut-être qu'un garçon a besoin de son Papa.*

L'homme aux lèvres épaisses était dans le compartiment du bout, à côté de celui d'Estha. Il dit qu'il essaierait de changer de place avec quelqu'un après le départ du train.

Pour le moment, il laissait la petite famille tranquille.

Il savait qu'un ange déchu planait sur eux. Les accompagnait partout où ils allaient. S'arrêtait là où ils s'arrêtaient. Laissant couler la cire de son cierge incliné.

Tout le monde savait.

Les journaux avaient relaté les événements. La mort de Sophie Mol, la « rencontre » de la police avec un Paravan accusé de kidnapping et de meurtre. Plus tard, le siège par le Parti communiste de la conserverie Paradise, mené par un enfant du pays, un fils d'Ayemenem. Champion de la Justice et Porte-Parole des Opprimés. Le camarade K. N. M. Pillai prétendit que la direction avait impliqué le Paravan dans une affaire policière montée de toutes pièces parce qu'il militait au Parti communiste. Qu'elle avait cherché à l'éliminer pour s'être livré à des « activités syndicales parfaitement légales ».

Tout avait été dans les journaux. Du moins, la Version Officielle.

Bien entendu, l'homme aux lèvres épaisses et aux doigts bagués n'avait jamais eu vent de l'autre.

Celle dans laquelle une escouade de Policiers Touchables avait traversé le Meenachal gonflé et alourdi par les pluies récentes et s'était enfoncée dans les fourrés humides en direction du Cœur des Ténèbres.

18

La Maison de l'Histoire

Une escouade de Policiers Touchables traverse le Meenachal gonflé et alourdi par les pluies récentes, et s'enfonce dans les fourrés humides. Cliquetis de menottes dans une poche.

Leurs larges shorts kaki, raides d'amidon, ondulent sur l'herbe haute comme une rangée de jupes empesées tout à fait indépendantes des membres qui se meuvent à l'intérieur.

Ils sont au nombre de six, ces Serviteurs de l'État.

Politesse
Obéissance
Loyauté
Intelligence
Courtoisie
Efficacité.

La police de Kottayam. Escouade de dessin animé. Princes des Temps Modernes avec leurs drôles de casques pointus. En carton-pâte doublé de tissu. Tachés de graisse. Couronnes de pacotille.

Ténèbres du Cœur.

Implacables.

Ils lèvent haut leurs jambes maigres, marchant d'un pas pesant dans l'herbe couverte de rosée. Les plantes qui courent sur le sol s'accrochent aux poils humides de leurs jambes. Les bogues et les fleurs des champs font ressortir la couleur terne de leurs chaussettes. Des mille-pattes bruns dorment dans les semelles de leurs bottes de Touchables à bout ferré. L'herbe rêche leur met la peau à vif, la zèbre de coupures. Ils pataugent dans le marécage, et la boue détrempée crève sous leurs pieds.

D'un pas lourd, ils passent devant des arbres où des anhingas font sécher leurs ailes trempées, déployées comme des linges contre le ciel. Devant des aigrettes. Des cormorans. Des cigognes au garde-à-vous. Des grues en quête d'espace où danser. Des hérons violets aux yeux durs, protégeant leur nid. Assourdissant, leur *rouarc rouarc rouarc*.

La chaleur matinale laisse présager une chaleur plus grande encore.

Au-delà du marais qui sent l'eau stagnante, ils passent devant des arbres vénérables recouverts de vigne vierge. Des maniocs gigantesques. Des poivriers sauvages. Des cascades violettes d'acuminus.

Devant un scarabée bleu foncé en équilibre sur un brin d'herbe qui ne plie pas sous le poids.

Devant des toiles d'araignée géantes qui ont résisté à la pluie et courent comme des rumeurs colportées d'un arbre à un autre.

Une fleur de bananier dans son fourreau de bractées bordeaux s'accroche à un arbre rugueux aux feuilles arrachées. Joyau offert par un écolier dépenaillé. Bijou de la jungle veloutée.

Des libellules cramoisies s'accouplent dans l'air. Comme un bus à deux étages. Quel art ! Plein d'admiration, un policier regarde et s'interroge brièvement sur la dynamique de la copulation libellulienne. Qu'est-ce qui va dans quoi ? Puis son esprit se remet au garde-à-vous et revient à des Pensées Policières.

En avant.

Devant de hautes fourmilières coagulées par la pluie. Écrasées comme des sentinelles dormant d'un sommeil de drogué aux portes du Paradis.

Devant des papillons flottant dans l'air comme de joyeux messages.

Des fougères géantes.

Un caméléon.

Une étonnante ketmie rose.

Le petit gibier de la jungle détalant pour aller se mettre à couvert.

Le muscadier que n'a jamais trouvé Vellya Paapen.

Un canal fourchu. Stagnant. Étouffé par les lentilles d'eau. Comme un serpent mort. Un tronc jeté en travers. Les policiers passent dessus à pas menus. Tout en faisant tournoyer leurs matraques en bambou luisant.

Fées poilues armées de baguettes qui distribuent la mort.

Puis le soleil se heurte aux troncs graciles des arbres inclinés qui brisent la lumière. Les Ténèbres du Cœur envahissent à pas feutrés le Cœur des Ténèbres. Les stridulations des grillons s'enflent.

Les traînées grises des écureuils dégringolent le long des troncs mouchetés des hévéas penchés vers le soleil. Leur écorce couturée d'anciennes cicatrices. Refermées. Guéries.

Ainsi sur des hectares entiers. Puis une clairière herbeuse. Une maison.

La Maison de l'Histoire.

Avec ses portes verrouillées et ses fenêtres ouvertes.

Ses sols de pierre froide et ses bateaux d'ombre chavirant sur les murs.

Ses ancêtres au teint de cire, aux ongles durs comme de la corne, à l'haleine sentant le moisi des cartes jaunies, à la voix de fausset chuchotant des histoires.

Ses lézards translucides vivant derrière de vieux tableaux.

La Maison où l'on volait les rêves pour en forger de nouveaux.

Où un vieux fantôme d'Anglais, fauchillé à un arbre, fut un jour exorcisé par un couple de faux jumeaux — République Bananière Ambulante qui avait planté dans la terre un drapeau marxiste juste à côté de lui. Tandis qu'ils passent devant lui à pas pressés, les policiers n'entendent pas sa supplique. Ni sa voix onctueuse de missionnaire. *Excusez-moi, vous n'auriez pas, hum, hum, vous n'auriez pas par hasard... hum, hum... sur vous... un cigare? Non?... Non, c'est bien ce qu'il me semblait.*

La Maison de l'Histoire.

Où, au cours des années qui suivirent, la Terreur (encore à venir) serait ensevelie dans une tombe à fleur de terre. Recouverte par les fredonnements insouciants des cuisiniers de l'hôtel. L'humiliation des vieux communistes. La mort lente des danseurs. Les histoires pour rire avec lesquelles viendraient s'amuser les riches touristes

C'était une maison superbe.

Aux murs tout blancs, autrefois. Au toit rouge. Mais aujourd'hui peinte aux couleurs du temps. Patinée par la nature. Vert mousse. Terre de Sienne. Noir d'orage Paraissant bien plus vieille qu'elle n'était en réalité. Comme un trésor enfoui qu'on aurait exhumé du fond de l'océan. Incrusté de bernaches. Enveloppé de silence. Libérant des bulles par ses fenêtres brisées.

Une véranda profonde courait tout autour. Les pièces étaient très en retrait, noyées dans l'ombre. Le toit de tuile descendait en pente abrupte comme les flancs d'un immense navire renversé. Les poutres à moitié pourries, supportées par des piliers qui avaient été blancs, s'étaient incurvées, creusant une ouverture béante. Un trou d'Histoire. Un trou dans l'Univers en forme d'Histoire traversé au crépuscule par d'épais nuages de chauves-souris qui tourbillonnaient comme des fumées d'usine et s'échappaient dans la nuit.

Elles revenaient à l'aube apportant les nouvelles du monde. Brume grise dans les lointains rosés, qui brusquement se ramassait au-dessus de la maison et noircissait avant d'être aspirée par le trou de l'Histoire, comme la fumée dans un film qu'on passerait à l'envers.

Elles dormaient tout le jour, les chauves-souris. Doublant le toit d'un manteau de fourrure. Jonchant le sol de fiente.

Les policiers s'arrêtent et se déploient. Mouvement stratégique superflu, mais ils adorent ces jeux-là, les Touchables.

Ils prennent position. S'accroupissent près du petit mur d'enceinte effondré.

Braguettes ouvertes.

Jet chaud sur la pierre tiède. Pisse de policier.

Fourmis noyées dans un bouillonnement jaune.

Respirations profondes.

Puis tous ensemble, sur les genoux et les coudes, ils se mettent à ramper vers la maison. Comme des policiers de cinéma. Doucement, doucement, dans l'herbe. Matraque à la main. Mitraillette à l'esprit. Et sur leurs épaules frêles mais solides, tout le poids de l'avenir des Touchables.

Ils trouvent leur gibier dans la véranda, à l'arrière de la maison. Une Banane Gâtée. Une Cascade dans un Va-Va. Et dans un autre angle (loup solitaire)... un menuisier aux ongles rouge sang.

Endormi. Soulignant le côté absurde et dérisoire de ces ruses de Touchables.

Attaque surprise.

Gros titres dans leurs petites têtes.

Desperado pris au piège.

Leur gibier paierait cher le prix d'une pareille insolence. Il paierait même très cher. A-t-on idée de gâcher ainsi le plaisir ?

Velutha réveillé à coups de botte.

Esthappen et Rahel éveillés par ses cris. Sommeil interrompu par des rotules broyées.

Ils étouffent leurs hurlements, qui se mettent à flotter, le ventre en l'air, comme des poissons morts. Accroupis sur le sol, hésitant entre la peur et l'incrédulité, ils finissent par comprendre que l'homme roué de coups n'est autre que Velutha. D'où sort-il ? Qu'a-t-il fait ? Pourquoi les policiers l'ont-ils amené ici ?

Ils entendent le bruit mat du bambou sur la chair. De la botte sur l'os. Sur les dents. Les gémissements étouffés de celui que l'on frappe au creux de l'estomac. Le craquement assourdi du crâne sur le ciment. Le gargouillement du sang quand la pointe ébréchée d'une côte cassée perfore un poumon.

Les lèvres bleues, les yeux grands comme des soucoupes, ils regardent, hypnotisés par quelque chose qu'ils perçoivent mais sont incapables de comprendre : l'absence de tout arbitraire chez les policiers.

De toute passion, de toute colère. Brutalité méthodique, contrôlée, efficace dans sa totale économie.

Comme s'ils étaient en train d'ouvrir une bouteille.

De fermer un robinet.

Ou de casser un œuf pour faire une omelette.

Les jumeaux étaient trop jeunes pour savoir que ces hommes n'étaient que les exécutants des basses besognes de l'Histoire. Expédiés là pour mettre ses registres à jour, faire payer ceux qui enfreignent ses lois. Qu'ils étaient poussés par des sentiments certes primaires mais paradoxalement impersonnels. Sentiments de mépris nés d'une peur larvée autant qu'inavouée — peur de la civilisation face à la nature, des hommes face aux femmes, du pouvoir face à l'impuissance.

Besoin inconscient chez l'homme de détruire ce qu'il ne peut ni soumettre ni adorer.

Besoin d'affirmer son autorité.

Sans le savoir, Esthappen et Rahel furent les témoins d'une démonstration clinique, dans des circonstances parfaitement maîtrisées (après tout, il ne s'agissait ni de guerre ni de génocide), d'une quête. Quête de l'hégémonie. De la structure. De l'ordre. Du contrôle absolu. L'histoire humaine agitant le masque de la Providence divine devant un public d'enfants.

Il n'y avait rien d'accidentel dans ce qui se passa ce matin-là. Ni de fortuit. Rien d'un passage à tabac intempestif ou d'un règlement de comptes personnel. C'était l'image d'une époque imprimant sa marque sur ceux qui la vivaient.

L'histoire en direct.

Si les policiers firent plus de mal à Velutha qu'ils n'en avaient l'intention, c'est simplement parce que tout lien, toute relation entre eux et lui, tout ce qui, d'un point de vue au moins biologique, faisait de lui un homme à leur image, avaient été depuis longtemps jugulés. Ils n'arrêtaient pas un individu, ils exorcisaient la peur. Ils ne disposaient d'aucun instrument susceptible de jauger sa capacité de résistance. N'avaient aucun moyen de mesurer la gravité des blessures qu'ils lui infligeaient.

Contrairement aux fanatiques religieux en délire, aux troupes victorieuses se livrant au pillage, ce matin-là au Cœur des Ténèbres, l'escouade de policiers agit non pas avec violence mais avec une économie rare. Une efficacité qui n'avait rien d'anarchique. Un sens des responsabilités dénué de toute hystérie. Ils ne lui arrachèrent pas les cheveux, ne le brûlèrent pas vivant. Ne lui coupèrent pas les parties génitales pour les lui fourrer dans la bouche. Ils ne le violèrent pas. Ni ne le décapitèrent.

Après tout, ils ne luttaient pas contre une épidémie déjà déclarée. Ils se contentaient de vacciner une communauté pour prévenir une éventuelle éruption.

Dans la véranda, à l'arrière de la Maison de l'Histoire, tandis que l'homme qu'ils aimaient se faisait défigurer et piétiner, Mrs Eapen et Mrs Rajagopalan, Ambassadeurs Jumeaux de Dieu-sait-quoi, apprirent deux nouvelles leçons.

Leçon Numéro Un :

Le sang se voit à peine sur une Peau Noire (pom pom).

Et

Leçon Numéro Deux :

Mais il sent

Une odeur douceâtre

Comme celle des roses fanées portée par le vent (pom pom).

402

« *Madiyo?* demande l'un des Exécutants de l'Histoire.

— *Madi aayirikkum* », répond un autre.

Ça suffit?

Ça suffit.

Ils s'écartent un peu de lui. Artisans prenant du recul pour mieux évaluer leur travail.

Leur Travail, abandonné de Dieu et de l'Histoire, de Marx, de l'Homme, de la Femme et (dans les heures à venir) des Enfants, est à terre, replié sur lui-même. À demi conscient, mais inerte.

Son crâne est fracturé en trois endroits. Son nez et ses pommettes écrasés font de son visage une bouillie méconnaissable. Le coup qu'il a reçu sur la bouche lui a fendu la lèvre supérieure et cassé six dents, dont trois sont à présent fichées dans sa lèvre inférieure, transformant son beau sourire en une grimace hideuse. Il a quatre côtes brisées, dont une a perforé le poumon gauche. C'est ce qui le fait saigner de la bouche. Un sang rouge vif. Frais. Mousseux. Les intestins sont perforés eux aussi, et une hémorragie s'est déclarée dans la cavité abdominale. Deux coups à la colonne vertébrale ont entraîné une paralysie du bras droit et un dysfonctionnement de la vessie et du rectum. Les deux rotules sont broyées.

Ce qui ne les empêche pas de sortir les menottes.

Froides.

Odeur fade du métal. Pareille à celle des barres d'un autobus, des mains du receveur à force de s'y accrocher. C'est alors qu'ils remarquent ses ongles vernis. L'un d'entre eux lui soulève les doigts et, minaudant, les agite en direction des autres. Qui s'esclaffent. « Regardez-moi ça! s'exclame-t-il d'une voix efféminée. Il est à voile et à vapeur? »

Un autre lui tripote le pénis avec sa cravache. « Allez, fais-nous voir un peu ce que tu sais faire. Montre-nous comment il devient quand il est gros. » Puis il soulève sa botte (pleine de mille-pattes recroquevillés dans la semelle) et la laisse lentement retomber.

Ils lui croisent les bras dans le dos.

Clic.

Clac.

Juste en dessous d'une Feuille Porte-Bonheur. La nuit, feuille d'automne. Qui fait venir la mousson à temps.

Sa peau se hérisse là où les menottes entrent en contact avec elle.

« Ce n'est pas lui, murmure Rahel à Estha. J'en suis sûre. C'est son frère jumeau. Urumban. Celui qui vit à Kochi. »

Peu enclin à chercher refuge dans le mensonge, Estha garde le silence.

Quelqu'un leur parle. Un gentil policier touchable. Gentil envers ses semblables.

« Ça va, les enfants ? Il vous a fait mal ? »

Et pas ensemble, mais presque, les jumeaux répondent dans un souffle.

« Oui. Non.

— C'est fini. Vous n'avez plus rien à craindre avec nous. »

Puis les policiers regardent alentour et aperçoivent le tapis d'herbe.

Les casseroles et les poêles.

L'oie gonflable.

Le koala Qantas et ses yeux en boutons de bottine.

Les stylos-billes et leurs rues londoniennes.

Les chaussettes aux orteils multicolores.

Les lunettes de soleil en plastique rouge à monture jaune.

Une montre avec l'heure peinte sur le cadran.

« À qui sont tous ces trucs? D'où ça vient? Qui les a apportés ici? » Une trace d'inquiétude dans la voix.

Estha et Rahel, complètement chavirés, fixent l'homme sans rien dire.

Les policiers se regardent. Ils savent ce qu'ils ont à faire.

Le koala Qantas, ils le prennent pour leurs enfants.

Ainsi que les stylos-billes et les chaussettes. Enfants de policiers aux doigts de pied multicolores.

Ils font éclater l'oie en la brûlant avec une cigarette. *Bang.* Et enterrent les morceaux de caoutchouc.

Oie sans foi. Trop reconnaissable.

Les lunettes, l'un d'entre eux les met. Les autres éclatent de rire, alors il les garde un moment. La montre, personne n'y prête attention. Elle restera dans la Maison de l'Histoire. Sur la véranda, à l'arrière de la maison. L'heure qu'elle donnera des événements sera toujours erronée. Deux heures moins dix.

Ils s'en vont.

Six princes, les poches bourrées de jouets.

Une paire de faux jumeaux.

Et le Dieu du Deuil.

Il ne peut pas marcher. Alors ils le traînent.

Personne ne les voit.

Les chauves-souris sont aveugles, c'est bien connu

19

Sauver Ammu

Au commissariat, l'inspecteur Thomas Mathew envoya chercher deux Coca-Cola. Avec des pailles. Un gendarme servile les apporta sur un plateau en plastique et les offrit aux enfants couverts de boue assis en face de l'inspecteur, leurs têtes dépassant tout juste des piles de dossiers et de papiers entassés sur le bureau.

Une fois encore, en moins de deux semaines, la Peur en bouteille pour Estha. Glacée. Gazeuse. Tout ne va pas toujours forcément mieux avec Coca-Cola.

Les bulles lui montèrent dans les narines. Il rota. Rahel pouffa. Elle souffla dans la paille jusqu'à ce que le liquide déborde sur sa robe. Puis partout sur le sol. Estha lut à voix haute sur le tableau accroché au mur.

« essetilo**P**. essetilo**P**, ecnassiéb**O**,

— étuayo**L**, ecnegilletn**I**, enchaîna Rahel.

— eisiotruo**C**.

- éticaciff**E**. »

Rendons cette justice à l'inspecteur Mathew : il sut garder son calme. Il sentit monter la panique chez les enfants. Remarqua les pupilles dilatées. Il avait déjà vu ça auparavant... cette soupape de sécurité qui, face au drame, permet à l'homme de tenir le choc. Il était prêt à faire la part des choses, et, sans avoir l'air d'y toucher, glissa ses questions adroitement, entre deux remarques anodines du genre « C'est quand, ton anniversaire, fiston ? » ou « Et toi, petite, quelle est ta couleur préférée ? »

Peu à peu, de manière fragmentée, décousue, les choses se mirent en place. Ses hommes lui avaient parlé des casseroles et des poêles. Du tapis d'herbe. Des jouets impossibles à oublier. L'inspecteur commençait à comprendre et n'avait pas le cœur à rire. Il envoya une Jeep chercher Baby Kochamma. Fit sortir les enfants avant son arrivée. Ne la salua pas.

« Asseyez-vous », dit-il.

Baby Kochamma sentit d'emblée que quelque chose clochait.

« Vous les avez trouvés ? Est-ce que tout va bien ?

— Ce n'est pas ce que je dirais, tant s'en faut », affirma l'inspecteur.

Rien qu'à le regarder et à l'entendre, Baby Kochamma comprit qu'elle avait affaire à quelqu'un de radicalement différent. Qui n'avait plus rien à voir avec le policier accommodant de la première rencontre. Elle s'assit lourdement sur une chaise. L'inspecteur ne mâcha pas ses mots.

La police de Kottayam avait agi sur la foi de sa déposition. On avait rattrapé le Paravan. Malheureusement, il avait été grièvement blessé au cours de l'arrestation et, selon toute vraisemblance, ne passerait pas la nuit. Et voilà que les enfants avouaient maintenant être partis de leur propre chef. Le bateau avait chaviré, et la petite Anglaise s'était noyée accidentellement. Ce qui mettait la police dans une situation très inconfortable, puisqu'elle allait devoir répondre du décès, pendant sa garde à vue, d'un homme techniquement innocent. Sans doute s'agissait-il d'un Paravan. Sans doute aussi n'était-il pas blanc comme neige. Mais on vivait une époque troublée et, encore une fois, aux yeux de la loi, il était innocent. Il n'y avait aucun chef d'accusation.

« Tentative de viol ? suggéra faiblement Baby Kochamma.

— En ce cas, où est la plainte de la victime ? A-t-elle été enregistrée ? Y a-t-il eu une déposition ? L'avez-vous apportée ? » Le ton de l'inspecteur était accusateur. Presque hostile.

Baby Kochamma donnait l'impression de s'être brusquement tassée sur sa chaise. Elle avait des poches sous les yeux et de grands plis sous les mâchoires. Elle sentait le ferment de la peur en elle et le goût aigre de la salive dans sa bouche. L'inspecteur poussa un verre d'eau dans sa direction.

« L'affaire est très simple. Ou bien la victime du viol porte plainte officiellement. Ou bien les enfants identifient leur ravisseur en la personne du Paravan, et ce en présence d'un officier de police. Ou bien... » Il attendit que Baby Kochamma le regarde. « Ou bien je vous accuse de faux témoignage. C'est un délit grave. »

Sous l'effet de la transpiration, le corsage bleu clair de Baby Kochamma fonçait à vue d'œil. L'inspecteur Mathew ne voulait pas la bousculer. Il n'ignorait pas que dans le contexte politique actuel, il risquait lui-même de sérieux ennuis. Il savait pertinemment que le camarade K. N. M. Pillai ne laisserait pas passer une aussi belle occasion. Il se serait battu d'avoir agi de manière aussi impulsive. Il glissa sa serviette de toilette imprimée sous sa chemise pour s'essuyer la poitrine et les aisselles. Le bureau était totalement silencieux. Les bruits habituels du commissariat — martèlement de bottes, hurlement de douleur d'un inculpé subissant un interrogatoire — semblaient lointains, comme s'ils venaient d'ailleurs.

« Les enfants feront ce qu'on leur dira de faire, dit Baby Kochamma. Si je pouvais les voir quelques instants seule à seuls ?

— Comme vous voudrez, dit l'inspecteur en se levant pour quitter son bureau.

— Donnez-moi juste cinq minutes avant de me les envoyer. »

L'inspecteur acquiesça d'un signe de tête et sortit.

Baby Kochamma essuya son visage luisant de sueur. Elle leva le menton et, les yeux au plafond, épongea la transpiration qui s'était logée entre les bourrelets de son cou. Puis elle embrassa son crucifix.

Je vous salue, Marie, pleine de grâce...

Elle s'interrompit, incapable de poursuivre.

La porte s'ouvrit. Quelqu'un fit entrer Estha et Rahel. Couverts de boue. Imbibés de Coca-Cola.

La vue de Baby Kochamma suffit à leur rendre leurs esprits. Le papillon au duvet particulièrement fourni déploya ses ailes sur leurs cœurs. Que faisait-elle ici ? Où était donc Ammu ? Était-elle toujours enfermée ?

Baby Kochamma, l'air sévère, les regarda un long moment, sans rien dire. Quand enfin elle parla, sa voix était rauque et étrange.

« À qui était ce bateau ? D'où sortait-il ?

— C'était le nôtre. On l'a trouvé nous-mêmes. C'est Velutha qui nous l'a réparé, murmura Rahel.

— Vous l'aviez depuis combien de temps ?

— Depuis le jour où Sophie Mol est arrivée.

— Et vous avez volé des choses dans la maison pour les emporter de l'autre côté du fleuve ?

— C'était juste pour s'amuser...

— Pour vous amuser ? C'est ce que vous appelez vous amuser ? »

Baby Kochamma laissa le silence s'installer avant de reprendre la parole.

« Le corps de votre adorable petite cousine est étendu dans le salon. Les poissons lui ont mangé les yeux. Sa mère n'arrête pas de pleurer. Et vous appelez ça vous amuser ? »

Une brise soudaine agita le rideau fleuri de la fenêtre. Rahel voyait des Jeep garées dehors. Et des gens marcher. Un homme essayait de faire démarrer une moto. Chaque fois qu'il se dressait pour actionner la pédale, son casque glissait sur le côté.

Dans le bureau de l'inspecteur, le papillon de Pappachi prit son envol.

« C'est terrible d'ôter la vie à quelqu'un. Il n'y a rien de pire. Même Dieu ne saurait pardonner une chose pareille. Vous en êtes conscients, non ? »

Deux têtes acquiescèrent par deux fois.

« Et pourtant, dit-elle d'un air affligé, c'est ce que vous avez fait. » Elle les regarda droit dans les yeux. « Vous êtes des assassins. » Nouveau silence. Le temps qu'ils se pénètrent de cette vérité.

« Vous savez que je sais que ce n'était pas un accident. Vous étiez jaloux d'elle, personne ne l'ignore. Et si le juge m'interroge à ce sujet, je serai bien forcée de dire la vérité, non ? Vous ne voudriez quand même pas que je lui mente ? » Elle tapota la chaise à côté d'elle « Venez vous asseoir ici... »

Les quatre pommes de deux derrières obéissants vinrent se tasser sur la chaise.

« Je vais devoir dire que vous aviez l'interdiction formelle d'aller seuls sur le fleuve. Que vous l'avez obligée à vous accompagner alors que vous saviez qu'elle n'avait jamais appris à nager. Que vous l'avez poussée hors du bateau une fois au milieu du fleuve. Ce n'était pas un accident, n'est-ce pas ? »

Quatre soucoupes la regardèrent sans ciller. Fascinées par l'histoire qu'elle leur racontait. *Et après, dis, qu'est-ce qui s'est passé ?*

« Il va falloir que vous alliez en prison, dit Baby Kochamma gentiment. Et votre mère aussi, à cause de vous. Qu'est-ce que vous dites de ça ? »

Des yeux apeurés et une cascade la regardèrent.

« Chacun dans une prison différente. Vous savez à quoi ressemblent les prisons indiennes ? »

Deux têtes se secouèrent par deux fois.

Baby Kochamma se mit en devoir d'instruire son affaire. Elle leur fit un portrait très parlant de la vie en prison (qu'elle agrémenta de détails de son cru). Cafards dans la nourriture. Molles collines brunes de caca dans les toilettes. Punaises dans les paillasses. Coups et représailles. Elle s'appesantit sur les longues années d'incarcération que devrait subir Ammu par leur faute. Sur le fait qu'elle serait vieille et malade, qu'elle aurait les cheveux pleins de poux quand enfin elle pourrait sortir — à condition bien entendu qu'elle ne meure pas en prison. D'une voix compatissante mais impitoyable, elle leur brossa un tableau macabre de ce que leur réservait l'avenir. Quand elle eut anéanti jusqu'à la moindre lueur d'espoir et saccagé leur vie, elle leur proposa, comme la bonne marraine des contes de fées, une solution. Dieu ne leur pardonnerait jamais ce qu'ils avaient fait, mais ici-bas, sur cette Terre, il y avait peut-être moyen de réparer. De sauver leur mère de l'humiliation et de la souffrance dont ils l'accablaient. À condition qu'ils soient prêts à faire preuve de bon sens.

411

« Par chance, dit Baby Kochamma, par chance pour vous, la police a commis une erreur. Une erreur dont nous allons pouvoir tirer parti. Vous savez laquelle, n'est-ce pas ? » ajouta-t-elle au bout d'un moment.

Il y avait des gens qui s'étaient fait piéger dans le presse-papier en verre du policier, sur le bureau. Estha les voyait très bien. Un homme qui valsait avec une femme dans les bras. En robe blanche, avec des jambes en dessous.

« N'est-ce pas ? »

Il y avait un air de valse de presse-papier. C'était Mammachi qui le jouait sur son violon.

Ta-ta-ta-tam

Tatatata, tatatam.

« Ce qui est fait est fait, disait la voix de Baby Kochamma. L'inspecteur dit que de toute façon il va mourir. Pour lui, ce que peut penser la police n'a donc pas grande importance. Ce qui importe, c'est de savoir si vous voulez aller en prison et y envoyer Ammu par la même occasion. C'est à vous de décider. »

Il y avait des bulles à l'intérieur du presse-papier qui donnaient l'impression que l'homme et la femme étaient en train de valser sous l'eau. Ils avaient l'air heureux. Peut-être qu'ils allaient se marier. Elle, dans sa robe blanche. Lui, dans son habit noir et son nœud papillon. Ils dansaient, les yeux dans les yeux.

« Si vous voulez la sauver, tout ce que vous avez à faire, c'est accompagner l'oncle aux grosses moustaches. Il vous posera une question. Rien qu'une. Vous n'aurez qu'à dire oui. Après, vous pourrez rentrer à la maison. C'est vraiment facile. Et ça ne coûte pas bien cher. »

Baby Kochamma suivit le regard d'Estha. Elle dut se retenir pour ne pas s'emparer du presse-papier et le jeter par la fenêtre. Son cœur battait la chamade.

« Alors, dit-elle d'une voix faussement enjouée où commençait à percer la tension. Que faut-il que je dise à l'oncle? Qu'est-ce que vous préférez : sauver Ammu ou l'envoyer en prison? »

Comme si elle leur offrait le choix entre deux amusements : aller à la pêche ou donner leur bain aux cochons? donner leur bain aux cochons ou aller à la pêche?

Les jumeaux levèrent les yeux sur elle. Pas ensemble (mais presque), deux voix apeurées soufflèrent : « Sauver Ammu. »

Au cours des années suivantes, ils rejoueraient cette scène à l'infini dans leurs têtes. Enfants. Adolescents. Adultes. Les avait-on trompés pour les obliger à agir comme ils l'avaient fait? Leur avait-on extorqué cette condamnation par la ruse?

D'une certaine manière, oui. Encore que les choses n'aient pas été aussi simples. Ils savaient autant l'un que l'autre qu'on leur avait donné le choix. Et Dieu sait qu'ils n'avaient pas longtemps hésité! Il ne leur avait pas fallu plus d'une seconde pour relever la tête et dire (pas ensemble, mais presque) : « Sauver Ammu ». Nous sauver. Sauver notre mère.

Baby Kochamma rayonnait. Le soulagement eut sur elle l'effet d'un laxatif. Il fallait absolument qu'elle aille aux toilettes. Elle ouvrit la porte et fit appeler l'inspecteur.

« Ce sont de bons petits, lui dit-elle quand il arriva. Ils vont vous accompagner.

— Je n'ai pas besoin des deux. Un seul suffira, dit l'inspecteur. N'importe lequel. Le garçon ou la fille. Qui veut m'accompagner?

— Estha », décida Baby Kochamma. Sachant que des deux, c'était lui qui avait le plus de bon sens. Qui etait le plus malléable. Le plus perspicace l e plus responsable. « Vas-y, mon petit. »

Petit Homme. Qui vivait dans une cara-vane. Pom pom.

Estha obtempéra.

L'Ambassadeur E. Pelvis. Avec des yeux comme des soucoupes et une banane écrasée. Ambassadeur miniature flanqué de deux grands policiers, parti pour une terrible mission au plus profond des entrailles du commissariat. Leurs pas résonnant sur les dalles de pierre.

Rahel resta dans le bureau à écouter les bruits obscènes que faisait Baby Kochamma en se soulageant dans la cuvette des toilettes privées de l'inspecteur. « La chasse ne marche pas. C'est ennuyeux », dit-elle en sortant, confuse à l'idée que la police puisse voir la couleur et la consistance de ses selles.

Il faisait noir comme dans un four dans la cellule. Estha n'y voyait rien, mais il entendait le bruit d'une respiration sifflante, saccadée. Une odeur de défécation le saisit à la gorge et faillit le faire vomir. Quelqu'un alluma la lumière. Éblouissante. Aveuglante. Velutha apparut sur le sol bourbeux et glissant. Génie mutilé convoqué par une lampe des temps modernes. Il était nu, son *mundu* souillé s'était défait. Le sang s'écoulait de son crâne comme un sombre secret. Son visage était enflé, et sa tête ressemblait à une citrouille, trop grosse et trop lourde pour la tige frêle sur laquelle elle poussait. Une citrouille avec un sourire à l'envers, hideux. Des bottes s'écartèrent pour éviter la flaque d'urine qui s'étalait autour de lui et où se reflétait l'ampoule nue.

Estha sentit un arrière-goût de vase dans la bouche. L'un des hommes toucha Velutha du bout de sa botte. Sans résultat. L'inspecteur Thomas Mathew s'accroupit sur le sol et lui passa la clé de sa Jeep sur la plante des pieds. Des yeux gonflés s'entrouvrirent. S'égarèrent. Puis se fixèrent, à travers un voile de sang, sur un enfant chéri. Estha crut voir quelque chose sourire en lui. Pas sa bouche, mais une autre partie de son corps, encore intacte. Son coude peut-être. Ou son épaule.

L'inspecteur posa sa question. La bouche d'Estha dit oui.

L'enfance se retira sur la pointe des pieds.

Le silence se referma comme un verrou.

Quelqu'un éteignit la lumière, et Velutha disparut.

Sur le chemin du retour, Baby Kochamma fit arrêter la Jeep de la police devant les Bons apothicaires pour acheter un calmant. Elle leur donna deux comprimés à chacun. Quand ils arrivèrent au pont de Chungam, leurs yeux se fermaient déjà. Estha murmura quelque chose à l'oreille de Rahel.

« Tu avais raison. Ce n'était pas lui. C'était Urumban.

— Tant mieux, souffla Rahel.

— Tu crois qu'il est où ?

— En Afrique. »

Ils furent remis entre les mains de leur mère, alors qu'ils dormaient à poings fermés, bercés par leurs illusions.

Quand Ammu les en fit sortir le lendemain matin en les secouant, il était déjà trop tard.

L'inspecteur Thomas Mathew, expert en la matière, avait vu juste. Velutha était mort durant la nuit.

La mort était venue une demi-heure après minuit.

Et pour la petite famille endormie, recroquevillée sur le couvre-lit bleu au point de croix, qui donc allait venir ?

Pas la mort. Simplement la fin de la vie.

Après l'enterrement de Sophie Mol, quand Ammu les remmena au commissariat et que l'inspecteur choisit ses mangues en lui tapotant les seins (*tap, tap*), le corps avait déjà été enlevé. Jeté au *themmady kuzhy*, la fosse commune, où la police jette habituellement ses morts.

Quand Baby Kochamma apprit la visite d'Ammu au commissariat, elle fut terrifiée. Tout ce qu'elle avait fait ne reposait que sur une supposition. Elle avait tablé sur le fait qu'Ammu, quelle que soit sa réaction, n'admettrait jamais publiquement la nature de sa relation avec Velutha. Parce que, selon Baby Kochamma, cela reviendrait à se détruire, elle et les enfants. Pour toujours. Mais Baby Kochamma avait compté sans le Côté Imprévisible d'Ammu. Le Mélange aux Composantes Irréductibles : tendresse infinie de la mère, violence suicidaire du kamikaze.

La réaction d'Ammu la laissa sans voix. Le sol se déroba sous ses pieds. Elle savait avoir un allié en la personne de l'inspecteur Mathew. Mais pour combien de temps ? Que se passerait-il s'il était muté, et si une nouvelle enquête était ouverte ? Ce qui n'aurait rien d'étonnant, vu la horde de militants du Parti que le camarade K. N. M. Pillai avait réussi à rameuter pour venir hurler ses slogans devant la grille. Du même coup, les ouvriers ne venaient plus travailler, et des quantités considérables de mangues, de bananes, d'ananas, d'ail et de gingembre pourrissaient lentement dans l'enceinte des Conserves et Condiments Paradise.

Baby Kochamma savait qu'elle devait s'arranger pour éloigner Ammu d'Ayemenem.

Elle y parvint en faisant ce pour quoi elle était le plus douée. En irriguant ses champs, en nourrissant ses cultures avec les passions des autres.

Elle s'attaqua à la douleur de Chacko, comme on prend une forteresse. Elle planta dans l'enceinte une cible facilement accessible à sa fureur de dément. Il n'était pas difficile de faire passer Ammu pour seule responsable de la mort de Sophie Mol. Ammu et ses faux jumeaux.

Le Chacko défonceur de portes n'était que le taureau s'excitant au bout de la corde tenue par Baby Kochamma. Qu'Ammu fasse ses valises et fiche le camp, qu'Estha soit Retourné à l'Envoyeur, c'était elle qui en avait eu l'idée.

20

Le train postal de Madras

C'est ainsi qu'Estha l'Abandonné se retrouva devant la fenêtre à barreaux de son wagon, sur un quai de la gare centrale de Cochin. L'Ambassadeur E. Pelvis. Boulet à banane. Avec, au fond de lui, une sensation de trop-plein, de pas assez, gluante, grasse, glaireuse, visqueuse, verdâtre. Sa malle, avec son nom dessus, était sous son siège. La boîte contenant son repas (sandwichs à la tomate) et sa Thermos Aigle avec un aigle dessus étaient sur la tablette pliante, devant lui.

À ses côtés, une dame était occupée à manger. Elle portait un sari Kanjeevaram vert et violet, et les diamants s'agglutinaient sur ses narines comme des abeilles. Elle lui offrit des *laddoos* jaunes dans une boîte. Estha refusa d'un signe de tête. Elle sourit, tenta de le convaincre, ses yeux attendris réduits à deux petites fentes derrière ses lunettes. Elle faisait des bruits de baiser avec sa bouche.

« Prends-en un. Trrrès sucré », dit-elle en tamoul. *Rombo maduram.*

« Sucré », reprit en anglais l'aînée de ses filles, qui avait à peu près l'âge d'Estha.

Estha refusa à nouveau. La dame lui ébouriffa les cheveux, lui écrasant sa banane. Sa famille (un mari et trois enfants) était déjà en train de manger. Grosses miettes jaunes de *laddoo* sur le siège. Gargouillis indistincts de wagon sous leurs pieds. La veilleuse bleue pas encore allumée.

Le petit dernier de la dame en train de manger l'alluma. Celle-ci l'éteignit. Expliqua à l'enfant que c'était une lumière pour dormir. Et non pour veiller.

Tout, dans les wagons de première classe, était vert. Les sièges. Les couchettes. Le plancher. Les chaînes. Vert foncé. Vert clair.

POUR ARRÊTER LE TRAIN, TIRER LE SIGNAL, disait la pancarte, en lettres vertes.

RUOP RETÊRRA EL NIART, RERIT EL LANGIS, pensa Estha en vert à l'envers.

À travers les barreaux, Ammu lui tenait la main.

« Garde bien ton billet », disait la bouche d'Ammu. Cette bouche qui essayait si fort de ne pas pleurer. « On te le réclamera. »

Estha acquiesça d'un signe de tête en direction du visage d'Ammu levé vers la vitre. En direction de Rahel, toute petite, maculée de saleté. Tous trois liés, sans se le dire, par la certitude qu'ils avaient aimé un homme à l'en faire mourir.

Et cela, ce n'était pas dans les journaux.

Il fallut des années aux jumeaux pour comprendre le rôle qu'avait joué Ammu dans tous ces événements. À l'enterrement de Sophie Mol et au cours des quelques jours qui précédèrent la Ré-expédition d'Estha, ils virent ses yeux gonflés et, avec cet égocentrisme qui caractérise les enfants, se tinrent pour entièrement responsables de son chagrin.

« Mange tes sandwichs avant qu'ils se ramollissent, dit Ammu. Et n'oublie pas d'écrire. »

Elle inspecta les ongles de la petite main qu'elle tenait entre les siennes, et extirpa un mince croissant de saleté noire du pouce.

« Et veille bien sur mon petit trésor pour moi. Jusqu'à ce que je revienne le chercher.

— Quand, Ammu? Quand est-ce que tu viendras le chercher?

— Bientôt.

— Mais quand? Quand egzactement?

— Bientôt, mon trésor. Dès que je pourrai.

— Dans deux mois? Dis, Ammu, dans deux mois? » Allongeant délibérément le délai dans l'espoir qu'Ammu dirait : *Avant, Estha. Réfléchis un peu. Et tes études?*

— Dès que j'aurai trouvé du travail. Dès que je pourrai partir d'ici et trouver du travail.

— Mais ça n'arrivera jamais! » Vague de panique. Sensation de trop-plein, de pas assez.

La dame en train de manger prêtait une oreille indulgente.

« Vous vous rendez compte comme il parle bien anglais, dit-elle en tamoul à ses enfants.

— Mais ça n'arrivera jamais, dit sa grande fille, d'un ton catégorique. Ja-a-a-mais. »

« Jamais », pour Estha, voulait dire que c'était bien trop loin. Que ce n'était ni MAINTENANT, ni BIENTÔT.

Il n'avait jamais voulu dire « Plus Jamais ».

C'était pourtant ainsi que les mots étaient sortis.

Mais ça n'arrivera jamais!

On enlevait simplement le PLUS devant Jamais.

On?

Le Gouvernement.

Où les gens allaient se faire pendre.

Et c'était bien ainsi que tout s'était passé.

Jamais. Plus Jamais.

C'était sa faute si l'homme aux râles étouffés dans la poitrine d'Ammu s'était soudain arrêté de crier. Sa faute, si elle était morte toute seule dans un motel, sans personne pour se serrer contre elle et lui parler.

Parce que c'était lui qui avait prononcé ces mots. *Mais Ammu, ça n'arrivera jamais!*

« Arrête tes bêtises, Estha. Ce sera bientôt, dit la bouche d'Ammu. Je vais trouver un poste d'institutrice. Ouvrir une école. Où je vous prendrai avec moi, toi et Rahel.

— Et on pourra se l'offrir parce que ce sera la nôtre! » dit Estha avec un pragmatisme à toute épreuve. Toujours à l'affût du moindre profit. Tickets de bus gratuits. Enterrements gratuits. Instruction gratuite. Petit homme. Qui vivait dans une cara-vane. Pom pom.

« Nous aurons une maison rien qu'à nous, dit Ammu.

— Une petite maison, dit Rahel.

— Et dans notre école, il y aura des salles de classe et des tableaux, dit Estha.

— Et de la craie.

— Et de Vrais Maîtres pour faire la classe.

— Et de vraies punitions », dit Rahel.

Telle était l'étoffe dont étaient faits leurs songes. En ce jour où Estha fut Retourné à l'Envoyeur. De la craie. Des tableaux noirs. De vraies punitions.

Ils ne demandaient pas un traitement de faveur. Tout ce qu'ils réclamaient, c'étaient des punitions en rapport avec leurs crimes. Pas des punitions en kit, comme des placards avec chambres intégrées. Pas des punitions où on passait le reste de sa vie à déambuler dans un labyrinthe de rayonnages.

Sans crier gare, le train commença à s'ébranler. Très lentement.

Les pupilles d'Estha se dilatèrent. Ses ongles s'enfoncèrent dans la main d'Ammu, tandis que celle-ci suivait le train le long du quai. Elle marcha d'abord, puis fut obligée de courir lorsque le train de Madras prit de la vitesse.

Que Dieu te bénisse, mon bébé. Mon trésor. Je viens te chercher bientôt!

« Ammu! » cria Estha tandis qu'elle lâchait sa main. Ses petits doigts, l'un après l'autre. « Ammu! Envie de vomir! »

La voix d'Estha monta en une longue plainte.

Petit Elvis Pelvis, avec sa banane de sortie toute gâtée. Ses chaussures beiges à bouts pointus. Sa voix qui, dans ce cri, s'éteignit pour toujours.

Sur le quai, Rahel se plia en deux et cria, cria, cria.

Le train quitta la gare. Et la lumière entra.

Vingt-trois ans plus tard, Rahel, son T-shirt jaune trouant l'ombre, se tourne vers Estha dans l'obscurité qui a envahi la pièce.

« Esthapappychachen Kuttappen Peter Mon », dit-elle.

Elle chuchote.

Remue ses lèvres.

Les belles lèvres de leur mère.

Estha, assis très droit, attendant d'être arrêté, porte ses doigts vers elles. Pour toucher les mots qu'elles forment. Garder le murmure. Ses doigts en suivent le contour. Frôlent les dents. Sa main est retenue, embrassée.

Pressée contre la froideur d'une joue, humide de gouttes de pluie écrasées.

Puis Rahel se redresse sur le lit et l'entoure de ses bras. Le couche à côté d'elle.

Ils restent ainsi allongés un long moment. Les yeux ouverts dans le noir. Le Silence et le Vide.

Ni vieux. Ni jeunes.

Un âge pour vivre ; pour mourir, aussi.

Deux étrangers que le hasard avait rapprochés.

Qui s'étaient connus bien avant que la Vie commence.

Difficile d'expliquer ce qui se passa ensuite. Impossible de recourir aux distinctions de Mammachi entre le Sexe et l'Amour. Les Besoins et les Sentiments.

Peut-être pourrait-on dire qu'aucun Observateur ne regarda par les yeux de Rahel. Personne ne fixa la mer par la fenêtre. Un bateau sur le fleuve. Un passant en chapeau se hâtant dans la brume.

Ou dire qu'il faisait un peu froid. Un peu humide. Mais que l'Air... L'Air était tranquille.

Que dire encore?

Qu'il y eut des larmes. Que le Silence et le Vide s'emboîtèrent comme deux cuillers alignées l'une contre l'autre. Que les creux, à la base d'une gorge adorable, se renflèrent. Qu'une épaule dure, couleur de miel, se marqua d'un demi-cercle de dents. Qu'ils restèrent accrochés l'un à l'autre, bien après que tout fut fini. Que ce qu'ils partagèrent cette nuit-là, ce ne fut pas le bonheur, mais la douleur. Immense.

Qu'une fois encore, ils avaient enfreint les Lois de l'Amour. Qui disaient qui devait être aimé et comment. Et jusqu'à quel point.

Sur le toit de l'usine abandonnée, le tambour solitaire tambourinait. Une porte grillagée claqua. Une souris détala. Les toiles d'araignée scellaient les vieilles cuves. Toutes vides, sauf une, dans laquelle reposait un petit tas de poussière blanche coagulée. Poussière d'un Nhibou, mort depuis longtemps. Nhibou en conserve.

Ceci en réponse à la question de Sophie Mol *« Chacko, où vont les vieux oiseaux pour mourir? Pourquoi ceux qui sont morts ne tombent-ils pas du ciel comme des pierres? »*

Question posée le soir de son arrivée, alors qu'elle était au bord de la pièce d'eau de Baby Kochamma en train de regarder les milans tournoyer dans le ciel.

Sophie Mol. Chapeautée, patte-éléphantée et Aimée depuis Toujours.

Margaret Kochamma, parce qu'elle savait que quand on voyage jusqu'au Cœur des Ténèbres *(a) N'importe Quoi peut Arriver à N'importe Qui*, appela sa fille pour qu'elle vienne prendre son contingent de pilules. Filariose. Malaria. Dysenterie. Elle ne disposait, malheureusement, d'aucun traitement préventif pour la Mort par Noyade.

Puis ce fut l'heure du dîner.

« Souper, crétin », dit Sophie Mol à Estha quand celui-ci vint la prévenir.

Au *souper-crétin*, les enfants étaient assis à une petite table à part. Sophie Mol, le dos aux adultes, faisait d'horribles grimaces devant la nourriture. Chaque bouchée était exhibée pour le profit de ses jeunes cousins, à moitié mâchée, réduite en bouillie, étalée sur sa langue comme du vomi tout frais.

Quand Rahel essaya d'en faire autant, Ammu la prit sur le fait et l'emmena se coucher.

Ammu mit sa vilaine fille au lit et éteignit la lumière. Le baiser qu'elle laissa sur la joue de Rahel n'était pas mouillé, et celle-ci comprit qu'elle n'était pas vraiment fâchée.

« Tu n'es pas fâchée, Ammu », chuchota-t-elle, toute heureuse. *Sa mère l'aimait un petit peu plus.*

« Non, dit Ammu, l'embrassant à nouveau. Bonne nuit, mon cœur. Fais de beaux rêves.

— Bonne nuit, Ammu. N'attends pas trop pour m'envoyer Estha. »

Au moment où elle s'éloignait, Ammu entendit sa fille murmurer

« Ammu !

— Oui ?

— *Nous sommes du même sang, toi et moi.* »

Ammu s'appuya contre la porte de la chambre dans le noir, hésitant à rejoindre la table du dîner où la conversation tournait comme un papillon de nuit autour de la fillette blanche et de sa mère, comme si elles étaient l'unique source de lumière. Ammu avait l'impression que si elle devait entendre un mot de plus, un seul, elle en mourrait. Elle se fanerait et en mourrait. Si elle devait supporter une minute de plus le sourire arrogant et conquérant de Chacko. Ou les ondes de jalousie sexuelle qui émanaient de Mammachi. Ou les propos de Baby Kochamma qui ne visaient qu'à l'exclure, elle et ses enfants, à leur faire sentir leur juste place dans l'ordre des choses.

Ainsi appuyée contre la porte, dans l'obscurité, elle sentit son rêve de l'après-midi monter en elle comme une lame de fond monte de l'océan pour crever la surface. Le manchot rieur à la peau salée et à l'épaule qui tombait à pic comme une falaise émergea des ombres de la plage couverte de verre brisé et se dirigea vers elle.

Qui était-il, ce manchot ?

Qui aurait-il bien pu être ?

Le Dieu du Deuil.

Le Dieu des Petits Riens.

Le dieu des Frissons sur la Peau et des Sourires Fulgurants.

Qui ne pouvait faire qu'une chose à la fois.

S'il la touchait, il ne pouvait pas lui parler ; s'il l'aimait, il ne pouvait pas partir ; s'il parlait, il ne

pouvait pas écouter, s'il luttait, il ne pouvait pas gagner.

Ammu se languissait de lui. Le désirait douloureusement, de tout son corps.

Elle rejoignit la table du dîner.

21

Le coût de la vie

Quand la vieille maison eut fermé ses yeux chassieux et se fut endormie, Ammu, vêtue d'une des chemises de Chacko enfilée sur un long jupon blanc, sortit sur la véranda de devant, où, fébrile, elle se mit à marcher de long en large. Comme une bête en cage. Puis elle s'assit sur le fauteuil en rotin, en dessous de la tête de bison moisie aux yeux en boutons de bottine et des portraits du Petit Béni et d'Aleyooty Ammachi qui la flanquaient de part et d'autre. Ses jumeaux dormaient comme quand ils étaient épuisés, les yeux à moitié ouverts, deux petits monstres. Ils tenaient ça de leur père.

Ammu alluma son transistor-mandarine. Une voix d'homme lui parvint à travers les craquements. Une chanson anglaise qu'elle ne connaissait pas.

Elle resta là, assise dans le noir. Femme solitaire, chatoyante, regardant le jardin d'ornement de sa tante aigrie, écoutant une mandarine. Une voix qui venait de très loin. Flottait dans la nuit. Survolant lacs et rivières. Forêts touffues. L'église jaune. L'école. Cahotant au-dessus du chemin de terre. Jusqu'en haut des marches de la véranda. Jusqu'à elle.

Écoutant à peine la musique, elle regardait la nuée

428

d'insectes qui voletaient autour de la lampe, impatients de mourir avant l'heure.

Soudain, les paroles de la chanson explosèrent dans sa tête.

Ne perds pas de temps
L'ai-je entendu dire
Vis tes rêves
Avant qu'ils ne s'enfuient
Et meurent
Si tu perds tes rêves
Tu perdras la tête.

Ammu ramena ses genoux sous son menton et les entoura de ses bras. Elle avait du mal à y croire. Que d'à-propos dans ces paroles vulgaires ! Elle jeta un regard noir sur le jardin. Ousa le Nhibou passa devant elle, en route pour une de ses rondes nocturnes. Les anthuriums charnus avaient l'éclat du bronze.

Elle resta assise encore un moment. Bien après la fin de la chanson. Puis, tout d'un coup, elle se leva et quitta son monde comme une sorcière. Pour gagner un monde meilleur.

Elle se déplaçait rapidement dans l'obscurité, comme un insecte suivant quelque trace chimique. Elle connaissait le sentier qui menait au fleuve aussi bien que ses enfants et l'aurait retrouvé les yeux bandés. Elle ignorait ce qui la poussait ainsi à se hâter à travers les fourrés. La poussait à courir après avoir marché. Pour arriver, hors d'haleine, sur les bords du Meenachal. En larmes. Comme si elle était en retard. Comme s'il fallait absolument qu'elle soit à l'heure. Comme si sa vie même en dépendait. Comme si elle savait qu'il serait là. L'attendant. Comme si lui, savait qu'elle viendrait.

Et c'était vrai.

Il savait.

Cette certitude l'avait pénétré ce même après-midi. Avec la clarté, le tranchant d'une lame de couteau. Quand l'histoire avait bafouillé. Quand il avait tenu sa petite fille dans ses bras. Quand les yeux de la femme lui avaient dit qu'il n'était pas seul à pouvoir donner. Qu'elle aussi avait ses cadeaux à offrir, que pour ses bateaux, ses boîtes, ses petits moulins à vent, elle troquerait les fossettes que creusait son sourire. Sa peau lisse et brune. Ses épaules vernissées. Ses yeux qui étaient toujours ailleurs.

Il n'était pas là.

Ammu s'assit sur les marches de pierre qui menaient à l'eau. Enfouit sa tête dans ses bras, se traitant d'idiote pour avoir été aussi sûre d'elle. Aussi confiante.

Plus bas en aval, au milieu du fleuve, Velutha flottait sur le dos, les yeux plongés dans les étoiles. Son frère paralysé et son père borgne avaient mangé le repas qu'il leur avait préparé et dormaient. Il avait donc toute liberté de rester là, à se laisser lentement porter par le courant. Bois flottant. Crocodile serein. Les cocotiers penchés sur le fleuve le regardaient passer. Les bambous jaunes pleuraient. Les petits poissons prenaient des libertés avec lui, lui mordillant les pieds.

Il se retourna et se mit à nager. Pour remonter le fleuve. Contre le courant. Il jeta un dernier coup d'œil vers la rive, ralentissant l'allure, se traitant d'idiot pour avoir été aussi sûr de lui. Aussi confiant.

Quand il la vit, le choc fut tel qu'il faillit couler à pic. Il lui fallut rassembler toute son énergie pour maintenir la tête hors de l'eau. Il s'arrêta, faisant du sur-place au milieu du fleuve.

Elle ne vit pas la boule sombre de sa tête qui dansait sur l'eau noire. Noix de coco agitée par les flots. De toute manière, elle ne regardait pas. Elle avait la tête enfouie dans les bras.

Il l'observa un moment, prenant son temps.

S'il avait su qu'il s'apprêtait à entrer dans un tunnel au bout duquel l'attendait sa fin, aurait-il renoncé?

Peut-être.

Peut-être pas.

Qui peut savoir?

Il commença à nager dans sa direction. Calmement. Sans heurt. Il avait presque atteint la berge quand elle releva la tête et le vit. Ses pieds touchèrent le lit boueux du fleuve. Tandis qu'il sortait de l'eau et montait les marches de pierre, elle vit que le monde où ils se trouvaient était le sien. Qu'il appartenait à ce monde autant que celui-ci lui appartenait. L'eau. La boue. Les arbres. Les poissons. Les étoiles. Il se déplaçait dans cet univers avec une aisance totale. En le regardant, elle comprit la vraie nature de sa beauté. Comment son travail l'avait fait ce qu'il était. Comment le bois qu'il façonnait l'avait façonné à son tour. Comment chaque planche rabotée, chaque clou enfoncé, chaque objet réalisé l'avaient modelé. Laissant sur lui leur empreinte. Lui donnant sa force, sa grâce déliée.

Il portait autour des reins un morceau d'étoffe blanche nouée entre ses jambes sombres. Il secoua l'eau de ses cheveux. Elle voyait son sourire dans l'obscurité. Blanc et fulgurant. Le seul bagage qu'il ait conservé de son enfance.

Ils se regardèrent. Ils ne pensaient plus. Le temps des pensées était derrière eux. Devant eux, des sourires grimaçants. Mais ce serait pour plus tard.

Plutard.

Il était maintenant debout devant elle, le fleuve ruisselant de son corps. Elle resta assise sur les marches, à le regarder. Pâleur de son visage dans le clair de lune. Un frisson soudain le parcourut. Son cœur se mit à cogner dans sa poitrine. C'était une terrible erreur. Il s'était fourvoyé. Toute cette histoire n'était que le produit de son imagination. Il était tombé dans un piège. Il devait y avoir des gens dans les fourrés. Qui observaient la scène. Elle? elle n'était que l'appât. Comment aurait-il pu en être autrement? On l'avait aperçu dans la manifestation. Il essaya de parler d'une voix désinvolte. Normale. Seul un son rauque sortit de sa gorge.

« Ammukutty... que se passe-t-il? »

Elle s'approcha de lui et pressa son corps contre le sien. Il ne bougea pas. Ne la toucha pas. Il frissonnait. De froid. De terreur. D'un désir fou. En dépit de sa peur, son corps était prêt à mordre à l'appât. Tant il la désirait. Son humidité la pénétra. Elle l'enlaça.

Il essaya de penser. *Que peut-il m'arriver de pire?*
Tout perdre. Mon travail. Ma famille. Mes moyens d'existence. Tout.

Elle entendait son cœur cogner dans sa poitrine.

Elle le tint serré contre elle jusqu'à ce qu'il se calme. Un peu.

Elle déboutonna son corsage. Ils restèrent ainsi. Peau contre peau.

Sa peau brune contre la sienne, presque noire. Sa douceur contre sa dureté. Ses seins noisette (qui ne retiendraient pas une brosse à dents) contre sa poitrine d'ébène lisse. Elle sentait sur lui l'odeur du fleuve. Cette odeur si particulière du Paravan qui dégoûtait tant Baby Kochamma. Ammu la goûta de sa langue, dans le creux que faisaient les tendons de son cou. Sur le lobe de son oreille. Elle attira sa tête à elle et l'embrassa sur la bouche. Baiser brumeux. Baiser qui en réclamait un autre en retour. Il l'embrassa. D'abord avec précaution. Puis avec fougue. Lentement, ses bras se refermèrent sur son dos. Qu'il caressa. Avec une infinie douceur. En dépit du contact sur sa peau de ses mains dures, calleuses, rêches comme du papier de verre. Il faisait très attention de ne pas lui faire mal. Elle sentait à quel point, pour lui, elle était douce. Elle se sentait à travers lui. Sentait sa peau. La manière dont son corps n'existait qu'aux endroits où il la touchait. Ailleurs, il n'était que fumée. Soudain, il tressaillit. Ses mains glissèrent au bas de son dos et plaquèrent ses hanches contre les siennes, pour lui faire savoir à quel point il la désirait.

La biologie régla la chorégraphie. La terreur la synchronisa. Dicta le rythme auquel leurs corps allaient se répondre. Comme s'ils savaient déjà qu'il leur faudrait payer chaque frisson de plaisir par une mesure égale de souffrance. Comme s'ils pressentaient que plus loin ils iraient, plus cher ils devraient payer. Alors, ils se retinrent. Se torturant. Ne s'abandonnant que lentement. Ce qui ne fit qu'aggraver les choses. Que faire monter les enchères. Que leur coûter davantage. Parce que les embarras, les tâtonnements, la fièvre de la première rencontre s'en trouvaient amoindris, et leur désir exacerbé.

Derrière eux, le fleuve palpitait dans les ténèbres, miroitant comme une soie sauvage. Les bambous jaunes pleuraient.

Les coudes posés sur l'eau, la nuit les regardait.

Ils étaient étendus sous le mangoustan, où à peine quelques jours plus tôt, un vieux bateau-plante gris chargé de fleurs et de fruits de bateau avait été déraciné par une République Mobile. Une abeille. Un drapeau. Une banane surprise. Une cascade dans un Va-Va.

Le petit monde de bateau, pressé, affairé, était déjà parti.

Les termites blancs partant au travail.

Les coccinelles blanches rentrant à la maison.

Les scarabées blancs se terrant pour fuir la lumière.

Les sauterelles blanches munies de leurs violons en bois blanc.

La musique blanche et triste.

Partis. Tous partis.

Laissant à leur place un ovale de terre sèche en forme de bateau, nu, prêt pour l'amour. Comme si Esthappen et Rahel leur avaient préparé le terrain. Comme si, entremetteurs du rêve d'Ammu, ils avaient voulu cet événement.

Ammu, nue maintenant, s'accroupit sur Velutha, sa bouche sur la sienne. Il ramena ses cheveux autour d'eux comme une tente. Comme le faisaient les enfants d'Ammu quand ils voulaient s'exclure du monde. Elle se laissa glisser plus bas, pour permettre à leurs corps de faire connaissance. Pour découvrir son cou. Sa poitrine. Les carrés de chocolat bien dessinés de son ventre. Elle but ce qui restait du fleuve dans le creux de son nombril. Pressa la chaleur de son érection contre ses paupières. Le prit dans sa bouche et goûta son odeur de sel. Il se redressa et la ramena sur lui. Elle sentit son ventre se tendre sous elle, aussi dur que le bois, son sexe humide glisseı sur la peau de l'homme. Il lui mordilla un sein, emprisonna l'autre dans sa main calleuse. Velours ganté de papier de verre.

Au moment où elle le guidait en elle, elle eut la révélation soudaine de sa jeunesse : l'étonnement qui se lisait dans ses yeux devant le secret qu'il venait de mettre au jour était celui d'un tout jeune homme, et elle lui sourit comme s'il avait été son enfant.

Une fois qu'il l'eut pénétrée, la peur s'évanouit, et le corps reprit ses droits. Le coût de la vie atteignit des sommets vertigineux. Même si, plus tard, Baby Kochamma devait prétendre que ce n'était pas Bien Cher Payer.

Vraiment?

Deux vies. Deux enfances.

Plus une leçon d'Histoire pour ceux qui à l'avenir enfreindraient la Loi.

Des yeux embués retinrent d'autres yeux embués, et une femme lumineuse s'ouvrit à un homme lumineux. Elle était aussi large et profonde qu'une rivière en crue. Il vogua sur ses eaux. Elle le sentait s'enfoncer en elle toujours plus loin. Avec violence. Avec fureur. La forçant. Toujours plus loin. Arrêté uniquement par les limites de leurs deux corps. Et quand il ne put aller plus loin, quand il eut touché aux profondeurs extrêmes, dans un sanglot et un frisson, il sombra.

Elle était allongée sur lui. Leurs corps luisant de sueur. Elle le sentit s'écarter. Sentit sa respiration devenir régulière. Vit ses yeux s'éclaircir. Il lui caressa les cheveux, conscient que le nœud qui, en lui, s'était dénoué était toujours serré en elle, continuait à vibrer. Doucement, il la mit sur le dos. Essuya de son étoffe blanche la sueur et la terre dont elle était couverte. S'étendit sur elle, veillant à ne pas l'écraser de son poids. Des petits cailloux s'enfonçaient dans ses bras. Il lui embrassa les yeux. Les oreilles. Les seins. Le ventre. Les sept vergetures argentées que lui avaient laissées les jumeaux. Le duvet qui courait depuis son nombril jusqu'au triangle sombre, traçant la route qu'elle voulait lui voir suivre. L'intérieur de ses cuisses, là où la peau est le plus tendre. Puis des mains de menuisier soulevèrent ses hanches et une langue d'Intouchable toucha ce qu'il y avait de plus intime en elle. But goulûment à sa coupe.

Elle dansa pour lui. Sur cet ovale de terre nue S'éveilla à la vie.

Tandis qu'il la tenait dans ses bras, le dos contre le mangoustan, elle pleurait et riait tout à la fois. Puis, pendant ce qui sembla une éternité mais ne dura pas plus de quelques minutes, elle dormit contre lui, le dos sur sa poitrine. Sept ans d'oubli et d'abandon prirent lourdement leur envol pour disparaître dans les ténèbres. Comme une paonne de plomb au plumage sans éclat. Et sur le chemin d'Ammu, qui menait à la Vieillesse et à la Mort, s'ouvrit une petite clairière ensoleillée. Semée d'herbe cuivrée, piquée de papillons bleus. Avec, au-delà, un précipice

Lentement, la terreur s'insinua à nouveau en lui Devant ce qu'il avait fait. Ce qu'il ferait encore. Et encore.

Elle s'éveilla aux battements de son cœur qui cognait dans sa poitrine. Comme s'il cherchait à s'échapper. Cherchait cette côte amovible. Ce panneau secret, coulissant. Il avait toujours les bras passés autour d'elle, elle sentait jouer ses muscles tandis qu'il triturait une feuille de palmier. Ammu sourit à part elle dans le noir, s'étonnant d'aimer ses bras à ce point, leur forme, leur force, de s'y sentir à ce point en sécurité alors même que c'était, pour elle, l'endroit le plus dangereux qui fût.

De sa peur il fit une rose. Parfaite. La lui présenta au creux de sa main. Elle la prit et la mit dans ses cheveux.

Elle se colla contre lui. Elle voulait se fondre en lui, le toucher tout entier. Il la ramassa au creux de son corps. Une brise monta du fleuve et rafraîchit leurs corps enfiévrés.

Un peu froid. Un peu humide. Un peu trop tranquille était l'Air.

Que dire d'autre ?

Une heure plus tard, Ammu se libéra doucement. « Il faut que j'y aille. »

Il ne dit rien. Ne bougea pas. La regarda s'habiller.

Une seule chose comptait désormais. Ils savaient que c'était tout ce qu'ils pourraient jamais exiger l'un de l'autre. La seule chose. Ils le savaient, l'un et l'autre.

Même plus tard, au cours des treize nuits qui suivirent, ils s'en tinrent instinctivement aux petits riens. Les Grandes Choses toujours tapies au-dedans. Ils savaient n'avoir nulle part où aller. Ne rien avoir. Aucun avenir. Ils s'en tinrent donc aux petits riens.

Ils rirent des piqûres de fourmi sur leurs fesses. Des chenilles qui tombaient maladroitement des feuilles, des scarabées qui, une fois sur le dos, n'arrivaient pas à se retourner. Des petits poissons qui poursuivaient Velutha dans le fleuve pour le mordiller. D'une mante particulièrement religieuse qui passait son temps à prier. De la minuscule araignée qui vivait dans une fente de la véranda et utilisait toutes sortes de débris en guise de camouflage, fragment d'aile de guêpe, lambeau de toile d'araignée, poussière, feuille en décomposition, thorax évidé d'une abeille morte. Velutha la baptisa Chappu Thamburan. Sa Majesté des Débris. Un soir, ils voulurent ajouter une pelure d'ail à sa collection et furent profondément vexés de la voir rejeter ce nouveau vêtement, émergeant du même coup du reste de sa cuirasse, petite boule de pus, toute nue, mécon-

tente. Comme si elle déplorait leur goût vestimen-
taire. Elle resta plusieurs jours en petite tenue, pleine
d'une indifférence suicidaire à son sort. Quant à son
ancienne couverture, elle était restée en tas à côté
d'elle, vestige d'une conception du monde démodée.
D'une philosophie dépassée. Puis elle s'effondra
Chappu Thamburan se constitua peu à peu une nouvelle garde-robe.

Sans vouloir se l'avouer, ni à eux-mêmes, ni l'un à
l'autre, ils en vinrent à lier leur destin, leur avenir (leur
Amour, leur Folie, leur Espoir, leur Un-fini Bonheur) à
ceux de la minuscule créature. Chaque soir, avec une
terreur grandissante au fil des jours, ils allaient voir si
elle était toujours en vie, s'inquiétaient de sa fragilité,
de sa petitesse, de l'efficacité de son camouflage, de sa
fierté quasiment destructrice. Ils finirent par apprécier
ses goûts éclectiques. Sa dignité malhabile.

Elle devint leur emblème parce qu'ils savaient que
la fragilité était leur seul refuge. Qu'il leur fallait s'accrocher à l'infiniment petit. Chaque fois qu'ils se
quittaient, ils se contentaient d'une petite promesse
mutuelle.

« *À demain ?*

— *À demain.* »

Ils savaient que d'un jour à l'autre tout pouvait
basculer. Ils ne se trompaient pas.

Mais ils se trompaient sur le compte de Chappu
Thamburan. Sa Majesté des Débris survécut à Velutha
et eut une nombreuse descendance.

Elle mourut de mort naturelle.

C'est leur première nuit, celle du jour où Sophie Mol
est arrivée. Velutha regarde Ammu se rhabiller. Quand

elle a fini, elle s'accroupit devant lui. Elle effleure son sexe de ses doigts, et un léger frisson court sur la peau de l'homme. Comme une craie qui crisse sur un tableau noir. Comme la brise qui couche une rizière. Comme la traînée d'un avion à réaction dans le bleu d'un ciel d'église. Alors, il prend son visage dans ses mains, l'attire contre le sien, ferme les yeux et respire l'odeur de sa peau. Ammu étouffe un petit rire.

Eh oui, Margaret, pense-t-elle. *Les hommes et les femmes aussi se font ça.*

Elle l'embrasse sur les paupières et se lève. Le dos contre le mangoustan, Velutha la regarde s'éloigner.

Elle a une rose séchée dans les cheveux.

Elle se retourne pour dire à nouveau « *Naaley* ».

À demain.

Composition C.M.B. Graphic.
Impression Bussière Camedan Imprimeries
à Saint-Amand (Cher),
le 15 juillet 2002.
Dépôt légal : juillet 2002.
1ᵉʳ dépôt légal dans la collection : janvier 2000.
Numéro d'imprimeur : 023389/1.
ISBN 2-07-041172-9./Imprimé en France.